走进

新时代的

草原儿女

打造北疆靓丽风景线
系列报告文学集

（第一集）

崔亚飞　编著

中国文联出版社

图书在版编目（CIP）数据

走进新时代的草原儿女：打造北疆靓丽风景线系列报告文学集．第一集 ／ 崔亚飞编著．-- 北京：中国文联出版社，2018.3（2023.3 重印）

ISBN 978 - 7 - 5190 - 3555 - 6

Ⅰ.①走… Ⅱ.①崔… Ⅲ.①报告文学—作品集—中国—当代 Ⅳ.①I25

中国版本图书馆 CIP 数据核字（2018）第 045330 号

编　　著	崔亚飞	
责任编辑	郭　锋	
责任校对	李海慧	
装帧设计	中联华文	

出版发行　中国文联出版社有限公司

地　　址	北京市朝阳区农展馆南里 10 号	邮编	100125
电　　话	010 - 85923025（发行部）		85923091（总编室）
经　　销	全国新华书店等		
印　　刷	三河市华东印刷有限公司		

开　　本	787 毫米×1092 毫米　　1/16
印　　张	22.5
字　　数	321 千字
版　　次	2023 年 3 月第 1 版第 2 次印刷
定　　价	95.00 元

编委会

总 策 划 白建军

主　　编 崔亚飞

编　　委（按姓氏笔画排序）

丁兆贵　王世新　李　昕　赵树君　张子豪　张君渊

高　健　徐　茂　崔　钧　崔凤鸣　崔　耀　赫培英

序

不忘初心，方得始终。中国共产党人的初心和使命，就是为中国人民谋幸福，为中华民族谋复兴。这个初心和使命是激励中国共产党人不断前进的根本动力。

进入新时代，我们比历史上任何时期都更接近、更有信心和能力实现中华民族伟大复兴的目标。走进新时代，更需要保持政治上的清醒和坚定，时刻站稳人民立场。人民立场是我们党的根本政治立场，是不忘初心、牢记使命的价值原点和力量源泉。

文艺创作来源于生活，更离不开劳动人民。无论是传世鸿著，还是鸳鸯蝴蝶的诗文，它都深深扎根于中华民族这块古老而年轻、丰饶而博大的土地上。生活在内蒙古大草原的人民勇敢善良、勤劳朴实，不仅为祖国创造了物质财富，也为草原留下了宝贵的精神食粮。走进新时代的草原儿女，不忘初心，牢记使命，守望相助，团结奋斗，各行各业文艺工作者都为"建设亮丽内蒙古，共圆伟大中国梦"做出了巨大的贡献。

在新时代的召唤下，内蒙古文艺界新人倍增，精品佳作迭出。在悠久灿烂的文化长河中，每每闪烁着耀眼的光华。河套这块历尽沧桑又藏龙卧虎的土地上，也同样掀起了敢想敢干、争先创优的干事创业的氛围，文苑天地欣欣向荣。

《走进新时代的草原儿女》系列报告文学集出发点是心怀梦想，想以一叶知秋的精神，多多少少展现出草原儿女守望相助、团结奋斗的精神风貌，初衷是心存感恩、心存人民、心有敬畏。敬畏家长，敬畏老师，敬畏党，敬畏国家，敬畏人民。第一集所选的文章介绍了生息在壮美河套各条战线上涌现出来的一些典型事迹或成就，向读者展示一些走进新时代的草原儿女新时代的新作为。他们以时不我待的精神风貌，以崭新的姿容、博大的胸怀、蓬勃的活力，努力谱写着新时代中国特色社会主义新征程新的篇章。

此书也作为一份厚礼献给走进新时代的华夏子孙，献给壮美内蒙古，献给胸怀天下的草原儿女。它凝聚着草原儿女的一片深情。

　　此书在内蒙古自治区巴彦淖尔市文学艺术界联合会的精心策划下，经过内蒙古守望文化传媒有限公司编辑部同人辛勤工作，编纂成书，行世于读者。一点点成绩，离不开各方面的重视与支持，离不开坚守在各个工作岗位上英模人物和相关单位的认可和支持。中国文联出版社及第三事业部主任郭锋老师、原内蒙古文联副主席李廷舫老师也给予了大力支持，在此一并致谢。

　　此书每篇文章都凝聚了大家的心意，文学水平也有一定的差别，但从整体而言，仍不失为来自生活的好作品。

　　红船劈波行，精神聚人心。唯有不忘初心、不懈奋斗，方可告慰历史、告慰先辈，方可赢得民心、赢得时代，方可善作善成、一往无前。习近平总书记说，实现中华民族伟大复兴，需要物质文明与精神文明的极大发展。进入新时代，我们比历史上任何时期都更接近、更有信心和能力实现中华民族伟大复兴的目标。这就更需要做到不忘初心、牢记使命。人民需要艺术、艺术也需要人民。踏着草原轻骑兵的足迹，走进新时代的草原文艺工作者，还需要代代发扬红船精神，时刻站稳人民立场，坚定文化自信，增强责任担当，坚持写人民、演人民、为人民，以实际行动去完成新时代文艺工作者的神圣使命，努力推动祖国大发展、文艺大繁荣。

内蒙古自治区巴彦淖尔市委宣传部副部长、巴彦淖尔市文学艺术界联合会党组书记、主席

白建军

目 录

陈茂伟筑梦记

推行基层源头"微治理" 促进政治生态大改观

——五原县纪委推行"微治理"模式纪实

党的十八大以来，一些地方基层党风廉政建设和反腐败工作出现了村组"三资"管理混乱、民政扶贫等惠民项目资金遭遇"中梗阻"、村组党员干部群众教育管理难、监督难等诸多新问题，导致基层腐败问题时有发生，甚至村内矛盾激化，党群干群关系紧张。

面对全面从严治党的新形势和新要求，五原县纪委针对存在的问题进行广泛调研论证、多方征求意见，创新推出基层"微治理"模式，着力从细微

五原县委常委、纪检委书记王利在基层调研

处和从源头入手，通过组建"微组织"、做实"微服务"、强化"微教育"、推行"微管理"、突出"微监督"、惩治"微腐败"，二将纪检监察的教育、管理、监督、惩治和服务功能向基层最末梢延伸，一手抓群众的教育管理，一手抓党员干部的违纪违法问题，实现了两手抓、两手硬，基层党组织的凝聚力、战斗力进一步增强，群众自我管理、自我监督水平进一步提升，党员干部的廉政自律意识、便民服务意识进一步提高，侵害群众利益的不正之风

得到有效遏制，农民群众的满意度显著提高，党群、干群关系更加和谐，为解决基层监督执纪面临的突出问题提供了新思路、新办法。

"问渠哪得清如许，为有源头活水来。"五原县纪委抓住基层干部和群众教育、管理、监督的关键环节，创新推出基层"微治理"模式，推进党风廉政建设和反腐败工作重点下移、重心下移，使基层治理水平明显提升，基层政治生态大为改观。群众满意度显著提高，开发了勤政为民的源头活水。

组建"微组织"解决了有人管事的问题
基层党组织的凝聚力战斗力显著增强

建立县、乡镇、村组协调完善、通力配合的三级联防联控联治机制，形成横向到边、纵向到底齐抓共管的"微组织"体系。县级层面，县委组建巡察、集中整治"雁过拔毛"式腐败、落实"两个责任"等工作领导小组；县纪委调整设置9个部室，派出14个派驻纪检组，成立常委负责制的7个纪检监察工作组。乡镇层面，乡镇配备专职纪委书记、副书记、纪检干部，增设5—7名纪委委员，相关股室站办所负责人纳入纪检队伍。村组层面，行政村设立村监委会，村民小组成立党支部和理事会，鼓励村民小组成立党员先锋队、红白理事会等自愿组织，协助办理和监督村组事务。全县共组建农村党组织388个、村民自治"微组织"786个，引导了更多群众参与村内事务监督管理。

村民"微自治"成立大会现场　　　　村民理事会公布村务账目

新公中镇团结村六组党支部充分发挥"微组织"作用，积极盘活小组集

体资源建设瓦窑，为集体经济创收 3 万元。理事会会长邬二栓说："我们村里的所有事情全部通过理事会协商，经过村民代表大会表决通过后实施，财务、村务都是公开的，社员参与积极性很高。"

做实"微服务"解决了有人揽事的问题
党员干部的服务水平明显提升

建立县、镇、村、组四级便民服务网，县级建立统一的政务服务中心，乡镇分别建成政务服务大厅，117 个行政村全部设置便民服务代办点，782 个组全部配备代办员，实现了便民服务"全覆盖"，为群众办理服务事项 2 万余件。党员干部直接参与便民服务，服务群众更便利、更透明、更公开。开展"微服务"重点突出村民小组自我服务能力建设，按照"划片定责"的原则，将村民小组每 10-15 户划分为一个网格，村民理事会成员兼任网格长，选配 3-5 名村民任网格员，开展民事代办、党纪国法宣传、矛盾纠纷调解等各类自治活动 1500 多场次，群众直接参与村务治理和监督，党务村务财务"三公开"实现常态化，群众自我服务、自我监督能力实现大提升。促进了政府职能转变，提高了行政效能，党员、干部便民服务更接地气、更聚人气，密切了党群、干群关系。如和胜乡和胜村四组党支部号召 11 名党员捐资 6 万元，采取投工投劳的方式，新建村民小组活动室 140 平方米，节约开支 8 万元，利用活动室为村内党员和群众宣传党纪党规、传统文化、好家风好家教，组织健康文化活动。

套海镇向阳村十组有一个村民说："现在农民办点事可方便了，村里有代办点、代办员，网格员也给真心服务，村民也自觉相互帮忙，我觉得很幸福。"

强化"微教育"解决了有人讲事的问题
群众得到教育、党员干部廉政意识明显提高

全县投入 3000 多万元，统筹用于廉政教育基地建设、村组干部增资、党员廉政教育培训，形成县、镇、村三级党风廉政宣传教育网。建成市级廉

政教育基地4个、县级廉政教育示范点44个、廉政文化主题公园1个。依托廉政教育阵地，层层开展"十个一"廉政教育工程、廉政文化"六进"活动等"全覆盖微教育"；依托远程教育站点、流动党校、"廉政微课堂"等资源，层层开展道德法纪、家风家训、传统文化等"菜单式微教育"；依托"两学一做"活动，编写"拍蝇不手软""廉政宣传手册"等20余种学习宣传资料，印发至乡镇、村组、社区，层层开展党风政风、科学技术、种养知识等"点对点微教育"；依托村民小组党支部、村民理事会、大喇叭、活动室、手机微信群等资源，层层开展纪法教育进基层、警示教育入家庭方式等"面对面"微教育。实现了学习教育无盲点，让党员干部群众在家门口潜移默化地接受廉洁教育，不断筑牢党员干部拒腐防变的思想防线。全县发送网络廉洁教育信息700余篇，手机短信1万余条，开展村级廉洁教育、警示教育680场次，受教人数达2.8万余人次，群众素质普遍得到大提升，基层党员、干部廉政意识明显提高。如天吉泰镇景阳林村五组，通过"微组织"

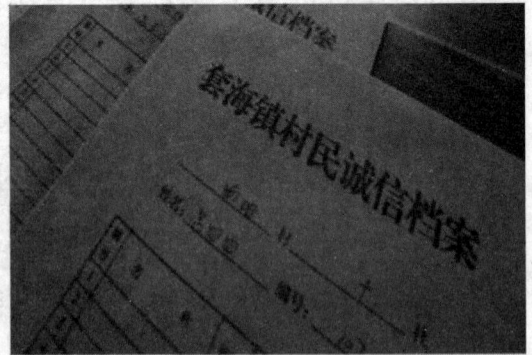

由村民小组建立不诚信档案

的引导，在服务和教育群众上搞创新、下功夫，用手机微信建起了党员群、干部群、村民群，发送上级政策、道德教育、党纪国法、家风家教、传统文化、科学技术、种养殖知识、劳动就业、水费收支、财务收支等各方面的信息，教育群众跟上新形势，多学新知识，逐步提高群众素质，让群众及时监督村社干部，化解村内矛盾，密切党群、干群关系。

天吉泰镇景阳林村五组村民刘建丰说："我们村手机微信建起了党员群、

干部群、村民群，经常收到各类信息。我觉得是好事，既接受了教育，又监督了干部。"

推行"微管理"解决了有人干事的问题
群众得到约束监督、村风民风大为改善

县、镇按照"一岗双责"完善落实管理制度，纪委监督党委（党组）认真履行好党风廉政建设主体责任。在村组（社区）重点发挥好村务监督委员会、村民小组党支部、村民理事会的管理监督作用，引导村民积极参与村组内事务的管理和监督。创新激励机制，推行村民小组"十星级"管理办法，一年一评、动态滚动，引导群众向美、向善、向上；制定村民小组长"基础报酬＋绩效报酬"制度，激发村组干部干事创业的工作热情。创新约束机制，推行不诚信村民管理办法，建立村民信用评价体系，对诚信缺失的村民，建立不诚信档案，根据评定结果进行奖惩，倒逼村民自觉履行义务；抓实村组党员"全链条"管理，对评定为后进的党员，按照后进党员"回炉"教育管理办法进行提醒谈话、理想信念教育、宗旨意识教育等方式处置。通过推行村组"微管理"，对诚信缺失的村民进行诚信奖惩，实现了村民直接参与村组事务的管理监督和被管理被监督，切实解决了村组水费收缴难、筹资投劳难等问题，有效化解了农村各类矛盾，村风民风得到极大改善。如套海镇向阳村十组大力推行不诚信村民管理办法，对诚信缺失的村民进行诚信奖惩，效果十分显著，村风民风面貌得到极大的改善。

套海镇向阳村党支部书记杨润生说："自从推行不诚信村民管理办法以来，全村没有一家拒缴水费，没有一名党员拖欠党费，没有一户农民不投工投劳，村风可是好多了。"

突出"微监督"解决了有人监事的问题
基层矛盾得到化解、党群干群关系更加和谐

依托县、镇、村、组"三防六控"廉政防控体系和"四级网络"信访举报体系，

全县建成1个县级综合谈话室、9个乡镇谈话室，常态化开展全覆盖廉政谈话，乡镇、村组全部"三亮三公示"，方便了群众办事与监督。真正细化了日常监督工作，方便了群众办事与监督。构建基层特邀监察员、政风行风评议员、财务监督员、纪委委员、村级纪检员、村务监督员"六员监控"体系，聘请"六员"1000多名（特邀监察员15名、政风行风评议员284名、财务监督员97名、纪委委员82名、村级纪检员117名、村务监督员448名），与村监委会和村民理事会协作，加强对村"两委"干部的日常监督，切实解决了村务监督难、违纪违法线索发现难的问题。"微组织"紧盯惠民资金、"三重一大"事项、财务管理、"三务"公开、农村集体"三资"管理、征地拆迁等重要环节，集中整治"雁过拔毛"式腐败和"四风"问题，开展村组资金大清理、财务大清

上级领导给予充分肯定　　　　　　荣义村监委会监督两委财务

查和线索"大起底"，严查群众反映强烈的突出问题和扶贫领域腐败案件，坚决防止村组干部"蝇贪"问题的发生。营造了村组有人监事、村民利益有人维护的良好氛围，基层矛盾得到了有效化解，党群干群关系更加和谐。如隆兴昌镇荣义村村务监督委员会，从日常监督入手，积极参与村内大小事务，监督村"两委"定期公示村务、财务，"微组织"的作用得到群众认可。

惩治"微腐败"解决了有人查事的问题
有效遏制不正之风、群众满意度明显提升

县纪委充分发挥"微组织"作用，抓住"微监督"中发现的突出问题，

坚持有案必查、有腐必惩的原则，暗访、查处、追责、曝光"多管齐下"，重拳惩治基层"微腐败"，实现了细微处有人查事。全县所有村组完成资金大清理、财务大清查和线索"大起底"后，共查处了村组干部各类违纪案70件，党纪政纪处分62人，追缴资金370万元，挽回经济损失329万元，有效遏制了发生在群众身边的不正之风，坚决惩治了侵害群众利益的微腐败。

2013年以来，全县共受理各类信访举报535件，立案办结220件，党政纪处分239人；综合运用谈话提醒、函询、诫勉谈话、责任制约谈、通报批评等方式，开展"四风问题"专项整治50余次，处理违反中央"八项规定"55人，查处"雁过拔毛"式腐败问题案件50件，给予党纪政纪处分51人。全面提升了各级党委、政府的公信力，提升了群众满意度。在自治区103个旗县区党风廉政建设满意度测评中，五原县取得了全自治区第五名、全市第一名的骄人业绩。新公中镇纪委开展集中整治"雁过拔毛"式腐败和"四风"问题以来，对全镇15个村104个社进行了财务大清理，切实解决了村社内矛盾和上访问题，切实维护好了群众的利益，在群众中树起了基层纪委和纪检干部的威信。

新公中镇纪委书记刘丽萍说："开展集中整治活动以来，我镇立案11件，党政纪处分11人，追缴资金7.7万元，挽回经济损失124.3万元。"

实践证明，创新推行"微治理"模式是五原县纪委监察局贯彻落实全面从严治党向基层延伸的一项正确举措，成效已初步凸显。五原县委常委、纪委书记王利说："在今后的实践中还需进一步总结经验、完善提高，形成一套科学合理、高效的长效机制，以推动基层治理水平和能力不断提升，促进基层政治生态持续改善，为建设富裕、文明、绿色、幸福的新五原提供更加坚强的政治保障。"

天道酬勤冲刺千秋事业

——记全国文化系统先进个人内蒙古河套文化博物院院长胡延春

胡延春同志，1977年参加工作，历任巴彦淖尔市文物工作站站长、考古研究所所长、内蒙古河套文化博物院副院长，现任巴彦淖尔市文物局副局长、内蒙古河套文化博物院院长、考古研究所所长，现聘文博三级研究馆员。任职期间，他不骄不躁，时时处处严格要求自己，始终以饱满的工作热情、严谨的工作作风勤奋工作；在他的带动下，河套文化博物院全体上下通力协作，为我市文博事业乃至文化事业的繁荣发展做出了突出的贡献。

政治坚定，素质过硬

在日常的工作中，胡延春同志注重政治学习，认真学习马列主义、毛泽东思想、邓小平理论、"三个代表"重要思想和科学发展观，理论素质高，对党的路线、方针、政策理解深刻，执行坚决，政治敏锐性强，在思想上、行动上始终和党中央保持高度一致。认真贯彻党的路线、方针、政策，有较强的事业心和高度的工作责任感，爱岗敬业、勤奋工作，注重理论联系实际，坚持全心全意为人民服务，模范带头作用突出，在群众中享有较高威信，是一位政治成熟、业务过硬、乐于奉献、能力突出的优秀文化工作者，也是巴彦淖尔市文物领域的领军人物和河套文化研究方面的专家，多次连续被评为全市文化工作先进个人、优秀共产党员，2008年入选《中国当代文博专家志》，2009年被国家文物局授予文物工作30年先进个人称号。在提高自身综合素质和业务技术能力的同时，竭尽全力地为每一位干部职工提供展示才能的机会和平台，为他们购买历史书籍，中国名胜古迹博览，历代古迹鉴定等。带领他们进阴山，过乌拉特草原，穿乌兰布和大沙漠，千方百计增长同事的技术知识，努力把同志们打造成样样工作都能动手的干将。他们走遍了巴彦淖尔大地，为了巴彦淖尔的先人，更为了巴彦淖尔的后人，翻山越岭，长途跋涉，去考察巴彦淖尔阴山戈壁草原地区的战国秦汉长城和阴山岩画等人类文化遗产，硬是表现出了这支文化遗产保护队伍的毅力和素质。

陪同领导研究文物保护工作　　　　　　　穿梭群山峻岭中

坚定信念，甘于奉献

他热爱文化遗产保护事业，自1981年从事文物考古研究以来，他亲历了文化遗产的调查研究和宣传及文化遗产保护，还参与了巴彦淖尔市和各旗县文化博物馆的建设。他是巴彦淖尔文博工作的建设者，实践者，也是领军人物。他以坚强的毅力常年奔波在6.5万平方公里河套大地，足迹遍布荒漠戈壁、群山沟壑之间，无论是遍布于山野荒原的数百处不可移动文物，还是通过采集、征购或考古发掘收入馆库的数千件文物标本，无不凝结着他的辛劳与汗水。他与这些宝贵的文化遗产之间充满着特殊的感情，对于巴彦淖尔市每一处遗址、每一件文物都如数家珍。对每一处遗址和每一件文物，他都要三番五次考察和论证。对每一幅岩画他又是不辞辛劳地考证，并向上级提出了保护利用的措施和建议。对于中华民族祖先们留下来的珍贵文化遗产他心存敬畏，立志传承永久保护。对于阴山岩画，他不知道进入过多少次深山，发现了多少幅世界罕见的岩画。他不知道拍了多少幅照片，填写了多少记录。他深入研究古人的艺术品，并积极推介向联合国申报世界文化遗产。对于乌拉特草原上的恐龙化石，他更是上心。经过长时间的发掘，终于成功分离出来多具恐龙化石，并在发掘地树立了保护石碑，建立了恐龙遗址公园。他对巴彦淖尔市境内所有发现的每一处文物，都倾注了以他为首的文物人的心血和情缘。这些宝贵的文化遗产感动着他，给了他极大的情怀，让他的责任心更强，积极性更高。

他先后主持完成第二、三次全国文物普查、长城资源调查工作和全市第一次全国可移动文物普查、阴山岩刻抢救性保护普查、古遗址、古建筑及流散文物等系列性专题调查，并于 2010 年被评为全区第三次全国文物普查优秀个人、被巴彦淖尔市人民政府评为特殊贡献个人。他还深入乌兰布和沙漠地区汉代墓葬清理发掘，完成哈磴高速公路、临策铁路、甘泉铁路沿线、丹大高速公路沿线、新建工业园区、热电开发区、矿业开发区等工程项目的考古调查和抢救性发掘清理任务，推动文物"四有五纳入"工作，有效地保护文物在开发利用中的完整性，规范工程建设过程中文物审批事项。

勇于开拓，实绩突出

天道酬勤，在他的辛勤工作和努力下，全市的文物工作、文化遗产研究保护实现了新的突破，取得了可喜的成绩，为我市的文博事业发展、传承优秀民族文化起到了积极的推动作用。

他积极申报国家级、自治区级和市级重点文物保护单位，共有 5 大处 23 个、22 大处 31 个、71 处文物保护点分别被公布为国家级、自治区级和市级重点文物保护单位，填补了巴彦淖尔没有国保单位的空白。他积极推进阴山岩刻申遗工作，2012 年阴山岩刻被国家文物局列入《中国世界文化遗产预备名单》，迈出了申报世界文化遗产的重要一步。他指导实施乌拉特前旗小佘太和乌拉特中旗德岭山秦汉长城维修保护工作、阴山岩刻视频监控保护工程，编订阴山岩刻、鸡鹿塞、高阙塞、新忽热古城等保护规划方案，先后协助指导旗县区和行业博物馆展览设计、大纲编写、文物征集以及陈列布展等工作。他带领文物队伍对6000余件文物藏品进行了重新登记录入，完成了巴彦淖尔市馆藏一、二、三级文物调查和资料整理工作，进一步摸清了家底，为馆藏文物保护工作奠定了基础。他积极推进地方博物馆建设，目前已组织策划建设各类博物馆17家。在他的带领下巴彦淖尔文博事业健康发展。他曾赤手将犯罪分子擒获于盗墓现场，多次协助公安机关破获案件，并依法阻止了多起破坏文物事件的发生，追缴文物多达上百件。由于他严格执法，屡建奇功，严厉打击违法犯罪活动，坚决维护文物完整和安全。2008年被国家文物局评为"郑振铎、王冶秋"——全国文物保护先进个人，2005年、2007年荣获"自治区打击文物犯罪先进个人"称号，所在单位也连年获得文化系统先进集体荣誉称号。他带领全市文物工作者相继开展完成第三次全国文物普查、长城资源调查、阴山岩画专项调查、第一次全国可移动文物普查等工作。

严谨工作中见精神

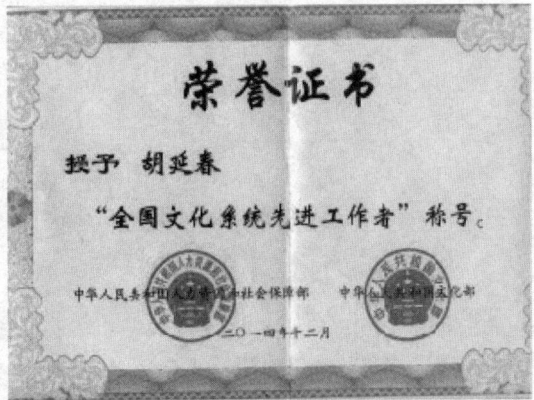

荣誉代表过去

在繁忙的业务工作中，他依然不忘学术研究工作，先后参与编撰了《巴彦淖尔长城调查》《阴山岩画》《阴山岩画人类之印迹》《阴山岩画与原始宗教》《阴山脚下的远古居民》《追梦草原的记忆》《巴彦淖尔革命老区》《巴彦淖尔掠影》等多篇文章和《乌拉特前旗文物选集》《内蒙古中南部汉代墓葬》《河套文化论文集》等学术理论著作，2014年被国家文化部、人社部评为全国文化系统先进个人。他先后与中央电视台"历程"栏目、"探索与发现"栏目，北京电视台、内蒙古电视台和地方电视台合作拍摄完成了《牧人帝国》《塞外列城》《河套长烟》《阴山索古话沧桑》《巴彦淖尔文物》《阴山岩画》《千古河套》《河套风情》等多部电视专题片，为提升巴彦淖尔的知名度和影响力做出了积极努力和突出的贡献。为此，他2015年和2016年连续两年获乌兰夫基金年度突出贡献奖。

用工匠精神 钻研现代警务

——记内蒙古巴彦淖尔市乌拉特前旗公安局 西街派出所"神探所长"裴永强

裴永强1996年参加工作以来，从社区民警干起，当过刑警大队中队长、先锋派出所所长，现任乌拉特前旗公安局西街派出所所长。他先后被评为全区"清网行动抓逃能手"、全市窗口单位"文明标兵"，共荣立三等功3次。他被同事们称为业务能力响当当的"神探所长"。在他看来，现代警务工作就是做好信息警务和创新群众工作，加大警务科技含量，提高效率，把群众真正发动起来、组织起来，就能创造奇迹，办成事，办大事。

用好"互联网+"警务的撒手锏 就能"撒豆成兵"

西街派出所辖区位于乌拉特前旗商业中心，有商业网点2500余家，大型商场、KTV和酒吧45家，人员流动密集的火车站和汽车站也在其中。这里发生的任何大小案件，都会牵动公众的神经。但西街派出所一共30位民警，光靠"扫街"难以防范事故。

如何破题？裴永强认为，一个派出所能力有限，但如果把资源利用起来、群众动员起来，力量是无穷的。繁华地段对治安来说是弊端，但监控覆盖度更密集、更完善。他从2013年3月上任以来，克服了技术上的障碍，一家家跑商户，逐步将社会面视频接入派出所，并由两名民警和3名"辅警"成立固定的"视频警组"，实现24小时不间断视频监看。这种"视频+"模式，大大提升了破案率。2016 年 9 月 27 日凌晨，乌拉山镇丽馨小区、常顺路、乌拉山镇步行街接连发生入室盗窃案。接警后，裴永强和民警立即开展现场勘查和调查取证工作，连夜查看周边 100 多个监控视频，迅速通过捕捉到的信息初步锁定嫌犯，最终将嫌犯在藏匿地抓获。2013 年以来，裴永强带领民警破获刑事案件 120 余起，治安案件 650 余起，抓获各类违法犯罪人员 800 余人，为群众挽回经济损失近 30 万余元。

率先推行社区微警务实现服务零距离

有多年基层工作经验的裴永强认为，将"所里想做的"与"群众想要的"有机结合，辖区警务工作就能游刃有余。首先创建"微平台"。依托互联网优势拓展服务渠道，在线上线下提供优质服务。从 2016 年开始，他利用微信平台开展"微警务"工作，建立"平安西街"微信公众号、20 个民警实名工作微信、6 个社区警务室微信群、12 个治安管理群等在内的"微警务"平台，开辟集宣传防范、服务群众、失物招领、舆情引导等功能于一体的"指尖服务"渠道，并由专人负责平台运行管理、信息发布，将"微警务"工作纳入制度化、规范化、精心化管理。

他还相继建立"旅馆业主微信群""网吧业主群""居委会联络群""志愿者群"等微信群，实时预警、安全防范、法律法规、办理业务程序等信息，定期在群里发布。同时，他还广泛联络商业、街道、居委会成员，献计献策。

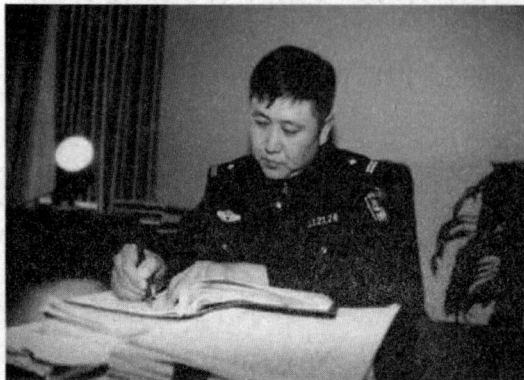

工作经验在于日常积累

带好班子关键在于精通业务

大家在治安上有啥发现和点子，都可以在线交流。

"昨天街上发生一起扒窃手机案例，天气转冷，扒手增多，请大家提高防范能力。"每天，作为微信群管理员的民警会将类似警情和监控中的嫌疑人推送至微信工作群。民警对群内反馈的线索分类梳理，做到警情微发布、防范微提醒、线索微征集、情报微收集、报警微救助，帮助走失幼儿找到了父母，找回了群众遗失的手机，抓获了系列盗窃电动车案件嫌疑人……近年来，西街派出所辖区刑事和治安案件发案率同比下降近两成。

破题辖区警务瓶颈　做到"胸中有甲兵"

新形势下，警务工作如何规范精细、能为善为？裴永强动足了脑筋。针对信息采集录入不规范、不及时、服务实战不利等问题，他创新信息采集工作流程，根据社区民警管辖区域治安情况和实有人口数，差别量化社区民警每周入户数，科学调整社区警务考核导向，出台"一案一件"奖励规定，对通过源头信息采集在侦破案件中发挥作用的案件，无论民警、信息员还是辖区群众一律及时兑现奖励。针对执法规范细化难题，他认真梳理各项工作流程，仔细进行数字化、可视化操作，率先运用案件信息系统实现案件的录入、存储、调取环节进行流程化运作和网上流转。

裴永强所在的西街派出所是乌拉特前旗唯一的全国一级派出所，先后被评为"巴彦淖尔市公安机关文明窗口单位""执法规范化先进集体和'110'接处警先进单位"。面对年轻民警虽有学习能力强的长处，但也有社会阅历浅、工作中缺乏沟通技巧的实际问题，裴永强明确提出：既要"键对键"更要"面对面"。他主动带领青年民警深入社区发放民警联系卡，让老百姓给民警打分，使民警接警思维粘上灵气、心里有底气、工作接地气。这样，他打破了警务工作联手群众不足的"瓶颈"，做到了胸中有甲兵，警务工作十分顺畅。

践行民意民生警务争创"时代尖兵"

裴永强说："践行民意民生警务工作的关键还是'人'，现在不少群众往往和警察拉开距离，说到底还是'融入'不够。"

2016 年 7 月 6 日，商户陈某等十余人与某工程施工队发生争执，并将两辆私家车停放在作业车前阻止施工，现场气氛很紧张。接警后，裴永强带领副所长和值班民警立即赶到现场，安抚情绪，调查实情，3 个小时连续做双方工作，纠纷得到协商化解，保证了施工顺利进行。类似的矛盾问题，裴永强只要碰到，就全力以赴去解决。2013 年以来，裴永强共参与调处矛盾纠纷 600 多起，为群众办实事、解难事 800 多件。

下盘围棋缓解工作疲劳　　　　　　　耐心细致为群众办事

2016 年年初，西街派出所在全市率先启用身份证自助领证机和自助照相机，实现居民身份证全程自助办理和领取，日均办理户籍业务量提升近四成，整体办事效率提升了近三成，不仅帮助基层民警摆脱简单重复劳动，更缓解了群众排队拥堵的难度，实现了真正意义上的 24 小时自助服务。作为小派出所里的"大管家"，他大到警情案件、矛盾纠纷，小到民警的衣食住行、院里的花花草草，都放在心上。无论是所里的民警，还是辖区的百姓，有事总喜欢找他，他的电话总是响个不停，最多的时候一个上午接过近 200 个来电。不管事情大小，裴永强都尽力帮助解决，让居民少跑路办好事，这是他在工作中一贯坚持的理念。

乌拉特草原边境线上的牧民贴心人

——记内蒙古巴彦淖尔市边防支队
巴音杭盖边防派出所所长六十三

在壮丽的祖国边疆，在秀美的乌拉特草原边境线上，不论是白发苍苍的老阿爸，还是年迈的老额吉，也不论是健壮的套马人，还是漂亮的牧羊嫂子，这些边境牧民说起支队的一位"守边人"，没有一个不夸赞他的。

说他在大风天帮助牧民在边境上找回羊群，说他在积雪天气帮助牧民从深雪里拖出皮卡车，说他在远离集镇市场的牧民家帮买米，买面，买油买茶，还买针针线线……总之，说他劳累了自己，方便了牧民。这许许多多的边境牧民都待他当作自己的贴心人。

他的名字叫六十三，男，中共党员，1996年12月入伍，先后获得巴彦淖尔市边防支队优秀警官3次、支队优秀执法办案民警2次、接处警先进个人1次。2001年7月至今，在巴彦淖尔市边防支队工作，现任乌拉特中旗边防大队巴音杭盖边防派出所所长。他始终用一名合格党员的标准要求自己，以强烈的事业心和高度的责任感，在公安边防的基层岗位上刻苦钻研，忠于职守，以稳重的工作作风和统筹领导能力，出色地完成各项工作任务。

用平凡成就大爱

巴音杭盖边境辖区地处偏远，人员分散，发生案件较少，求助、纠纷、救助成了边防派出所接处警的主要工作。六十三总是认真对待每一起群众求助，想方设法为群众排忧解难。

2015 年 12 月 7 日，巴音杭盖边防派出所接到群众报警称，其驾驶的皮卡车深陷雪中无法移动，请求帮助。接警后，六十三立即和派出所民警携带救援装备、食物和热水出警进行救助。到达现场后，他立即带头用救援工具除雪，硬是一点一点地清除了近 5 米的冰雪路面。经过 2 小时的作业，最终将受困车辆从积雪中救出。

巴音杭盖地区因厂矿企业较多，为防范偷盗事件，各企业、厂矿相继饲养狗进行防范。后来有些企业停工停产，所饲养的狗就成了野狗，不断袭击牧民的牲畜。2016 年 3 月至 5 月，巴音杭盖边防派出所共接到 13 起"狗咬羊"事件的求助警情。牧民群众的损失六十三看在眼里、急在心里，在向乌拉特中旗政府部门汇报后，派出所向治安大队申请了枪支，组织开展了 7 次清理"狗患"行动，共清理流浪狗 58 条，有效保障了牧民群众的财产安全。据统计，2016 年至今，六十三和他的同事们共处理群众走失、牲畜走失、车辆被困等警情 22 起，救助群众 17 人，为牧民群众挽回经济损失 9 万余元。

辖区内的李红世夫妇年事已高，无儿无女，生活十分困难。2016 年 6 月，李红世的妻子得了带状疱疹住院，高昂的医疗费对于这个本就捉襟见肘的家庭来说更是雪上加霜。六十三得知情况后，主动拿出一千元，并在所内为老夫妇组织捐款、联系民政部门为其申请帮助，助其渡过难关。

道路检查车辆

"军企民"金秋助学

用创新服务群众

扎实工作的同时，六十三也勤于研究。2016年，六十三在下乡走访时了解到，牧区群众尤其是年轻群众希望从网络上购买实惠的生活用品的愿望越来越强烈，但是由于巴音杭盖苏木属偏远地区，网络覆盖率差、交通不便、地广人稀没有物流服务，群众网购的愿望很难实现。为解决这一难题，六十三在爱民固边直通车的基础上，创新开通了直通e车服务，通过向群众定期开放"警营网吧"，提供网购指导和代签代送服务解决了群众网购难的问题。

2016年腊月，正值蒙古族祭灶活动的时候，牧民巴音毕力格家不小心燃着了饲料仓库发生火灾，他焦急地给六十三打电话求助。六十三立即组织官兵赶往毕力格家，并联系了中原油田消防车，帮助牧民挽回损失。

2017年元旦前夕，派出所接到求助称，辖区牧民图古日格嘎查马国华家的羊群走丢了。正好六十三在爱民固边直通车上开展下乡服务，而且离羊群走失的地方不远。六十三带领官兵及时赶到，并在靠近边境线的地方为马国华寻回了36只羊，并发现了7只被狼群咬死的羊，为其挽回经济损失6万余元。直通e车的开通受到了群众的广泛好评。今年"直通e车"还被中央、自治区、市级媒体相继报道。

荣誉属于过去

成功调解矛盾纠纷

六十三常说："我们是为人民服务，而不是人民为我们服务，要使群众感到来派出所办事方便，只有心里装着群众，才能当好警察，才能无愧于头顶的国徽。"

相信他在今后的工作中，一定能用实际行动证明自己的承诺！

"超人电工" 诠释人间真爱

——记 "内蒙古好人" 阿都庆

阿都庆，蒙古族，是巴彦淖尔电业局乌拉特后旗供电分局的一名用电管理工。1972年，他出生在乌拉特后旗乌兰嘎查的一户普通牧民家。他的降生，给这个命运多舛的家庭带来了些许喜悦和希望，但也加重了对未来生活的担忧。

当时家里有四口人，哥哥眼盲，母亲患有严重类风湿性关节炎，主要劳动力是父亲。就是在这样一个积贫积弱的家庭，阿都庆慢慢成长为一位孝老爱亲、敢于担当、吃苦耐劳的蒙古汉子。

他，以孝为先，以爱先行诠释着人间真情

在阿都庆 27 岁那年，老父亲因病离开了这个还没有走出贫困阴影的家庭。看着眼盲的哥哥，看着当时因腿关节肿大已不能下地的母亲，看着还有两个尚且年幼的弟弟和妹妹，他知道自己从此再没有其他选择了，只能独自承担起这个家，和家人们一起往前走。

在朋友的介绍下，阿都庆把哥哥送到了一个理疗院学习盲人按摩。尽管哥哥什么也看不见，但哥哥心里什么都明白。弟弟是希望他通过学习一技之长，让哥哥生活得更有价值。事实证明，阿都庆的这一举动，让眼盲的哥哥真正找到了一条属于自己的人生路。掌握了按摩技术后，哥哥开始在理疗院上班，不仅满足了自己的生活所需，而且还时不时用自己的收入贴补家用。看着哥哥整天忙碌的身影，阿都庆从内心里由衷地为哥哥感到高兴。

不能下地的母亲，看着家里家外跑前跑后的阿都庆，只能偷偷抹眼泪。

在阿都庆背着母亲去医院看病的时候，母亲心里更是纠结矛盾，既盼着赶快把病治好下地劳动，减轻这个家庭的负担；又害怕看病花钱，让自己的儿子为难。自丈夫去世后的几年里，家里主要收入都靠阿都庆，要供弟弟和妹妹上学，又要看病，经济上常常是拆东墙补西墙。实在没办法的时候，阿都庆还得向工作的单位借钱，然后每月扣工资偿还。

作为儿子，阿都庆心里非常明白母亲的纠结。但他更明白，只有把母亲的病看好了，这个家才是一个真正意义上的家，这个家才有走出贫弱的希望。可是就在母亲的关节炎些许有了好转的时候，哥哥却又查出了脉管炎和糖尿病。就在定期的手术和药物治疗中，哥哥不堪长期的病痛和精神的压力，突患严重精神抑郁症。

身体的劳苦可以强人筋骨，而精神的不堪重负却往往会让人放弃前行的希望。但阿都庆这个蒙古汉子，面对生活带来的双重压力，他选择了坚持和隐忍。母亲和哥哥每年六七万元的医药费开支，他从没有因为生活拮据而耽误她们的治疗。结婚后的妻子因为不适应这个家庭，刚开始也抗争和不理解。但在阿都庆的影响和开导下，她也默默把婆婆家里的家务揽了过来，和阿都庆一起为这个贫弱家庭默默地做着贡献。

就在一切都慢慢好转的时候，2015年夏季的一天，这个家庭又雪上加霜。正在单位上班的阿都庆，突然接到邻居的一个电话，哥哥在家里精神疾病突发，当时只有老母亲陪伴，失去理智的哥哥，硬生生地把母亲的腿打断！心如刀绞的阿都庆火速赶回家里，偕同妻子将两位亲人送进了当地医院。随后的手术和治疗，又让这个经济上刚刚有起色的家庭花费了7万多元。但是看着已经得到妥善安置的两位亲人，阿都庆还是长长舒了一口气，亲人们都没有出更大的意外是不幸中的万幸。

就这样，在父亲离世后的十几年间，阿都庆在妻子的帮助下，与亲人们一路相持走到现在。其间虽然有政府和单位在经济上的援助，有社区和邻里亲朋在生活上的帮扶，但更多的是他对家人的真爱与付出。孝感动天，让他和亲人历经一次次磨难却初心不改，品尝一次次艰辛又信心满怀。

面对这些，妻子也曾抱怨，本来自己的小家庭可以生活得更好，只因婆家的原因而让日子过得异常拮据。每当看见别人家的孩子物质生活充裕，而自己的孩子连过生日买一个蛋糕的愿望都无法实现的时候，内心世界的质疑让她无法平静。但丈夫默默无闻的付出，以及常挂在嘴边的一句话，让她慢慢释然："自己过得花红柳绿，家人过不好，咱心里能舒服吗？"后来，因为小叔子离异而孩子没人管理，妻子又把侄女也接到婆婆家一起照顾。就是这种"让自己心里舒服"的生活，阿都庆坚守了一天又一天。周围的同事朋友，房子、车子换了一茬又一茬，别人家的孩子每到放假天南海北想去哪去哪，吃的穿的用的什么好就买什么，这些对他对家人都是一种奢望。但在和

瞧这一家子

亲人一起坚守的岁月中，只有他自己知道收获了什么：收获了一家人共同的心与心的陪伴，收获了一家人共同的越来越好的希望，收获了一家人共同的相濡以沫的温暖。

他，兢兢业业，踏踏实实创造着优良业绩

阿都庆是 1991 年参加的工作。在乌拉特后旗供电分局，无论是最初的线路维护工，还是现在的用电管理工，他始终用蒙古汉子特有的吃苦耐劳为周围同事树立了一个敬业爱岗的好榜样。

工作二十多年，他从事的一直是技术工种。但不管哪个岗位的技术活儿，都没有难倒过初始学历并不高的阿都庆。就靠着一股子钻劲，他一直在单位

是技术工种中的佼佼者，先后两次代表班组参加技术比武，并获得个人项目第一名和第二名的好成绩。

在负责线路维护的那几年，阿都庆主要工作是定期巡视东升庙至赛乌素的一条35千伏线路。这条输电线，全长45公里，其中百分之八十架设在崇山峻岭之间。每次出工，不仅要带水和干粮，还得备用一双绝缘鞋，因为一进山再出来就是三天后。中午饭都是在山坡就着水吃干粮，晚上要住在线路附近的牧民家。一年四季，风雨无阻。有人说：这是他的工作！但就是这样的一份工作，他一干就是十几年。其间虽然企业的生产设备先进了、交通工具充足了、经济收入提高了，但这一切都不能代替一个线路维护工定期要在崇山峻岭间徒步45公里！

他的真情家人没有忘记，他的奉献企业没有忘记。1993年至2010年他就职线路维护工期间，先后四次被评为"先进个人工作者"2016年被乌拉特后旗评为"孝老爱亲道德模范"，被巴彦淖尔市评为"道德模范"被内蒙古电力公司评为"最美蒙电人"并荣登当年10月"内蒙古好人榜"

阿都庆同事们对他都非常了解，知道他的困难更知道他的作风。对此，一位老员工由衷地说："这个孩子真是不容易，不仅把一大家子人拉扯着走到今天，自己在工作上还不放松取得现在的成绩，真是了不起！"所以，周围的同事都叫他"超人电工"生活本给他带来了不幸，但他却用真爱演绎出了幸福。在他潜移默化的影响下，家里三代人相亲相爱，相互支持，孩子们也懂事健康，经常帮助家里人分担家务。

人们常说："把平凡的事做好就不平凡，把简单的事做好就不简单。"阿都庆这个"超人电工"正是以这种看似平凡而简单的举动，做着不平凡和不简单的事，向我们诠释着人间真爱，传递着社会正能量。

奉献青春情洒邮路　济困助贫大爱无疆

——记中国邮政内蒙古乌拉特前旗小佘太镇
邮政所支局长兼乡邮员全二平

内蒙古巴彦淖尔市乌拉特前旗的小佘太镇，地处白云查汗山与查斯太山的沟壑之间。那里群山环绕，落后封闭，蜿蜒起伏狭窄的山路串起散落在山里的一个个小村落，一些村社的外出交往只能用马车托运；那里气候变化无常，山外春暖花开，山里还要穿棉衣棉裤，风一刮，十有八九要扬起漫天的沙尘暴。就是这样一个偏远、闭塞、默默无闻的小镇，却因为一个人的名字而逐渐被人们熟知和了解。

2008年3月24日中午，希腊马拉松市街道两旁熙熙攘攘，只见一位穿着带红色祥云图案白底运动服、两手分别举着火炬和橄榄枝、脸上洋溢着喜悦与自豪的火炬手，正在进行着北京奥运境外火炬的传递。远在地球另一边的小佘太镇，围坐在电视机旁的村民们沸腾了，他们兴奋地喊着："二平！那是全二平——"

全二平1973年1月出生在小佘太镇，长大后任内蒙古巴彦淖尔市小佘太镇邮政所支局长兼乡邮员，负责当地的邮递工作。二十几年来，全二平将他的青春和爱心奉献给了这条崎岖的邮路和大山里的人们，除了送信、送包裹外，他的摩托车上还常常挂满了帮乡亲们捎带的各种商品货物，镇上的孤寡老人、患病家庭和困难乡亲更是受到了他多年的热心帮助。

邮路上的责任与忠诚

1991年1月1日，刚满18岁的全二平被安排在小佘太镇邮电所，成为一名乡邮员。小佘太镇东与固阳相邻，北与乌拉特中旗接壤，地域广阔，面积有691平方公里。镇上有8个行政村，49个村民小组，2000多村民就散居在这60多个大小不一的小山村里，其中最远的村民小组西梁社离镇政府

大山深处的守望者

所在地有30多公里。简单的交通工具，沉重的邮包，居住分散的村民，"大坡大洼"组成的道路，这就是小佘太镇乡邮员工作将面临的全部。在这样近原始的条件下一个人承担该镇所有投递任务无疑是一个巨大的挑战。事实上，在二平之前，先后有六个乡邮员离开了这个岗位，不是因为受不了这份苦，自己辞职不干，就是因为没有做好这份工作而被单位辞退。年轻的二平丝毫没把这些放在心上，凭着自己吃苦耐劳的精神，很快进入了角色，一丝不苟地做起了乡村邮递员的工作。

当上乡邮员后，二平每天的工作就是骑着自行车走村进户，每次出班要走40多个自然村，80多个投递部，走完一趟邮递任务就是140多里。在蜿蜒曲折的山路上，除了自行车外，只有沙蒿、沙柳和牧民的羊群默默地陪伴着他。在这条路上，二平先后骑坏了5辆自行车和3辆摩托车，这还没算磨破的车胎。邮包更是缝缝补补了十几茬，邮包上只剩"中国人民邮政"几个字仍然清晰可见。他常年奔波在荒山野岭中，饿了啃几口烙饼，渴了喝几口山泉水。遇上自行车罢工，就得在农户家过夜。连农户也遇不上的时候，只能睡在山洞里。条件虽然艰苦，但是谁也没听到过他叫苦叫累。

工作伊始，全二平穿着整齐墨绿的邮政服装，心里无比自豪，也就是从

那时起他下定决心一定要做个优秀的员工。对待工作他一丝不苟，对待百姓的需求他有求必应，特别是对"特殊"的邮件，也常常打破作息时间视具体情况急事急办、特事特办。某年入秋的一天，有一封装有西梁社农民王培雄二女儿大学录取通知书的信件需要投递，按规定只要送到杨圪楞村主任家中就行，因为杨圪楞到西梁还有三四十里的山沟河槽羊肠小道，甚是难行。看到信封上鲜红的"** 大学通知书"，二平喜上眉梢："咱农家子弟能考上大学是大喜事啊！"为了让学生及其家里早点得到喜讯，不耽误入学的各种准备，二平不顾别人劝说，冒着山沟刚发过洪水、道路可能不通的危险，毅然背起邮包骑上摩托车向着西梁社驶去。洪水过后，山沟河槽不是泥浆，就是虚沙，骑一段、推一段，三四十里路程足足走了 6 小时。当二平把录取通知书送到学生手上时，俨然已成了"泥人"——汗水裹着泥巴浇透了全身，头发一绺一绺贴在脸上，唯一能辨认出来的只有二平那双明亮的小眼睛。拿到大学录取通知书的喜悦，看着疲惫不堪的二平，王培雄不知说什么好，紧紧握住二平的双手，眼含激动的泪水哽咽着说不出一句话。多年以来，类似这样的"急件、特件"，二平也数不清到底送了多少。

老人眼中的好儿子　　　　　　　人民眼中的代言人

除了急件特办外，全二平还有把"死信"复活的本领。所谓"死信"，就是收信人地址不详、姓名不清的信件。凭着强烈的事业心和责任感，他不怕走弯路，多跑路，四处打听，走村进户硬是把一封封因地址不全难以投递的信件送到一个个用户手中。二平的责任心和认真劲深深打动着村民们，他也因此得到了乡亲们的信任。农忙的时候，邮件多的人家干脆把家门钥匙给了二平，让二平自己找手戳盖在需签收的邮件清单上。

山里交通不便，物资匮乏，村民们的农用品、生活日用品都要跑很远的路才能买到。全二平有摩托车，就整天走村串乡。除了熟悉的问候，听到更多的就是："二平，帮我给镇上的儿子捎两件衣服吧。""二平，下次来的时候帮我带块肥皂……"面对这样的请求，他从来都是爽快地接受。看着二平摩托上挂着的鼓鼓囊囊的邮包，乡亲们都亲切地称他为"购货直通车"或者"杂货铺"。二平也总是眯着眼睛，并在微笑中把这些亲切的绰号当作最好的褒奖，一一收下。

为了记清每一个乡亲的委托，他专门准备了一个小本子放在邮包里，上面密密麻麻地记录着村民们每天要他捎办的事情，确保一件都不落下和逐一办到。因此，二平的摩托车总是"很应景"：春天的时候，上面挂着箩筐、化肥、种子、地膜；夏天变成了农药、蔬菜；冬天又换了铁炉、烟筒；年底还有乡亲们的年货……

在这个单调又劳累的岗位上，二平一干就是25年。其间他也有"跳槽"换份待遇优厚工作的机会，但他最终还是放弃了。二平的七叔在当地是个有些名气的老板，他多次劝说全二平丢掉这份苦差事，帮他打理乌拉特前旗的"占伟七鑫宾馆"，或帮他管理小佘太乡的一处中型铁选厂，每个月工资少说也能挣到几千元。可全二平一口回绝了七叔的好意，他舍不得这身令人羡慕的"职业装"，也离不开、放不下这份能乐呵呵地天天帮助别人的差事。他对七叔说："人和人之间的情分用钱是买不来的，这些年来乡亲们离不开我，我也不忍心舍弃眼巴巴每天等着我来的父老乡亲们！"

在只有两名职工的小佘太镇邮政所荣升"所长"后，全二平依旧每天骑着他的摩托车奔跑在小佘太镇的每一个乡村，默默继续着他的投递任务。

播洒山乡的无私大爱

多年的切身感受练就了全二平一心为民的职业素养，百姓的需求社会的需要让他清醒地认识到肩负的责任，在他心里优秀的员工标准绝不仅限于做一个称职的邮递员。在小佘太镇，孩子们知道有一个雷锋式的邮递员叔叔，大人们知道有一个干工作不讲条件、不讲代价、不怕吃苦的邮政职工。在巴彦淖尔市，他是全市50万青年的旗帜和骄傲；在邮政行业，他是"一言一行塑造邮政形象、一心一意为用户服务"的企业精神的实践者。

2009年2月4日，一位操着河北口音的妇女走进乌拉特前旗邮政局局长李向东的办公室，将一封感谢信送到了他手里——她要感谢"全国道德模范"、乌拉特前旗小佘太镇邮政所乡邮员全二平，是他帮助她找到了失去联系50年的亲人。这位小名叫王葡萄的妇女年幼时便与亲生父母分离，养父去世后，她一心打探亲生父母的下落，却只记得"庙子车站，四道堰子村，生父姓王"这几个只言片语的信息。好心人知道邮局有个全二平，是远近闻名的"活地图"，就找到全二平帮忙。了解事情原委后，王二平为帮她圆"梦"，通过网上发布信息、走访村民等方式多方打探，终于找到了她的哥哥王过兵，使失散多年的亲人得以团聚。"我简直不知道要怎么表达我的感谢……"王葡萄说到这里都哽咽了，泪水打湿了她的眼睛。王葡萄不知道的是，全二平是这里爱岗敬业崇德向善的模范，在他做过的好事中，这只是其中及其微小的一件。

他还先后对口帮扶过4位孤寡老人，联络并组织带领村民修路、引水，改善生产生活条件，动员村民开发各种渠道推销土特产品，一次活动就创造经济效益15万元。说起二平做的好事，熟悉二平的人都能随口说出好多。

任秀菊是小佘太镇的一名孤寡老人，她和老伴1961年从河南迁过来，公社把他们安排到了全四壕社落户。善良厚道的全二平父母看他们孤苦无助，生活困难，便把她俩收留在家中住了下来。几年后，两位老人有了点积蓄，又在二平家的帮助下，挨着他家盖了一间一门一窗的房子。两家成了一墙之隔的邻居，你来我往感情就像没分家的亲人。1965年老汉病逝，只剩下年近七十双目几近失明的任秀菊老人。在二平父母的感召下，全家人经常接济和帮助她，也就是从那时起，全二平养成了乐善好施的好品格。

二平父母都是生产队里的劳动积极分子，很少请假误工。父母出工后，小二平就到任老太家玩耍。任老太感念全家的帮助照顾，也把小二平当成自己的亲孙子一样疼爱。村里人常常看到小二平扶着老人在村里散步，帮助老

奥运圣火的传递者

与联想副总裁李岚、李兴钢做客搜狐

人洗衣做饭。渐渐地，任老太眼睛完全失明，生活自理很困难。有一天，懂事的二平向父母郑重地提出要和老人住在一起，照顾她的生活，给她养老送终。心地善良的父母毫不犹豫地答应了。此后小二平就和任老太住在一起，并照顾老人的生活起居。小二平天天给老人挑水抱柴、洗衣做饭，逢年过节就扶着老太太回到自己家里一起过节。199。年农历七月二十日中午，老人自己摸着灶台烧火做饭不慎引起火灾，此时二平刚干完农活走在回家的路上，远远望见老人房中窜出浓烟，他扔下锄头一路跑着冲进屋里，不顾危险把老人从火中背了出来。后来大火被闻讯赶来的村民合力扑灭，老人却被烧成重伤，双手、双腿蜷曲了，完全失去了自理能力。二平从此更忙了，给老人喂水喂饭，端屎倒尿，日夜照顾着老人，生怕再出意外。两年后，九十岁高龄的任秀菊老人，带着安详的笑容离世。为使老人“走”得体面尊严，二平按照本地乡俗，为老人披麻戴孝，安排了鼓匠，办了事宴，为孤独的老人安葬送终。除乡政府补贴500元、村里补贴了200元安葬费用外，二平又自己贴补了1400多元。现在每年清明，他都要到老人坟前祭奠扫坟。

　　55岁的刘财住在二平家北面的义庆昌社。他患有先天性眼疾，几乎看不清路。有时到井台上挑水，转上几个圈都寻不见水井，只得挑着空桶回来，

路上跌倒碰墙更是常事。也就从那时开始，二平就成为刘财挑水、抱柴、喂羊、购买日用品的帮手。上班路过他家，还要进屋看看，伸手摸摸炕热不热，揭开缸看米还够不够吃。1997年，刘财的父亲去世，看到刘财不知所措的样子，全二平跑前跑后，帮助刘财安葬了父亲。后来刘财的母亲逝世时，刘财的眼疾更严重了。二平不但张罗着料理了后事，还照看着刘财把生活安排妥当。刘财老汉说："要是没有二平的帮助，我的生活不知怎么过，就连给父母上坟，也是二平带上我去的。过年用的白菜蛋蛋、萝卜蛋蛋、豆腐粉条、麻花、肉食、对子、花炮这些东西，也全是二平帮我准备的。"看到刘财老汉的土房年久失修夏天漏雨已成危房，二平便张罗着乡亲们帮忙在自家附近给刘财盖间房子，让刘财老汉能够有个依靠。

与全二平同村的乡村教师全喜贞，1995年患脑血栓偏瘫在床，妻子也体弱多病行动不便，还有两个小孩子在念书。全喜贞老师一家生活的艰难，全二平看在眼里，疼在心上。每次下地干活就顺手将全喜贞老师家的地一并整好，一年下来春天耕地、播种，夏天打药、浇水，秋天收割、剥粒，几乎把全喜贞老师家的农活全揽了下来，让全喜贞老师一家生活上有了依靠。

全二平长期坚持助人为乐的义举得到了社会的普遍认可，人们口耳相传歌颂他做的好事。村里的人称他"毛小子"。"二平是个好后生，谁家有困难，只要遇到他，他都肯帮忙""二平可以说是个百里挑一的好娃娃，有耐心、脾气好、从不嫌弃人""二平做的很多事，一般人都做不到……"每当有人问起全二平，村里人总是毫不吝啬他们的溢美之词。

小佘太镇土地贫瘠地广人稀，改变落后面貌一直是党和政府追求的目标。为帮助乡亲们摆脱贫困，全二平付出了很大的精力。看到乡亲们消息闭塞，二平从自己不多的生活费里挤出了一点钱订阅一些致富信息的报纸杂志，制作了阅报栏，引导村里常年无所事事的年轻人了解和学习科学文化知识、掌握生产技能；在翻看农业科技杂志过程中，他把自家的田作为科学种植实验田，示范引导村民种植优良品种，提高科技含量，让贫瘠的土地创造更大的效益。他带领和组织山民筹资投劳，用两年时间把村里坑坑洼洼、只能勉强通过马车的 3 公里"烂路"修好，与外面的公路连接。在他的倡议下，村民们还组建了土特产销售公司，为村民解决卖货难的问题。他说服在家乡投资开矿的七叔，投资 10 多万元为村里安装自来水，解决了村民祖祖辈辈吃水难的问题。他组织村民义务投劳，实施筑渠引水工程，使全村人均水浇地达到 1.2 亩，人均收入翻了一番。看到村里实在拿不出更多的资金，他说服家人拿出 3000 多元为村里焊接了 30 米长的铁槽，解决了年年破毁年年修的一段输水渠……村民们说全二平奉献给我们的是比金子还可贵的爱心。

始终不变的精神传承

榜样的力量是无穷的。全二平承袭了父母善良热情的品德，追求完美高尚的人格。他就像一个发热发光的光源，让人清楚地感受到什么才是真善美，并影响和带动着别人，把光和热向更远的地方延续和传播。

他的妻子邹维香就是受二平感染，主动接过了"发光发热"的接力棒。小邹刚分配到小佘太做小学教师的时候，二平的先进事迹就像班里传颂的故事一样，也很快传到了她的耳朵里。一个又一个感人的事迹深深撼动着小邹的心，二平的事迹感染了她并逐渐占据了小邹的心。她主动走进二平的世界，和他一起做些力所能及的好事。经过两年心心相印的相处，终于喜结连理。

刚结婚的时候，二平每月工资几百元，月头月末风里来雨里去，还时不时接济别人，拿不回几个钱来给家里，一家人基本靠小邹的工资生活。对此小邹表示很理解二平的举动，他的品德、他的口碑深深感染了她。

二平出生在"穷山沟"里，知道"穷人们"的苦楚。他也是从村里走出去的"吃官饭"的人，每年开春种地买籽种、化肥，孩子上学、看病、婚丧嫁娶，山民们都时不时向二平伸手借钱。只要乡亲们开口，他都会爽快地答应，为了这个"面子"他也替人欠过不少债，但是小邹非但不责备他，还帮他一起发动同事给村民筹钱。

村里两位高龄村民娶亲在即，却为女方要的金戒指聘礼一筹莫展时，全二平和妻子知道后拿出自己结婚时的戒指找人打成两个，成全了两对新人的美事儿。

二平两口对人有求必应，热心周到，但对自己却异常勤俭。结婚多年来，邹维香没舍得买过一件新衣服、没舍得出过一趟远门。他们的高尚品德也与和睦生活的家庭密不可分。二平的家庭四世同堂，全家人吃在一起住在一起，和和睦睦，互敬互爱，孝老爱亲，互帮互助，是当地和谐家庭的典范。

小佘太镇的邮政所虽然小，但在全二平的带领下，取得了"驻镇先进单位""爱心邮路建设标兵单位"等很多光荣称号，小小邮政所的墙上挂满了奖状和锦旗，镇上的人们都把这里当作"爱心驿站"。随着模范事迹的广泛传播，二平助人为乐的典型事迹受到中宣部、总工会、内蒙古自治区、巴彦淖尔市、旗委政府等党政群团的表彰。2008年，二平作为全国邮政唯一一名参加"北京奥运会"奥运圣火传递的境外火炬手，为邮政企业，为家乡赢得了荣誉。

当年3月29日，全二平代表全体中国邮政员工在希腊马拉松市完成了这次特别的"邮递"——他跑的是第36棒，与中国驻希腊大使罗林泉、中科院院士刘鸿亮、赛车手程丛夫等人一同传递圣火火种。出发前，他还携带了一幅绣满100个"福"字的"百福图"，这是乌拉特前旗小佘太镇学区总校30名女教师花费3个月的时间，用金线在红布上精心刺绣的。她们希望全二平替她们、替学校，也替当地纯朴的乡民为希腊人民带去友好祝福。而全二平助贫济困的爱心与恒心，也像这奥运的火种一样，被人们用语言和行动传递到更远更远的地方，温暖着更多的人，感动着更多的人，也激励着更多的人。

一名普通邮递员成为全国五一劳动奖章获得者，成为全国劳动模范、全国道德模范、自治区第十一届人大代表，自治区工会第九次代表大会代表，全二平说："荣誉代表着责任，我会更尽力地干好本职工作。"

作为一名普通的乡邮员，一名普通的共产党员，在荣誉面前，没有丝毫的骄傲自满，越来越多的赞美声促使二平在人生的征途上继续不断奉献，在平凡的岗位上谱写更大价值的辉煌人生。

毛泽东同志曾经说过"一个人做点好事并不难，难的是一辈子做好事"二平从七岁就开始帮助别人，几十年如一日，时刻在想着做着帮助需要帮助的人。特别是当他加入中国共产党之后，更加严格要求自己，默默践行党的宗旨，一心一意干好本职工作，全心全意为人民服务。

全二平有句座右铭："把简单的事情办好就是不简单，把平凡的事情办好就是不平凡！"这正是邮递员全二平的真实写照……

（中国邮政集团公司内蒙古自治区乌拉特前旗分公司／素材提供）

科技之路　健康使者
——记内蒙古巴彦淖尔市"河套英才"获得者董萨那巴特尔

董萨那巴特尔在基层扎根27年，多次放弃优越条件，不退缩、不放弃、不高就、不在乎自己的最初学历低、不在乎条件简陋，只为自己热爱蒙医药职业，为实现自己的梦想奋斗着。

民族医药是祖国传统医学的重要组成部分，怎么才能让更多的人接受和选用蒙医药是基层蒙医董萨那巴特尔教授奋斗的目标。在基层条件极其简陋的情况下，用科学方法研究和使用蒙医药可不是一件容易的事情，在提高疗效他勇攀高峰，赢得了社会各界的广泛认同，成为最年轻的内蒙古自治区基层名医。他就是乌拉特前旗中蒙医院蒙医主任医师董萨那巴特尔。

他用求真务实的态度挖掘、继承和发扬蒙医蒙药，把自己临床宝贵经验毫无保留地奉献出来，为传统蒙医药的新技术、新疗法、新药的成果推广和普及做了大量的实际性工作，为推动民族医药的全面发展做出了重要的贡献。

1989年他开始研究"蒙医熏鼻疗法"技术。最初12味蒙药材里有砒石、雄黄、雌黄、水银等有毒药材。为了消除毒性药物对人体造成伤害，把这四种药材成分去掉，又加9味无毒天然蒙药材，不影响疗效，甚至能提高疗效，并且安全可靠。在临床研究当中，他治疗2万多例全国患者，取得有效率达90%、5—10年未复发者占68%的良好效果。"蒙医熏鼻疗法"技术的研究，对药物的炮制、使用剂量、包装、毒性药物的成分减少方面、使用药物以后对身体各部位的不良反应情况等，他都做了详细观察和跟踪随访。

1990年他开始研究蒙医药治疗甲状腺功能紊乱引起的疾病，以"蒙医整体理论和重点抓住巴达干—赫依的特点"临床治疗 2000 例甲亢、甲低、甲状腺结节、甲状腺肿瘤、桥本氏甲状腺炎、甲状腺缺钾性麻痹症，均取得较好的疗效，治疗当中没有出现任何不良反应和毒副作用，而且治疗后没有眼球凸出现象，痊愈后没有反弹现象，有效率达 95%，痊愈率达 88% 的治疗效果。

　　他撰写的论文在《中国中西医结合外科杂志》等重要医学刊物上公开发表近百篇。1989—1992 年三次对磴口阿贵庙产的"余粮土"进行实地研究考察，拿回药物成分与药理作用研究，撰写论文"余粮土的药理作用"发表在《蒙医药》杂志上。2001—2013 年，四次上乌拉山大桦背普查蒙药材资源及分布状况调研，撰写论文"乌拉山大桦背野生中蒙药材生长环境、分布、品种、数量的情况简报"，2014 年发表在《中国民族医药杂志》上，均得到专家们很高评价。2010 年他打破技术不外传或者秘方不愿意公开的保守思想，承担自治区"医疗卫生科研计划项目"，2011 年把自己二十多年当中积累的经验，总结、整理、撰写成 12 万字的《蒙医临床经验选编》专著，毫无保留地奉献给社会，得到苏荣扎布、吉格木德两位国医大师的好评。吉格木德教授评价为"年轻同行们学习的榜样"。该项目荣获巴彦淖尔市科技进步三等奖。2013 年他承担"蒙医临床经验选编""蒙医药治疗甲状腺疾病的临床研究""蒙医熏鼻疗法的临床研究""蒙医熏鼻疗法对过敏性鼻炎的远期疗效研究""蒙医蒸鼻疗法治疗干燥性过敏性鼻炎的疗效评估""蒙医药治疗类风湿性关节炎的远期疗效研究"等自治区重点课题和市级科技创新基金项目 6 项，已完成 3 项。他参加三次国际学术会议，全国、省自治区学术会议 13 次。2002 年他代表巴彦淖尔市蒙药业赴京参加国家民委和国家中医药管理局联合主办的首届"全国民族医药特色疗法总结展示会"，会上受到中外患者的信赖与好评，荣获两项优秀参展项目奖。2012 年，"蒙医熏鼻疗法"成果在内蒙古自治区国际蒙医医院、乌海市蒙中医医院、巴彦淖尔市蒙医医院、呼伦贝尔市蒙医等医院推广普及。

　　"蒙医治疗慢性病疑难病的特点与优势""蒙医药治疗甲状腺缺钾性功

能性麻痹症 20 例"2 份重量级实验成果在巴彦淖尔市第二届自然科学年会分别获得一等奖和二等奖。因为他在蒙医药领域有特殊贡献，被选为中国民族医药学学会疑难病分会常务理事，中国民族医药学学会教育研究分会常务理事，自治区蒙医药学会常务理事，传统疗术专业委员会委员。2015 年 11 月，

在他的不懈努力下，成立了巴彦淖尔市蒙医蒙药协会，他任会长。协会主要开展学术交流、经验整理、出版论文选集、讲座等活动，把地方的蒙医药传承与学术交流推向更高层次，目的是为蒙医药的全面发展做出贡献。2017年与内蒙古国际蒙医医院博士站合作成立巴彦淖尔市蒙医蒙药科研博士工作站，为蒙医蒙药发展研究和推广了新技术新成果。

为了蒙药的临床研究，他多次去山里采药材实地考察天然蒙药材的分布和生长环境，研究药物质量、统计数量、药物辨别、药味、使用部位的验证、药性等。每次野外采药时亲自尝药，积累了关于野生蒙药材的科学的第一手资料。采药大部分去的地方都在海拔高的地方，经常在野外住宿，渴了喝山涧溪水，饿了吃干粮或者野果。2000 米以上山顶采药晚上温度降至 0 摄氏度，住宿条件极其恶劣。1990 年第一次采药去磴口阿贵庙采集蒙药材，当地交通条件非常不便利，班车只能通到杭锦后旗四团。他徒步 90 多公里，山路陡峭，坎坷不平，走起路来非常艰难。到阿贵庙时他的脚肿得不成样子。庙里老喇嘛被他的事迹感动，特许他进洞采药。1991 年冬季他去黄河南岸杭锦旗石拉召庙拜访一位老蒙医，回来时候走错了路，掉进黄河的冰窟窿里，三九寒天在河水里挣扎了四五十分钟，被好心人发现用围巾和裤带结成的绳

子拉了上来。

临床药物研究整体环境和技术指标要求非常高，关系到人的机体功能和健康长寿。所以首先要注重药物的安全性，最大限度地减少药物的毒性和不良反应。开展临床疗效研究毒性蒙药材的炮制也至关重要，因为药物导致患者身体中毒、休克、致癌、肾衰竭，严重者危及生命。董萨那巴特尔在研究工作中都是自己尝药、首先在自己身上试用，剂量从小逐渐增大，想方设法减少药物对身体的危害和反应。基层科技人员因条件简陋和资金缺乏，在先进设备、药物试验等方面开展科学研究工作十分困难，都是在用最小的成本做最大的事儿。为了减少药物成本费，他多次去野外采集蒙药材，开展科研工作。董萨那巴特尔在多年的临床经验中，发现从事传统医学的临床医生必须做好"有悟性、探索、坚持、思路、分析、创新、总结"等基本功，才能实现自己的梦想，寻找治疗新技术的途径。

蒙医药是祖国传统医药的重要组成部分。蒙医药从业人员"养老、不养小"的现实问题，使很多蒙医医生慢慢改行从事别的工种。在民族医药基层严重缺乏科技人才的背景下，董萨那巴特尔近30年从未改变追求梦想，从未放弃对蒙医药的挚爱和科学研究工作，一步一步脚踏实地看好每一个患者。他在临床工作中，坚持蒙医药科技创新，为寻找慢性病、疑难病治疗的突破口，日日夜夜艰苦地努力着。很多旗县级民族医院基本上存在人才断档、青黄不接、年轻人不愿意到基层工作这个现实，他把自己所学到的技术和科技成果毫无保留地传授给同行们，整理经验撰写成专著（包括偏方、验方、秘方、传统疗法），无偿发放同行们或者以讲堂模式传授给年青一代蒙医药工作者，让基层蒙医药从业人员受益。

董萨那巴特尔关心公益事业和慈善活动，行医这么多年不知道多少次给残疾、丧失劳动能力、贫困患者贴补诊疗费和药物费。他经常在社区开展免费义诊和上门服务，免费做 B 超、化验，减免蒙医药成本费，受益人数达到 2000 余人次，价值十万余元。很多患者到了秋天，拿白面、葵花油、鸡肉、猪肉、羊肉感谢他。他的医德深得老百姓的好评。他还经常到农牧区义诊和

送医送药，普及医学知识，推广蒙医蒙药新技术。

2013 年以来，他放弃多次去更大城市、更好条件医院工作的机会，毅然选择留在奋斗过多年的这片土地，用自己的实际行动成就一次次成功。蒙医药是经验性医学，为了学到更多的经验性药方他无数次拜访各地老蒙医，寻找蒙医药相关古籍，把自己十几年的精力持续用在蒙医药探索路上。自己多次上山采药、自己开支请知名专家开展教学活动，开展蒙药材实地调研和研究工作。他坚持这么多年，从未有放弃的念头。

董萨那巴特尔作为巴彦淖尔市政协常委、市青联常委、民建会员、自治区基层名蒙医、巴彦淖尔市名蒙医、巴彦淖尔市中青年科学技术学科带头人，时刻要求自己做一名合格的科技人员，严格要求自己，认真履行自己的职责。他参政议政，积极反映基层情况，关注民族医药的发展，在自己的工作岗位上续写着一个民建会员在最基层最平凡的工作岗位上发展事业的梦想。

农民致富路上的"灯塔"

——记内蒙古巴彦淖尔市五原县和胜乡吉新农民林业合作社理事长李永明

他，是启明星，为乡亲致富带来了曙光；

他，是领头雁，为百姓谋福指引了方向；

他，就是李永明，和胜乡吉新农民林业合作社理事长。他做给乡邻看，领着乡亲干，是和胜乡农民致富路上的一座"灯塔"。

绿色文化的实践者

李永明，今年49岁，是和胜乡新建村二社的一个普通农民，也是吉新农民林业合作社的理事长兼党支部书记。他其貌不扬，个头不高，认识他的人都说他办事利索、能干，有胆识，是一个敢于创新的人。他的工作也许默默无闻，他的付出也许不为人所知。但是，当你看到建五公路沿线两侧那郁郁葱葱的苗木，农田里大片的种苗基地时，便会为他这个辛勤付出的林业人所感动。

李永明居住在一个离五原县县城较近的村庄，名叫义贞吉。义贞吉建五公路两侧和村庄周围有不少空地，从2000年开始，他就积极响应国家提出"西部开发，绿色先行"和"谁造谁有、合造共有、允许继承、可以转让"政策的号召，积极承包农田开发片和公路两侧空地，在垄道、农渠、支渠，两侧宜林地造林。

在植树造林中，遇到的各种阻碍，李永明办法自己想，困难不外讲，一一自己解决。为不影响工程进度，自己人手不够，他就雇佣本村社员，解决劳动力问题的同时，又化解了部分村内的就业问题，给社员带来了部分增收。借来的钱花完了，他又托朋友赊销化肥来付工资。

看到他对造林绿化这么上心，县林业局徐杰忠和乡林工站王宇坤在推荐

护林员时，不约而同地想到了他。2001 年全县全面实施禁牧，他在做护林员的同时受到乡林工站站长王宇坤的启发引导，他在自家承包地育苗 6 亩小美旱杨，从此迈出了从事育苗产业的第一步。

当了护林员，自己又育了树苗，这学习可不能放松。他订阅了《中国林业》《国土绿化》《半月谈》《内蒙古林业》《内蒙古林业科技》等杂志，购买了造林绿化和园林专业书籍，从中了解林业政策、学习造林育苗方法和先进的绿化知识。他说："从那时起，每年在这上面的花费不下 1000 元。知识给了他营养，也开阔了他的视野，更坚定了他从事绿色产业的信心。"此外，李永明并不闭门造车，他积极向相关专业人士请教指导，聘请县林业局、乡林工站技术人员现场指导、跟踪服务。摩托车跑坏了，嗓子嘶哑了，脸吹得青黑了，但他的"绿色之梦"没有因此而改变。就在 2001 年，村里进行渠沟路林田的"五配套"农田开发改造，他壮着胆子向乡党委书记开了口："葛书记，我想承包新建村农业开发片的农田防护林绿化。我的要求就是乡里无偿供种苗，我栽树我管林权归我，我保证栽得活能成材。"听他讲得头头是道，有板有眼，书记也有些动心，但当面并没有给他肯定的答复。为把这个造林工程搞到手，他又找高乡长，他把自己的承包设想、栽植方法、后续管理措施等写成文字申请书，向乡里立下军令状。乡党委和政府经过慎重分析，觉得李永明这个人靠得住，能自己育苗、造林、当护林员总结了一套做法和经验，责任心也强，便做出一个破天荒的决定。几天后，一纸红头文件发下来：2000 多亩农田开发片的近 3 万株防护林栽植、管护交给了他。

工程到手了，他在欣喜之余真正感到了压力，资金、人手、工期、质量，这都是要面对的问题。只能搞好,不能搞砸。他开始了紧锣密鼓的准备工作。跑县林业局、乡林工站请技术员,挨家挨户聘用青壮劳力,走亲访友筹措资金。他在技术人员的现场指导下,雇了30多名年轻人,用了12天时间,完成了栽植任务。在栽植过程中,他采用了自己总结的"三埋两踩一给水"的做法,就是分三次埋土、两次踩实、即时给一次水。那年真可谓天时地利人和,边种树边下雨。第一次承包造林,成活率超过了85%。首战告成,他站稳了脚跟。但是,欠下的一摊子债又让他挠了头。家里仅有的1000多元钱拿出来了,1口猪11只羊全卖了,又到乡供销社赊了8000多元的化肥,七拼八凑,总算结清了人员工资和其他开销。同时,负责锄草、打药、修枝、浇水、涂干和保护工作的3名员工也安顿下来。

成功的尝试让他的胆子更大了,乡党委政府也觉得这是个省钱省心、有创新的举措。2002年到2003年,他承包完成了建五公路两侧3.6公里的通道造林,栽植杨柳大杆苗7000多株。还从县林业局为村里争取到500亩退耕还林项目,并抢抓"三北"防护林建设的契机,承包村里的排沟、农渠,栽了8000多株杨树大杆苗。

当然,他没有忽视自己的苗木培育。他看准造林绿化的巨大市场需求,

选择垂柳、杨树、金叶榆等多个品种,育在自家的承包地上。年年育新苗,年年能出苗,规模在扩大,收入在增加。他走的这条以林为主的致富之路让周围的村民们动了心,也引起了社会各方的关注。县里的造林绿化现场会在他这里召开,造林专业户到他这里取经,从事苗木业务的经纪人上门与他商洽,特别是自治区、市、县领导对他的行动高度赞许。他意识到:遭逢了好

时候，抓住了好机遇，林业能有大发展，可以一展身手。他带动建丰、和丰两个村发展起了个人承包造林，并奔波着向全县推广。他说："我图的就是家乡绿起来、美起来，个人挣钱多少不在乎，关键是要让家乡变绿，乡亲们变富。"

2003年"七一"，他终于实现了自己多年的夙愿，成为一名中国共产党党员。

从护林开始到亲手育苗、种树，他的心路历程就是一次由喜爱到当作事业的长征。十二年中，他一边在五原森林公安护林大队工作，一边在家种树育苗。他不甘寂寞，每天与摩托车为伴，身影不时出现在新公中镇、塔尔湖镇、隆兴昌镇的林木管护区。每到一地，除了防范乱砍滥伐、乱捕乱猎、野外烧荒和偷林行为，他还要向当地村民介绍保护林业生态的重要性，宣传林业法治知识，教育群众行动起来人人爱绿护绿。工作中他向有经验的林农学习造林育苗知识，向林业工程师学习请教林业专业知识。特别是在内蒙古林业厅中日合作营造林技术和管理培训学习，受到内蒙古农业大学博士生导师高永林业专家的点拨和启发。

他是一个勤于学习的人。护林工作很忙，自家的林地也需要操心血，他总觉得自己底子薄，要学的东西很多。他多次跑乡里文化站和县文化局申请，创办了五原县首家"农家书屋"，藏书1000余册。他先后多次参加自治区、市、县级的培训学习。他抽空到天津、河北、辽宁、宁夏、甘肃省等地考察新奇特苗木培育。远赴香港、澳门、昆明世界园艺博览园学习园林绿化知识和技术，还到西双版纳热带雨林感受探索原始森林奥秘。请回了河北林业专家到自己的苗木基地指导嫁接技术。他自己也学会了修剪，嫁接，园林石刻。他QQ群里的上百个聊天网友，都是和林业有缘的人。

"这些人虽然在天南地北，但我们可以交流经验，交换信息，他们就是我的千里眼和顺风耳。"他这样说。

他是一个怀揣梦想的人。虽然念书不多，文化不高，但他有较好的记忆力，能熟读如流背诵小学中学时学习过的古诗古文。离校后在家不间断地学习语文写作知识，在工作和生活、外出考察学习中经常写一些游记和感想。每到一些触景生情的地方他便有感而发，写一些杂文，还写了100余首他认为不是诗的诗。但在朴实、敦厚的人品背后，他有一颗想飞的心。有这样一首诗："古郡五原 / 遍地造林 / 绿树成荫 / 乔灌草争秀 / 垂柳依依 / 杨树挺拔 / 红柳开花 / 国道省道 / 千株万树 / 生态道路美如画 / 飞机场 / 绿染周边沙 / 环境优雅 / 五原林业现象 / 超常规 / 跨越式发展 / 看五原林人 / 不畏风沙 / 吃苦耐劳 / 造林绿化 / 春华秋实 / 绿树葱茏 / 绘就美景福百姓 / 母亲河 / 哺万物生长 / 绿染古郡。"

我们不想、也不能对他写的《沁园春·绿染古郡》品头论足，但字里行间饱含着他的真情，传递着他的理想。这是多好的农民，为了一个"绿"字而矢志不移的五原人。我从心里感动不已，赞叹不已，一种敬慕之情油然而生。

破"茧"而出的壮举

十几年的摸爬滚打，他已不满足于单打独斗，他要担当起共产党员的责任，让更多的人与自己一起搏击市场。

党的十七届六中全会提出建设生态文明的理念后，国家对组建不同类型的专业经济合作社给予大力支持。他借机出招，在全县第一个提出建立农民林业专业合作社的建议。在得到有关部门的认可后，他建章程，定规矩，办证照，请技师，给合作社起名字。他说："之所以叫'吉新农民林业专业合作社'，图的是吉祥，要的是创新，依靠的是农民，发展的是林业！"

建立合作社没有资金，他就和11户参股的农民用育苗地和树木作价，注册了160万元，他被大家推举为理事长并兼任合作社党支部书记。2012年8月28日，五原县首家农民林业专业合作社正式挂牌成立。村里乡亲们来了，县林业局和乡政府有关部门的领导来了，周边地区的造林育苗户、木材加工厂老板来了，苗木经纪人也来了。他说："我这个小院院，除了娶媳妇、聘闺女还没有这么热闹过。"

彩旗飘扬、锣鼓喧天、放飞白鸽的场面让人一时兴奋，但要办好合作社才是硬道道。在合作社成立后的第一次理事会上，他语重心长地说："大家信得过我，选我当领头人，咱们就要干出个名堂来。合作社才起步，遇到的困难会很多，但只要咱们心齐劲足，我看没有干不成的事儿。咱们心胸要宽，眼光要远，走一条育苗、造林、绿化管护、多种经营的致富路子。"

过去，一家一户卖苗子，搞不清市场，质量、价格全由人家说了算。合作社成立后，信息来源广了，内部压价的事儿没有了。出面与经纪人打交道是以合作社的名义，都是些通信息、懂质量、明行情的专业人员。林农们抱成了团儿，心里踏实多了，用他的话说这就是"报团闯市场"。

他很清楚，发展壮大合作社必须从身边开始，让干部群众认识并接受这个新鲜事物。2015 他被巴彦淖尔市林业局聘请为行风政风评议监督员，2017 年 3 月被巴彦淖尔林业种苗协会选为副会长，多次带领协会会员外出西部宁甘陕青新省区、东北黑吉辽等地学习观摩考察……

2012 年秋天，他领着村委的几个干部到北京和河北考察合作社经营模式，学习苗木培育技术。紧接着，又带领合作社 6 名社员参加国际劳工组织 SIYB 创业培训班。

党的十八大结束后，他把合作社育苗户和村民们组织起来，通篇学习理解十八大报告精神，重点领会"五位一体"的发展布局，系统地学习和讨论国家对生态文明建设有关政策。社员都感到走专业合作社的路子选对了，也认识到"生态文明建设"是一条长久的发展之路，林木种苗种植是前途光明的"朝阳产业"。合作社的社员们在发展林业、建设生态文明之路上达成了高度共识：打造种苗基地，培育优势品种，实行种植标准统一，市场价格统一，销售渠道统一，打响种苗产业品牌；造林绿化坚持走出去，主动联系承包通道、农田、村屯绿化工程业务，提供种苗、栽植、管护一条龙全程服务；带动村民参与劳务，创造就业平台，拓宽增收渠道。

林业合作社的成立，育苗也快速发展，种苗培育基地从村内扩张到周边建丰农场和乌拉特中旗乌加河镇，形成了立足本地、辐射周边的特色种苗产业。承揽的造林绿化工程，从本乡延伸到外乡，同时涉足到广场、工厂的园林绿化项目。他向我们透露："合作社现有各种林地面积1200余亩，其中成材林地达到近800亩，育苗地400亩，总资产将近900万元。"

2012年春天，吉新林业合作社加入巴彦淖尔市林木种苗协会。当年参加了内蒙古林木种苗行业协会成立大会，并正式成为会员。他告诉我们："有了这个大平台，运用电子商务手段，足不出户就能进行种苗交易，东北，西部地区，黄河流域苗木信息便可一目了然。同时，也为我们合作社走出去架起了桥梁，互动了信息，打通了人脉。"事实的确如此。自打成为会员，合作社就电话不断，一天比一天红火。苗木不仅供应当地造林绿化需要，还销售到河北，集宁、包头、呼市、乌海和鄂尔多斯等地。这一切靠的是实力、技术、信息和服务。他说："我们的种苗质量有保证，选择的余地大，价格有优势，服务跟得上，自然市场竞争力就强。"

有了林业合作社，特别是有他这样的领头人，入社的社员逐年增加，经营的领域不断扩张。那些挣到钱的社员喜上眉梢，让周边很多人对育苗也动了心思。合作社成立以来，按照"支部＋合作社＋基地＋农户"的发展模式，大力发展荒地、渠沟大杆造林和垂柳、小美旱杨、新疆杨、金叶榆等种苗生产。充分利用自己的资金、技术、信息优势，重点从种植技术、市场销售、

田间管理等方面，对社员进行全方位、多角度的指导，把分散的农户、育苗户组织起来，通过合作与服务，提高了农民进入市场的组织化程度。2013年，销售各类种苗15万余株，种条45万株，销售小径级木材1000根，户均增收2.6万元。这年，天道酬勤，他被县林业局评选为"造林大户"，开创了

五原县个人承包成片植树造林的先例。

堡垒与旗帜相辉映

在打造祖国北疆生态安全屏障的伟大事业中，合作兴林，顺势而动，大有可为。李永明坚定地认为：只要党员义无反顾地铆足劲克难前行，只要党支部一心一意创事业、谋发展，合作社就没有攻不克的困难，就没有办不成的事业。

吉新林业合作社党支部班子和党员，认真走访群众征求意见，积极发挥党的先锋模范和战斗堡垒作用。事实证明，一名党员就是一面旗帜，合作社党支部就是一块坚强的战斗阵地。在支部书记李永明的引领下，12面鲜红的党旗迎风招展，党支部成为一个"育苗—造林—服务"的战斗集体，开创着前所未有的事业。

为了让更多的农民加入到合作社中，让他们掌握兴林致富的"金钥匙"，党支部和党员以双联双带的发展模式（支部联社带动产业发展，党员联户带动农户增收致富）为载体，发展林业产业，建设美丽乡村。

村里的农户李明光，孩子们都已成家，他常到医院看病，在家还吸氧，生活拮据。他家的情况，李永明看在眼里，记在心上。2009年，李永明找到他，让他跟着发展育苗。没有钱，李永明把种苗、地膜、化肥全赊给他，让他挣到大钱再还账，并组织人手帮他种在地里。这几年，他育的12亩苗木成了家里的"摇钱树"，销售小美旱杨苗木每年进账1万多元，日常开销、妻子用药不成问题，小日子过得舒心踏实。2016年，一季垂柳苗外销，让他一次揣到兜里8万多元。

事实胜于雄辩。李明光发家致富的例子，让村民对李永明的实诚深信不疑，对林业合作社刮目相看。李永明带领村民造林育苗发家、创办合作社壮大实业的名声，像荡漾的湖水，不断地向外扩展。邻近乡镇的人上门取经，周边旗县的寻求支持，亲戚朋友找他合作。近年以来，李永明与6户参合社员建立联户关系，栽植种苗120多亩；其他有能力的党员也与10户社员结成帮扶对子，落实育苗面积160多亩。

造林育苗，关键是服务要跟得上。合作社的事业蒸蒸日上，李永明和几名懂技术的年轻党员，承担起友邻旗县和乡镇30多户、580多亩苗木培育的技术指导工作。从那时候起，他们几个人的手机就再没有关过机，李永明更是两部手机交替使用，为的就是方便咨询。任务多了，范围大了，李永明的小轿车也没有了消闲的时候，不管是白天黑夜，哪里有需要解决的问题，一踩油门就出发。五原县建林林业合作社成立，邬建国理事长聘用李永明为技术顾问；乌拉特中旗乌加河镇张爱军育苗80多亩、郝秃湾村民联户育苗30多亩金叶榆和小美旱杨……他又成了这里的技术指导员。

吉新林业合作社党支部这个先锋群体，爬坡过坎，终于迎来了收获的曙光。从2013年至今，在他的引领下，支部的12名党员形成一个团结战斗的集体，正在开创着全新的绿色事业。2016年，合作社出售苗木和种条60万株，创收80余万元，实现了建社创业的"开门红"。2017年春天出售苗木和种条28万株，创收40万元，合作社户均增收1.6万元。

他带着绿化专业队转战乌拉特中旗和建丰农场周边乡镇友邻地区承包造林绿化工程，去年造林220亩，今年造林60亩，两季造林收入6万元。他把绿化的领域扩展到广场、园区，先后完成了五原鸿鼎农贸市场、蒙源粮油、禾庄肥业公司的绿化，给企业披上绿色的盛装。特别是争取到乌拉特中旗呼鲁斯太鸿雁广场的绿化项目，并按时高质量完成，受到了高度评价。

他通过招商引资引进有投资意向的商家，在村里流转土地120亩，七年租金一次付清，租地全部培育树苗。每年为社员获得投资商代管费4.2万元。这样做在培育苗木的同时也增加了村民的创收渠道。合作社社员董永亮农用车每年春秋两季为合作社拉运苗木，有40多名合作社社员被安排到造林育苗工地务工。

创业是艰辛的，收获是甜蜜的。李永明和他的林业合作社承载的绿色梦想，正在开放出灿烂的花朵。2013年全县经济工作联评首站来到吉新林业合作社观摩，巴彦淖尔市组织部、市人大、市林业局、县委政府有关部门来调研……2014年5月合作社被内蒙古自治区林业厅评为"自治区级林业合作社"，成为五原县首家自治区级林业合作社。五原电视台、五原《古郡晨报》、巴彦淖尔电视台、《巴彦淖尔日报》、巴彦淖尔新闻网、内蒙古有线电视台记者采访了他的先进事迹。内蒙古自治区党委组织部在全区遴选农村牧区55名创业先锋人物，李永明不仅榜上有名，而且他的先进事迹被录制成影像，成为基层党建的远程教育教材。

他是忙碌的，他更是快乐的。因为他正在圆自己的绿色之梦，正走在成功的路上。

责任与担当的见证

李永明，这个普普通通的农民在人生的道路上找准了自己前行的坐标，体现着新时代共产党员的价值追求。

在合作社成立之初，他就把建立党支部提上日程。他说："要是刨闹自己的小日子，我一年收入十万八万也够了。我要的是大家富，要的是家乡美。所以，我们共产党员要双联双带，培育人才，壮大产业，共同发展。"

"人到中年，经历了风雨，也见过彩虹；经受过痛苦，也得到了欢乐；遭遇过挫折，也见证了成功。几十年一路走来，明白了平平淡淡才是真的道理。社会给了我很多，我要承担更多的责任。"他的这一席话说得真切，道出了真情，是他人品、人格和党性观念的真实写照。

虽然这些年付出很多，合作社也处于起步阶段，但他没有忘记作为共产党员的责任与担当，没有忘记社会各界对合作社的成长给予的关注支持和村民们无私的付出。他要报答社会，回馈家乡。雅安地震，他率先捐出1000元现金。考上大学的贫困学生，他看在眼里，更想到自己的求学之路，毅然赞助学费。"李贵书记蹲点纪念室"所在村搞村道绿化，他不但无偿提供1600多株树苗，还组织专业队义务栽在了分支排干上……

他的辛勤付出和拼搏进取，受到了周围群众一致赞誉，也获得了各级政府的高度肯定。这些年，他参加了五原县党校学习培训班，五原县就业局电脑技能培训班，巴彦淖尔市林木种苗检验培训班，内蒙古经纪人培训班，国际 SIYB 创业培训班，中日合作内蒙古营造林技术和管理培训班，取得了内蒙古自治区职业经纪人资格证，内蒙古林木种苗检验员资格证，被五原县林业局聘请为行风评议员，县科技局聘用为林业科技特派员。他先后获得十几项殊荣，其中两次被评为"全县优秀护林员"两次被评为"优秀共产党员"，两次被评为全县产业致富带头人，今年被评为"全县优秀党务工作者"，多次评为乡镇农林牧产业带头人。2014 年在自治区林木种苗工作会议经验交流会上，他以吉新农民林业专业合作社理事长兼党支部书记的身份向与会人员介绍典型经验……

他在为自己的绿色之梦辛勤耕耘着，在为家乡的绿化默默奉献着，在为父老乡亲的幸福生活工作着，在为社会生态文明贡献着力量——他就是李永明，一个朴实的农民，一个普通的共产党员！

百闻不如一见，事实胜于雄辩。他坚持不懈地奋斗，他梦想辉煌的事业，催促着我写下了以上的文字。

逐梦曾当奋蹄马　争春再效领头羊
——记内蒙古巴彦淖尔市五原县新公中镇永联村党总支书记高文龙

那是一处偏远的田野，现已迈出了多元化发展的步伐。那是一个普通的村庄，现已建起了现代化的农民新居，房屋黛白相间、油路四通八达。它就是内蒙古巴彦淖尔市五原县新公中镇永联村。村民们都说："永联村能有今天，全靠高文龙这个好书记！"

让他回来

初见高文龙，一米八多的个子，走起路来大步流星，根本看不出他已是 67 岁的老人；说话声音不高，但有人听；眼睛不大，但深邃智慧。谈起如今永联村的变化，高文龙说："一靠班子团结，二靠措施得力，三靠实干创业。"

20 世纪 90 年代中期的永联村，土地条件差、基础设施滞后，可谓"沟满壕平水臌症，广种薄收盐碱重"。特别是干群矛盾突出，在收取各项税费、处理各类矛盾中，干部被谩骂、殴打的现象屡见不鲜。时任镇党委书记王金良，在推进全镇村屯道路建设中，因房屋圈舍拆迁等问题遭受群众阻拦，道路七断八截，严重影响村民收秋和农副产品流通。村"两委"班子就像这条路一样松软涣散，工作一度陷入僵局。永联村成了"烂摊子"，村里缺了主心骨。村民们强烈要求："请高书记回来！"主意拿定人难劝，糠窝窝越嚼越难咽。面对组织的信任、群众的呼声和这片有感情的热土，高文龙毅然放弃乡面粉厂厂长的职务和每个月 2000 多元的工资，临危受命再次回村担任党支部书记，收拾"烂摊子"。

民心齐了

"一个村干部，一年吃喝8000多元。"至今提起来，高文龙仍愤愤不平。上任伊始，高文龙做的第一件事就是狠刹吃喝风，整顿村班子。村看村、户看户，群众看干部，高文龙以身作则，带领村干部管住嘴、迈开腿，经费做到非必需不使用，逐村逐户查找制约永联村发展的"结症"。

经过与村民面对面、心贴心的交流，问题终于水落石出，村"两委"班子软弱涣散、村务不公开、办事不民主，特别是在核定土地计税面积时，事先不公开、标准不统一，导致群众积怨难平，出现了故意刁难干部开展工作的情况。

为此，高文龙组织召开了一次"支部扩大会议"，参会的有村"两委"班子成员、党小组长、村民小组长，还有一些有威望的老党员、老干部和村民代表，大家坐在一起共商全村发展之事、共谋发展大计。会上，高文龙在主席台贴了一张大红纸，对村级账目全部进行公示。高文龙说："之所以这样做，就是要让村民知道每一笔钱都花在哪儿、做了些什么事，消除干群之间的隔阂，让群众清楚、让干部清白。"

全国民主法治示范村

当得知村干部都在坚持做正事儿时，村民们的态度也发生了180度的大转弯，都主动出人出车、投工投劳，村里那条总也修不好的路，不到半个月就竣工了。实施沿路绿化、旧村改造、活动广场建设、农田配套等工程，再也不用支部书记和村干部挨家挨户"吼"村民了。

机制全了

第一次"支部扩大会议"的成功召开，高文龙深受启发。"要想老百姓配合村干部的工作，就要实现村务公开、民主管理、依法治村。"高文龙如是说。

通过几年的摸索和实践，高文龙在永联村创新性地推行了"七步工作法"民主决策管理机制，即村支部提议年度工作计划，交村内两个议事组织（党员议事会、村民议政会）商议，同意后交由党员大会复议，复议后在村民当中进行合议，达成共识后上村民代表大会决议，决议后由村委会负责实施，并负责报告实施结果。"七步工作法"民主决策管理机制的实施，村党支部的任何一项决定都集中民智、体现民意，无论在实施过程中遇到什么样的困难，都能一竿子捅到底。

2010年5月，村里议定大搞农田基本建设，村民吕根锁家的6亩耕地正处在规划渠路上，他的出工任务也被分在了自家地块。正因为吕根锁亲自参与了农田开发工程的议定，所以施工时，他眼里噙着泪水，带头一锹一锹铲掉绿油油的青苗，开始挖渠筑路。吕根锁牺牲自己利益、顾全大局的行为，不仅感动了村民和镇、村干部，也感动着高文龙。日后每当二人提及此事，吕根锁都会说："民主决策议定的事，就是咱老百姓自己的事，不论有多大困难，我们都要克服。"

目前，永联村"七步工作法"民主决策管理机制，已成为全县推行村务公开、民主管理的典范。近几年，永联村通过民主议事制度议定修路、农田配套、安装自来水等公益事项6项，群众先后自筹资金77万元，完成通村油路7.45公里，硬化巷道7公里，农田配套2万亩；完成全村自来水安装，集中建成16户现代化农民新居。2013年作为新型农村社区试点，高文龙积极争取危房改造、一事一议财政奖补、"三到村、三到户"等项目，建成文体活动广场 4800 平方米，老年活动室 190 平方米，村庄园林绿化 13000 平方米；完成危房改造 418 户，修建村屯主干道 6.16 公里，巷道 11.4 公里，村务公开民主管理工作走在了全市、全区前列。2005 年，永联村被国家民政部和司法部授予"全国民主法治示范村"荣誉称号。

农民富了

"小康不小康，关键看老乡。"在新形势下，如何依托资源禀赋、依靠政策优势，实现农民增收、农业增效是高文龙多年来一直致力于发展农村经济，带领群众增收致富的夙愿。

"农民富不富，耕地是宝库。"便利的灌排是农业增产增效的大事，从 1996 年开始，高文龙克服重重困难，连续争取 4 期农业综合开发项目，完成永联村 2 万亩农田配套建设，实现了全村耕地"渠、沟、路、林、田"五配套。为增强节水意识，提高灌溉效率，2002 年永联村组建了用水协会，制定了"以亩计费、轮次收费"用水办法，遏制了过去群众无序深浇漫灌和"水从门前过，不浇意不过"的思想认识。时任国家水利部部长汪恕诚到永联村调研，对这一做法给予了充分肯定，并在全市进行了推广。

2008 年是全县设施农业发展之年，面对当时群众认识不到位、土地流转困难、温室栽培技术匮乏、农产品市场不明朗等问题，高文龙敢为人先，在县农业科技部门的支持下，采取外出观摩学习、聘请专家现场指导等形式，

肉羊养殖带动乡亲致富　　　　　　　　自治区领导观摩

引导村民发展设施农业。通过不断试验和摸索，该村累计发展温室大棚77栋，亩均收入2万元以上，效益是大田种植的15倍。同时，村里成立了"土地信用社"，将农民闲置的土地集中发包，开展土地集中流转经营试点。正是凭着这种远见卓识和"不放弃"，永联村设施农业得到了长足发展，为全县农业集约化经营、农村富余劳力转移、土地流转经营开了好头。

看到温室种植户一年四季都有收入，看到流转土地的农户土里刨金、外出务工"两不误"，其他村民眼热心跳，纷纷到村里询问土地流转事宜。当时恰逢中兴能源内蒙古有限公司进驻五原县寻找生物乙醇原料种植基地，看到土地规模化流转时机已成熟，高文龙紧盯项目，趁势而为。在2010年年初，收储农户土地8073亩，以每亩550元集中流转给中兴能源，310户1160名农民的土地顺利流转，450名村民成为产业工人和外出务工农民。土地流转的财产性收入、国家政策性补贴收入和务工收入及养殖收入成为村民的主体。截至目前，全村增收5000余万元，人均增收1.3万元。

为多渠道增加群众收入，高文龙还积极争取项目，引导村民发展肉羊养殖，全村农户人均养殖4只基础母羊，三口之家年养羊收入1万多元，账算得明白，村民的积极性空前高涨。目前，该村户均存栏羊20只，人均来自养羊的收入达4000多元。"过去户户有贷款，今天家家有存款。"高文龙欣慰地说。村民们都说："高文龙书记带得好头、当得好家。"

村风变了

"丰衣足食了，钱袋子鼓了，群众的头脑也要富。"这是高文龙逢会必讲的一句话。他带领村"两委"一班人从加强阵地建设入手，通过自筹资金和争取项目，建起了村综合活动室和文化广场，组建了秧歌队、高跷队、腰鼓队、舞龙舞狮队和二人台坐腔班，每年举办农民趣味运动会，开展"五好家庭""精巴媳妇""身边好人"和"致富能手"评选活动。现在，每逢农闲时节，村里喝酒打麻将的少了，参加文体活动的多了，村风民风明显改观。近年来，全村累计评比奖励"五好家庭"等荣誉村民200人次，接受田园学校、电大函授培训的农牧民 90 名。同时，在他的倡导下，永联村积极创新党员教育管理形式，推行党员分层量化积分考核，充分发挥党员的先锋模范作用，组织 90 余名党员积极开展"助孤、助残、助学、助单"四助工程，关心关爱弱势群体。近年来，累计筹资 5.7 万元资助全村 50 名大学生、5 名贫困学生，帮助 10 名失学中小学生重返校园。

在永联村，698 户村民家家必备两本手册，一本是"村民必读"，一本是"党员分层量化积分考核手册"，这两本手册的主编就是高文龙。两本小册子将村民自治、党员管理囊括其中，村民将之奉为生产经营和自身行为的规范。从 1997 年首编，现已重印五次，成为全县乃至全市村民教育的样板教材。30 多年的辛勤耕耘，硕果累累。高文龙先后荣获市级"先进党务工作者""劳动模范""十佳村党支部书记"等荣誉称号，2011 年荣获"全区优秀党务工作者"，永联村也于 2012 年被评为"全国创先争优先进基层党组织"。

连片温室种植　　　　　　　　　村庄鸟瞰

"当好一个村干部，要包容大度，凭感情干事；要不计得失，凭原则干事；要通情达理，凭热心干事。"高文龙这样说，也一直这样做……

（内蒙古巴彦淖尔市五原县组织部 / 素材提供）

完美融合的高标准试点村

——内蒙古巴彦淖尔市五原县隆兴昌镇联星村
党总支书记李永福带领乡亲建设光伏新村侧记

距五原县城西北 3 公里处，一片白墙灰瓦融合徽派建筑风格和河套民居特色的新村正在加紧建设，这就是隆兴昌镇联星光伏新村。它是隆兴昌镇引进内蒙古山路能源集团投资建设的一个集"清洁能源生产、新农村建设、土地整治、肉羊规模化养殖、绿色有机种植、农民增收"六位一体的"美丽乡村建设"示范村，也是五原县积极探索新形势下"农村城镇化、农业现代化、农民工人化"完美融合的高标准试点村。

从 2012 年开始，五原县大力实施村庄整治和美丽乡村建设，到 2013 年全县已有 108 个村庄进行了整治和新建，美丽乡村建设得到农民大力支持和外出成功人士纷纷点赞。2013 年秋季，回乡探亲的山路能源集团董事长倪明镜看到了周边村庄实施美丽乡村建设的情景，决定捐资百万帮助家乡隆兴昌镇五星四组实施村庄整治，改善居住环境，回报父老乡亲。隆兴昌镇党委、政府抓住这一有利机遇，积极引导山路能源集团依托其光伏产业优势，将五星村和同联村的农民集中搬迁，建设集光伏产业、现代农牧业、美丽乡村于一体的现代产业新村。隆兴昌镇的建议得到山路能源集团的认可和五原县委、政府的大力支持。2014 年自治区提出了实施农村牧区"十个全覆盖"工程的惠民举措，进一步坚定了山路能源集团的建设信心，在五原县和上级党委、政府的大力支持下，山路能源集团与同联、五星两个村达成集中搬迁建设的协议。

在企业和村民达成协议后，五原县委、政府和隆兴昌镇及时跟进，组织专业人员规划设计出了光伏新村与现代农业示范园一体化建设项目——联星光伏新村。联星光伏新村项目分两期进行，总投资 20 亿元，按照"政府主导、企业牵头、农民主体"的方式，集中搬迁四个自然村，建设 1000 套光伏住宅、年出栏 30 万只肉羊高标准养殖园区和 150 兆瓦分布式光伏发电站，发展 7 万亩规模化种植基地。

2014 年 3 月 5 日，总投资 8.5 亿元的项目一期工程启动，主要包括 457 户光伏住宅，年出栏 10 万只肉羊高标准养殖园区，2 万亩规模化种植基地，50 兆瓦光伏发电站。

为了认真抓好联星光伏新村建设，五原县成立了以县委副书记为组长，隆兴昌镇和相关部门领导为成员的光伏新村建设领导小组，协助企业规划建设，引导农民积极参与，争取并整合危房改造、生态移民、一事一议财政奖补、街巷硬化、农村饮水、高标准基本农田建设、村屯绿化、幼儿园、农村文化活动室等项目资金支持新村建设。

项目顺利实施，农民发动是关键。从 2014 年年初开始，隆兴昌镇村组织工作组深入一期工程的四个自然村，通过大宣传、大观摩、大讨论和全员表决等方式动员村民：一是逐户上门宣传建设蓝图、建设模式，让农民听得明白；二是组织农民到美丽乡村建设示范点、土地流转示范点、山路集团总部和所属公司进行观摩，让农民看得明白；三是分头召开村支部会、村"两委"会、村民代表会、全体村民会充分讨论，让农民议得明白；四是引导农民成立自建委员会，选举代表，集中评审协议、评定房屋等级，户户签字，让农民全员表决。

山路能源集团在五原县注册成立太华农业发展有限公司专门负责实施联星光伏新村项目，筹措资金建设农民新居、光伏电站和养殖圈舍，和农民签订房屋置换和土地流转协议，以每亩每年 600 元的价格集中流转 4 个自然村的土地 2 万亩。

目前，在政府、企业、农民相互配合下，联星光伏新村项目进展顺利。依托土地整理、中低产田改造等项目实施的 4.3 万亩农田水利建设项目已经完成，实现了"渠、沟、路、林、田"五配套，将联星光伏新村项目所涉及的农田建成了适宜机械化作业和规模化生产的高标准农田。集中流转的2万亩耕地已建成1.8万亩高标准绿色有机农产品种植基地，正在争取建设国家级现代农业示范区。占地2000亩的奶山羊和肉羊养殖场正在加紧建设，已引进萨能奶山羊2000只进行试验养殖，有机山羊奶深加工企业正在筹建。随着新村和养殖圈舍的完工，50兆瓦光伏发电站启动运行并网发电，每年可发电8500万度，为农民补贴电费收入。

光伏新村全景

新村的457套光伏发电一体化住宅建设工程已搬迁入住。村民的房屋按其自主评定的3个等级置换新村内的112平方米、96平方米、88平方米三种户型，原有村庄整体拆除复垦。新村占地400亩，原有4个自然村村庄所占2350亩地将全部复垦为耕地。农民入驻新村后，户均来自土地流转收入2万元，光伏发电收入3万元，为合作社种养殖收入3万元，年收入合计可达8万元左右。同时，新村还配套实施安全饮水、街巷硬化、通电及广播电视通讯、幼儿园、标准化卫生室、文化活动室、便民连锁超市、养老医疗社会保障工程，建成了功能齐全的新型农村社区，让农民一步到位迈进全面小康时代。

2017年，紧紧围绕"塞上江南、绿色崛起"发展战略，依托"2016年最美村镇特色奖"在全国的影响力，镇村两级在"特"上做文章，规划建设"四大特色区"，力争用三年时间将联星光伏新镇建成河套全域旅游核心区、三产融合示范区。

饮食文化绿色崛起，打造精品美食品尝区。该区主题为特色小吃一条街，以商业街为中心。目前，72间门店的内外装修以及与商户的对接工作正在进行中，部分已投入运营。严格本着引精品、引传统手艺人的原则，重点引进面精、羊肉串、烩酸菜、烧烤、麻辣串等河套特色鲜明的精品美食，以及全国各地的名优特色小吃，真正实现"走过一条街，品尝四面美食，领略八方文化规划初衷"。

宽敞明亮的文体活动室和幼儿园

休闲娱乐绿色崛起，打造河套经典游乐集聚区。该区域规划位置在村中央南北景观长廊，为儿童、中青年、老年人分别提供不同的休闲娱乐场所。在南侧建设特色动物养殖园区，配套建设小型儿童游乐设施，吸引小朋友的眼球；充分利用村中央的水系景观，改建"钓场"一座，冬天改为冰上游乐场，可供小朋友玩乐，夏季可吸引垂钓爱好者。进一步完善村活动室、棋牌室、文体活动室，丰富二人台坐腔班子等文艺活动，定期举办物资交流会吸引中青年和老年人的眼球。各项设施及活动开始运营，并在今后逐步完善，形成规模。

农村电商绿色崛起，打造河套创业创新孵化区。借助今年全国农村电商大会在巴彦淖尔举办的契机，在商业街规划部分门点用于电商发展。联手县电商办，鼓励企业、县电商办的科技人才和待业大学生借助"2016年最美村镇特色奖"这个平台，线上开发和销售五原县乃至河套地区的绿色产品，进一步扩大联星光伏新镇的影响力。加强与三大运营商合作，逐步实现联星光伏新镇开免费无线网络全覆盖，鼓励手机付款，减少现金交易。县电商办将联星光伏新镇列为共享单车投放点之一，也开始试运行。同时，联星光伏新镇与企业合作注册成立了劳务服务公司，年内力争帮助大部分有劳动能力的居民实现就业。

　　规模种养特色绿色崛起，打造河套产业发展展示区。联星光伏新镇已实施农田水利建设 4.3 万亩，实现了"渠、沟、路、林、田"五配套，为机械化作业和规模化生产奠定基础。引进华颐乐牧业科技有限公司，在联星村租用 800 亩土地，建设了奶山羊规模化养殖园区，目前开发生产的酸奶、羊奶粉、奶茶粉、羊奶糕点等高端特色产品，已销往北京、上海、深圳、安徽、呼和浩特等 20 多个大中城市。同时，在屋顶、庭院及羊舍设计安装 50 兆瓦光伏发电设施，光伏板下面种植各类蔬果，让特色产业成为村集体经济的支柱产业。

　　联星光伏新村突破单纯改善农民居住环境的村庄改造，实现了"三农三化"的完美融合，基本实现了就地奔小康，过上了比城里人都舒适的新型社区生活。联星光伏新村也为河套农村探索出一条可复制、可推广的城乡一体化建设的新路子。

河套新农村建设的新样板

——记内蒙古巴彦淖尔市五原县隆兴昌镇刘四拉新村
党总支书记付宝成一班人

刘四拉（隆盛村一社）新村位于五原县城西 1.5 公里，南临 212 省道和七排干，北靠陕五公路，是隆兴昌镇党委、政府按照"生产发展、生活宽裕、乡风文明、村容整洁、管理民主"的新农村建设二十字方针，坚持高起点规划、高标准建设、高品位打造的园林式、休闲式、观光式河套农民新村。

由于旧村庄特别分散，东三家西两家，一处和一处的距离又是上百米，有的甚至一里多，中间沟沟坎坎，又是干树，又是柴草蛤蟆……要坚持高起点规划农民新村，这就给村委会工作带来极大的困难。

按照县委政府整体安排，将刘四拉村整体搬迁建成新村是一项硬任务。经过统计，新村建设涉及农户 120 多户。要搞好拆迁，搞好向农户和集体筹建建设资金。虽然新时期的农民思想有了很大进步，但要动起真格的来，拆他们房子，还要他们出钱，可想而知困难有多大。当时，120 多户人家大人娃娃议论纷纷。也有赞成的，但大多数拆迁户表示怀疑。面对这种严重局面，兴隆昌镇村两级再三研究，一定要想出最佳方案，一定要让工程顺利进展，还要让村民们看到他们未来的生活前景。

工作做到家，村民肯定是通情达理的。首先要武装党员干部头脑，让他们参与远程教育。隆盛村党员远程教育终端接收站点，本着"让党员干部经常受教育，使农民群众长期得实惠"的原则，常年开展各类学习培训、专题讲座服务。内容涵盖政治理论、政治法规、市场经济、经营管理、适用技术、科普知识、保健卫生、计划生育、文化体育、典型经验等多项内容，同时联合其他涉农部门，不定期开展各项惠民活动。近年来，站点重点围绕大棚种植技术、新形势下农民职业技能培训等定期组织广大党员干部群众开展相关学习和培训活动，促进学习型党组织建设，助推农民群众增收致富。

在党员干部的努力下，农户自筹资金5000多万元，用于新村房屋建设。村集体筹资300多万元，用于综合文化活动室建设。

过去，刘四拉村庄房屋多为土木结构，房屋坐落参差不齐，房前屋后柴草乱堆。村内无广场、无活动室、卫生室、便民超市等场所。农户院内的打水井（又名"洋井"），昔日的家家户户用水都用它来取地下水饮用，既费时费力又不安全。大炕、红躺柜、门箱柜，这些都是旧时农户家中不可缺少的物件。一家几口人晚上耕作回来后都在一个大炕上休息，大炕的另一头是做饭的锅灶，冬日做饭同时也将大炕烧得热乎乎的，也就有了"老婆孩子热炕头"一说。红躺柜旧时是农户放衣物、被子等重要的家具。门箱柜、旧时放碗的碗柜、放一些杂物的小柜子统称为门箱柜。农村做饭用的是土灶台，一年四季做饭以烧秸秆、木头等为主。村庄及村庄道路都是土路，雨雪天气道路泥泞不堪，农牧民出行极不方便。

在项目建设过程中，刘四拉新村坚持政府引导、村集体组织、农户主动参与的"三位一体"组织模式：一是镇政府负责规划设计、项目资金争取以及协调各职能部门进行基础设施配套建设。从项目的选址到项目建成，县镇

新村庄

自来水

两级政府召开20多次专项工作会议，进行广泛调研：一是充分听取社情民意，

组织相关人员外出学习，认真借鉴外地成功经验。二是村、社两级集体负责组织发动群众，处理社会矛盾，选出村民代表组成新村建设的组织机构。将选出的村民代表和村社干部进行编组，分别是资金筹集理财组、工程质量监督组、社会矛盾化解组，各组各司其职、各负其责。同时，村党支部将新村建设的一切事宜阳光式操作，不定期召开社员大会，公布项目建设进度、资金收支情况等。三是农户积极主动参与，民主选举村民代表组成新村建设理事会，全程参与工程招投标、工程质量监督、资金筹集、社会矛盾解决及房屋分配方案的制定等工作。在建设过程中，他们真正将新村的事当成自家的事，该谋划的谋划，该出力的出力，为刘四拉新村的建成付出了辛勤的汗水。同时，他们还积极争取国家项目资金用于新村道路、绿化、路灯、管网等基础设施建设。

通过上下协调、三级联动、多方配合，刘四拉新村已初步规划建成生活

环境园林化、居住条件星级化、配套设施现代化的新村，村庄有很多亮点，为河套新农村建设及城中村改造探索新模式、总结新经验、树立新典型迈出了一大步。

新村从农户房子建筑面积大小，划分五种户型规划建筑。现在新村建成徽派建筑风格的住宅147套，建筑面积共2900平方米。其中二层别墅式住宅29户，一层庭院式住宅118户，配套建设村党委会、村委会及综合活动室1600平方米。新村规划建设以园林式花园建筑为特色，配套建设文化活动室、幼儿园、医务室、超市、垃圾转运站、小型污水处理、供热站等公共

服务设施，实现了"一化三通二集中"（道路硬化、水电暖三通、垃圾和污水集中处理）。村庄建成后，村党总支在充分征求村民意见基础上，实行了村庄社区化管理，建设新型农村社区综合服务中心，在服务中心设立便民服务站，开设民政、医保、就业、计划生育等6大类39项便民服务代办项目，并设立党员先锋示范岗、党员服务窗口等许多亮点服务内容，让村民不出村就能享受到优质便捷的社区服务，从而探索出一条村庄社区化管理的新路子。2016年8月，刘四拉新村作为全国西部区农村社区现场会观摩学习点，接待了来自全国各地的干部观摩检查。

如今的刘四拉新村是一个生活环境园林化、居住条件星级化、配套设施现代化的美丽新村。它的建成，为河套地区新农村建设及城中村改造、脱贫攻坚工作探索出了新模式，总结了新经验，树立了新典型。

"金疙瘩"的人生见证

——记内蒙古巴彦淖尔市乌拉特后旗东升庙矿业有限责任公司
党委委员、副总经理陈有厚

在乌拉特后旗东矿公司，他被员工形象地称为解决问题的"活字典"，永不言败的"工作狂"，勇于创新的"急先锋"。

这位身材魁梧，皮肤黝黑，五十多岁的汉子就是乌拉特后旗东矿公司党委委员，副总经理陈有厚。自 2002 年第一天加入东矿公司至今，陈有厚坚持每天骑着摩托车上班，尽管他的职务从普通员工，车间主任，选矿厂副厂长、厂长一直到副总经理不断地转变，但他的这个生活习惯一直没有改变。

十几年前，刚进东矿公司的陈有厚从来没有接触过这一行业，对于采矿来说，是一个没有摸到门道的"门外汉"。他说，自己当初对于采矿没有一点基础，可以说是一窍不通。为了使自己的能力变得强起来，他利用别人的休息时间去学习相关知识，去钻研设备以提升自己的整体素质。

刚进公司的短短几个月，他就阅读了数十本选矿书籍，读书笔记达到两万字，业务水平迅速提高。陈有厚也是从理论、操作"二把刀"变成了理论、操作的行家能手、"活字典"。他说，既然公司培养了自己，同时拥有良好的团队，优秀的平台，说到底就是个责任心。只要有责任心，没有干不好的工作。自己当然要变得更优秀，以更好的状态去服务公司。

陈有厚所管辖的第一选矿厂是东矿公司规模最大的选矿厂，岗位设置最多，人员构成也较为复杂。他深知作为一名党员，他的一举一动都影响到身边的同事。所以，欲先律人必先律己，做到打铁还需自身硬，才能真正地起到带头作用。他说："作为一名共产党员，首先应该以党员的标准从严要求自己，以身作则，在群众中起到先锋模范带头作用，顾全大局，不计较个人的得失，全心全意地为人民服务。"

多年来，陈有厚很少回家，吃在生产第一线，住在生产第一线，干在生产第一线。每天工作十几小时，一心一意扑在东矿的生产建设上，员工们形象地叫他"工作狂"。同时，也被他的奉献精神深深打动。

乌拉特后旗东矿公司第一选矿厂磨浮工段段长田伟说："我们的陈总从段长到厂长到今天的副总，一直对时间观念非常在乎，他把所有的时间都奉献在我们的公司，奉献在我们一线，只要公司设备有了问题，他可以数十小时坚守到第一线，直到问题解决才回家休息一会儿，他的那种奉献精神值得我们每一个员工学习。"

当工厂中进行抢修或出现问题时，他总是身先士卒，第一时间进行检修或赶赴现场，亲自组织指挥机修工，操作工完成一次又一次的大型检修任务。他尽量使每次检修时间提前到一到两天内完成，为公司创造了大量的经济效应。他说："安全是企业生产的第一要务。安全没有保障。企业的生存就没有保障，所以，我们经常把安全放到企业生产的第一位，安全生产高于一切。我们既要教育员工，让员工知道如何安全生产，又要检查建立起相关的制度。保障安全才能保障生产。如果安全没有保障，那生产也没有保障。"抓生产必须抓安全，作为东矿公司第一选矿安全负责人，陈有厚每天坚持到各个车

安全是企业的生命线　　　　　　真心实意做好传帮带

间巡查一遍，确保各个环节万无一失。陈有厚说："尾矿库的安全是至关重要的，它是以后企业生存发展的主要环节，所以对于尾矿库的检查和巡查要十分重视。要时常上来看坝体的稳定性、水位以及坝体的位移。"

面对困难，他毫不退缩，往往是迎难而上。2010年年初，由于地下井水水位降低，东矿公司出现供水紧张，生产线一度受到影响。陈有厚紧急组织员工进行供水泵安装，几天几夜不眠不休，终于在一个早晨完成3处位置共15个供水泵的安装。得知生产线正常运行，他疲惫的脸上露出了欣慰的笑容。然而，他只休息了一上午又匆匆奔赴生产第一线。

由于他一连多天不回家，妻子有时候也会发牢骚，抱怨他和家人团聚的时间少，但更多的是对他深情的担心。妻子杨茂英说："他这个人干起工作来从来不顾家，老人小孩都顾不上管。"妻子觉得他这么拼命干工作家里的事不管也就算了，自己可以承担，可是把身体累坏了怎么办。然而，他总是说："没事没事，我能扛住呢。再说了，单位领导这么重用我，提拔我，我得身先士卒。我不仅要让领导放心，同时还得对得起公司对我的待遇和荣誉。"

在"小家"和"大家"的选择上，陈有厚默默地把心靠向了"大家"上。陈有厚说："我的家人对我非常支持，而我也十分感谢他们的支持。在单位不景气工资发不上的情况下，妻子也十分理解与支持，因此，家人是我强大的精神支柱，我非常感谢我的家人。"

妻子将家里的事情多做一点，尽量不让丈夫操心，默默地支持着丈夫的工作，让他安心地投入到自己的工作中。妻子还说："陈有厚干这份工作已经十多年了，他自己也已经习惯了，我也越来越理解丈夫的工作，也挺支持他的工作。这十多年的日夜拼搏，让他的血压也一路飙升，心脏也出现了毛病。只是特别担心丈夫的身体。"然而，对于自己身体出现的不适，陈有厚也是一副满不在意的样子，只是将更多的时间投入到了工作中。

选矿工作是一门实践科学，所以他总是紧盯生产现场不放松，天天组织召开班前会、班后会、生产碰面会，与每一个岗位工人沟通交流，根据实际情况布置任务，弥补漏洞，做好各个方面的工作。乌拉特后旗东矿公司第一选矿员工白文勇说："陈总是个好人。我们大家都非常信任陈总，他给我们安排的任务，我们大家都是竭尽全力地去完成。针对矿内岗位多、人员杂的现状，他熟知每个员工的工作能力、个性、家庭等具体情况，因地制宜地安排他们的工作，让他们各尽其才，最大限度地发挥自身优势，更好地为企业做贡献。"

"现在的有色金属行业，市场价格疲软、下跌。面对这种形势，我们只能引进新的技术、新的工艺，有创新意识，才能扭转局面，进而得以更好生存。"陈总经常这样说。经过十多年的工作经验的积累，陈有厚逐渐摸索出几套易损件技术的改造方法，创造性地提出从事故维修到预见性维修的处理方法，这样可以提前了解设备的运转现状，大大加长了设备的使用寿命。

2013年东矿公司计划扩建五千吨选矿厂项目，这个工作重担又落到了陈有厚的身上。在陈有厚和项目组员工的共同努力下，五千吨选矿厂项目用了仅仅半年的时间就开始投入运营，各类生产指标正常，并成为同行业的领军者。他说："我们使用的半自磨工艺和大型的100光伏复选器在国内是第一家使用的，而且又明显有两个优点：一个就是半自磨工艺环保节能，另一个也是最重要的，就是UI工艺指标磨矿系统好，对工艺指标有提升，每年能够给公司在现有价值情况下新增利润2000多万元。"

一丝不苟记录公司运营情况

从事这个行业这么多年，陈有厚获得过无数的荣誉。乌拉特后旗东矿公司总经理赵云翔评价他说："陈有厚同事做人诚实，做工作任劳任怨。而且，他有两句话我也很欣赏："干工作跟我走，跟我干；择人先择己。"这两句话对我也有很大的鼓励。他是我们公司的楷模，确实是我们公司的宝，对我们公司开发矿产有很大的帮助，是开发商的金疙瘩。"

求取不停的人永远年轻，甘于奉献的人常青不老。陈有厚用自己平凡的岗位上对事业的忠诚，留下了一串闪光的足迹，树立起一个共产党员的光辉形象。面对新时代，他豪情万丈，决心以高昂的斗志，坚定的决心，继续谱写一曲敬业奉献的人生赞歌。

上面千条线　下面一根针

——记带富能力极强的内蒙古巴彦淖尔市乌拉特后旗
获各琦苏木毕力其尔嘎查党支部书记达来

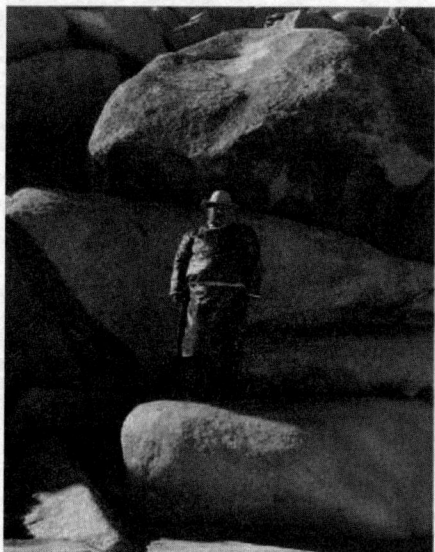

"嘎查里的工作'上面千条线，下面一根针'，而作为一名嘎查书记面对牧民时，又倒过来了——'上面一根针，下面千条线'，如何使上情下传、下情上递，嘎查干部是关键。"——达来

"带富能力，是对嘎查村干部是否称职最大的考验。"达来任获各琦苏木毕力其尔嘎查党支部书记、主任5年来，他坦言："主要不是对嘎查的各项事务进行管理，而是为牧民提供服务，主要就干两件事情：一是想方设法增加嘎查集体收入、牧民收入；二是让牧民充分享受到国家的各项惠牧政策。"

千方百计共同致富

毕力其尔嘎查属于高寒荒漠草原，是一个典型的牧业嘎查。过去牧民们单纯靠天养畜，收入增长缓慢，遇上天灾牧民的收入更得看"老天的脸色"。

2009年，刚刚上任的达来就遇到了嘎查退牧转移的牧民、特别是"4050"人员的就业难题。这一切达来书记看在眼里、记在心头。从那时起，他就成了就业局、农牧业局、苏木镇党委书记办公室的"常客"。嘎查牧民特木尔这样描述自己的书记："坐着想，躺着思，起来干。"达来积极向西矿公司和驻地企业输送富余劳动力，争取苏木就业所外出学习的名额，鼓励牧民子女外出打工，累计安置就业人员达150余人次。为了解决牧民饮水难的问题，他多方协调由西矿公司出资一部分、牧民自筹一部分，在嘎查及各牧户点打深水井，有力地支持了嘎查经济的发展。

为了嘎查牧民的经济持续增长，2009 年 4 月在达来的牵头下，毕力其尔嘎查注册成立"伟利斯施工队"，并组建了嘎查"党员流动综合服务队"。施工队下设施工、运输车、机械化生产、便民利民服务、矛盾协调等 5 个服务分队，现有 180 平方米的办公室及集体宿舍，2 辆客货运输车、2 辆农用车、1 辆水罐车和四轮车等围栏维护设备；施工队现有党员 14 名，在职管理人员 5 名，参与群众 94 人。"党员流动综合服务队"组建以来，始终坚持以专业的技术、合理的价格、严格的施工管理良好的业绩服务企业的宗旨及注重养护和维护生态平衡相结合的工作理念，先后开展了布朗至海力素 18 公里段的道路牙铺设，牧区围栏封育和维护工程。同时，为风电场等大型企业提供砂石料。实施了赛那线 34 公里防洪护坡工程，大漠风电场实验 2 兆瓦检修道路和基础工程，青山多晶硅 220 千伏变电站院内硬化和道路检修，鄂尔多斯市杭锦旗乌吉尔风电场 108 个风机机组检修道路工程、磴口哈腾套海砂石料场运输工程等。该施工队施工期限在每年的 5 月至 10 月。在党支部一班人的不断努力下，该施工队平均年就业人数达 100 余人次，人均月收入可达 3000 元以上。

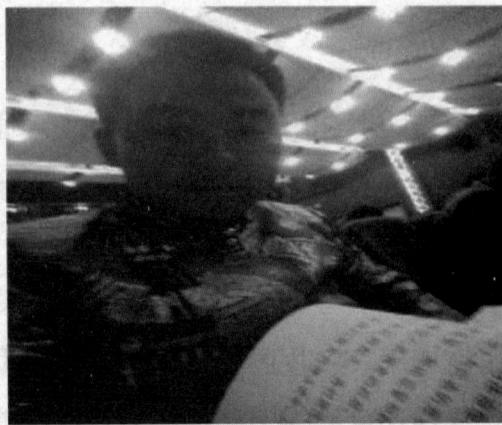

团结协作的嘎查党支部班子成员

从小在牧区长大的达来，深知生态的重要性。为了让牧户禁牧不减收，他大胆引进新品种，积极鼓励发展舍饲养殖，并在2013年3月牵头成立了毕力其尔嘎查绵羊协会，争取30多万元项目资金，引进优质大尾绵羊370余只，当年8月第一批土种绵羊羔成功出栏，效益也十分可观。

千锤百炼赢信任

"基层"往往是"不正规"的代名词——作息时间不规律，一日三餐不规律，时时都是办公时间，处处都是办公地点。达来作为嘎查领导，为了将基层工作做得更加扎实，为了让牧民多一份收入，走访入户如同邻里"串门拉家常"，每一户牧民的家庭情况他如数家珍。达来书记赢得了牧民的信任。嘎查牧民恩和吉日嘎拉因草场问题与西部矿业公司发生了矛盾，达来多方协调，为其争取到了一次性草场补贴款50余万元。达来引导牧民利用闲暇时间外出务工，同时协调就业部门为牧户开办了专项技能培训。牧民们信任他，在他的努力下，每年嘎查转移就业牧区剩余劳动力30余人，季节性灵活就业实现百余人次左右。

时时牵挂特殊户

他是一个脚踏实地、实打实的蒙古汉子。他在平凡的岗位上干着不平凡的事，没有惊天动的大事，也没有催人泪下的故事，只有那真实而可触及的桩桩件件百姓的事。达来是土生土长的本地人，他热爱这里的牧民，更是一位深切地热爱这片土地的党支部书记。

牧民的生产生活是他最大的牵挂。翻开他的工作日记，里面记满了嘎查"特殊户"的基本情况。他懂得：这是他的职责所在，更是一份担当，容不得他放松。嘎查的特困户和残病家庭的艰辛生活，他看在眼上，急在心里。乌拉特后旗民政局和获各琦苏木是他最能去的地方，目的就是为他们积极争取优惠政策。他通过包扶单位给特困户和残病户争取到了各类扶助金，全嘎查贫困人口110人也已全部被纳入低保范围，使他们有了一个相对安定的生活。在别人眼里这些都是他应该做的，也不是什么大事，但是他所做的每一件事，都是在这个平凡岗位上的自我奉献。在他眼里，不管是谁，是什么民族，只要有了困难，他总是千方百计地把党和政府的温暖送到千家万户。达来积极向政府争取到改建新牧区示范户5家，落实危房改造6户，还为矿区禁牧的10户牧民完成了续签禁牧5年的合同。通过实施"村村通"工程，牧户全部安装上了地面卫星接收器。党支部一班人积极参与风电场因占用草场带来的大量土地丈量工作，并协调各方及时兑现了补偿款，维护了牧民的权益。

嘎查党支部还筹集30万元资金，新建了面积为200多平方米的嘎查办公室，内设群众文化活动室、党员活动室和草原书屋等。达来书记积极争取上级部门的包扶项目，为嘎查添置了各种体育设施，还购买了大量书刊，方便群众学习使用。

研究整村推进工作

发挥党组织战斗堡垒作用

在他的带领下，该嘎查积极抓好基层党组织建设工作，在全嘎查推行"三一四全"工作法和"四议两公开一备案"工作制度。在工作中，他坚持秉公办事，不徇私情，按照"四议两公开一备案"工作规程，在党支部一班人的大力协助下，做好各方面工作。这现年由嘎查集体经济出资还为全嘎查牧民缴纳了合作医疗保险费。

上情下情都尽责

在基层没有大事，但件件小事儿却连着百姓的福祉。达来书记从来不摆架子，一心一意沉下身子办事，与群众面对面交流想法，公平公正解决问题。达来这样评价自己工作中的"公正"："我们嘎查干部就是在'两扇磨'中间，上面是政策，下面是群众，两面都得负责，对上不能推，对下不能卸，只有做好润滑剂，上下都担当，这样才能真正实现上情下传，下情上传。"他是这样说的，多年来也是这样干的。

喜看党的民族政策花开乌日图高勒嘎查

——记内蒙古巴彦淖尔市乌拉特前旗白彦花镇
乌日图高勒嘎查党支部书记宝音图一班人

平坦的水泥路通向嘎查里的巷道，巷道也是水泥铺就，干净整洁。绿树掩映着红顶白墙的民居，一条尺余宽的小水泥渠环绕着从每户村民家门前经过，清澈的泉水缓缓流淌着。家家户户的院子里都有小果园、菜园。如果需要给果树浇水了，村民们把渠口挖开，泉水就直接流进果园、菜园里了……

乌日图高勒嘎查又名小庙沟，是 2006 年拆村并组时由东哈拉汗嘎查和乌日图高勒嘎查合并而成的。嘎查现有住户 147 户 386 人，其中蒙古族 230 人；总面积 91.2 平方公里，其中耕地 7300 亩（配有机电井 48 眼，节水配套 6000 亩），草牧场 13.2 万亩、林果基地 2000 亩；养畜 6700 余头（只）是典型的种养结合、农牧互促、蒙汉聚居的嘎查。走进乌日图高勒嘎查，感受到的是蒙汉群众亲如一家、在和谐稳定中共同奔小康的浓浓氛围。

蒙汉一家亲　党群一条心

在嘎查西边的一块农田里，都日那正在帮村民苏占彪两口子"刨苗"帮苏占彪"刨苗"的还有村民王林、白音山和他的妻子。

"我们这个嘎查里以前都是牧民。在 1967 年那个大集体时代，队里从农区招来六七户汉民，为的是请他们帮助我们种饲草料。当时我们牧民会放牧养畜，但不会种地，而汉民精通种地。"都日那笑着说。现在，王林的儿女们都在城里工作，他和老伴儿种着六七十亩地，养着 100 多只羊，建了 5

个蒙古包经营牧家乐。去年，他家的收入是 10 万多元。

"我们汉民会种地不会养畜，而牧民会养畜却不懂种地。居住在一个嘎查里，正好是个互补。我在这里住了 50 年，不管大事小事，大家互相帮助成了一种传统。"王林说。

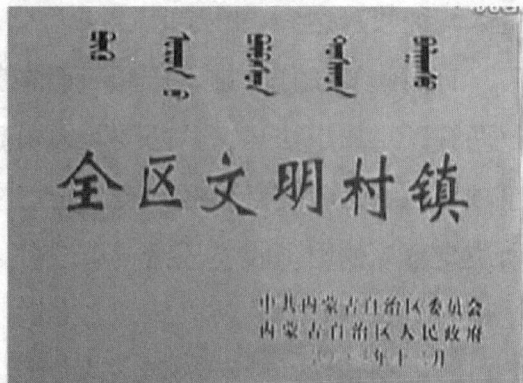

近年来，乌日图高勒嘎查紧紧围绕"共同团结奋斗、共同繁荣发展"两个共同这一主题，深入开展民族团结进步创建活动，始终坚持"团结、进步、发展"的工作主线，推动嘎查经济发展，确保社会和谐稳定和农牧民共同致富。在加快美丽乡村建设上，2015 年危房改造全部完成，村村通电、安全饮水、户户通广播电视通讯实现全覆盖，实施电路绝缘化升级改造工程，先后建成 3.7 公里街巷水泥路，配套太阳能路灯 68 盏，新建 83 平方米文化活动室，4 万平方米乌日图广场。近年来，党支部又瞄准市场发展林果业，发展规模达到 2000 余亩。

嘎查党支部依托资源和地域优势，这些年先后引进维信高尔夫度假村、乌拉特部落十余家企业，年集体经济收入达到 160 多万元。从 2009 年开始，嘎查为 290 名牧民补贴社会养老保险 2.1 万元，其中退牧转移保障人员近 250 人，15 周岁以下的也陆续补贴到位。每年为牧民补贴 100 元新型农牧民合作医疗，为 70 岁以下的农牧民购买意外保险，各项社会保障实现了应保尽保。他们还为考上大学的每人一次性奖励 2000 元。

嘎查党支部全面推行"三联五小一代办"党群联系制度，要求每名支部成员都要联系一名党员中心户和三户贫困牧民，每名党员中心户都要联系一名贫困党员和一户企业，每名党员都要联系五名贫困户，切实帮助农牧民解决实际问题。党支部组织老干部老党员组成自愿服务队，为群众解决小困难、化解小矛盾、开展小活动、解决小事情、引进小项目。成立代办点，做好上门服务工作。党员中心户示范引领作用明显增强。致富能手高玉宝带领乡亲发展玉米制种产业，有的党员中心户还办起了合作社、养殖场。2013年嘎查人均纯收入达到1.8万元。

针对嘎查工作日常事务和一般事务，嘎查党支部创新形成了"独龙贵三议两签民主议事法"，"两委"成员独贵龙会议和村民代表独贵龙会议决定事项后的财务收支必须经嘎查书记、主任和监委会成员签字入账，村民大会所决定事项的财务收支还需要有三分之二以上的村民签字同意，并做好会议记录。

文体娱乐活动丰富多彩民俗文化旅游前景看好

去年，嘎查新建了多功能文化活动室、草原书屋阅览室，配备了蒙古文报纸、杂志、科技图书等，全天免费开放。嘎查在原来300平方米活动室的基础上扩建了750平方米的社区服务中心，包括便民服务大厅、代表之家、妇女之家、青年中心、司法调解室、卫生室、文体活动室等多个功能室，农牧民不出嘎查就能看病、交费，办理相关行政手续，让牧民享受到了和城市居民一样的待遇和服务。

"依托优越的自然生态、绚丽多彩的民俗文化和独特的区位优势，大力发展旅游业，带动牧民增收。"乌日图高勒嘎查党支部书记宝音图常对农牧民说，"这是眼下我们工作的重点。"现在，嘎查正在重点打造三个功能区：一是民族文化展示区，以755平方米的民俗博物馆为主体打造牟纳文化园，通过风格迥异的建筑外形和当地文化用品的陈列，辅以8600平方米民族文化、中华文化、精神文明、平安建设四条文化长廊，向四方游客展示底蕴深厚的乌拉特部落文化；二是特色餐饮体验区，启发引导牧民腾出空地，采取"项目支持＋财政补贴＋群众自筹"方式修建一批蒙古包，由镇政府提供蒙古包，牧民自己配套，形成牧家乐和规模餐饮中心为一体的特色餐饮区，向游客提供以当地白绒山羊为食材的特色蒙餐，让游客体验独特的乌拉特民族风情；三是发展光伏产业增收区，利用大棚、牧民屋顶安置光伏发电设施，推行光伏扶贫项目，采用自发自用、余电上网模式，每户投资5万元安装50平方米，

村干部入户调查

投资3万余元组建的嘎查文艺队

项目建成后按照约5个千瓦时计算，可帮助农牧民年人均增收1000元以上。

这几年，嘎查先后开展了"工牧共建"活动，有效对接工业和牧业，联系实际办实事，促进共同发展。这项活动开展以来，企业为农牧户办大小实事近百件，企业有的资助困难户子女上学，有的购置草料及其加工设备帮助牧民抗灾保畜，有的支援水泥帮助嘎查修缮生产设施。嘎查农牧民则利用闲暇时间到企业打工，解决企业招工难问题。

近年来，乌日图高勒嘎查先后被评为"自治区民族团结进步创建活动示范单位""民族团结进步先进集体""全区文明嘎查村""巴彦淖尔市先进基层组织"。

这里有旗里确定的国家非物质文化遗产保护项目——蒙古族民歌"乌拉特民歌"传习所。冬闲时间，蒙汉群众会聚在嘎查文化活动室自发组织开展文体娱乐活动，有蒙古长调对唱、安代舞表演、民族舞蹈表演……

乌日图高勒嘎查蒙汉群众互帮互助已经蔚然成风，企业与农牧民共建项目发展前景广阔，党的民族政策在这里开出了鲜艳的花朵。在嘎查党支部书记宝音图一班人的坚强带领下，他们必将打造出一个拥有牟纳文化民族品牌，浓郁、产业特色鲜明、人居环境美好的新型牧区嘎查样板来。

富民党建常态化　有学有做亮点多

——记内蒙古巴彦淖尔市五原县套海镇个私协会党总支书记贾俊明

五原县套海镇个体私营联合党支部成立于 2002 年，2009 年升格为党总支，下辖 22 个党支部。其中，合作社党支部 17 个，协会党支部 5 个，共有农商企党员 118 名。

"两学一做"学习教育开展以来，个私党总支立足于实际，按照上级组织部门"两学一做"学习教育要求，总支书记贾俊明组织个私党总支党员召开"两学一做"学习教育动员会，在动员会上全体党员重温了入党誓词，让每个党员时刻牢记党的宗旨，不忘初心，坚定理想信念，做一名新时代合格的共产党员。成立了个私党总支"两学一做"学习教育领导小组，制定了"两学一做"学习教育行事历，坚持"三会一课"制度，认真抓好"两学一做"学习教育。个私党总支立足"富民党建"和"连心党建"，大力推行"三联三增"党建模式（支部联建，增强组织活力；党员联户，增加农商收入；服务联动，增进合作共赢），党总支以"支部＋协会（合作社）＋农（商）户"为载体，有力推动了农牧业产业化发展，形成了党建工作与产业发展、农民增收、商企盈利、良性互动的新格局。

"两学一做"基础在学，关键在做。按照上级组织部门"两学一做"学习教育常态化、制度化要求，个私党总支强化组织领导，制订"两学一做"学习计划，首先把学放在第一位，个私党总支结合实际采取"分散、业余、集中、灵活"的学习方式，组织党员集中学习 12 次，分散学习 20 余次，学习党的十八届五中、六中全会精神、自治区党代会和巴彦淖尔市党代会精神，学习廖俊波同志先进事迹。让每个党员认真做好学习笔记。他们还建立了合

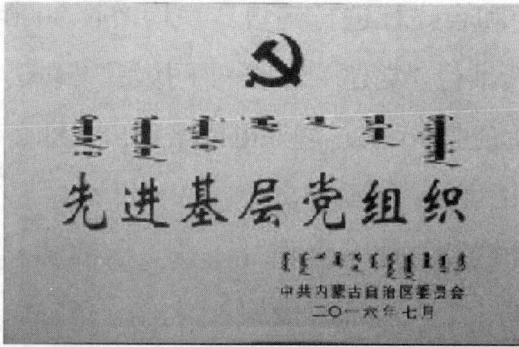

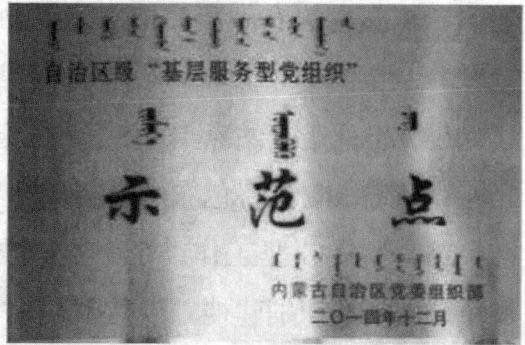

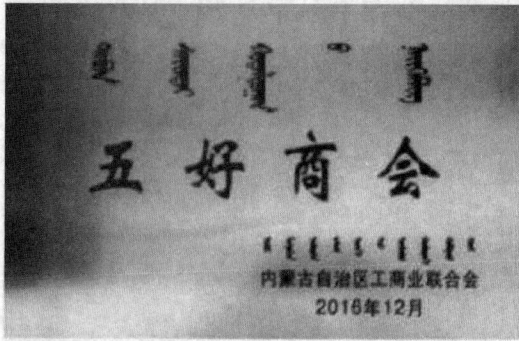

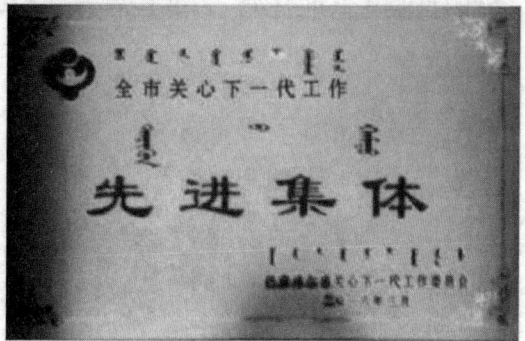

作经济组织学习微信群。

　　总支书记贾俊明带头讲党课，讲党的方针政策以及党在非公经济和社会组织方面的各项政策。朴实的语言，每个党员都能听得懂听得进，他们还就如何做一名新时代合格的共产党员进行专题讨论。讨论会上党员们争前恐后踊跃发言，会场气氛热烈，形成了学先进赶先进的良好氛围。党总支组织党员观看了《周恩来的四个昼夜》《焦裕禄》等影片，让每个党员都受到了教育，提高了党员的理想信念、党性觉悟和宗旨意识。个私党总支在党员队伍中开展"三亮三比"活动（亮身份、亮职责、亮承若；比作风、比技能、比奉献），极大地激发党员干事创业积极性。

　　个私党总支以协会、合作社为纽带，以产业为依托开展联建活动，村党组织和协会成员"双向介入、交叉任职"，村党组织书记担任产业协会副会长，协会会长任联建村科技副主任，实现了联结双方资源共享、优势互补、相互促进。所属各支部通过深入开展党员联户活动，构建"党员＋强商＋弱商""三结合致富链"120条，"商户党员＋农户党员＋农户"的"三结合帮扶链"180个，全镇农户九成的农副产品依靠产业协会和合作社进行销售，户均增收3000元以上，形成农商互助，报团发展。创新推行"党建+互联网+扶贫"模式，建立村级电商服务站点18个，引进电商企业16家，举办电商培训班5期、400余人次，11类特色农产品实现网上销售。

结合脱贫攻坚工作，个私党总支开展"党建+合作社+扶贫"活动，将镇域内精准识别建档立卡贫困户378户720人全部对接加入到8个合作社。合作社通过土地托管、母羊寄养、订单农业、入股分红等措施，让加入合作

向自治区领导介绍党建活动情况

社的贫困户都能享受低价的农资供应、低价的农机服务、高价的农产品订单回收，带领贫困户实现了精准脱贫，2016年共给贫困户分红21.75万元。还接受了国家和自治区扶贫部门的验收，这种精准扶贫模式得到了领导的高度评价。

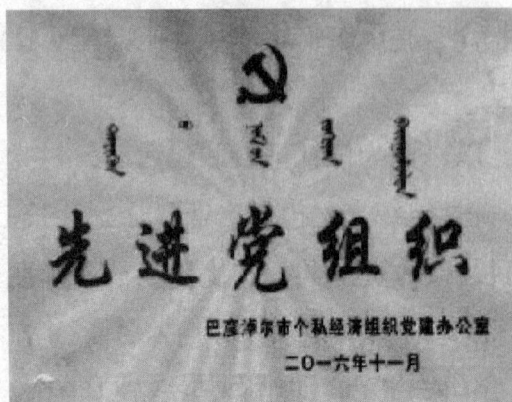

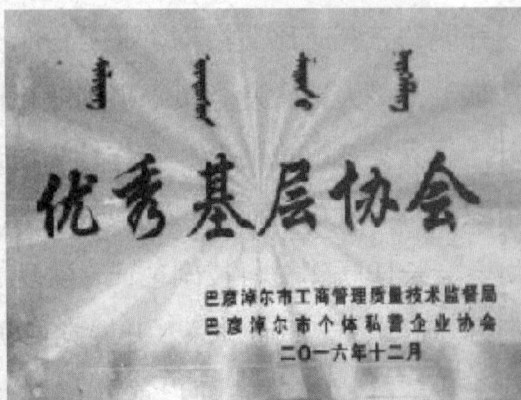

套海镇个私党总支协调银信部门每年为农商户发放低息贷款 8500 余万元，组织党员、商户捐款 10。多万元参与扶贫帮困、捐资助学各项公益事业。2017 年个私党总支以"北疆先锋送温暖"为主题，开展党员固定党日"5+x"活动，组织党员为镇区贫困户送去种子、地膜、米、面、油等生活物资，解决了贫困户的实际困难，助力贫困户精准脱贫。

　　套海镇个私党总支在书记贾俊明带领下，将按照新时代"不忘初心，牢记使命"的要求，坚持学用结合，做到学习工作两不误、两促进。在抓好党的"三会一课"制度落实基础上，以党员开展党日"5+x"活动为抓手，立足"富民党建""连心党建"，努力让党内生活焕发活力，党员活动成为常态化，真正把基层组织打造得贵有担当、争有创新、看有亮点、听有素材、有点有面、有为有位、有行有效的先进集体，成为推进新农村农业发展的组织者、领导者。

精准发力拔穷根　致富圆梦奔小康

——内蒙古巴彦淖尔市乌拉特前旗扶贫工作回眸

乌拉特前旗位于巴彦淖尔市东南部，地处河套平原自流灌区最末端，是自治区级贫困旗，全区 27 个国家备案的革命老区旗县之一，也是全市唯一的省级领导联系贫困旗。全旗总人口 34.3 万，农牧区人口 24.5 万，精准识别人口 7185 户 13076 人（占全市 35.3%）。贫困人口主要分布在"一区两带"（后山旱作贫困区、沿乌梁素海贫困带、沿黄贫困带），共有贫困人口 5669 户 9058 人（占全旗 69.3%）。近年来，该旗认真贯彻市委、市政府决策部署，紧扣"精准扶贫、精准脱贫"基本方略和"六个精准、五个一批"工作要求，因地因人施策，定人定责帮扶，有序有力推进，按照"摸清 1 个底数、明确 4 条路径、抓实 4 项工程、调动 3 方力量"的思路，逐步探索形成了"1443"扶贫工作机制，取得了较好成效。

一、摸清贫困底数，有效解决"扶持谁"的问题

精准识别贫困人口是精准扶贫的基础，直接关乎"扶真贫、真扶贫"的成败。乌拉特前旗在精准识别过程中，严格按照"统一摸底、规模控制、分级负责、精准识别、动态管理"的原则，创新采用了"切、排、选"三步工作法。"切"，即全面整合扶贫、财政、民政、房管等相关部门组成审核组，多渠道进行信息比对，将有工资收入、在城镇有住房、有现价超过 3 万元以上小汽车等 7 大类、17 小项的人员全面切出贫困范围；"排"，即根据贫困人口收入水平实行倒排序；"选"，即民选民定，由村民大会选定贫困人员，并进行村、镇、旗三级公示公告，确保识别结果公开公正、全面接受群众监督。通过严把"切、排、选"三道关口，不仅有效保障了贫困人口识别的精准度，而且厘清了贫困人口的致贫原因，为精准脱贫奠定了坚实基础。

二、找准脱贫路径，有效解决"怎么扶"的问题

找准"穷根子"才能开对"药方子"。在精准识别、建档立卡的基础上，坚持"因地制宜、因人施策"，有针对性地找准了脱贫路径。全旗国贫人口13076人中，易地搬迁脱贫7596人，发展产业脱贫5480人（与教育扶持脱贫804人、社会保障兜底6893人叠加实施）。

（一）抓细异地扶贫搬迁工程

"一区两带"属于一方水土难以养活一方人的地区，是该旗易地扶贫搬迁的主战场。扶贫办公室按照"四年任务两年完成"的实施计划，坚持一次性规划到位、分年度推进实施，将全旗7596人的易地搬迁和3798人的同步搬迁任务，全部分解落实到了各苏木镇、农牧渔场，精心建设打造了13个易地扶贫搬迁示范新村，2017年将全面完成4803名贫困人口的易地扶贫搬迁任务。规划编制方面，旗里成立了评审专项工作领导小组，加强对各地规划的组织、指导和初审，并广泛征求群众意见，提交旗党政联席会集体研究讨论、修改完善，最终提交专家评审委员会进行评审，通过层层审核把关，有效保证搬迁规划符合政策要求、基层实际和群众意愿。工程建设方面，立足旗情实际和区域特点，注重突出"一村一景、一乡一品"特色，提出了助推易地扶贫搬迁工作的"八个有机结合"，即与村庄综合整治、"美丽乡村"建设有机结合，与危房改造、土改砖项目有机结合，与土地整理、农田水利、畜牧养殖等涉农涉牧项目有机结合，与互助幸福院建设有机结合，与村屯绿

化有机结合，与发展农家乐、牧家乐等乡村旅游有机结合，与发展肉羊、肉驴、蛋鸡等规模化养殖和设施农业有机结合，与扶持培育庭院经济有机结合，落实好搬迁户增收致富产业的选择与发展，确保实现"移得出、稳得住、能致富"。

（二）抓全产业培育发展工程

一是扶贫人口全覆盖。依托"三到村三到户"项目资金3200万元，打破苏木镇、嘎查村界限安排到户产业扶持资金，覆盖全部除易地扶贫搬迁以外的5480名建档立卡贫困人口，按人均5000元补贴产业扶持资金，将产业扶持资金落实到户。在此基础上，安排2343万元专项资金，叠加扶持13076名建档立卡贫困人口发展脱贫产业（为7596名易地扶贫搬迁贫困人口每人安排1500元的产业发展资金，为5480名非易地扶贫搬迁贫困人口每人安排2000元的产业发展资金）。

二是扶贫方式全方位。立足贫困地区和贫困户实际，采取"菜单式"扶贫模式，为贫困户量身定制了"三种模式、十大套餐"。三种模式包括自营模式、联营模式、入股分红模式；十大套餐包括"种植业＋贫困户""养殖业＋贫困户""农副产品加工业＋贫困户""商品流通服务＋贫困户""旅游＋贫困户""光伏扶贫＋贫困户""电商扶贫＋贫困户""创业就业补助＋贫困户""公司（合作社）＋基地＋贫困户""创业致富能人＋贫困户"套餐。贫困户可根据自身意愿和实际情况，自主选择致富产业。加快推进扶贫产业示范区建设，重点推进小余太镇西二份子村驴产业示范区，小余太镇永红村、东五份子村"企业＋农户"小杂粮种植示范区、明安镇营盘湾、义和店散养鸡产业示范区及乌梁素海三分场水产养殖业示范区建设。大力实施"造林绿化＋脱贫攻坚"工程，重点在山旱区贫困村及新建移民新村周边种植经济林，果树由政府提供、农户种植，果树所有权全部分到贫困户手中，精准识别户分得的果树是一般贫困户的2至3倍，有效增加贫困户脱贫手段。例如，明安镇十二份子移民新村周边集中连片种植苹果树26亩3000株，盛果期每株产量约100斤，可实现年人均增收2000元左右；贾全湾村引进专业合作社，建立股份经营机制，农户以地入股，种植山楂、红枣、沙棘、文冠果等4.6万株，农户投工投劳参与种植养护，预计户均年可分红1.2万多元。

三是帮扶监管全过程。为保证产业扶贫项目资金落到实处，乌拉特前旗加强帮扶监管力量配备，全程跟进参与项目实施。项目实施前，由帮扶责任人帮助贫困户理清思路、选定产业项目，会同嘎查村和驻村工作队制订脱贫计划；项目实施中，由嘎查村、驻村工作队、帮扶责任人共同监督产业扶贫项目建设及资金使用；项目实施后，由受益贫困户、帮扶责任人、嘎查村、驻村工作队、苏木镇五方签字确认验收，并由扶贫办、财政、审计等部门对项目规划、建设、验收、资金使用等情况进行全程监督检查。通过全程参与跟进，明确各方责任，实现了产业建设有的放矢，资金使用合法合规，干群关系更加密切等多重功效。

（三）抓实金融扶贫富民工程

以强化造血功能为突破口，扶贫办公室进一步创新完善金融扶贫富民工程工作机制，在准确了解贫困农牧民资金需求的基础上，改变过去"短期式、救济式"的扶贫方式，采取了"梯次式、产业式"扶贫策略，形成了户户贷款搞产业、"小规模大群体"的扶贫新格局。特别是针对建档立卡扶贫对象，通过发放贴息贷款，有效解决贫困户担保难、贷款难、贷款成本高的问题。截至目前，已累计放贷7.1亿元。"富农贷"贷款发放前，对全旗11个苏木镇、6个农牧渔场按贫困程度，进行排序分类，确定了三种类型的支持比例，由贫到富逐乡整村推进。即，贫困的苏木镇、农牧场按照100%的嘎查村、分场进行发放，较为贫困的按照60%的比例发放，剩余的按照50%的比例发放，并要求农牧民贷款全部用于非常规增收产业项目，不得用于农牧业生产经营之外的用途，年终验收时，如发生贷款未用于生产经营型项目时将不予贴息，同时取消下年贷款资格，切实保证金融扶贫工作脱贫成效。"强农贷"贷款发放前，要求申请的企业必须同贫困农牧民建立利益联结机制，与农户签订帮扶协议，明确具体帮扶措施，有效防止"金融扶贫富民工程"变成"普通的农业贷款项目"和"金融扶富工程"，切实发挥了金融扶贫贷款发展产业促脱贫的功效。同时，为切实保障金融扶贫贷款的精准性和实效性，建立了旗、镇、村、组四级联动机制，层层签订责任书，层层审核把关信息，既确保每一笔贷款资金能真正发放给从事生产经营的贫困农牧民和合作社（企业），又保证贷款资金放得出、收得回，达到"风险可控又要覆盖贫困人口"的双底线要求。此外，我旗还与中国银行合作向乌梁素海渔场发放扶贫贴息贷款，与邮储银行合作向扶贫互助金项目村发放小额贷款。认真抓好中和农信扶贫贷款项目及扶贫互助金杠杆扶贫项目的启动实施，稳步推进农村扶贫小额保险试点工作。

（四）抓紧政策保障兜底工程

为切实解决贫困人口因教因病因残因灾致贫返贫的后顾之忧，该旗统筹资源、整合力量，拿出 1000 万元的社会保障兜底专项匹配资金，设立建档立卡贫困人口社会保障资金池，建立健全最低生活保障、特困人员供养、受灾人员救助、医疗救助、教育救助、就业救助、临时救助和社会力量参与"7+1"的社会救助制度，初步构建起综合性的社会救助制度体系。与此同时，旗委、政府将 80 周岁以上和 18 周岁以上 80 周岁以下完全丧失劳动能力的贫困人口纳入社会保障兜底脱贫范围。按照巴彦淖尔市 2017 年 4500 元/（人·年）的脱贫标准，对纳入社会兜底保障范围的享受低保、五保、残疾补助的贫困人口，利用社会保障兜底资金补齐 4500 元/（人·年）；对纳入社会保障兜底范围不享受低保、五保、残疾补助的贫困人口使用社会保障兜底资金，通过民政部门直接发放 4500 元/（人·年）。

教育方面，进一步完善从学前教育到高等教育全覆盖资助政策，旗政府出资对贫困家庭学生从学前教育、义务教育、高中教育直到高等教育的全学龄阶段，分别给予每年 1000—8000 元的补助资金，针对残疾人家庭和残疾学生再增加 500—3000 元的就学补贴，统筹实施贫困大学生"雨露计划"，确保每一名贫困家庭学生全学龄阶段都能得到有效保障。医保方面，由旗政府代缴新农合医疗保险和商业大病保险，同时，为所有贫困人口购买意外伤害保险、重大疾病保险、大病住院补充医疗保险，使总体报销比例达到 90%

以上；旗级精准扶贫项目资金安排374万元，用于非低保、五保贫困家庭的大病救助和急难救助，确保让每一名贫困人口都能看得起病、不拖累家庭。低保方面，全旗13076名贫困人口中有6893名贫困人口享受民政低保扶持，民政部门正在针对剩余的6183名贫困人口进行扩面筛查，确保符合条件的贫困户一户不漏纳入低保范围，达到应保尽保。通过实行动态管理，优先将建档立卡贫困人口纳入其中，对于未纳入低保的，进行临时救助，直到脱贫为止。对因自然灾害、意外事故等原因致贫，其他社会救助政策无法覆盖的贫困人口，纳入急难救助范围，多层次织紧织密社保兜底网。

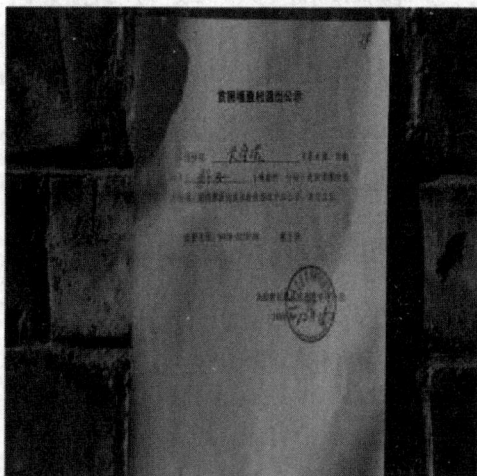

三、调动各方力量，有效解决"谁来扶"的问题

做好精准扶贫工作，旗委、旗政府是主导力量，但也需要全社会共同参与。我们在把脱贫攻坚任务牢牢扛在肩上、抓在手上的同时，进一步整合省级领导干部联系贫困旗县，市直机关事业单位定点帮扶，旗直驻旗机关、企事业单位领导、驻村工作队、第一书记、干部帮扶贫困户等社会扶贫资源，对建档立卡贫困户进行全方位、全覆盖结对帮扶。

一是认真开展定点联系帮扶。为保证每一个贫困户至少有一名帮扶责任人，安排全旗153个机关、企事业单位和驻旗单位，对全旗86个重点贫困嘎查村59个农牧渔分场进行对口帮扶，市、旗两级领导干部共计3681名，共帮扶贫困户7185户，不脱贫不脱钩。

二是激发贫困群众内生动力。脱贫致富终究要靠贫困群众用自己的辛勤劳动来实现。为提高贫困人口发展增收产业的责任感，我们采取"国投资金＋自筹资金"的资金投入模式，要求贫困人口按比例自筹部分产业项目资金，自筹比例不低于财政扶贫资金的30%，捆绑实施增收产业脱贫项目。同时，大力开展"德润乌拉特""孝行乌拉特"创建活动，教育引导贫困群众端正荣辱观念、抵制陈规陋习，牢固树立"宁愿苦干、不愿苦熬"的自力更生思想，充分发挥自身主观能动性。

三是调动社会各界参与扶贫。积极落实社会扶贫支持政策，鼓励社会力量以多种形式参与扶贫，认真组织开展"10·17"扶贫日系列活动。充分发挥统战部、工商联、红会、工会、团委等群团组织联系社会各界群众的桥梁纽带作用，近三年来累计投入近2000万元，积极开展"光彩事业""金秋助学""博爱家园""希望工程""青春扶贫"等扶贫济困活动，让贫困地区和困难群众真切感受到党和政府的温暖。

通过一个阶段的努力，乌拉特前旗2016年稳定解决了5673名贫困人口的脱贫问题，2017年将完成剩余的7403名贫困人口的脱贫任务。坚决打赢脱贫攻坚战事关全面建成小康社会成败。该旗将认真发扬"钉钉子"精神，用心用情用力做好精准扶贫、精准脱贫工作，确保全面完成脱贫攻坚任务，按时摘掉自治区级贫困县的帽子，到2020年所有贫困人口实现稳定脱贫，同全区各族人民群众一道迈入全面小康社会。

（乌拉特前旗扶贫办 / 王荣杰 / 文）

戈壁滩上的岁月人生

——记内蒙古"北疆基层党建长廊"建设先进集体巴彦淖尔市乌拉特中旗甘其毛都镇图古日格嘎查党支部书记额尔登贺希格

乌拉特中旗甘其毛都镇图古日格嘎查总面积1191平方公里，有中蒙边境线60公里，总人口217户606人，党员31人。近年来，嘎查支部扎实推进"北疆基层党建长廊"建设，全嘎查各项事业取得较大发展。

警民联建保障北疆安宁

近年来，为了维护边疆稳定，嘎查支部与边防派出所实施了以党务工作、民生事业、社会治安和教育宣传等方面"联抓"工作，有2名边防民警先后兼任嘎查支部副书记，双方支部组织党员共同开展各类特色党日活动17次。嘎查支部组织100多户沿边牧民协助边防民警承担起"稳边固防"任务，六十公里边防线上，每一座毡包就是一座"固定哨所"，每一个牧民就是一个"流动哨兵"。

2012年，牧民巴达日呼在寻找自家骆驼时，发现一名陌生人形迹可疑，他立刻向边防派出所报告，并以询问是否见过自家骆驼为由拖住此人。派出所民警及时赶到，将此人控制，经调查，此人为网上在逃人员。近三年来，共收集上报情报信息24条，堵截讨要人员37人，抓获网上在逃人员8人。民警与嘎查干部组建"警民党员突击队"，积极开展防灾救灾、帮扶救助、矛盾调处等工作。2011年，一场大雪造成许多牲畜走失，出入嘎查的道路被封锁。民警村官孟克巴雅尔将情况立即向边防派出所主要领导汇报，"警民党员突击队"第一时间出动，孟克巴雅尔带队集中为牧民寻找走失的牲畜，民警村官樊嵩立即协调大型机械为牧民开路，边防派出所出动5辆军用卡车，为牧民免费拉运草料，通过58小时的艰苦奋战，最终战胜了那场自然灾害，直接挽回经济损失260余万元。

打造"草原党群联络户"提升服务水平

嘎查支部按照党员5个好标准，在边境牧区每10—15公里半径范围内选择党员、入党积极分子家庭设置设立"草原党群联络户"，服务周边10至20户牧民。

发挥党员活动"中转站"作用，增进牧民交往、密切党群干群关系。"党

戈壁宝驼之乡

防疫是牧民兄弟的大事

群联络户"达布希拉图同志组织了一场剪羊毛比赛，周边党员和牧民热情高涨、积极参与，虽然没有丰厚的奖品，但是通过比赛丰富了党员、群众的精神生活，为党员、群众交流提供了机会，也拉近了党组织、党员和群众的距离。2014年以来，依托"党群联络户"开展各类活动30多次。发挥便民代办"服务站"作用，为牧民提供民政、社保、低保、合作医疗等代办服务，让牧民在家门口办事，有效降低办事成本。牧民巴格那说："以前办事到旗里跑100多公里，有时还办不完，当天回不来。住一晚，费钱不说还耽误营生。现在方便了，直接去达布希拉图家，串门子的时间就把事办了，省钱省力真方便。"目前，"党群联络户"累计为群众代办各类业务173件，为牧民节约办事成本2万多元。发挥社情民意的"收集站"作用，为牧民提供了

在家门口向镇党委政府、嘎查"两委""两代表一委员"反映诉求建议的平台。"党群联络户"乌仁其木格经常组织附近的牧民来家中聊聊天、打打牌，讨论年景、分析行情、交流经验、展望收成。在闲聊中，了解牧民的所急、所想、所盼，为上级党委政府服务牧民提供可靠依据。今年，"党群联络户"累计收集各类社情民意 127 条。发挥调处矛盾的"先遣站"作用，及时解决因牧民对政策不了解、误解而产生的矛盾纠纷。牧民额尔登其其格和乌力吉因为草场界限问题闹得不可开交，几次险些引发冲突。"党群联络户"巴达日呼得知情况后，把他们约到一起，在巴达日呼和其他邻居的劝说下，两家人重归于好。目前，通过"党群联络户"累计预防和化解各类矛盾纠纷、热点难点问题 22 件次。发挥政策信息的"传达站"作用，解决牧区道路建设滞后和信息闭塞的发展瓶颈，畅通了惠民政策、市场信息、养殖技术的传播渠道。"党群联络户"巴达日呼附近牧民大都居住深山之中，许多新鲜牧业信息他们无法掌握。科技人员到嘎查宣讲政策时，他们往往无法参加。巴达日呼在主动承担起为他们传达信息工作的同时，邀请旗畜牧局的科技人员到他家中，为周边的牧民进行讲解。牧民陶格陶高兴地说："活了40多年，没想到咱们这么偏的地方还能有人亲自来教咱们，现在党委政府的服务就是好。"2014年以来，旗镇畜牧业科技人员深入"党群联络户"，为牧民现场集中指导讲解实用技术 23 次，受益群众 450 多人。

支部＋协会共谋产业发展

嘎查支部在做好服务群众工作的同时，也在为牧民增收做着积极的努力与探索。针对近年来牧区草场载畜能力下降，自然灾害频发，牧民因灾致贫、返贫现象严重这一问题，党支部组织 5 名嘎查干部和 3 名党员带头发展红驼养殖产业。

同时，党支部借鉴成功地区经验，通过与支部成员和养殖大户沟通后，决定成立红驼事业协会，建立"支部＋协会"的模式，为牧民增收致富畅通渠道。在党支部的努力下，2008 年"戈壁之宝驼事业协会"正式挂牌成立。

面对驼绒价格一直被驼绒贩子垄断问题，协会多方打探联系，找到驼绒收购厂家，打破多年来驼绒贩子垄断驼绒市场的局面。仅驼绒销售一项，平均为协会每户会员增收 2700 多元。协会抓住这一机遇，组织嘎查牧民到协会参观，

宝驼事业蒸蒸日上

邀请协会中养殖能手"现身说法"，在协会中营造出"支部铺好路，入会能致富"的良好氛围。2011 年，嘎查党支部帮助协会争取旗、镇两级党委政府支持建成占地 20800 平方米，集加工、展览、表演、餐饮一体化的草原红驼文化广场，新建 328 平方米的驼产品加工间、驼文化展览室和驼食品餐饮区。到 2013 年年底，协会已发展会员 58 户，饲养骆驼 1100 多峰，草原红驼产业呈现出良好的发展势头，牧民来自驼养殖的收入户均达到 26000 元，成为主要的收入来源。

嘎查支部一班人一心一意带领群众发展经济，扎扎实实为群众办实事、解难事，赢得了群众的信赖和支持。嘎查支部先后被授予全区"北疆基层党建长廊建设先进集体""全市先进基层党组织""全市基层党建示范点"等荣誉称号。

民族团结之花　社区和谐之歌

——内蒙古巴彦淖尔市乌拉特中旗海流图镇
巴音路社区模范集体先进事迹小记

乌拉特中旗海流图镇巴音路社区于 2010 年 12 月成立，辖区面积 1.5 平方公里。下设 6 个网格辖 17 个街坊。社区共有住户 3351 户 7150 人，居住有汉、蒙古、回等 9 个民族，其中蒙古族人口占总人口的 50%。近年来，海流图镇巴音路社区坚持将民族团结工作放在讲政治的高度，狠抓民族团结工作，让民族团结工作向前迈了一大步。

一、创新机制，建立健全组织机构

为了切实加强民族团结进步创建活动的组织领导，社区将民族工作纳入重要工作日程，成立了民族团结进步示范社区创建工作领导小组，有专人负责民族工作。社区党总支明确了社区书记为第一责任人，全面负责社区民族团结工作。

党建引领、同步推进。社区将民族团结进步工作纳入到区域化党建工作的大框架中，在推进区域化党建工作的同时，将民族团结进步工作同步推进。与驻社区单位形成工作合力，改变社区一家负责的"独角戏"状态。社区每年都要与民族宗教局开展至少 2 次共建活动，围绕民族政策法规宣传、民俗文化传承、少数民族群众关爱等内容开展。使社区民族团结的独角戏转变为大合唱。

划分网格、上下联动。为了做好社区少数民族工作，社区服务大厅专门开设了一个蒙语服务窗口，由蒙古族干部专门向蒙古族居民解释各项便民政策，办理业务。社区还挑选有责任心的蒙古族干部作为蒙古族居民居住区网格小组长，向他们宣传国家政策，收集舆情信息；并结合在职党员进行社区活动，组织蒙古族在职党员义务服务居民，打造了一支民族团结志愿者队伍，形成上下联动、齐抓共管的社区民族团结工作整体网络。

明确目标、分工合作。 辖区蒙古族居民流动性较大，部分居民不能主动到社区登记，社区将民族工作转守为攻，加大了对流动性少数民族人员的动态管理。社区干部定期深入住户、辖区单位、门面，挨家挨户进行摸底调查，将人员分类建立台账，将流动人员录入系统，详细掌握核实了社区少数民族人员的基本情况，以及他们对社区服务的需求，并进行登记，随时更新管理信息。

二、因地制宜，打造特色活动品牌

民族团结工作关系到社会政治的稳定和党的凝聚力。社区始终重视落实党的民族政策，努力营造民族团结的良好局面。社区充分利用资源，以文化活动为载体，落实民族团结宣传教育工作。

设置特色功能室，营造温馨人文环境。 社区设有民族图书室，配备了蒙、汉图书、杂志100余册，配备了棋牌、桌椅等活动设施，向居民免费开放。积极协调20个联合党委成员单位，保证一周开展一次小型活动，一月一次大型活动，少数民族节日开展特色活动。

创新宣传方式，形成浓厚学习氛围。 社区利用短信、微信等平台，编制蒙文版信息宣传民族团结先进模范事迹，开展"党的群众路线""两学一做"教育活动，引导广大干部及群众对民族团结的理解和认识，不断深化民族团结宣传教育活动效果。

丰富活动载体，满足居民业余生活。 社区利用活动中心结合少数民族传统节日，每年都在少数民族居民较为集中的小区内开展祭火、打马印、小型那达慕等少数民族趣味活动，受到了群众的一致好评。辖区内的蒙古族歌舞爱好者还自发组织了"百人安代舞队""苏龙嘎民歌队""塔林托雅舞蹈队""中老年马头琴队""老年红歌队"等，社区提供场所供歌舞队排练，每年他们

社区联合党委深入社区开展活动

还在辖区义务演出 10 余场次。

三、用心用爱，打通服务群众"最后一公里"

社区在开展各项民族团结工作后，形成了社区为少数民族对象服务，少数民族对象为社区建设管理服务的良性循环。

政府改善民生，资源共建共享。社区针对蒙古族居民集中居住的惠民小区硬化、绿化、亮化施工慢等问题，多次与城建局、园林局等部门进行沟通，进一步改善居民区基础设施，开展了硬化居民巷道、绿化了辖区空地方便少数民族居民生产生活，提升了各族居民生活的幸福感。

干部热心奉献，社区和谐发展。依托网格化管理模式，及时掌握少数民族群众的需求和动态，认真排查调解矛盾与问题，协调解决，妥善处理少数民族群众与周围群众之间的矛盾纠纷，将不稳定因素消除在萌芽状态。同时，社区干部经常走访困难少数民族家庭，扶贫帮困，每年累计帮扶 30 多户，针对部分困难家庭子女入学困难问题，积极组织捐赠助学活动，近几年共帮助 51 名少数民族贫困大学生圆了大学梦。

居民参与建设，服务良性循环。社区积极将少数民族居民纳入居委会，发挥少数民族之间沟通、交流作用，使他们为社区的建设和管理建言献策，发表自己的看法，辖区内少数民族居民积极配合民宗部门协查市面蒙汉两种文字并用治理整顿工作。今年，居民自发组织了"蒙克力"志愿者服务队，共排查沿线路标、指示牌、广告牌匾 24 个，已整改路标 8 个，更换路标、广告牌匾 6 个，校对广告牌匾 10 个，免费翻译牌匾 46 个，使该镇社会市面蒙汉文并用治理整顿工作有了明显的变化和改观，2016 年被评为"自治区级民族团结先进社区"。

社区活动丰富多彩

民族文化进社区

致富路上奏响悦耳的"和弦"

——内蒙古巴彦淖尔市乌拉特前旗大余太镇红明村党支部书记姚润泉带领乡亲打造明星村事迹侧记

巍峨阴山下，内蒙古巴彦淖尔市乌拉特前旗大余太镇红明村悠闲典雅的广场，宽阔整齐的柏油马路，干净整洁的院落交相辉映，让前来参观的人们耳目一新，心旷神怡。这几天，村民收完大田庄稼，又开始忙着打理温室大棚的蔬菜。再过两个月，这些反季节蔬菜就能赶着行情上市了。村民李大军信心十足地说："少说也能收入三四万块钱，这得感谢村党支部带我们走上了致富路。"这一系列的变化离不开党支部书记姚润泉的辛勤付出。

红明村土地多、土质好，耕地总面积5.6万亩，人均耕地近10亩。然而这个自然条件优越的"明星村"，却始终延续着传统的粗放经营模式，种植结构单一、广种薄收成为困扰群众致富的"绊脚石"。

姚润泉是村里的能人，自己致富有办法，更是一个让村民暖心和贴心的老党员。为了村里的大小事物忙前跑后。他的努力换来的是村民们脸上幸福的笑容。刚开始姚润泉高票当选的是村委会主任，作为一个1600多户4700多人的大村之长，上任之初，他就锁定了让村民脱贫致富的大目标。

在红明村的田间地头，农忙时节经常看到这样的场面：党支部书记姚润泉、"两委"班子和党员议事小组成员聚在一起激烈讨论，这就是红明村独具特点的现场办公会。姚润泉说："好多实际矛盾就在一线，所以我们就把会场设在一线，在一线处理矛盾，在一线我们可以清楚地听到群众的建议和意见。"

面对群众盼富期待，红明村党支部转变发展思路，打出因地制宜培育新产业的"富民牌"。村党支部一班人先后多次组织村民代表到山东寿光观摩设施农业，并邀请技术人员来村实地考察指导温室种植。群众对新事物有疑惑不敢接受，党支部便发动党员先行示范，通过旗里补贴一部分、镇里拿出一部分、村民自筹一部分的方式，建起20栋标准化温室，当年亩收入3万多元，村民第一次尝到了设施农业的"甜头"。

有了新产业，村党支部又把创富目标瞄准基础设施建设，千方百计筹资实施1500米中心油路建设、3000多米渠道衬砌节水等工程，为红明村长远发展积蓄后劲。2011年年底，经过多方争取，总投资1亿元的自治区高标准3万亩基本农田建设项目落户红明村。实施3万亩高标准农田改造、3000亩温室大棚建设、300户整村推进工程……红明村迎来经济发展的又一个"春天"。

2013年自治区开展高标准基本农田示范项目建设，自治区财政补贴一大块对农田进行整理和升级，这在姚润泉看来是一次难得的机遇。耕地是全村的命脉，经过两轮土地联产承包后，本就条块分割的土地再加上作物不统一耕作，使得机械化作业很难施展，种地的成本也就居高不下。高标准基本农田示范项目最基本的要求就是大破大立，打破分割零散的土地格局。这就触及了村民的切身利益，一旦工作有纰漏就会让村民丧失信心。在村民的质疑声中，姚润泉主动请缨，向组织保证坚决啃下这块硬骨头。在项目开始的时候出现了问题，这个项目要附加建设一些配套设施，比如土地间的水泥路等等，这些会占用农民的土地，而项目配套资金还没到位，农民心里也没底，迟迟不肯给项目让路。眼瞅着马上就要耽误工期了，姚润泉一咬牙果断把自己的80亩土地抵押给村民，让村民放心。

党支部一班人勇于担当敢于挑战的精神，这种压上全部身家性命的大胆行为，让许多村民大为感动，也在很大程度上打消了村民的顾虑，村民们纷纷开始签订协议。

刚刚松了一口气，姚润泉的家里却后院起火，他的爱人不干了。舍小家为大家，在别人看来可能是一句口号，这时倒是姚润泉痛下决心的关键时刻，他一面安抚家人，一面带领村干部跑断腿、磨破嘴的推进项目实施，全身心地投入让他晒成了黑铁蛋儿，瘦得脱了形，项目硬是如期完成了。

面对发展过程中出现的土地、产权纠纷等矛盾，村党支部组织七十余名党员召开"诸葛亮会"，对征集到的群众意见、建议认真梳理解决，让群众参与集体决策，解开群众心结。现在，在整理好的一马平川的耕地上，高标

多元发展是致富的途径

准的基本农田带来了农民们见都没见过的好玩意儿，堤灌、喷灌、机械化种植收割。只用了一年时间，大家就体会到了姚润泉的承诺变成了现实，姚润泉逐步成为村民们心中的主心骨。

姚润泉没有辜负大家的信任，后来他被村里的党员们选为党支部书记。当了书记后他干劲儿更足了。

乌拉特前旗的后山羊肉在自治区内小有名气，肉质好、羊绒产量也高，市场前景看好。作为后山山羊的养殖区，红明村由于禁牧和草料上涨等原因，产业萎缩，养殖数量减少，群众缺乏产业发展的信心。姚润泉准备在党员

和养殖大户中搞典型示范，通过合作社的方式重振红明村的养殖业。姚润泉为合作社确定了基调，党支部必须是主导力量，党员必须是核心成员，所有入社的村民必须真金白银的自主入股，只有这样才能准确把握发展方向，明确权利义务，激发村民的养殖积极性。在党支部的感召下，入社村民由几户增加到几十户、上百户。合作社从选种、改良、管理销售实行一条龙服务，彻底打消了村民的后顾之忧，跟着合作社发"羊"财，又成为大家的共同期待。

为了让村民增收致富，自己付出了多少姚润泉从不愿意说。但是村"两委"班子该怎么为大家服务却是他一再强调的大事。为此，姚润泉书记带领班子成员摸索出一套行之有效的"五步议事法"：第一步是村党支部提议在"两委"中商议，第二步是村里所有的党员参议以便汇集民意，第三步是梳理意见联席会议讨论审议，第四步是集中意见后村民代表进行决议通过，第五步是所有决策全部进行公示监督执行。他要求每一步都要给农民一个明白，都要还干部一个清白。

新农村建设的关键在于每一个党员的先锋作用。为了激发红明村党员的主动性，姚润泉书记在全体党员中开展了差异化星级管理工作。党支部根据每一位党员的特长，设岗定责，切实发挥每一位党员的作用。

村民张凡林夫妇是村里的大棚种植大户，他们缺乏资金也不懂技术，近几年发展停滞不前，熟练掌握大棚种植技术的姚润泉成为他们的定点帮扶员。在姚润泉的带领下，红明村的党员积极认岗领责，擅长处理人际关系的当起了义务的协调员，有技术特长的当起了产业指导员，常到镇上办事的党员当起了村里的代办人，即使年老的党员也在义务卫生员岗位找到了职责发挥作用。

村民口袋鼓起来后，村党支部开展"干净人家、精巴媳妇""十星级党员""优秀村民"等评选活动，想法是让村民的"脑袋"也富起来。该村先后筹资100多万元完成巷道硬化和树壕衬砌2500平方米，完成中心油路通道绿化工程，新建村民休闲广场和文化活动室，安装太阳能路灯20盏，配

指导大棚种植　　　　　　　　研究高标准农田建设

套建成了"农家书屋"，让村民切身感受到了城里人的生活。

目前，党员议事小组先后帮助村"两委"化解矛盾纠纷 70 余件，全村人均纯收入达 12000 多元。气儿顺了的村民铆足了劲儿抓生产，致富路上奏响悦耳的"和弦"。如今，放眼红明村，满是丰收的喜悦，独具特色美丽的村庄建设，也让姚润泉书记带领下的党支部一班人前进的步伐更加坚定有力……

"草原妈妈"的坚守

——记内蒙古巴彦淖尔市乌拉特中旗巴音乌兰苏木努和日乐嘎查、巴音敖包嘎查联合党支部书记阿拉腾其其格

在乌拉特中旗巴音乌兰苏木有一位被牧民称为"草原妈妈"的联合党支部书记。她把自己的经历和智慧全部投入基层党支部建设和服务中。在她担任努和日乐嘎查、巴音敖包嘎查联合党支部书记的二十多年间，嘎查里的每一件事，她都当自己的事情去做。今年已经65岁的阿拉腾其其格依然坚守在岗位上，奔波在她热爱的草原上。

早上，阿拉腾其其格像往常一样赶往嘎查居委会，然而这段路她已经走了二十多年。到了居委后阿拉腾其其格迅速安排好工作就匆匆赶往巴音敖包嘎查，她要去那里处理一件棘手的事情

在目的地，村民张萍也早早地等着她的到来。原来张萍和邻居王瑞珍在草场划分中出现了分歧，阿拉腾其其格就是来处理这件事情的。张萍认为，她有证明草场的相关证件，所以草场应该是她的；而邻居王瑞珍认为，这块草场是自己父辈时留下的，大集体时队里分给自己的，理应归他使用。因此，两家的矛盾越积越深，阿拉腾其其格因为这件事这几年也没少往这里跑，最多的时候一年跑过十多趟。这回她来就是想到一个可以解决问题的方法。她说："因为王瑞珍是1987年承包了这片土地，和张萍尽量配合一下，我从基地里挪出点资金来，为他们打一眼井。"阿拉腾其其格建议让王瑞珍家继续种这30亩地，拿出资金为张萍家打一眼井，来补偿她的损失。阿拉腾其其格的建议让两家都很满意，并握手言和了。

为张萍打井挪用的资金，阿拉腾其其格说这是她从基地里拿出来的钱。

这个基地是她从 2007 年开始在乌拉特中旗旗政府的支持下，她个人出资 30 万元并投入自家养殖的 300 只羊，创办了阿都沁种养殖牧民专业合作社，以养羊增收为主。这其中的全部获利都用于嘎查的扶贫计划。

她说："因为来中旗的牧民挺多的，两个嘎查包括的贫困户挺多的。所以我就结合这种情况，创办了这个基地。"

基地在创办之初困难重重，最初的收入都用于还贷款和机器设备的投资。阿拉腾其其格没有高学历，也没有进过大城市，但有对草原深深的热爱，最终使合作社走向正轨。养殖数量和收入也逐年增加。"通过这几年基地的建设，我们解决了很多的问题。两个嘎查的贫困大学生每年赞助，重病返贫赞助，老党员慰问，贫困户慰问等基地都拿出一部分钱来。在这情况下，两个嘎查的三分之一的牧户都会受益。"她说。

巴音敖包嘎查村的村民周兰花 2014 年自己家门前着火了，有 19000 多斤饲料、432 捆草被烧得所剩无几，消防队员用了半个小时才将火扑灭。阿拉腾其其格了解到情况后从阿都沁种养殖牧民专业合作社调来一万斤饲料、四百捆草，解决了周兰花家羊的过冬饲料。

朴实的牧民无法用语言来表达自己心中的感谢，周兰花依旧含着泪说，这样的帮助可以说是救了全家人的命。

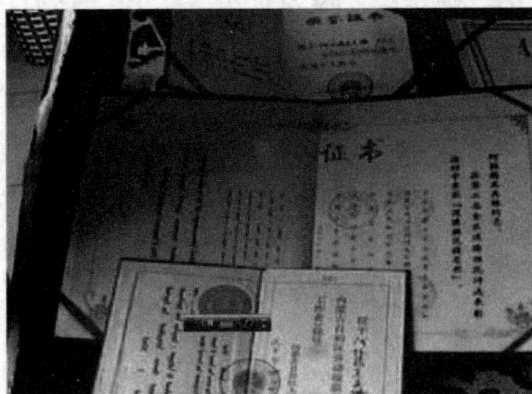

阿拉腾其其格的手机不时响起。电话都是牧民打来的，有大事也有小事。她就像一个大管家一样，操心着牧民们的生活。当然牧民们也喜欢和阿拉腾其其格说道。很多时候为了使牧民的困难得到有效的解决，她常常自己掏腰包。

2015年4月，努和日乐嘎查牧民赛希雅拉图十分着急地给阿拉腾其其格打电话说，他家的房子要塌了。阿拉腾其其格赶到现场了解情况后说，这间房子没有维修的价值了。赛希雅拉图听说后，感到很为难，因为要重新盖一间房子少说也得六七万元呢，而他是个低保户根本拿不出这么多钱来。为了解决他的难题，阿拉腾其其格向上级汇报了情况，不出两个星期就向上级申请了两万元的危房补给款，阿拉腾其其格自己拿出两万元为赛希雅拉图购买装修材料。赛希雅拉图说："自己的心情特别高兴，政府和队里这么快的解决问题，还能这么快住上新房子，真的是很高兴。"

自从阿拉腾其其格当上带头人以来，几乎没有外出旅游过。阿拉腾其其格除了生病几乎天天都奔波在自己的管辖区内。草原的天气多变，路更是不好走。那么大的管辖区，那么多的牧民，20多年来阿拉腾其其格几乎走过管辖区的每一处角落，每一位牧民她都了解。然而，对于家人她却只能偶尔地照顾一下。家里的全部重担都落到了丈夫吴奇身上。这位朴实牧民说："我也是党员。40多年的党龄，我们家人为人们服务是应该的，应该好好干，家里面有我就够了。"

基层的工作十分琐碎，稍微处理不当，就会产生很多麻烦。由于牧民不理解，阿拉腾其其格自己没少悄悄掉眼泪。她说："因为我是一个共产党员，我自己也是一个牧民，因此，我是很爱我的父老乡亲，当然有家乡父老乡亲

自己投资三十万元建设的合作社为乡亲帮了不少忙

的支持，我才这样努力。因此，我爱我的牧民，我的草原。"

这几年在她的努力下，她所管辖的两个嘎查有了明显的变化，新修了村路，新盖了棚圈，牧民们的生活水平有了很大的提高。牧民们表示，由于新修了路，新盖了棚圈，交通变得便利，劳动环境更加舒适，生活变得更好了，他们更想大干一场。

阿拉腾其其格曾多次获得自治区级各类奖项。乌拉特中旗巴音乌兰苏木党委书记曾说："基层组织建设这块，阿拉腾其其格运用以强带弱的方法，联合两个嘎查的党员，让党员起积极模范带头作用，更好地为基层组织建设做贡献。在矛盾化解这一块儿，阿拉腾其其格带动努和日乐嘎查、巴音敖包嘎查联合支部共同努力下，也让上访村和困难村逐渐走上了富裕。"

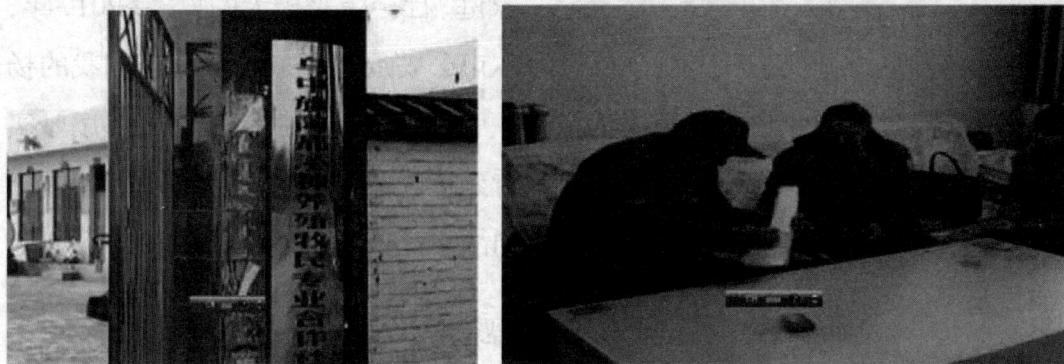

牧民的事都是心上的事

就阿拉腾其其格所说，她爱她的牧民，因此会尽最大的努力让她的牧民过上好日子。"我就是感觉到要让我的牧民过上好日子就是我坚定的信念。"她说。

阿拉腾其其格的故事也说不完。令人感动的是老人为了牧民们的幸福坚持了八千多个日日夜夜。更让人动容的是，她说党和人民给了她一切，她更应该为人民的生活服好务，要知恩图报。她的坚持换来了牧民们对他的信任，更换来了一份牧区的和谐。

（内蒙古巴彦淖尔市乌拉特中旗组织部／素材提供）

与毒魔面对面战斗的人们

——记内蒙古巴彦淖尔市公安局强制戒毒所杨学峰所长和他的战友们

"禁绝毒品，功在当代，利在千秋。"毒品是全世界共同面对的公害，是人类 21 世纪的主要敌人。吸食、注射毒品，不仅严重危害吸毒者本人的身心健康，使吸毒者迷失人生的方向、丧失人伦，而且给家庭、社会带来极大的危害。2017年，一个秋高气爽的日子，我走访了巴彦淖尔市公安局强制戒毒所。陪同我的杨学峰所长向我简略介绍了该所的情况后，引领我来到了强制戒毒区那扇厚实的大铁门前。就在这一扇铁门后面，我看到了一张张被"白色恶魔"吸掉了生命血色的脸，听到了一个个令人胆寒的故事——

同学，还是恶魔？

他看起来完全和正常人一样。他是我在进入强制戒毒区的铁门后与之交谈的第一个人。见到他的时候，他蹲在离其他戒毒者几米远的地方，正在接受一位民警耐心的开导。当杨学峰所长把他介绍给我的时候，我向他伸出了手。他蜡黄的脸上稍稍掠过一丝迟疑，但很快地也伸出了手。也许是我的手传给了他人间的温暖，和我谈话时，他显得很健谈。从他的言语中，你会怀疑他的书不只念到初中。我和他聊了一会儿后，他把他的故事告诉了我。出生在包头的小龙本有个幸福的家庭，父亲是司机，母亲是某厂的工人，而他是家里的独男，从小到大父母对他都爱护有加。初中毕业后没考上高中，疼爱他的父母为了他的前途，把他送去学开车，并在他学成后东凑西拼地给他买了一辆货车，让他开始了自食其力的人生旅程。一段时间内，小龙是个快乐的司机，对人生充满着信心。他读书的时候有一位形影不离的同学，两人要好到衣服都可以轮流穿。可是，初中毕业不久，那位同学染上了毒瘾，毒瘾发作的时候，好几次找他要钱。一次，那位同学的毒瘾发作时又找他要钱，他经不起哀求就给了他 100 元。同学拿了钱就匆匆地要去买毒品，毒品买到了，瞬间，带着特殊香味的白色烟雾弥散在小小的房间里。出于好奇，小龙忽然想知道这使他的好同学不能自拔的白色烟雾究竟有什么样的魔力，难道吸上一口就真的会上瘾吗？同学很快就把一些白色的粉末放在锡纸上，教他吸食。当浓浓的白烟吸进他的肺部时，他感觉异常的难受，强烈地呕吐了起来。呕吐过后，就昏昏沉沉地睡去。第二天醒来的时候，感觉身体还是说不出的难受，就问那个同学为什么没出现他所说那样的舒服感。同学就告诉他说第一次是这样的，让他再吸一点试试，他就再吸了一点。再次的吸食让他感到了前所未有的快感，闭上眼睛后金钱、美女围着他转……小龙就这样一步步地陷入了白色的泥潭中。

与毒魔面对面战斗的人们

初见杨学峰所长，就有一种很特别的感觉。和他交谈，你会很快发现刑侦生涯给予他的机智和他对业务的熟识。而从他的语言中，你又会直觉出他是一个很有领导艺术的人。

杨学峰原是市公安局刑侦支队的干部，当我问他为什么要到戒毒所工作时，他很坦率地告诉我是为了"挑战自我，实现自我"。

好一句"挑战自我，实现自我"。2015 年，局里安排他到戒毒所里任所长职务。在他担任所长职务前，巴彦淖尔市戒毒所基础设施薄弱，办公场所和设备简陋，医疗设备缺乏，没有监控，还面临着新所建设等等问题。

杨学峰接管所长职务后，三管齐下：狠抓班子建设、队伍建设和基础设施建设。

首先是抓好领导班子的建设。组建起了具有较强的决策能力和凝聚力的领导班子。领导班子中的同志都具有大专以上的文凭。领导班子重视自身建设，讲学习，讲廉洁、讲求实，能够做到几个脑子想问题，一种声音说话，表现出高度的团结。以办事公道、先锋模范赢取警心，树立威信，增强凝聚力。在争创一级所的工作中，他一直指挥在一线，工作在一线，以所为家，给全所民警做出了好榜样。班子里其他领导也主动作为，和全所民警一样把一项项工作指标量化到自己身上。在抓好班子自身建设的同时，还重点抓好队伍思想素质和业务素质的建设。不间断地组织民警定期学习思想政治理论，并交流心得体会。民警的政治理论水平、廉洁自律意识普遍增强了。他们定期组织所里人员到先进的戒毒单位参观学习，开阔视野，吸取别人的经验，完善自己不足的地方。

在干部业务素质建设方面，根据民警业务素质参差不齐的状况，每周集中民警学习《强制戒毒办法》《戒毒条例》《强制戒毒所等级评定办法》《监管工作手册》等相关法律法规。除此之外，还定期组织学习管教业务、医疗知识、心理知识，并采取每月定期考核和抽查相结合的方法进行检验，这就在全所营造了民警"业务大比武"的浓厚学习氛围。

上级领导视察工作　　　　　　　送法进社区

在基础建设上，他们积极争取市财政支持，投入大量经费加强戒毒人员住所的安全措施，安装了电脑监控，购买大量的医疗器械，业务工作实现了电脑化管理，大大提高了所里的医疗条件与安全防范措施。全所落实目标管理，在制度化、规范化、管理化上下功夫，研究制定了办公室、医务室、管教大队、后勤生产大队的岗位目标责任制，按"责、权、利相结合，奖勤罚

懒，奖优罚劣"的原则，奖惩分明，根据实际情况健全了各种制度，把责任量化到岗位，量化到个人。他们还实行责任病房负责制，把戒毒人员的管理、教育、安全量化到责任管教身上。为此，要求民警坚持做到"五勤"，即腿勤：经常巡视，深入病房；眼勤：勤看，善于察言观色，及时发现问题；嘴勤：常问，及时找戒毒人员了解情况，全面掌握戒毒人员的动态；耳勤：勤听戒毒人员反映的情况；脑勤：开动脑筋找出解决问题的办法。及时消除不安全因素，把隐患解决在萌芽中。因此，全年全所基本做到了无牢头狱霸，无打架斗殴，无强吃强占，管理严格规范，病房内风气良好，秩序井然。

他们把科学管理、精心治疗放在关键环节。紧密结合"戒毒与教育相结合"的中心工作，遵循依法、严格、科学、文明管理的原则，努力营造安全、舒适、文明、有序的戒毒环境，使戒毒人员从健康向上的氛围中感怀人生，珍爱生命，远离毒品。

抓好脱毒治疗。戒毒治疗是强制隔离戒毒所的中心任务，对入所的戒毒人员，在戒毒治疗的过程中，一定进行毒品尿样检测。对生理脱瘾的戒毒人员，坚持入所15天内进行再次尿样检测，并建立严格的登记制度，存入戒毒人员的个人档案。同时，加强对戒毒人员的病史询问，按照《强制戒毒所管理办法》规定，对怀孕、患有传染病等不宜强制戒毒的不予收治。

抓规范管理。严格出入所制度，坚持凭证入所，严格手续，按章办事。对不适合强制戒毒的人员，坚持原则不予收治。抓内务规范，每天组织一次

大扫除，病房内做到"五个统一"和"五个一条线"等。抓行为规范，每日一节课时间，组织戒毒人员学习《戒毒人员行为规范》，并进行考核评比。

抓转化训练。他们制定了严格的作息制度，坚持每天早上出操，每周2次队列全能训练。把戒毒人员的心理矫治作为康复治疗一项重要

内容，投入相当大的精力来抓，有针对性地开展法制，道德、形势、政策、吸毒危害以及性病、艾滋病知识等教育。平均每年上法制课 70 课时，受教育率达 100%。

加强禁毒宣传。通过电视、报纸、杂志等多种形式多种渠道推广经验做法，使戒毒所为贫困强戒出所人员捐款工作走出围墙，走向社会。并开展走出去、请进来活动，到市区内的各学校、广场进行禁毒防毒知识宣传，印刷了大量的宣传图册免费发放。

重视跟踪帮教，实际效果十分明显。所有干警都要认真做好跟踪调查工作，巩固戒毒效果，降低复吸率，要求对同所的部分戒毒人员实行随访，定期尿检，给出所后的戒毒人员产生心理压力，尽可能降低复吸率。并建立起一条由戒毒所、派出所、居委会、家庭组成的帮教路子，动用社会力量，加大监督力度。

近年来，巴彦淖尔市公安局强制隔离戒毒所人性化管理工作走在了全市的前列。他们坚持依法、科学、文明管理，坚持康复多样化的戒毒模式，组织戒毒人员跑步、做操、健身等文体活动，促进戒毒人员身体康复。仅半年，就给多名戒毒人员支付车费共计 610 元。他们还丰富一日三餐的饮食，使戒毒人员得到足够的饮食，每周都给他们加菜。尊重戒毒人员民族风俗习惯，春节和中秋节给他们买水果和肉类过节，使他们在戒毒所感到浓厚的节日气氛，高温期还购买绿豆和西瓜给戒毒人员防暑降温。所里还别开生面的为戒毒人员过生日，从有限的经费中挤出近千元给他们买蛋糕、水果等，很多戒毒人员都深受感动。中秋佳节，给每位戒毒人员送去月饼和西瓜，所内处处都是节日的气氛……

由于该所积极开展各种有益身体的康复活动，戒毒人员都能安心配合戒毒治疗，各项工作完成出色。巴彦淖尔市公安局强制隔离戒毒所从 1996 年成立到现在，全所人员努力拼搏，与毒魔进行着持久生死搏斗，20 年来没有发生一起安全事故，大部分的受戒人员身体康复生理"脱瘾"出所，工作受到当地政府和社会各界的好评。

为深入贯彻落实上级禁毒委员会关于加强禁毒工作的系列决策部署和禁毒工作会议精神，做好面向全社会的禁毒宣传教育工作，戒毒所利用自身的优势，阵地前移，近年来先后10余次开展大型禁毒宣传进校园、进社区活动，制作了禁毒知识展板，青少年吸毒案例专题展板，"中国禁毒志愿者"胸徽万余枚，仿真毒品、仿真吸毒工具56类，禁毒宣传手册几万份，受教育师生、社区群众达数万余人，他们的做法受到了多家媒体的关注，《巴彦淖尔市电视台新闻频道》《巴彦淖尔日报》《巴彦淖尔晚报》《内蒙古晨报》《网易新闻》等分别予以专题报道，取得了积极的社会效应。

（丁兆贵　雷　霄/文）

大山深处的"守护者"

——记内蒙古巴彦淖尔市乌拉特后旗广播电视
服务中心西山发射台台长孙毅

在乌拉特后旗广袤的戈壁草原上，有这样一位共产党员，近20年来，他一直坚守在自己的岗位上，守护着矗立在山顶的发射台。面对艰苦的条件，恶劣的环境，默默忍受着孤独与寂寞，勤勤恳恳，任劳任怨，确保广播电视信号发射、传播到草原上的每一个角落，让草原上的牧民们都能收听到广播声，他就是大山深处的守护者——乌拉特后旗广播电视服务中心西山发射台台长孙毅。

在乌拉特后旗潮格温都尔镇的大山深处，四季清冷，人烟稀少，方圆二十几公里只有几户以放牧为生的牧民。乌拉特后旗广播电视服务中心西山发射台就在这群山之中，海拔2145米高的山顶上。这里生活环境非常恶劣，冬天的气温达到零下40℃，所有的生活用品都要到25公里外的镇上购买。但是台长孙毅带领的三名同志常年居住在这里，肩负着发射检修电器和无线广播信号的任务。西山发射台覆盖面积2.7万平方公里，这里成为生活孤寂的牧民群众了解外界的窗口。

20多年前，年仅21岁的孙毅，背负行囊服从组织安排，一人来到西山发射台工作。当时西山发射台的条件非常艰苦，住的是简陋的值班室，但是孙毅却必须24小时在岗值班，不能有一点马虎。孙毅说："我1996年高中毕业从农村来到西山发射台，发射台的主要工作任务就是为后山牧民收看无线电视，收听无线广播服务。当时的环境非常艰苦，而且还特别孤独。单位里没有人愿意到西山值班，只有我一个人在。"

最早时，孙毅需要从宿舍爬到大约 500 米高的山顶上，开启关闭发射机和检查维修机器设备。面对险峻的地形、艰苦的条件和恶劣的环境，孙毅默默忍受着孤独和寂寞，想办法克服各种困难，坚持了下来，从来没有因为个人原因造成信号停播。孙毅说："当时也没有交通工具，生活用水要从两公里外的牧民家担水，也吃不上新鲜蔬菜。为了我喜爱的工作，不管环境多么艰苦，我都要坚持下来。"

大山与天空的对决

2011 年，为完成部分广播电视户户通工程建设任务，孙毅被抽调到广播电视村村通、户户通工程办公室，成为第一批户户通设备的安装工作人员之一。他们要在两个多月的时间，按时完成普通工程建设任务。每天晚上在完成规定的工作后，孙毅就组织工作人员学习广播电视专业知识和户户通安装维修专业技术。他一边讲解，一边演示，一边解答家装工作人员的提问，一直到深夜。直到大家内心的疑问解除了，技术要领掌握了，安装技术熟练了，才放下心来回到自己的宿舍休息。孙毅先后获得了"巴彦淖尔市敬业奉献道德模范""全市广播电影电视系统先进个人""乌拉特后旗先进个人""优秀共产党员"等多项荣誉称号。

前段时间，孙毅开车到台里值班的时候，不小心车陷进路壕下，非常危险。孙毅给敖登嘎打了个电话，请他过来帮忙拉一下车。敖登嘎接到电话后，二话没说就开着四驱越野车过来帮忙，毫不费力就把陷在雪地里的车拽了出来。敖登嘎说："孙毅经常帮助我们牧民群众，当我们有什么困难，打个电话，无论什么时候，他都会过来给我们帮忙。今年的雪下得挺大的，他的车被雪困住了，听到消息后我过来帮他拉车。"

除了帮助附近的牧民，他还积极主动帮助附近的公司解决困难。西矿公司现在有职工两千多人，工作与生活很闭塞。由于企业内部缺少活动，为了丰富员工闲暇时间业余生活，他申请广播电台局，专门为企业配备了小功率的广播发射机。企业内部缺少广播电视专业技术人员，孙毅就主动到企业帮助检查维护设备，保证了公司的无线广播系统能够正常播放节目。

近几年，西山发射台的工作人员逐渐增加到了四名。他们每天一日三餐都要亲自动手做饭。发射台地处偏远环境恶劣，时间久了，大家心里难免感到孤独寂寞。孙毅作为台里的负责人，非常关心照顾台里的工作人员，想尽办法安排调剂大家的伙食，耐心劝解开导，帮助他们排解寂寞。四个人像亲人一样团结，齐心协力做好工作。

孙毅的家在距离工作地点西山发射台80公里处。他常年在西山台工作，很少回家，家里的重担就落在了妻子的身上。妻子一边经营一家小小的服装店，一边照顾家庭的里里外外。虽然对自己的丈夫有过埋怨，但是为了后山草原上的牧民能够收看到电视、听到广播，妻子毅然挑起了家庭的重担，默默地在背后支持着丈夫。

家人和乡亲们的快乐是最大的宽慰

作为西山发射台的负责人，每年春节孙毅就让台里的工作人员回家与亲人过年。

妻子为了一家人能在春节团聚，便带着孩子到西山发射台陪丈夫过年。这样的春节一过就是十四个。

孙毅的父母因为住在城里不习惯，所以一直在农村居住。现在两位老人年纪大了，身体又有病，生活不能自理，孙毅和兄妹几个人便商量着轮流照看父母。轮到孙毅照看老人，他便从后山专程赶回来为父母做饭，收拾屋子。母亲因为小脑萎缩，行动不便，记忆力减退，他只能叮嘱身体稍好的父亲照顾好母亲，让母亲按时吃药。多年来，因为一直忙于工作，他对父母和家庭照顾得比较少，所以内心也感到非常愧疚。

耐心细致进行技术培训

这些年，西山发射台进行了多次发射播出设备更新，这些改造工程对职工身心也造成了很大的伤害，但他自己依然几十年坚守着这份工作。他的这种爱岗敬业无私奉献精神，给大家树立了很好的学习榜样。

在孙毅的坚守下，广电信息变成一道道电波，飞越广袤的草原，带着党和政府的问候，来到牧民们的心中。一套套精彩的电视节目，传播到草原牧民的家中，架起了党群干民群众的联心桥。

无悔的奉献精神，是他对草原牧民的热爱。他脚踏实地地谱写着敬业奉献的人生赞歌，践行着一名共产党员全心全意为人民服务的庄严承诺……

风险先担　产业先行

——内蒙古巴彦淖尔市杭锦后旗中南渠村
党总支书记张继星引领产业发展纪实

中南村位于内蒙古巴彦淖尔陕坝镇南郊 2.5 公里处，辖地面积 9860 亩，共有 13 个村民小组，837 户 2743 人。该村是全区新农村建设示范嘎查村之一，在党总支书记张继星同志带领下，村委会先后被国家科协、财政部命名为"全国科普惠农兴村先进单位""全区文明村镇工作先进村"，2014 年被评为"自治区先进基层党组织"。

党总支把发展壮大集体经济作为增强村级为民办事能力、凝聚党员群众力量的头等大事来抓，先后组织镇、村两级相关负责人深入全村 13 个社开展蹲点调研。多次召开党员和群众代表会议，在广泛讨论、征求意见和学习借鉴外地经验的基础上进一步理清思路，将发展壮大村集体经济的立足点放在发展旅游业、盘活集体资产，促进合作社发展等方面，充分发挥靠城、靠路等优势，依靠项目增加集体收入，

干净整洁的村委会办公场所

通过承包、招商等途径盘活集体闲置的旧学校，增加集体经济收入，共同发展有机肥项目，实现村集体经济收入增加。通过五级示范的引领、脱贫攻坚

等措施，用好财政资金投入、结对帮扶等政策，大力发展壮大村集体经济。

根据村委会实际情况，中南渠村党总支部在引领产业发展上，始终坚持产业先行、示范先搞、风险先担"三个先"思路，久久发力，逐步发展形成了"四大"特色产业。

一、种植上紧盯绿色品牌

康尔徕绿色食品专业合作社成立于 2007 年 9 月，主要开展绿色农产品的种植、生产、初加工、销售；园艺规划、苗木培育、秧苗培育；农业生产资料购销、配送网络服务；高效畜牧养殖业、饲料加工等业务。合作社内设基地部，育苗中心、农资中心、科技服务部、市场部、农场部、牧场部等 8 个部门。2009 年组织成立党支部，设 3 个党小级，现有党员 26 名。按照"支部＋合作社＋农户"的经营模式，成功总结并推广了绿色无公害产品"八个统一"的生产规程，即统一生产计划、统一订单生产、统一科技培训、统一农资配送、统一管理标准、统一检测定质、统一采摘分级、统一包装销售。通过合作社党支部引领发展，带动周边农户规范化种植经营，实现农民持续增收。合作社立足当地市场，以质量为根本，全力发展绿色农产品，以品牌为效益突破点，制定了严格的农产品质量追溯制度，积极拓展市场，先后和区内多家超市建立长期供需合作关系。在农超对接工作中，重点以绿色瓜果蔬菜和肉食品为主。所供产品必须张贴"康尔徕"销售商标和无公害农产品标识后方可销售。同时建立了农产品质量可追溯体系，销售的产品都能提供种植户的姓名、电话、种植的地点等基础信息，有的可以提供种植户的田间种植管理生产记录档案。

近年来，合作社将标准化建设和组织化销售工

作作为重点工作来抓。产品先后被自治区农业厅认定为绿色食品粮食生产基地和无公害瓜果蔬菜生产基地，青椒、番茄、西瓜、厚皮甜瓜等多个产品被国家农产品质量安全中心认定为无公害农产品。合作社年带动基地面积 2.3 万亩，直接带动农户 520 户，辐射带动农户 6000 户，户均增收 6400 元，亩均增收 1600 多元。实现"半亩园十亩田"之田园效益。

"借鸡下蛋"模式助推合作社迅速发展。2012 年，康尔徕合作社组织成立了农资配送服务中心和瓜菜秧苗培育中主，开设自治区首家具有地方品牌的"康尔徕绿色食品专卖店"，让合作社与成员之间相互"借鸡下蛋"。将合作社农资配送中主秧苗培育中心，把农资产品、秧苗赊销给社员，让它"下蛋"。社员以"蛋"变"鸡"，社员把生产出的绿色无公害的产品换成钱，再扩大再生产。农企合作模式提高了产销量，其中果蔬保鲜储量可达 600 吨，果蔬交易市场 2000 平方米，单日收购调运量可达 15 吨，精选、包装车间 700 平方米。合作社配套相关农残检测、信息服务等方面设施，成立并注册了"内蒙古康尔徕商贸有限公司"，开设了自有地方品牌和产品特色的"康尔徕绿色食品专卖店"，产业链条初步形成，基础投资强力跟进，相关设施配套产业协调发展。落实露地蔬菜 2.2 万亩，落实反季节和套袋梨果 0.1 万亩，并合理引导当地果蔬产业向规范化、组织化、区域化方向发展，产、供、销服务链不断完善，产业结构合理调整，初步实现了"一村一品一业"的产业格局。

二、养殖紧盯"双赢"法宝

依托旭一牧业有限公司成立了新型养殖农民专业合作社，通过"企业＋支部＋基地"的模式，坚持"服务社区、致富农民"的宗旨，无偿为周边散养农户提供圈舍，使农户散养的奶牛能在园区内实现统一饲养、统一管理。此举直接带动周边 510 多户农民加入奶牛、肉牛养殖。合作社采用党员设岗定责、完善党小组服务网络、建立联合技术指导小组等方式，真正实现了因地制宜、科学发展，以养带种、以种促养，达到了支部引领、农户增收的目的。村内还有特种猪养殖基地、肉羊养殖基地等，通过多种渠道养殖实现富民增收。

三、旅游业紧盯"休闲"功能

依托塞上园生态旅游园区，走"农业＋旅游"的发展路子，着力打造生态旅游品牌，实现农业旅游快速发展，先后建立200亩的人工采摘园，200米的人工采摘长廊。结合周边特色种养殖，逐步形成了集观光农业、生态旅游、蒙古风情餐饮、休闲娱乐于一体的旅游精品园，游人在园中尽情农家游、尽享农家乐趣，体验田园意趣。

瓜果飘香迎宾客

四、流通业紧盯"市场效应"

依托物流园区建成农副产品收购流通市场，全方位提供信息沟通，将全镇范围内的收购网点都集中到市场统一管理，既美化、净化了城市，又培育和发展了市场，提高了整体的经济效益，带来了良好的社会效益。

中南渠村党总支在党总支书记张继星的带领下锐意进取，班子建设坚强有力，党总支以"全链条"式教育管理党员机制为有力抓手，以康尔徕党支部、新型农民养殖党支部为依托，通过推行党员设岗定责、健全党小组服务网络、建立联合技术指导小组等方式，实现合作社与农户互利双赢，着眼为广大群众解决实际问题，充分发挥基层党组织的战斗堡垒作用和党员的先锋模范作用，有力促进了全村各项事业的迅猛发展。

（内蒙古巴彦淖尔市杭锦后旗组织部／提供素材）

牧民的好书记

——记内蒙古巴彦淖尔市乌拉特中旗川井苏木党委书记庞龙湖

他是一位牧区的党委书记，几年如一日地扎根于乌拉特草原，千方百计为牧民解决水、电、路、医疗等难题。真情牵起牧民冷暖，他就是乌拉特中旗川井苏木党委书记——庞龙湖。

一大早，乌拉特中旗川井苏木卫生院的工作人员带着医疗设备来到草原党群联络部，在这里，他们要为草原上的牧民们做定期医疗检查并发放常见医疗用品。65岁的合达梅每到这一天就搭顺风车到这里来检查，她患有高血压糖尿病需要定时进行这样的检查。她说，身体检查都很全面，血压、心电图等都做。而且自己的老伴就是在这样的体检中查出心梗的。同时她还表示，正是因为国家有这样的好政策，老伴因为心梗输液花的钱，个人才拿了二百多。老人还说，以前牧民有头疼脑热都是家里扛着，因为到苏木或者旗里至少得花两三个小时，而现在将体检放到党群联络部的家里，仅仅需要二十多分钟就可以完成了，非常方便。庞龙湖说："用中心卫生院的坐诊医疗服务，还有草原党群联络户的巡诊医疗服务，以及给牧民发放的小药箱，开展的自主医疗服务，从这三个方面解决了牧民看病难的问题。"

川井苏木共有8个嘎查，1900多平方公里，887户牧民，干部少，服务范围大，很多牧民由于住得距离远，很少参加集体活动，沟通少，久而久之制约了基层工作的构成和发展。在这种情况下，川井苏木党委书记庞龙湖提出了草原党群联络户的模式，庞龙湖说："由原来的党委、党支部，牧民党员三级党建网络完善成现在的党委、党支部、草原党群联络户、牧民党员司

认真征求群众意见

机党建网络，这样我们党建工作开展就非常顺畅。"按照居住相邻，集中管理的原则，通过党员自荐和群众推荐选出十户作为"草原党群联络户"，并将草原书屋作为活动的地点。与牧民息息相关的社保，新农合，民政等政策都通过"草原党群联络户"告知牧民，办事效率大大提高。川井苏木巴彦呼都格"嘎查党群联络户"的负责人葛吉雅说："牧民们的一些意见和建议，我会总结一下，之后第一时间上报给苏木，起到一个上传下达的作用。""草原党群联络户"还是牧民解决矛盾的重要途径，牧民们也普遍反映通过草原党群联络部很多问题都更容易解决了。

作为苏木的党委书记，抓党建是工作中的重中之重。为了提高苏木干部的整体素质，定期组织学习，传统的学习方式并不能积极地调动干部们的学习兴趣。庞龙湖创造性地提出轮流讲课的学习方法。他说："你认真地备课，给大家讲课，第一能保证干部们自己肯定是学习了，第二是思考了，有自己的思想、感想、理解，还能给大家讲出来。"庞龙湖还组建了党员微信群，通过微信的方式，让党员们参与其中。包金荣是微信群的群主，每天负责出一些相关方面问题，答对了就会获得小礼物，既让党员们的知识得以巩固，又密切了各党员间的联系。包金荣说："群里面互动也是比较多，可以明显

规划建设牧民新村

地看出他们的积极性都提高了，都去主动学习了。"

好班子，还得需要有好的发展思路，川井苏木的牧民有爱马养马的传统，为了发展产业，2011年川井苏木党委组织养马牧民成立了"乌拉特中旗快马协会"，首批发展会员拥有50名，养马2000多匹，并投入60万元建立起了养马驯马基地。短短几年内快马协会在圈内小有名气，并拉动牧民相关产业的经济效应。乌拉特中旗快马协会秘书长呼德尔说："在没有成立协会之前，2岁的马最多能卖到2000多块钱，后来马产业发展起来了，马的价格也每匹平均多卖1700—1800多元，增加了牧民们的收入。"快马协会还代理会员加工马奶，牧民孟克巴雅尔养了100多匹马，每天除了放马，还要挤马奶。大家把挤下的马奶集中送到快马协会的加工车间，用传统工艺制作成高品质的马奶。现在这种叫"祺格"的马奶也成了马协会会员新的收入点。牧民孟克巴雅尔说："原先我们挤马奶没有卖的地方，后来马协会成立以后，我们个人挤马奶就行了，之后送给马协会，很方便。"乌拉特中旗快马协会秘书长呼德尔说：

"马奶一斤按30块钱计算，一天一匹马产五到六斤奶，一天挤20匹马，可以有将近 3000 块钱。"马产业的发展也带动了当地的旅游业。牧民曾在包头打工，在回家探亲的时候更赶上"马文化节"，看着游客云集，她立刻意识到了旅游的商机。在院子里架起了的蒙古包，办起看了牧家游，一两个月就增收 2 万多元。呼德尔说："感谢庞书记给我们的支持、帮助，带动我们当地牧民发家致富。"庞龙湖说："下一步我们准备聘请公司专业合作社，帮着和快马协会一起利用共赢的机制，帮助发展马产业，让更多的人受益受惠。"

川井苏木党委书记庞龙湖这几天经常到巴彦高勒嘎查的西牧区转转，移民搬迁是大家的梦想，等天气暖和了，他就要带着 44 户牧民整体搬迁到这美丽的西村。庞龙湖说："我们在建设新村的时候就考虑了一个问题，怎样去缩短牧民和城镇居民的生活差距，以使提高及他所享受的公共服务。"

牧民搬迁是大事

巴彦高勒嘎查牧民张锡贵 10 年前因为牧区效益不好，生活条件差，一年下来没有太多的存款，进而选择了外出打工，每月有 3000 元左右的工资，也只能勉强维持生活。然而，多年的外出漂泊，他早想回到他热爱的草原。可是，自己的老房子早已经要塌了，又苦于没钱盖新房，可以说有家难回。

如今，川井苏木为巴彦高勒嘎查规划新区，张锡贵做梦也没有想到，自己的新房子和城里的一样漂亮。张锡贵说："以前生活困难不得已才出去打工，现在这里搞得这么好，我是打算回来不走了，就在家乡发展。"川井苏木党委书记庞龙湖说："我们实现了集中供水、供热、排污、供电以及供有线电视信号的目标，可以说是，一个比较好的高标准的住宅小区搬到了草原上。"

巴彦高勒嘎查属于荒漠半荒漠化草原，草场面积小，产草量低，牧民养殖成本高，25 户牧民中只有 9 户在从事畜牧业，其他的都在外打工。为彻底改变这一现状，2014 年川井苏木整合 14 个涉牧惠牧项目，解决巴彦高勒嘎查 25 户牧民和相邻的嘎查 19 户牧民，共 118 名牧民的住房条件。根据本地特色建成具有民族特色的牧区示范点。庞龙湖说："一个是住宅区一个是养殖区，通过专业合作社统一经营统一管理，将来统一销售，这样能够保障最小的投入，最有效的管理和市场对接。"庞龙湖领引巴彦高勒嘎查党支部理顺了发展思路，组织成立了专业合作社，按照股份制经营模式新区全部资产所有权归合作社，44 户牧民以入股的形式共同发展旅游业和养殖业。这样牧民不仅可以拿到合作社的分红还能在合作社打工增加收入。同时，这里还配备了文化活动室、卫生室、幼教室、老年活动室、便民服务大厅等，保障牧民生活质量。这不仅是草原牧区十个全覆盖民生工程的具体落实，更是对牧区调整产业结构，拓宽增收渠道的有效探索，同时，也将开启全新的牧民养老模式。庞龙湖说："等 60 岁以后，大部分牧民都干不动了，在外打工的也打不动了。在养老的时候，这里是个非常好的养老地方，这里完全可以实现有地养老，有钱养老，有人养老，有人助老。"

哈拉图嘎查牧民还是以传统的方式进行养殖和生活，由于种种原因，这个嘎查一直没有通上电，这是改善牧民生活的一大障碍。哈拉图嘎查牧民牛俊德说："没电的日子特别不好过。"直到 2014 年，庞龙湖来这里考察后，了解到牧民的生活。通过一年多的奔走，终于说服电网公司，将高压电线投放到了这里。牧民们的日子发生了翻天覆地的变化，每家都置办齐全了家用电器，彻底结束了没有电的日子。

牧民们对庞书记的感谢溢于言表。庞龙湖说："作为一名共产党员，我们有义务有责任去帮助老百姓，去为他们更好地服务。"

在基层工作的 13 年间，庞龙湖基本走遍了 900 户牧民，了解牧民的实际困难，以一名共产党员的身份严格要求自己。庞龙湖常说的一句话就是：在基层工作，心里必须装着老百姓，如果你心里没有老百姓，那么你做的一切工作都是浮躁表面的，都是无根之木。庞龙湖用实际行动诠释了一名共产党员对人民的赤诚之心，以无私的奉献精神谱写了一曲曲动人的草原赞歌。

打井上电是基础

乌拉特中旗旗委常委组织部部长裴文武评价他说："庞龙湖点子多，办法多，肯动脑筋，善于做群众工作，善于深入到群众中解决实际问题。作为一名基层党委书记，庞龙湖能做到群众工作如此扎实，如此投入，是因为他心里装着老百姓，骨子里有为老百姓服务的意识。所以他能用真挚的感情做群众工作。"

服务不能让群众等，要提前想到，做到把群众当亲人。一边发现群众追求，一边解决群众困难，真正对群众负责。庞龙湖多年来主动从群众最盼、最难、最急的事情做起，用实际行动诠释了一名中共党员对人民的赤诚之心。

（内蒙古巴彦淖尔市乌拉特中旗组织部 / 提供素材）

"厚德"润物无声 "善小"传递大爱
——临河供电分局"厚德善小"企业文化建设侧记

临河供电局是隶属于巴彦淖尔电业局管理的直属企业，承担着临河境内的供电任务。近年来，临河供电分局在以"诚念的厚德文化指引下，从古语"勿以善小而不为，勿以恶小而为之"中找到灵感,开展以"厚德善小"为主题的优质服务与实践活动，倡导员工由"日行一善"到"时时行善"，传递正能量，展示巴彦淖尔电力人良好的精神风貌和"责任蒙电"的品牌形象，实现企业与社会的共同发展。

从认知到认同——"厚德善小"落地生根

春风化雨，润物无声。为全面推进"厚德善小"主题实践活动，临河供电分局成立了领导小组，制订了详细的实施方案，把"厚德善小"活动变成一种制度，划分目标责任，层层负责落实，通过开展一个道德讲堂、一个手册、一个承诺、一支服务队、一份档案、一个展室、一个社区、一个评选、一部爱心电话等"九个一"活动，将"厚德善小"与电力生产、优质服务工作以及员工行为举止紧密联系起来，多元渗透、潜移默化，让"厚德善小"理念从入眼入耳到入脑入心，从播种到生根，从认知到认同，切实把"厚德善小"具体化、细节化、行动化，让员工在日常工作和生活中自觉传递和践行。

在开展一个讲堂活动中，临河供电分局开展了厚德善小之"阳光心态、挥洒激情、奉献岗位"道德讲堂、厚德善小之积善聚美感悟会等活动，并由专业宣讲员、劳模、道德践行先进人物和有讲述愿望的一线职工组成宣讲队伍，以社会公德、职业道德、家庭美德、个人品德等"四德"为内容，以身边人讲身边事、身边人说自己事、身边事教身边人的形式，在企业内部、走向社会展开宣讲，营造"崇德向善"的浓厚氛围。临河供电分局选拔24名职工成立的"临河供电分局厚德善小爱心志愿服务队"，统一着装、统一标识，让热情专业、规范敬业成为一道亮丽的风景线。

临河供电分局"九个一"活动，在巴彦淖尔电业局、在社会上引起了很大反响，受到一致好评。

捐助活动 职工感悟会

临河供电分局完善党建活动室、阅览室、荣誉室，建设文化展厅，开辟多个主题文化走廊。巩固文化阵地建设，将社会主义核心价值观与企业服务理念、管理目标及考核制度相融合，制作成册，用健康向上的场景来展现、用无声的语言来表达，让每个场所、每个角落传递正能量。

临河供电分局将"厚德善小"文化融入党建工作，推进"党的群众路线教育实践活动"、"三严三实"专题教育、"两学一做"学习教育，举办演讲赛、诗歌朗诵等活动，以党建活动培志、让文化理念洗心。

临河供电分局"厚德善小"企业文化建设得有声有色，吸引来市区级领导及多个兄弟单位参观。

从认同到践行——"厚德善小"走进千家万户

知行合一，以知促行，以行促知。临河供电分局将"厚德善小"文化理

念渗透到工作的方方面面，推动企业的核心工作与优质服务工作相互促进、相互提升。

为把"厚德善小"创建活动推向深入，临河供电分局在城区各营业站设立"厚德善小爱心服务站"，进一步把"厚德善小"倡导的爱心融入电力服务全过程，服务好每一位客户，供好每一度电，让爱心随着一张张笑脸、一次次服务，和电流一起给客户送去光明，带去温暖。他们还组织了"以班为家，打造班组亲情文化"创意评选活动，并进行了成果展示。

在大型生活小区设立便民宣传栏。积极拓展电费缴纳渠道，将"定时定点缴费"转变为"随时随地缴费"。开展善小助老、助学、助残服务活动，通过善小助老、助学、助残服务对的结对救助和长期帮扶的形式，把善小温暖和爱心送到千家万户，实实在在地做到服务一个人、温暖一家心……临河供电分局这些立足岗位、心系客户的举动，实实在在践行着"厚德善小"企业文化的内涵。

考虑到孤寡老人或残疾人行动不便，难以出门办理业务，临河供电分局在各营业厅建立"善小"服务档案，提供上门收费、用电安全检查等特殊服务。为了将用电知识送到用户身边，临河供电分局开展"善小三进"活动，即进社区、进企业、进村庄，贴近客户，宣传安全用电知识，为客户解决用电难题。"临河供电分局厚德善小爱心志愿服务队"走进临河中兴泰富小区后，热情的态度、细致的讲解，赢得了住户们的点赞。住户们认真听介绍，积极回答主持人提问，开心领取用电宣传手册和印有用电安全标语的雨伞、围裙等礼品。住户们都说："供电局这样的活动好，我们很欢迎。"

高考期间，临河供电分局除了确保考试期间保电工作万无一失外，还派出"厚德善小爱心志愿服务队"分布到考点外面，设立爱心服务点，免费提供2B铅笔、橡皮、药品、饮用水等物品。

在得知图克乡一所新建敬老院接不上电后，党总支主动联系生产部门，免费为敬老院设立了专变，并为图克乡两户五保户送去了米、面、油等生活必需品。

在"厚德善小"企业文化创建中，临河供电分局涌现出了许多感人事迹。得知抄表员宋双红患病，家庭陷入窘境后，党总支书记霍惠俊立即组织

志愿活动丰富多彩

党组织、工会举行"善小、文明、关爱在行动"募捐活动。募捐号召一发出，得到了大家的积极响应。近3万元善款，为宋双红增强了战胜病魔的信心。宋双红康复后，要求回原岗位上班，说在这个温暖的大家庭工作倍感温暖。五一客户服务中心站情系贫困群众和聋哑孩子，在站长吴建国发动下，职工们逢年过节捐款捐物献爱心，还定期给聋哑学校送体育用品、课外读物等，树立了电力工作人员良好的社会形象。"五一客户服务中心"连续多年被评为单位先进集体，吴建国连续7年被评为"本系统优秀共产党员""十佳爱岗敬业职工和先进工作者"，还荣获了"全国国资委系统优秀共产党员"的崇高荣誉。

从践行到成效——"厚德善小"结硕果

在"厚德善小"企业文化的引领下，临河供电分局人心思进，风清气正，获得了社会广泛好评，也赢得了系统及地方政府的点赞。

在2013—2015年临河区政风行风群众评议工作中，临河供电分局连续三年被评为公共事业单位和服务行业类第一名，连续多年成为区政府政风行风免评单位，客户服务中心获得电力公司十佳服务窗口称号。

临河供电分局开展"厚德善小"企业文化创建三年来，在不断融入工作、延伸社会过程中，每名职工都全力以"你用电我用心""保客户满意"为出发点，以实际行动践行"人民电业为人民"为宗旨，以完善、贴心、高效、优质的供电服务为目标，全力打造"责任蒙电"的服务品牌。

服务无止境，企业文化建设永远在路上。临河供电分局站在"厚德善小"企业文化创建的新起点上，将继续努力，为万家灯火的幸福贡献力量！

（霍惠俊张雅婷/提供素材）

民思我想　民求我应

——内蒙古巴彦淖尔市五原县虹亚社区党总支段文兰书记一班人社区服务侧记

虹亚社区服务中心位于县城东虹亚小区内，该小区是五原县旧城改造与新区建设的典型示范小区，2013年7月，东环、中山、兴隆三个社区搬迁入住，并在此合署办公，共有工作人员25名，总户数9800户，目前居住人口为21600人。近年来，经过兴隆、中山、东环三个社区工作人员的共同努力，虹亚社区先后获得全国减灾示范社区，全国未成年人道德示范社区，市级先进基层党组织，市级科普示范社区，市级巾帼文明岗，市级妇女维权先进集体，市级关心下一代先进集体，县级优秀妇女之家等荣誉称号。

一、打造服务群众新高地

虹亚社区服务中心为三层独体楼，总投资500万元，建筑面积2800多平方米。一楼为办公服务区，设有高标准便民服务大厅、卫生室和残疾人康复中心；二楼为文体活动区，设棋牌室，乒乓球室、民间艺术中心、老年大学、市民大讲堂；三楼为综合服务区，有基层党校、职工之家、夕阳红日间照料中心等，是五原县精心打造的第一个高标准精品社区服务中心。为提高服务群众信息化水平，经充分准备，虹亚社区启动运行"12349"便民信息服务平台，服务平台主要从紧急救援、生活帮助、主动关怀三方面为老人及社区居民提供低价优质服务，无论在什么地方，老人身体出现不适或其他需要救助的情况，都可通过按终端机上的红色键，或随身携带的遥控器求救，服务中心可通过GPS定位功能，及时救助老人。同时，通过引入爱家洁家政服务公司，为社区居民提供养老、家政、健康咨询、送水送餐、订票、政务咨询、心理咨询等6大类60余项低价优质服务。信息服务平台运行以来，已为社区居民提供家政服务560多次，解答咨询1100余次，初步形成了高效便捷的"一刻钟服务圈"。

二、构建服务群众新体系

着眼于构建更紧密的包联共建关系，虹亚社区党总支着力构建"纵向到底、横向到边"的网格化社区组织体系，"纵向到底"即社区成立党总支、小区成立党支部、楼栋成立党小组的"三级组织体系"，把社区划分成25个单元网格，使每个单位、每个组织、每家每户都处于网格之中，每个网格作为一个责任区，成立党支部或党小组，配齐网格员，实行"一长五员"管理模式；"横向到边"即在社区党建工作联席会议领导下，以社区党组织为核心、以"包联共建"单位为成员的非建制性联合党委。2014年5月下旬，虹亚社区党总支和34个包联共建单位成立了非建制性联合党委，制定下发了"五原县隆兴昌镇虹亚社区区域化党建工作实施方案"，讨论并通过了联合党委活动章程、组织机构和班子成员等具体事宜，社区党总支书记兼任联合党委书记，"包联共建"单位党组织书记或分管领导任轮值书记。活动由轮值书记单位按照计划定期组织，活动经费由社区和轮值书记单位共同筹措

社区为贫困家庭子女发放助学金　　　　　满腔热忱为群众解难题

解决，社区党组织为成员单位开展活动提供场地、人员组织等相关服务。联合党委自成立以来，每月都有活动。与民政局举行的"暖心"慰问活动，为

260 户困难家庭送去温暖。与五原县文联举办的"讲好五原故事、写好五原作品、传播好五原声音"的送春联活动，为辖区居民共送春联 1000 余副。与三完小开展了"6.5 世界环境保护日爱护周围环境宣传活动"。与住建局开展小街巷硬化整治活动。与商务局组织了"好邻居"乒乓球比赛。与残联开展"爱心救助"义诊活动。联合党委的成立，较好地解决了过去部分包联共建单位积极性主动性不强、简单给钱给物了事、活动缺乏有效抓手、活动内涵不够丰富等问题，有效地促进了党建资源和社会资源的集约利用，推进了区域内组织、工作、人才等各类资源互融互通、优势互补，极大地提升了社区党组织服务居民群众的能力和水平。

三、创建服务群众新载体

实行民情日记制度，社区党总支创新工作方法，为每一名社区干部配备一个"民情工作包"，包内装有社区干部联系群众必需的工具，如笔、手电、雨伞、民情工作手册、民情日记本、干群联系卡，结合网格化管理，网格长和信息员定期入户巡查，及时了解群众所思所想，及时解决群众所需所盼。2015 年，社区干部在走访中了解到，辖区居民有学书法的兴趣，同时又有书法爱好者愿意免费授课。社区应居民所想，组织开办了虹亚社区书法班，满足了居民的需求。四年社区共征求群众意见建议 677 条，为群众办实事好事 245 件；推行"支部十协会"文体活动模式，按照主办不包办的原则，采取党组织支持、社会化运作、公益性服务的模式，通过给任务、给项目、给平台、给资金，大力推进"支部＋协会"的文体活动模式，先后培育书画协会、乒乓球协会、地方戏协会、摄影协会等十大协会组织，鼓励、引导、支持协会开展各具特色的文体活动或为民服务活动，实现小活动天天见，大活动月月有，引导 1000 多名群众常年参与各种活动；大力开展在职党员进社区活动，辖区内的 160 余名在职党员持"在职党员进社区报到卡"先后到社区报到，结合在职党员兴趣爱好、特点特长和社区岗位需求，将认领同一岗位的在职党员编为一组，任组长 1 名、副组长 2 名。社区党组织组织在职党员利用周末、节假日等业余时间，定期参加扶残助困、医疗义诊、法律援助、家政服

科协部门到社区视察工作　　　　　　　　满足困难群众微心愿

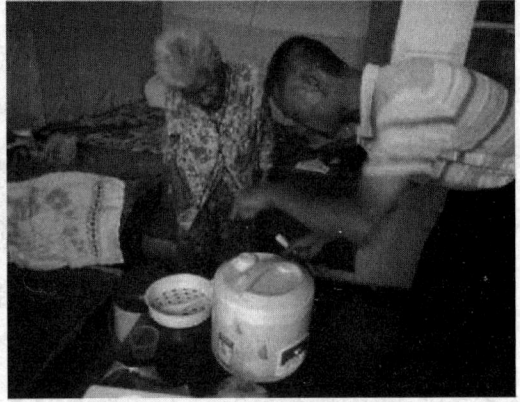

务、环境保护等社区公益活动。两年来，在职党员共为居民群众做好事实事55件。4月份社区组织在职党员，对五粮巷积存多年的垃圾进行了彻底清理，有效改变了五粮巷脏乱差的局面。4月底又联系在职党员，进虹亚A区进行植树绿化，让小区处处添新意；组建党员义工服务队伍，"有困难找党员义工，有时间做党员义工"，虹亚社区组建了5支党员志愿者服务队伍，60余名社区党员和离退休党员义工统一标识、统一着装，集中开展社区服务活动，主要为困难家庭、下岗职工、留守儿童、空巢老人提供帮扶和服务，特别是面向辖区内高龄、孤寡老人开展每周上门探望一次、每月帮助打扫一次卫生、每半年提供一次健康咨询、每逢重大节假日和老人寿辰送一份祝福的"四个一"亲情式服务。社区的老党员义工宋秋成，几年来一直倾心为社区的孤残人群服务，为他们争取康复器械，为行动不便的人员代办事务，几年如一日，成为居民口中的"好人宋秋成"。党员义工自成立以来，已累计为困难群众实事好事235件。围绕固定党日开展多种主题活动，增强党组织的凝聚力和向心力。固定党日组织在职党员开展了"我是党员，先锋表率从我做起"义务劳动，助力"绿色崛起，赛上江南"对鸿雁湖的卫生进行了集中整治并为工业园区义务植树；固定党日组织在职党员开展了"美化家园，党旗飘扬"的义务植树活动，为建银小区种植了榆树，为威三巷和学府佳苑种植了爬山虎，让辖区处处添绿意添生机添活力；固定党日正值端午节来临之际，社区开展了"关爱老党员，义诊上门，情暖民心"主题活动，在为老党员免费义诊的同时还送去节日的礼物与祝福。固定党日社区开展"庆祝自治区成立70周年"文艺晚会，组织党员重温入党誓词，让大家铭记当初入党时的初衷和坚定信仰，永葆对党的感情和忠诚。活动中，社区为轮值单位和在职党员提供平台，以实际行动更好地服务居民群众。固定党日社区组织党员观看大型政论专题片《将改革进行到底》，使党员了解时事政治，关注国内动向，提高政治觉悟和理论素养。固定党日社区联合民政局开展"爱在金秋，助飞梦想"的金秋助学活动，共救助30名在读大中小学生贫困学生，帮助寒门学子求学圆梦。

商海击水行天下
——记华丽转身的内蒙古巴彦淖尔市杭锦后旗
雍记汽车城总经理雍建强

在杭锦后旗，凡是购买小轿车的人，都要选择雍记汽车城。慢慢地，连临河区、五原县、磴口县的购车人，多数也都要光顾雍记汽车城。内蒙古巴彦淖尔市杭锦后旗雍记汽车销售有限公司成立于 2011 年，经营多个汽车品牌，占地面积 15600 平方米，其中展厅面积 1610 平方米，员工宿舍、餐厅面积 300 多平方米，售后维修保养车间面积 1800 平方米，严格按照 4S 店的标准配备，建有钣金车间 560 平方米，烤漆房 30 平方米，四轮定位仪 1 台，举升机 9 台，售后接待室和休息室 110 平方米，配件库房 220 平方米，是数家保险公司长期合作单位。公司本着用户至上、诚信第一的服务理念，力争为广大用户提供售前、售中、售后最快捷、最全面、最满意的服务。

这正如公司老总雍建强说的："我做生意，一直遵循着做到三个'一流'：一是信誉一流、二是质量一流、三是服务一流。"

这样有信誉、保质量、服务周到齐全的汽车城，哪一个顾客会不青睐呢？何况，雍记汽车城的老总雍建强舍得投资，在汽车城项目实施中先后投资二千多万元。现在公司有员工 57 人，每月工资就得 200 多万，员工一日三餐都是汽车城提供的。

这样一个规模企业的老板，许多人都会以为一定是一个财大气粗、老谋深算的老者。但是第一次见到雍建强，你会暗自吃惊：他不仅年轻、帅气，而且还略带腼腆、不善言辞。见到客人来，他亲自端水果，忙着倒水，不停张罗，就像一个邻家小伙一样，朴实又实在。

穷人家的孩子当家早

雍建强不过40多岁的年龄，谁能想到他的工作经历已经有30年了。当别的孩子还在尽情玩耍，过着无忧无虑的童年时，他便已经推着自行车行走在农村的田间地头，陕坝的大街小巷，卖起了雪糕。这成为他商海搏击的第一步，也成为他以后辉煌的起点。

每天十几块钱的收入，增强了雍建强为父母挑家庭大梁的信心。雍建强出生在杭锦后旗双庙镇的一个普通贫穷的农村家庭，家里有5个孩子，他排行最小。12岁那年，小建强才上小学三年级，因为家里一场变故，不得已离开校园。雍建强没有抱怨，看看老实巴交的父亲和辛苦操劳的母亲，他推着家里的自行车，开始四处买雪糕。每天的十几元收入，不仅补贴家用，也让雍建强心里美滋滋的。他把这十几元钱交给妈妈，妈妈的脸上绽开了花，妈妈逢人便夸。村里不少人听说后也夸起了小建强："这孩子不简单，农村人挣钱可是不容易啊！"

这十几元的收入，调动了小建强善于做买卖的天分。他想到自己已经能给父母挑大梁了，他要担起父母快要挑不动的担子：那微薄收入的土地、那破得四处走风漏气的土房子……

14岁，雍建强开始跟着父母到地里干农活，不到半年就成了父母的得力帮手，提耧下种、割草、锄地、浇水。雍建强学会了独立和吃苦，过早的承担起了这个年龄不该有的责任和担当。农村冬闲他不闲，这一年，他自己开四轮车去山里拉石头，石头拉够了，开始拉砂子。十四岁的他，一辆四轮车开得溜转。他想的是改善家里的住房，先想盖一间砖房。在他劝说下，父亲拿出了一些钱，买了些砖头。第二年一开春，在村里邻里和亲戚的帮助下，他家盖起了村里第一间砖瓦房。

从学徒做起，进城谋发展

谁也没想到，15岁的雍建强并没有满足现状，在人们的夸赞声中，他产生了闯天下的自信。这一年他又来到了曾经卖冰棍的陕坝街上。他是个务实又踏实的孩子，通过亲属介绍，他找了一个电焊师傅并给他当学徒。他学得认真，很快就能独立焊接。16岁那年，摩托车盛行，大街小巷开始跑起摩托车来，雍建强又跟着摩托修理部师傅学摩托修理。当时的他心里是兴奋的，因为这是他最好奇、最感兴趣的东西。他曾经把家里的四轮车拆了一遍又组装好，后来家里买了新四轮车，他也是拆了再组装好。有了这份痴迷，他学习很快，领悟力极高，背着师傅把摩托车拆下来重新组装，一鸣惊人，很快成为修理摩托车的行家里手。

1992年，学艺有成的雍建强回到家乡——原召庙乡，在家里的支持下，他在乡里的街上开了一家摩托车修理部。他不光修理摩托，还修理四轮车。由于雍建强手艺好，凡是毛病必定修理到位，而且他待人热情，价格又合理，来修理摩托的人特别多。那段时间每天的收入他自己都暗暗吃惊，他赚到了人生第一桶金。

朴实的雍建强，在钱上从来不斤斤计较，对顾客能让则让，能优惠则优惠。他又随和周到，和许多顾客相处的如同一家人，召庙乡几乎所有的摩托、四轮车都定点在他那里维修。有的顾客还给他从超市里买面包、买麻花给他吃，还开玩笑对他说："小雍，那个开小超市的姑娘，态度真好，人又长得漂亮，你俩真是天生一对。"聪慧的雍建强其实心里早有了这个开超市的姑娘刘桂英，他也经常去超市买东西，不光被刘桂英漂亮的外貌吸引，更感觉到了这个吃苦耐劳的姑娘有着过人的商业头脑。有情人终成眷属，两人很快就结婚了。婚后，雍建强为妻子开起了一家更大、货更全的超市，成为召庙乡上第一家大型超市。他自己则卖起了摩托车，开了一家摩托车专卖店，卖车修理一条龙服务。1998年，他又顺利拿下豪剑、五羊、新浪等摩托车与电动车的西部总代理。他的生意做得风生水起。他的腰杆更硬了，脑子里的商机更多更大了。

2006年，他在乡里开了第一家家电超市。虽然起步时候比较艰难，但是到了2008年又赶上全国家电下乡的大商机，政府也十分重视他的家电超市的惠农优势，也大开绿灯做了当地农民买家电、国家给补贴的大量宣传工作。一时间，南来北往的村民都来他的超市买家电。雍建强的生意更是天天火爆，票子多得数也数不过来。

刘桂英是个贤惠的女人，在雍建强的经商路上做出来很大的贡献。人们都说，每个成功男人的背后都有一个伟大的女性。刘桂英和建强一样，她在自己的小超市里单独打拼过，它也有着经商的头脑和吃苦的精神。在结婚之前，张桂英在召庙开了一家小超市，在那几年的经营过程中，练就了她的待客热情、精明经营的商业性格。结婚后，雍建强代理了好几种摩托车、电动车总经销，又开了家电超市，业务更繁忙，来钱更多，有些业务基本上都是由妻子打理。这对都有经商头脑的夫妇，把这么大的摊子经营得顺顺当当。刘桂英也让丈夫有时间再盯更大的商机……

成立汽车销售有限公司

在国家改革开放的步伐中，雍建强明显感到：不管是城里上班的人还是乡下种田的老百姓，生活都好起来了，手里都有了积蓄，他们要将生活提升到一个新水平——开始购车，这是中国改革开放的必然发展。人们要买小轿车了，河套地区也不会例外。再加上在维持经济方面摸爬滚打了多年，对汽车市场的套路比较熟悉，2011年他便下决心投资2000多万元，在杭锦后旗旗政府所在地陕坝镇注册创立了雍记汽车销售有限公司。

他从朋友手中购买了 23.6 亩土地，估价 820 万。有关部门得知消息后，来人通知他要回购，每亩只给 10 万元。雍建强知道自己亏大了，便笑着说："一块钱一亩吧。"领导也笑了，雍建强便把自己看好汽车销售市场的想法向领导汇报了。旗政府十分支持他的想法，批准他建成汽车城。

雍建强总共投资 2000 多万，没有一分钱的贷款，实现了愿望。汽车城定名为"雍记汽车城"。

开业后，杭锦后旗旗长来汽车城参观完后感慨地说："没想到你弄得这么大！"走时候又不放心地叮嘱说："好好经营，不要几年倒塌了。"雍建强蛮有把握地说："放心吧，50 年也倒塌不了！"雍建强对自己的能力和企业的发展充满了自信。

从 2011 年起，雍记汽车城的生意特别火爆。原因主要是因为企业经营有方，管理有道。雍建强做汽车生意一直遵循三个"一流"：一是信誉一流，二是质量一流，三是服务一流。雍记汽车城主要经营尼桑、本田、丰田等知名品牌汽车。

为了打开市场，雍建强建立了售前、售中、售后以及包括维修的现代销售体系。并从经营理念、管理模式和售后服务入手，提供最满意、最快捷、最全面的服务，很快在汽车销售市场站稳了脚跟，成为杭锦后旗汽车销售的领军人物。公司还安排了 40 多名待业青年和下岗职工再就业。

几年来，公司一直力争以最规范的接待、最先进的设备、最专业化的理念、最纯正的原厂配件、最合理的工时收费为广大用户提供最快捷、最全面、最满意的服务。

雍建强还千方百计地代理众泰系列品牌。那一年，他想代理众泰 T700 汽车，信心百倍地去找大区经理。大区经理看好南方一家经销商，以他是旗县代理身份为由拒绝了他，说他没有大地区代理资格和代理资金。他又找到公司副总，副总也用同样的理由拒绝了他。他没有退缩，接着又找到了公司老总，把自己的经历讲给老总听："我从修理摩托车到代理摩托车，销售顺顺当当；我又从白手起家到一年卖 1000 多辆汽车。买车是改革开放以来，老百姓富起来的大环境决定的，以后越来越多的老百姓会发展到买品牌小汽车的趋势。杭锦后旗的汽车厂是我自己盖的，投资 2000 多万，没有一分钱的贷款……"老总听了他的陈述后，点头答应了，还十分欣赏地夸赞他说："宁可不选择一个有钱的，也要选择一个有想法的人。"就这样，雍建强拿下了众泰 T700 的全区总代理权。

从那时起，雍建强经营的汽车城品牌更多，顾客选择的余地更广，公司来钱也更多了。人常说同行是冤家，在雍建强这里绝对不是这样。他常说："小事在心，大事在德。"对人方面，他绝对慷慨解囊；对事方面，他宽容、坦诚、大气。同是做生意的朋友，如果资金周转不开，来向他借钱，他从来没有为难过人家，有时候借钱的条子也不用打。同事和朋友们对他也一片忠诚，互相帮衬着，努力把企业搞好。

2014 年 11 月，雍建强组织召庙乡的摩托车、家电、超市以及陕坝汽车销售公司的全体员工去沙湖旅游，总共 35 人。他对妻子刘桂英说："咱们联络联络大家的感情，搞企业孤单不得。"妻子是个精明人，丈夫的话一点就灵，她连忙去张罗。雍建强有钱了，他和妻子也不改农民的本色，干活儿做家务依旧亲力亲为。为了让员工们旅游好，刘桂英一晚上没睡觉，做了 40 多份焙子，40 多份凉糕，蒸了 40 多份包子，洗了几箱黄瓜，买了几袋西瓜。第二天早上出发，这些东西都准备得齐齐备备，人们知道后都感叹道："总经理的妻子真是勤劳能干啊！"这一天，大家都十分开心和放松。

雍建强对公司员工十分关心。员工们每天上班心情都很舒畅。有一个叫李斌的徒弟，跟了他已经十几年了，现在是雍记汽车城的销售总监。还是在汽车城创业初期，一个冬天的晚上，雍建强和另外一个朋友在三楼住，李斌睡到楼下。半夜，他发现雍建强不见了，被子也不见了。他下楼去才发现原来雍建强把被子盖到了徒弟李斌身上，怕徒弟被冻着了。雍建强就是这样一个关心着每一位员工和朋友的人。所以，雍记汽车城的员工干活都兢兢业业、尽心尽力，人人齐心协力要和总经理把汽车城搞好。

除了关心员工，雍建强还关心公益事业。俗话说"羔羊有跪哺之情，乌鸦有反哺之意"。雍建强是一个心存感恩的人，在自己致富的同时，时刻不忘支持家乡的建设，用实际行动奉献着爱心，赢得了社会一致的赞誉。他说："我是穷人家的孩子，我不要钱，我也不缺钱，我要行好积善，谁向我要钱，我都尽量满足。不打他们的脸，我把钱给了他们，我的钱不因不遇就又回来了。"雍建强常常资助家乡的贫困学生，也给青山镇盖庙资助钱。他还化缘积善，他的的确确是一个善良的农民，他又是一位最好的农民企业家。

雍记汽车城经过七年的不断发展壮大，业务销售经营合理，得到了上级领导的肯定和支持，特将雍记汽车城设为杭锦后旗道路交通事故处理快处快赔服务站。现在，有几个保险公司已经入驻了汽车城。

下次，他还要扩大规模，在西边继续盖两个标准的 4s 店和 4 个展厅，后面再弄一个出租二手车市场。今后，业务大厅将具备二手车、新车的过户、违章处理都将一次性代办的便捷条件，到时将极大地便利客户，雍记汽车城会形成职能齐全、办事高效、营业便捷的一条龙服务体系。

总经理雍建强这个对商机从小就特别敏感的企业家，也将做出许多更加令人刮目相看的新业绩来……

踏上新征程　忠诚保平安

——内蒙古巴彦淖尔市临河区公安局刑事侦查大队巡礼

为切实做好安保工作，临河区公安局刑事侦查大队根据上级公安机关的统一部署，维稳工作为主线，以警情和民意为导向，深入开展了打击"盗抢骗""三打一整治"和打击网络涉枪涉爆违法犯罪等专项行动，抓获了一批犯罪嫌疑人，破获了一批案件，努力营造着安全稳定的社会环境。

突出快速反应　现行命案快侦快破

临河区公安局刑事侦查大队始终坚定不移地将侦破命案作为提高侦查破案水平和打击效能的切入点和突破口，将"命案必破"的理念贯穿于工作始终，以打促防，打防结合，最大限度预防命案的发生，同时保持对现行命案快速反应，继续落实整体作战制度，发挥刑侦部门主侦职能，各有关专业积极参与侦破，开展同步侦查，实现"同步上案"，形成"全警参与、优势互补、整体联动、强力攻坚"的命案侦破整体作战格局。截至九月初，今年全区共发现命案2起破获2起，命案侦破率100%。5月初，区局刑事侦查大队因连续五年现行命案全破，被巴彦淖尔市公安局荣记集体三等功。

突出网上侦查　跨区域打击涉枪犯罪

临河区公安局刑事侦查大队充分发挥刑侦合成作战专业队、打击网络犯罪专业队的职能作用，依托公安信息化资源，通过加强同网安、情报等部门的密切协作，深入开展网上侦查，联合打击涉枪、涉赌等网络犯罪活动。今年7月31日，刑事侦查大队根据河南商丘公安局案情通报，通过缜密侦查破获一起非法买卖枪支、弹药案，抓获犯罪嫌疑人1名，缴获各类枪支1支、铅弹602发。截至目前，该大队共核查公安部及外省市落地核查案件线索165条，破获刑事案件1起，收缴枪支配件78件及各类子弹2000余发。

科协部门到社区视察工作　　　　　　　科协部门到社区视察工作

突出深挖细查　严打多发性侵财犯罪

为贯彻落实"民生警务"理念，破解多发性侵财犯罪"高发低破、打不胜打"的局面，临河区公安局刑事侦查大队转变侦查思路，构建"集约式打击侵财犯罪"模式，以类案侦查机制抓住案件规律特点，以情报会商机制促进主动经营进攻，以合成作战机制实现优势互补、以相对侦查机制确保精准制敌，有效掌握了打击多发性侵财犯罪的主动权。截至目前，区局共立侵财案808起，同比下降24.3%，破获侵财案647起，同比上升9.4%，挽回群众损失折合人民币200万余元。刑事侦查大队相继侦破了徐某、张某、解某团伙技术开锁入室盗窃案，张某系列砸车玻璃盗窃车内财物案，王某涉嫌抢夺案等一系列影响范围广的侵财类案件。

突出警务联动　全方位开展追逃工作

临河区公安局刑事侦查大队始终将追逃工作牢牢拎在手中，充分发挥牵头部门作用，深入指导、发动全局各警种开展追逃工作，形成全警参与、全力以赴的立体化追逃格局。同时，加大对历年逃犯特别是命案逃犯的研判力度，提升主动发现逃犯线索能力，将研判线索真正转化为战果，推动全县追逃工作深入开展。上半年，我局新增网上在逃人员116人，共抓获网上在逃人员88人，抓获率75.6%。

8月20日，刑事侦查大队经深度研判，缜密侦查，果断抓捕，成功抓获一名潜逃21年的命案逃犯邢某。经审讯，犯罪嫌疑人如实供述了其1996年1月15日因与妻子发生口角，在陕西省定边县黄湾村先后将妻子和养女杀害的犯罪事实。

突出循线追击　深入打击涉黑涉恶犯罪

临河区公安局刑事侦查大队对黑恶势力坚持打早打小、露头就打，坚决铲除危害社会治安的祸根乱源，最大限度地挤压涉黑恶违法犯罪空间，坚决净化黑恶违法犯罪滋生土壤，相继破获涉恶类刑事案件6件、抓获犯罪嫌疑人32人、移送起诉22人，严厉惩处了一批涉恶势力犯罪分子，保障了人民群众生命财产安全，维护了社会治安秩序。

突出合成作战　提升打击犯罪综合效能

自"平安城市"视频监控系统和合成作战新警务模式运行以来，临河区公安局刑事侦查大队紧盯住"战"这个目的、"合"这个核心，将第一手接触现场勘查信息与"天眼"视频系统采集到的嫌疑人视频和截图第一时间推送至合成微信群开展合成作战和信息研判工作，并逐步探索形成案件侦查工作中刑侦民警前期侦查、证据固定、对象落地、分析线索、组织研判，网安、图侦部门同步上案、顺线追踪，派出所进行基础信息采集，为大情报提供依托的多警联动常态化工作模式，形成"多警联动"新机制，在社会综合治理、打击违法犯罪、服务群众等方面都发挥了重大作用。截至目前，刑事侦查大队依托合成作战机制破案320起，占全部破案的59%，抓获犯罪嫌疑人28人。

突出服务实战　推动刑事技术加快发展

临河区公安局刑事侦查大队牢固树立"科学技术就是战斗力"的理念，严格落实"一长四必"现场勘查新机制，加强案件现场勘验，充分发挥刑事技术支持侦查破案职能，切实提升现场痕迹物证、生物物证、微量物证、电子证据的发现、提取和检验能力，全面采集现场指纹、足迹、DNA 等信息，为破案和移送起诉打好证据基础。截至目前，共勘验检查各类案（事）件现场 961 起，勘查命案现场 1 起，非正常死亡现场 42 起，解剖尸体 7 具，伤情鉴定 49 例，出具各类检验鉴定文书 105 份。在勘查各类案件现场过程中提取现场指纹 48 枚、足迹 186 枚、工具痕迹 63 个、生物检材及其他物证 28 份，刑事案件 7 串、130 余起，为案件侦办和移送诉讼提供有力的证据支持，并先后在"2017.4.25"闫某涉嫌故意杀人案、张某涉嫌特大砸车玻璃盗窃案和徐某、金某涉嫌系列砸车玻璃盗窃案等一大批大要案件中发挥了重要作用。

突出执法规范　队伍建设展现新面貌

临河区公安局刑事侦查大队紧抓队伍建设这个根本，以锻造一支政治可靠、业务精湛、作风过硬，具有刑警精神的刑侦队伍为目标，不断加强队伍专业化建设，着力提升队伍整体素质，全面增强队伍战斗力，在执法规范化方面严格开展"四个一律"专项检查，规范办案区使用管理，明确执法检查"回头看"及相关执法规范化建设工作由一把手总牵头负责制。通过抓执法检查"回头看"工作堵塞漏洞，抓日常侦查办案管理和法制规范化建设规

范日常管理，全面提升刑侦部门规范执法的能力和水平。同时紧紧围绕侦查破案的中心工作，重点对侦破典型案件开展系列报道，主动引导社会舆论，及时展示刑侦工作和队伍建设取得的新业绩、新经验和良好形象，有力提升了群众对刑侦工作的认知度和支持度。

功崇唯志，业广唯勤。临河区公安局刑事侦查大队将继续保持"迎难而上、克难攻坚、敢打必胜、勇争一流"的攻坚锐气，以每位刑侦民警的忠诚履职，齐力同心，实干苦干，始终保持措施不断，力度不减，氛围不淡，为忠诚保卫一方平安交出亮丽名片。

（丁兆贵　尹　娜/文）

让公交线路延伸到百姓心里

——内蒙古巴彦淖尔市公共汽车有限责任公司改革发展纪实

巴彦淖尔市公共汽车有限责任公司前身为临河公共汽车公司，成立于1976年，原为国有企业。

一、企业初始期

1976年，临河县由城建局牵头成立了公共汽车站，设定了由临河火车站到临河区公安局总长6公里的一条公交线路，投入1台营运车辆。1980年至1983年，车辆增为4台。

1984年，临河公共汽车站改组为临河市公共汽车公司，开通城里影剧院至盟医院的2路车，投入车辆2台，同时1路车车辆增加至8台。

1995年12月8日新开通火车站至一职至大兰庙桥3路车，投入车辆2台；政府每年投入财政补贴为30万元，促进了公交基础设施的建设和完善。

1997年5月8日，新开通火车站至章嘉庙4路和先锋桥至临河一职5路车。投入车辆各3台。7月18日，又开通农机校至临河水校6路车，投入车辆3台，新投车辆全部为中巴车。公司对票价作了大调整：原有车辆执行0.5元、1.00元两档；中巴车执行1.00元、1.50元和2.00元三个档次，月票每张30元。

1998年政府取消了对公交公司的财政补贴，公交营运陷入困境，开始出现亏损，年亏损近100万元。在这种形势下，1999年5路车停运，停运时间近2年。亏损面难以遏制的情况一直持续到2001年年底。

为了彻底扭转公交企业不景气的局面，按照政府对公用事业允许进入市场化的政策精神，2001年1月15日，临河市人民政府委派由市体改委、市建委组成工作组进驻公交公司，公交公司的企业转制工作启动。2002年1月30日，组建临河市公共汽车股份有限责任公司。2004年，巴盟撤盟设市，公司更名为巴彦淖尔市公共汽车有限责任公司。

二、发展机遇期

2002年2月转制后，公司将所有车辆产权转移给职工，签订租赁经营合同，实行挂靠经营。同时恢复5路营运，线网总长为64公里，营运车辆增加至66台，全部为6米小型中巴车。自建公交站调室3个，租用民房充实公交站调度室2个，乘降点146对。原公司职工全部分流安置。

公司实行"自负盈亏、统一管理"模式。公司将所有车辆产权转移给职工。2002年公交运行收到良好效益，营运收入达到123万元，上缴利税6.1万元。

2003年9月，开通7、8、9路公交线路，线网总长增加到101公里；营运车辆增加到98台，同时更新了1、3、6路部分车辆，由过去小型中巴向中型公交专用车辆发展；该年职工增加到320人。因为"非典"的影响，2003年完成营运里程600万公里，运送乘客100余万人次，营运收入100万元，上缴利税6.7万元。

转制后的第一年，因受"非典"的影响，出行受到限制，公司利用这一时机，完善了公交公司管理制度，强化对营运车辆的日常考核，并开展争先创优竞赛，促进了公交公司两个文明建设，为公司的发展奠定了坚实的物质基础和精神基础。

2004年撤盟设巴彦淖尔市，公司抓住了发展的机遇期。随着巴彦淖尔市各项城市基础设施及社会经济、政治、文化建设的发展，公司规模扩大，获得了较好的经济和社会效益，公司抓住机遇实现了腾飞。

2004年仍保持营运线路9条。线网总长增加到104公里，线网覆盖率达到80%。投入营运车辆增加到104台，更新车辆53台，公交车辆城市万人拥有量提升到3.0标台。日营运里程突破2万公里，年营运里程达700万公里，运送乘客600余万人次，年营运收入121万元，上缴利税11万元。

2005年线网总里程增加到114.2公里，车辆增加到111辆，更新车辆总数达70台，公交车辆城市万人拥有量提升到3.5标台。

2006年年底，职工有450人，年均营运里程720万公里，运送乘客700余万人次，年均收入134万元，上缴利税12万元。

2007年一路车更新为9.1米的新型公交专用车，车辆更新率达到71%。公司投资56.6万元在每台公交车上安装了GPS智能化管理系统，并设立值班机基站5个。

2009年，根据工作需要，经股东大会研究决定，对公司领导班子做出调整——

总经理（兼执行董事）：杨书香

副总经理：温建平　刘占云

工会主席：魏光明

执行监事：续介普

按照区委组织部、统战部和区建设局党委的部署，公司开展了深入学习实践科学发展观活动，公司带领全体职工以改变思想观念、抢抓发展机遇、解决突出问题为目标，有力地提高了公交服务大众、服务大局、服务全市城市建设和地区经济社会发展的水平和能力，促进了市公交公司的和谐、奋进、优质、高效和又好又快地发展。

随着临河城区改造和城区框架的不断拉大、东工业园区建设和西区新城建设的初步完成，及时对4、7、8、9路营运线路进行了调整，使营运总里程增加到118.4公里，日营运里程达到2.3万公里，日运送乘客达到3.2万人次，年营运里程达到839万公里，年运送乘客达1168万余人次，实现了年营运收入215万元，上缴利税21万元。

2011年8月22日至24日，公司承办了中国城市公交行业政研会华北片第八次年会。

2011年年底，公司主管单位由建设局移交给市交通局。归口到市运管局临河运管所管理。

2010年，自治区党委宣传部、内蒙古扶贫办、内蒙古红十字会、实践杂志社、内蒙古工商联合会、内蒙古残联等六单位共同授予公司"心系60年情满大草原——公益之星"光荣称号。

2011年公司党支部被临河区委评为"先进基层党组织"，被市消协评为五星级"诚信单位",被巴彦淖尔市党委、政府评为"创先争优先进民营企业",被内蒙古党委、政府和内蒙古军区评为"爱国拥军模范单位"。

三、改革探索期

正当全体公交人沉浸于公交发展形势一片大好的时候,其实隐藏于体制弊病的制约已悄然来临。当燃油及维修材料涨价、人工工资上涨、票制票价长期不变、政府扶持力度不到位、公交基础设施严重不足等影响经济效益和制约公交发展的因素逐渐显现,公司遇到了前所未有的困难,各种矛盾集中暴发。政府、企业、业主、市民各方都不满意,公交优先相关政策难以落地,业主经营困难,老百姓对服务有怨言,公司到了举步维艰、濒于崩溃的地步。

面对发展困局,公司只能自谋出路,尽一切可能将企业维持下去。

2012年开始,公司确立了"解放思想,转变观念,促进发展"的思路,以"提高服务质量、惠及广大民众、提升企业形象"和"立足企业实际、转变运营方式、提高经济效益"为指导思想。2012年9月至11月,公司董事长杨书香多次带领有关人员外出考察调研,确定了推行"无人售票公交"的思路,并从当年12月开始进行准备工作,于2013年3月1日开始在各线路陆续推行无人售票公交。

通过推行无人售票公交,取得了以下实际效果。一是增加了业主的经济收入,稳定了公交从业人员思想;二是提高了服务质量,服务纠纷明显下降,乘客投诉率与过去相比下降90%以上;三是保证了行车准点率和趟次率,缓解了市民等车难的问题;四是减轻了驾驶员与业主的思想和精神压力,行车安全有了保证;五是杜绝了行驶中的违规现象,杜绝了"三牛车"和在站点高声揽客等不文明行为;六是规范了运营秩序,减少了管理矛盾,理顺了业主、乘客、公司三方的关系。

实行单车挂靠经营过程中,各业主以追求利益最大化为目标,无人售票只是暂时缓解了相关矛盾,公交如何发展仍处于不断探索中。

2014年7月250,4路公交车全部更换为9米长CNG燃料车,票价为2元。4路新公交车的上线为城市增色不少,市民对公交的形象有所改观。

2014 年 10 月 18 日，在主管部门协调下，开始实行 70 周岁以上老年人免费乘坐公交车的优惠政策，并对每辆公交车每月给予 500 元的定额补贴，此举受到业主和广大老百姓的欢迎。

2014 年年底，公司积极配合主管部门开始新开通线路和进行公交运营体制改革相关议题的讨论，并于 2015 年年初开始进入实际操作阶段。

2015 年 2 月 28 日，3 路公交车租赁经营合同到期，公司依据巴彦淖尔市人民政府办公厅《关于进一步促进巴彦淖尔市城市公共交通优先发展的指导意见》文件精神，对 3 路公交车实行公车公营改革。在市运管局、市公交出租管理所和临河运管所指导下，公司于 2015 年 3 月前完成了 3 路车公车公营改革的相关调研、座谈、听证等程序，决定于 3 月 1 日收回 3 路线路经营权，实行公车公营管理。

2015 年 1 月底，公司按照公车公营改革的需要，自筹资金购置了 16 台宇通 CNG 燃料公交车，准备于 3 月投入线路运营。然而，改革遇到了前所未有的阻力，从 2015 年 3 月至 2017 年 3 月公司与 3 路车业主走上了长达 2 年的打官司道路。在法律诉讼过程中，公司也看到，当前的体制对业主难以进行有效管理，更加坚定了实行改革的决心。

准备于 2015 年 7 月开通的 3 条新公交线路，也因为各线路业主的抵制而泡汤，最终迫使政府于 2016 年成立新的公交公司，并于当年 5 月 20 日开通了新线路。而新线路开通又引发了各线路业主的停运行为，7 路车业主也因与新开通线路相关问题得不到妥善解决而多次到当地政府及自治区和国家信访部门上访。

2015 年年初，在主管部门协调支持下，公司投资 10 万多元，采购相关设施设备，将 IC 卡刷卡系统接入智能调度管理平台，实现智能调度和 IC 卡管理同步进行。下半年，公司投资 60 多万元，更新了 GPS 系统，安装了可视监控设备，更新了数据传输和语音报站设备，实现了公交车运行调度智能化。

2016 年 10 月 17 日，公交金融 IC 卡全面启用。当年 11 月 1 日，70 周岁以上老年人免费 IC 卡启用。

从 2012 年开始至 2016 年年底，公司在不断思考、探索公交如何发展的问题。公司从自身实际出发，竭尽所能，哪怕是有一点点进步，都始终在坚持，期望能为广大群众提供良好的公交出行条件。

四、改革进行期

2004 年国家提出"公交优先"发展战略以来，公交改革陆续展开，近年来逐步走向深入。巴彦淖尔市公交公司在方便市民日常出行的同时，存在着发展缓慢、基础设施投入严重不足、服务质量低下、企业经营困难等问题。不改革便没有出路。2015 年年初开始，主管部门与公司多次调研、协商、讨论，初步议定三种方案；一是将民营企业收归国有；二是国家控股，资本重组；三是保留民营性质，逐步实行公车公营。经市、区两级政府调研，因业主对收购补偿要求高，落实前两种方案政府资金投入巨大，目前不具备条件，最终确定为第三方案。公司在第三方案的推进中困难重重，举步维艰。

一是各线路业主抵制，思想无法统一。业主把利益放在第一位，对公司关于车辆更新、车辆卫生、服务质量、运营安全、行车管理等要求采取"拖"的办法，推诿应付，阳奉阴违。

二是现有的挂靠经营体制下难以实行有效的管理。对公司来说，业主是一个庞大的群体，一旦他们的既得利益受到哪怕一点冲击，就会抱团对抗公司，公司乃至上级的正确决策难以实行。比如收回到期线路经营权、开通新线路，合理调整线网布局等。

三是政策扶持不到位，公交改革陷于两难境地。公交车停车场地严重不足，绝大多数车辆露宿街头，老问题始终没有解决。纯电动公交车充电站、充电桩建设用地寸土难求，纯电动公交车的停放和充电问题不能解决，车辆更新是难上加难。实行公车公营已是大势所趋，但回购到期线路车辆以及自购更新车辆所需资金缺口巨大，在政府不给予财政及相关补贴支持的情况下，公车公营改革难以及时有效推进。

大众呼吁恢复城市公共交通公益属性，承担更多公益服务内容，提供优惠乘车政策，提高公交服务水平，淘汰老旧公交车辆，提供性能优越的公共交通工具，政府也致力于改变公交"窗口"形象，这些都迫使巴市公交公司需要切实转变观念，下决心进行公交改革，为政府解忧，更好地服务于广大人民群众。

2017年4月22日，3路上线8.5米宇通CNG燃料公交车，实行公车公营。8月20日，公司将院内12个车库进行了改造，安装6台纯电动公交车充电机，为6路纯电动公交车正常运营提供了保障。8月21日，6路购置的11台8.05米长中通纯电动空调公交车全部到位。

3路改革的成功为公司全面改革奠定了基础。3路和6路新公交车上线运营吹响了公交车更新换代的号角，公交体制机制改革正式启动，未来必将为市民出行提供更加优质、高效、快捷的服务。

公司计划于2020年，实行公车公营线路达到50%以上，纯电动公交车达到运营公交车总数的40%，CNG燃料公交车达到运营公交车总数的30%，逐步淘汰现在运营的柴油燃料车。至2022年，基本淘汰全部柴油燃料车，形成以纯电动公交车为主，CNG燃料公交车为补充的运营车辆格局。形成以公车公营为主体的经营管理体制格局，大大提高公交车运营效率、管理水平和服务质量，为广大人民群众提供良好的公交出行条件，让公交车成为城市中一道亮丽的风景。

点滴做起　不输细节　ECID 完美演绎警察职责

——记内蒙古巴彦淖尔市临河区公安局经济犯罪侦查大队

2017 年党的十九大召开，全面深化公安改革，任务繁重艰巨，使命光荣。为坚决完成使命，稳步推进临河公安工作，局党委坚持"领导带头、党员带头"，全力以赴做好各项安全保卫工作。经济犯罪侦查大队紧紧围绕这一"主线"，牢记使命、勇于担当，精益求精、狠抓落实，规范执法、文明执勤，密切配合、形成合力，守好一方平安打造精良之师。

ECID 是"Economic Crime Investigation Department"（经济犯罪侦查部门）的首字母缩写。虽然"ECID"代表经侦，但它更拥有着"效率、才能、创新、奉献"的深刻内涵。

"E"代表 efficiency，效率

公安机关作为国家行政机关，办理案件也要求高标准、高效率，在最短的时间内收集到最有价值的线索，从而提高工作效率，压缩办事时间，让犯罪分子早日伏法，让人民群众切实感受到高效带来的安全与幸福。

为深入推进"学习十九大、忠诚保平安"专项行动，在社会营造出良好的食品安全环境，高标准实现"十九大"学习期间临河区食药品领域绝对安全的工作目标，经济犯罪侦查大队加大食药环境经营场所监管力度，坚决打击各类涉及食品药品及环境安全的违法犯罪活动。2017 年 4 月，一举摧毁一个盘踞在临河及周边旗县的非法经营药品犯罪网络，捣毁窝点 5 处，抓获违法犯罪嫌疑人 8 名，缴获各类中药饮片 1800 余种，当场查封电脑、打票

机、打印机、电子秤等设备，各类销售单据 5300 余份，涉案价值 300 余万元。工作中，大队组织民警积极开展食药环境大检查工作，民警深入辖区市场、餐馆、熟食店、药店、诊所等食药环单位进行检查。其间，对生产、销售、储存等情况进行了实地查看，检查中获得重要线索，临河区有人从事非法药品经营活动。由于违法销售网络涉及临河区及周边旗县各大药店、门诊及私立医院，为彻查违法犯罪行为，实现对供销链条的整体打击，经济犯罪侦查大队抽调精干警力组成专案组，深入开展侦查工作。同时，由于案件犯罪主体构成、行为类型复杂，违法犯罪成员间关系错综交叉，为确定案件性质和提高打击精准性，专案组积极协调相关部门进行专题会商，确定了侦查方向，明确了打击重点。经审查，此次抓获的涉案人员以安徽籍犯罪嫌疑人为主，他们预先到有药品经营资质的医药公司从事销售工作，与各大药房及医院、门诊建立关系后，冒用该医药公司的名义，制作虚假销售清单，将自己低价购进的中草药饮片在临河地区进行销售。此案的成功侦破，提升了辖区食药环从业业主自律意识，有效净化了辖区食品、药品安全环境。

"C" 代表 capability，才能

人民警察是经过严格的政审、笔试、面试、体能测试层层选拔出来的高素质人才。具有扎实的业务基础。但是，公安工作要求更多的是经验，所以需要不断地锤炼自己、提升自己，从基层做起，办好每一起案件，处理好每一个矛盾，解决好人民群众的每一个困难，牢牢树立公正廉明形象，捍卫警察尊严。

全体经侦民警牢记宗旨，关注民生、倾听民意，把每一起案件的处理过程都当成一次与群众感情交流、思想沟通的过程，关心百姓疾苦冷暖，尽力为群众解决实际困难，受到了群众的赞扬。2017 年 2 月，临河区干召庙镇 32 名西红柿种植户，将一面印有"人民好警察，百姓贴心人"的锦旗送到经济犯罪侦查大队民警手中，感谢经济犯罪侦查大队为他们挽回 19.7 万余元西红柿款。犯罪嫌疑人刘某、李某在永丰村向 32 名村民收购价值 19.7 万

余元的西红柿，并口头约定几天后付款，两名犯罪嫌疑人骗取货物后手机关机逃匿，下落不明。经济犯罪侦查大队接案当日立案侦查，迅速展开侦查工作，充分利用情报信息研判，发现嫌疑人逃跑线索，指派精干警力实施抓捕，在短时间内将二名犯罪嫌疑人分别在广州、湖南抓获归案。因其二人都是外地人，归案后，民警克服语言沟通障碍，积极与其家属进行沟通，先后多次与犯罪嫌疑人家属电话协商退还村民西红柿欠款，并主动放弃休息时间，加班加点将受害的 32 余名村民分别带到临河区看守所与两名犯罪嫌疑人核对欠款金额，终于在犯罪嫌疑人家属的见证下，将所欠村民 19.7 万余元西红柿款退还村民。拿到西红柿款的村民喜笑颜开，厚道朴实的他们激动地说道："谢谢人民的好警察。"经济犯罪侦查大队用实际行动践行了"人民公安为人民服务"的铮铮誓言。

"I"代表 innovation，创新

"谢谢你们，真得感谢人民的好警察，为我追回了这些钱。钱虽然不多，但却是我所有的积蓄，现年纪也大了，收入也不多，这点钱平时不敢乱花准备关键时候救个急，没想到不小心还给弄丢了，多谢你们帮我找回来。"2017年 6 月 8 日市民李先生带着自己 80 岁的老母亲来到经济犯罪侦查大队，紧紧握住民警的手激动地说了这些番话，并送来了印有"人民好警察破案似如神"的锦旗。胡先生在新华西街某银行的 ATM 机取款后忘记拔卡离开，并

到呼和浩特办事。由于此卡并未开通短信提醒服务，其在呼和浩特需使用卡时发现卡不见，才回想起自己可能将卡丢在 ATM 机上。随即赶回临河到银行调取了流水，显示卡上的 2 万余元钱，被他人分 4 笔取走。因当日自动取款机限额 2 万卡内存款未被全部取走。

经济犯罪侦查大队立案侦查后，民警立即赶到现场，走访银行工作人员，调取了案发时段银行的视频监控，因当时银行外围视频监控正在升级没有图像，只有 ATM 机上针孔摄像头拍下的黑白视频，且只有面部以下图像。图像中显示胡先生离开后，一名女子进来发现 ATM 机内留有一张银行卡后，分四次取走了卡里所有的钱。由于案发时间较长，银行监控系统视频提供的信息量小，只能通过穿着确定嫌疑人为女性，加之无法获取嫌疑人面部图像，给案件侦破工作带来重重困难。由于嫌疑人为随机作案，案发后迅速逃跑，没有人见过嫌疑人样貌，民警只能利用案发地周围视频进行追踪，城市无死角"天眼工程"网络监控系统，便给办案民警带来了惊喜，根据案发时间从"天眼"里看到一名女子从银行出来后骑一辆黄色电动车离开，民警通过调取沿路的监控录像确定其进入临河某小区，因距离较远也无法看清面部样貌，且该小区也未安装监控系统。其间，受害人多次来到经济犯罪侦查大队，给民警讲述了自己的情况，50 多岁的胡某没有固定工作，家里还有 80 岁的母亲和儿女需要照顾，平时的收入够日常家里开支，银行卡里仅有的积蓄是留着处理一些突发救急的事情，平时根本不敢动。民警怀着为老百姓办实事的原则，一定要为胡某找回这些救命钱。所以只能通过这辆黄色的电动车来寻找案件突破口，同样机型的电动车在城区很普遍，民警便将电动车图像打印放大后，标注出其重要的特点、特征，通过对小区附近"天眼"监控至案发，这辆电动车并未从小区里出来过。于是将电动车照片发给四名民警手中，根据照片在小区内寻找线索，民警放弃休息时间，利用中午、晚上拿着照片在小区里进行比对。功夫不负有人心，在小区单元楼二楼发现了一辆与涉案电动车相似度极高的车锁在楼道转角处，于是民警挨家挨户进行走访，终于确定电动车主人李某的住处及其家庭成员情况，走访中了解到李某已于前几日到农村亲戚家，具体哪个村社没有人知道。民警最终锁定了其活动轨迹，终于在临河城关镇友谊一社将犯罪嫌疑人李某抓获归案，其对犯罪事实供认不讳，称自己将胡某的钱取走后，因心里害怕以为把电动车藏好，躲到农村亲戚家就没事了。在民警的帮助下，犯罪嫌疑人将受害人的经济损失全部退赔，这些案件也画上了圆满句号。

"D"代表 dedication，奉献

选择了警察这个职业，就意味着或许没有太多时间陪父母看日出，就意味着或许没有太多时间陪妻儿吃晚饭，或许没有太多时间陪朋友送衷肠，或许随时都会失去自己的生命。但是既然选择了远方，便只顾风雨兼程。虽然奉献了很多，但是却收获了千万个家庭的欢笑。

"宝剑锋从磨砺出，梅花香自苦寒来。"要干出超常的业绩，必铸经侦利剑。经济犯罪侦查大队着眼于提高队伍的素质和练就扎实的基本功，将大队素质建设与日常工作同步进行，打造出一支高标准、正规化的队伍。十九大安保工作期间，经济犯罪侦查大队共受理各类经济犯罪案件 37 起，立案 26 起，破案 25 起，抓获犯罪嫌疑人 18 人，其中刑事拘留 17 人，监视居住 1 人，逮捕 5 人，移送起诉 10 起 12 人，涉案金额 1341.94 万元，为国家和人民群众挽回经济损失 500 余万元。破获杜某某涉嫌合同诈骗案涉案金额 190 余万元。破获李某涉嫌合同诈骗案，涉案金额 170 余万元。破获内蒙古某电气有限公司涉嫌虚开增值税专用发票案，抓获犯罪嫌疑人 2 名，为国家挽回经济损失 300 余万元。破获以办理驾驶证为由的系列诈骗案，为 40 名受害人挽回经济损失 50 余万元。安保期间，大队共抓获历年逃犯 4 名，将涉嫌非法经营案，在外潜逃 2 年之久的主要犯罪嫌疑人唐某、李某抓获归案。在天津将涉嫌合同诈骗案潜逃 1 年之久犯罪嫌疑人王某抓获归案。在乌拉特中旗将涉嫌系列合同诈骗案潜逃 1 年之久的犯罪嫌疑人马某抓获归案。这些案件的快侦快破为维护临河区社会稳定做出了积极贡献。

所谓"细微之处见精神"，警察的职责不仅仅是除奸惩恶，更重要的是让群众放心、舒心。警察的责任不仅仅体现在侦破大要案上，同样体现在为群众服务的小细节上。临河区公安局经济犯罪侦查大队不输细节，不辱使命，用实际行动完美演绎着何为警察责任，为"不忘初心，牢记使命"主题实践活动增添浓厚的一笔。

于细微处见真情

——内蒙古巴彦淖尔市临河区公安局拘留所申报"全国标兵拘留所"纪实

艾建甫所长

内蒙古巴彦淖尔市临河区拘留所在区公安局党委的正确领导下，在上级业务部门的指导下，认真贯彻落实党的群众路线实践教育活动及全国、全区监管工作会议精神，以确保公安监所安全文明为主线，以全面落实《公安部关于进一步加强和改进公安监管工作的意见》为统揽，不断创新管理机制，完善监所安全管理教育新模式，积极组织开展三项重点工作，强化队伍纪律作风教育整顿，全力保障拘留所安全，大力促进拘留所等级管理、执法规建设等各项工作，全面推行"执法文明规范、监管安全有序、管理宽严结合、教育丰富多样、权益保障有力、勤务科学有效"和"教育、感化、挽救"的管理教育新模式，由"看押型"转变为"矫治型"，取得了良好的法律效果和社会效应。在拘留所全体民警的努力下，实现了连续八年队伍建设无违纪、拘留所管理无事故的双无目标，2013 年 3 月被评为"全国标兵拘留所"，2013 年 9 月 16 日被公安部评为"全国拘留所社会矛盾化解工作先进单位"，2014 年被公安部评为拘留所"三项重点工作"示范单位。

（一）强化安全意识，确保拘所安全无事故

安全是拘留所永恒的主题，拘留所从所领导到民警都深刻认识到安全的重要性。一是每周一召开全所民警会议，组织民警收看教育片、学习全国各地的事故通报，提高民警的警惕性，吸取教训，保持清醒，认清岗位风险，牢记安全是拘留所工作的第一要务。同时加强各个环节的工作，从收拘、会见、提讯、就医及日常教育等工作入手，细化各个环节，将工作真正落到实

处，营造良好的工作秩序和氛围。二是要求管教干警每日至少一次深入拘留室，准确掌控被拘留人员思想动态，确保被拘留人员合法权益。三是严格执行监控巡视制度，监控与巡视相结合，做到巡视不留死角，监控不失控，多措并举，切实增强风险意识和责任意识，将各项工作落到实处，以确保拘留所安全。

（二）不断加大执法力度，认真落实规范化管理、人性化管理

一是早晨交班制度。每天早上8点半集中民警在收拘室对值班情况进行汇总。由管教、收拘民警、医生等通报被拘留人员情况和工作记录，清点人数，带班所长总结讲评当班情况，安排部署当日工作。二是落实风险评估制度。为科学、准确判定被拘留人员安全风险程度，拘留所建立了安全风险评估系统，采取收拘民警初步评估与管教民警动态评估相结合的方法，将风险评估情况在日交班会上进行通报，对被列为重大安全风险的被拘留人员实行单独关押、监控画面固定、巡视民警关注、管教民警重点教育管理和医生上下午巡诊等措施，切实保证安全。

（三）积极探索推行拘留所管理教育新模式

临河区拘留所"教育矫治特殊学校"于2010年6月10日在全区首家成立，聘请司法局、法院、公安局、交警大队十五位法制教员，每周一至周五走进拘留所授课，每周十课时，主要通过面对面讲授、电教、图片展、播放广播电视、播放宣传教育片等形式为被拘留人员集体授课。"教育矫治特殊学校"创立以来，先后对一万余名被拘留人员进行了法律、人生观、价值观教育，现场为3526名被拘留人员解惑答疑。很多人在这里解开了"心结"，走上了新生的道路，并在重获自由后现身说法，传播教育身边更多的亲朋好友，起到了良好的社会教育效果。2010年10月22日，临河区拘留所被公安部评为"拘留所教育管理新模式先进单位"。在此基础上，临河区拘留所集思广益广开言路，多措并举开展教育矫治工作：

1.每月邀请出所人员回所，与在拘人员召开座谈会，谈感受，谈想法，多角度，深层次感化和教育被拘留人员。

2.建立被拘留人员阅览室，拘留所自筹资金购买图书5000余册，内容涉及法律、生活、医疗、心理、家庭等多方面知识，每日定时组织被拘留人员到阅览室读书看报，对被拘留人员进行文化熏陶，提高被拘留人员遵纪守法意识。

3.开展流动红旗周，增强荣誉感。组织全体民警每周一认真开展文明拘室评比活动，根据各拘留室被拘留人员遵守《被拘留人员行为规范》的具体情况、守法遵纪的表现及深挖犯罪等内容，评出一个文明拘留室，并给予及时表扬和一定的物质奖励，同时鼓励其他拘室要努力争创文明拘留室，要有比、赶、超的信心，争当文明守法个人，增强被拘留人员积极向上的进取心和荣誉感。

4.开设了"心理咨询门诊"。拘留所聘请专职心理咨询师每周两次来所坐诊，为被拘留人员举办心理健康知识讨论，为被拘留人员进行心理治疗，解决被拘留人员的心理障碍。同时，所内兼职心理咨询师对在拘人员进行心理帮教的知识培训，增强了对被拘留人员心理帮教的力度。至今，已为3名被拘留人员进行了心理治疗，并有针对性地提出解决办法，收到了良好的心

拘留所班子成员召开民主生活会

理帮教效果。

5. 亲情感化，浪子回头。对被拘留人员，特别是不服从管理和两次进所以上被拘留人员，管教民警更细心、耐心、用心教育，对难以达到教育效果的，邀请其亲人来所劝导，做到以情感人、以理服人，多层次、多角度剖析其违法行为的实质，使其树立正确的人生观和价值观。

6. 以人为本，保障合法权益。专人按照伙食标准采购被拘留人员供给。专人负责统一保管、配发被拘留人员生活用品，确保被拘留人员吃好生活好。严格落实会见制度和"亲情电话"使用质量，确保被拘留人员会见权和与亲人沟通解决困难的质量，同时开通远程会见视频，为外地被拘留人员家属会见提供方便。

（四）积极推进医疗社会化，提升安全防控能力

临河区拘留所积极推进医疗社会化，畅通绿色通道，为处置突发疾病赢得了宝贵的时间。一是结合管理机制创新工作的深入，不断推进医疗社会化工作，并加强了与协作医院的沟通、联系，与临河区三家医院建立了绿色通道，遇到突发疾病，及时通过"绿色通道"医院进行诊断救治，简化了入院手续，缩短了候诊时间，确保了在拘人员的生命安全。二是在临河区委、区政府、区公安局的大力支持下，医疗卫生社会化在全市率先得到解决。由临河区卫生局下发文件，明确规定临河区乡镇医院医生需到拘留所轮岗，每月2人，由卫生局排好轮岗表，按照规定时间依次开展轮岗工作。2013年5月成立了"临河区拘留所医务室"，依法申领了《医疗机构执业许可证》，有效保证了工作的延续性。三是巴彦淖尔市医院专门派出2名护士，常驻拘留所随时开展医疗卫生工作，确保被拘留人员的疾病能够早发现、早治疗、早康复。由于措施到位，拘留所自建所以来从未发生一起食物中毒和流行传染病。三是建立和实施医生巡诊、问诊工作机制，加强医患之间的交流，及时发现、诊治患病被拘留人员，确保得到及时治疗，同时规范药品使用管理制度，严格控制药品的使用，每次诊病发药都由被拘留人员签名确认，并当场监督被拘留人员按时按量服用。

（五）积极开展拘留所"三项重点"工作

一是严格落实一日生活制度。按照被拘留人员《一日生活制度作息时间表》，从每日早操、教育到不少于 2 小时室外活动、收看电视新闻等，拘留所结合实际情况，制订了详细的计划，做到统一安排、统一要求、统一行动、统一管控，确保了时间、内容、效果的落实，使被拘留人员养成良好的行为习惯。二是坚持军事化管理制度。拘留所利用民警中有多名转业干部的优势，在管理上借鉴部队的管理做法，从拘留室物品摆放、整理内务到列队训练，点名报数，坚持做到每日必教，每日必学、每日必练，营造出良好的学习生活环境，并对照三项重点工作中软件、硬件方面存在的问题进行整改。在对照检查、征求意见的基础上，对排查出的问题集中整理归类，从产生问题的根源入手，逐条逐项提出整改时限，制定整改标准，落实整改措施，使拘留所工作质量有了进一步的提高。

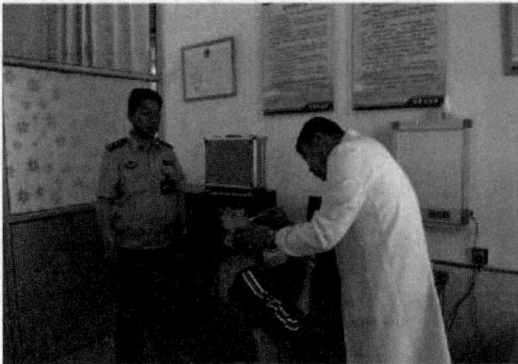

为拘留人员体检   与拘留人员活动

（六）坚持管理机制创新，突出教育成效显著

一是创新教育载体，让"微电影"走进课堂。拘留所改变往常枯燥乏味、形式单一的教育方式，利用"微电影"短小、精练、灵活的特点，甄选出适合监所播放、情节丰富、内容积极向上，并且具有教育人、感化人效果的影片，将其运用到拘留所每天的集体教育授课当中，增加趣味性和视觉性，有效提高了教育质量和授课效果。

二是全面推进群众路线教育实践活动，进一步贴近群众。临河区拘留所在院内添加了岗亭设施，专门成立了岗勤组，全天不论刮风下雨，还是严寒酷暑，立足岗位，站好每一班岗，方便被拘留人员家属会见、办事，树立了良好形象。

三是维护在拘人员健康权益，确保安全。拘留所在确保安全的前提下，利用晴好天气定期为在拘人员组织洗澡，确保在押人员的身体健康、缓解他们的心理压力，维护在拘人员健康权益，体现了监所人性化管理方针，受到在拘人员普遍欢迎，在保障监所安全稳定方面发挥了积极的作用。

（七）持续开展开放活动，扩大监督范围，赢得理解和支持。强化教育管理，积极开辟监所第二战场

2010年，临河区拘留所率先成为内蒙古首家对社会开放的管理教育新模式示范拘留所，将对外开放与开门评警大走访有机结合，2012年以来邀请被拘留人员家属、法制监督员等共30批1500余人来所参观，接待单位30批2100余人来所参观，走访群众551人，回访被拘留人员家属1500余人。

临河区拘留所通过设立各种人性化管理措施，使被拘留人员充分感受到党和政府的关怀，减少思想对立情绪，加大深挖犯罪力度，充实狱侦人员力量，充分利用自身工作优势，提升深挖犯罪工作水平。2009年以来根据被拘留人员提供的线索，先后抓获逃犯33名，破获案件631起，收缴子弹514发、猎枪7支、弹夹7个、导火索1000米、雷管15枚，破案追逃工作走在了全区拘留所的前列。

（八）积极开展矛盾纠纷排查化解工作

临河区拘留所针对近年来因各类矛盾纠纷发生违法行为被拘留人员逐年增多，比例逐年增大的趋势，积极探索创新管理教育模式，构建预警机制，提出"将矛盾纠纷排查化解工作引进拘留所"的新机制，主动介入。2012年12月，临河区拘留所在全市公安监管场所中率先建立矛盾纠纷排查化解工作室，并组织制定了拘留所社会矛盾化解工作制度和工作流程，在工作中又创立了社会矛盾化解"三、四、六"工作法和矛盾排查梳理五法，有效推动了社会矛盾化解工作。这一工作受到了区委、政府的肯定，临河区集中处理信访突出问题及群体性事件联席会议办公室通过了《临河区拘留所社会矛盾化解工作实施方案》，并将这一工作常态化。2013年至今共化解矛盾排查470起，成功化解232起，化解率达87.6%，成了临河区平安建设的"亮点工程"2013年9月16日，临河区拘留所被公安部评为"全国拘留所社会矛盾化解工作先进单位"。

（九）确保安全，创先争优

临河区拘留所在上级监管部门的辛勤培育和临河区公安局党委的正确领导下，以科学发展观为指导，紧紧围绕推行拘留所管理教育新模式这条主线，解放思想，更新观念，不断完善各类人性化管理措施，实现了"管理制度化、行为规范化、内外标准化、教育多样化"，由原来的强制性管理制度转变为管理和教育相结合，由"看押型"转向"矫治型"，大力促进拘留所等级管理、执法规范建设和深挖犯罪原因等各项工作，有效发挥了拘留所的职能作用，实现了连续八年队伍建设无违纪、拘留所管理无事故的双无目标：2008—2012年连续五年被临河区委、区政府评为"优秀基层政法单位"，2012年被区政府评为"十佳政法单位"，2010年10月被公安部评为"拘留所教育管理新模式先进单位"，2010—2013年连续四年被公安部评为"一级拘留所"，2011年被评为"全国教育工作社会化先进单位"2012年4月8日，在公安厅监管总队召开的全区公安监管场所安全管理工作现场会上，该所作为唯一一个拘留所做经验介绍。2012年被评为"全国优秀公安基层单位"，同年被评为"全国公安监管文化建设示范单位"2012年该所荣立集体二等功，2013年被评为"全国标兵拘留所"，同年被公安部评为"全国拘留所社会矛盾化解工作先进单位"2014年，在临河区召开的全区公安监管工作现场会上，临河区拘留所作为全区唯一拘留所做典型发言。2014年该所被公安部评为拘留所"三项重点工作"示范单位，所长、教导员荣立个人二等功一次，民警多人荣立个人三等功。

2013年年底至今，该所入所总人数为2600余人，其中违法人员男性

2200余人、违法人员女性400多人。行政拘留2500余人、司法拘留200余人，其中转刑35人、强戒44人。该所拘留人数占巴彦淖尔市拘留人员总数的三分之二。该所至今没有发生一起被拘留人员逃跑、自杀、自残、超期羁押等事故。

此情染得众花艳

——记内蒙古巴彦淖尔市临河区宝康幼儿园
园长王月琴的先进事迹

光阴荏苒，岁月如歌。每个人在这个世界上都会留下自己的足迹。当我们顺着这些深深浅浅的坑洼去追寻那每一步的艰辛时，总会从心灵上产生一种感怀和飞跃。

一个人如果把毕生的精力毫不保留地奉献给自己崇尚的事业时，就会将得失、荣辱、名利视为过眼浮云，心平似水。这是临河区宝康幼儿园园长王月琴同志给人的最大印象。

宝康幼儿园位于临河马道桥西侧的回族聚居区，始建于 2003 年年初，建园之初，有好心人提醒王月琴，回族人不好相处，部分人对孩子的教育不够重视，你把幼儿园建在回族聚居区，将来能办好么？但王月琴不信这个"邪"，她坚信，人心是肉长的，只要你把工作做好，就一定会得到人们的认可的。

当时，办园之地还是一处民房，虽然面积不小，但残垣断壁，院内坑坑洼洼，到处是荒草和碎石烂砖，一片破破烂烂的景象。正当王月琴带领大家修整这一切时，一场突如其来的"非典"疫情肆虐而来，一时间人人自危，大家都躲在家中不敢出门。这给宝康幼儿园的招生工作带来了难以想象的难度。但王月琴并没有被困难吓倒，她一边带领大家修整园容园貌，一边派人深入周边居民家中派发宣传单，宣传政府治疗"非典"疫情信息，鼓励大家坚定信心，战胜疫情，同时宣传宝康幼儿园招生信息。

宝康幼儿园地处城郊接合部，周边有临河九中幼儿园、临河回校幼儿园、临河第八小学幼儿园、临河实验幼儿园以及几家有实力的私营幼儿园。如何在夹缝中求得生存，而且把宝康幼儿园办成周边有影响、有特色幼儿园，一直是王月琴思考的问题。经过调研她发现，宝康幼儿园周边居民很大一部分都是回族，虽然周边幼儿园很多，但还没有一家回族幼儿园。于是她立即开始实施，将食堂改为清真灶，同时招收了一批回族教职工。王月琴的辛勤劳动没有白费，当年7月，宝康幼儿园迎来了首批幼儿。

抓队伍建设，提高办园水平

王月琴常说："当园长，不能靠发号施令过日子，要在第一线带着大家干，工作只能比大家多干，心只能比大家多费。"她是这样说的，也是这样做的，她每天早早来到幼儿园，又总是最后一个离开。作为园长，她在鼓励支持老师成长的同时，还非常注重自身素质的全面提高。从理论水平到实践能力，从专业素养到业务技能，从广博的知识面到良好的学习习惯和方法，都不断充实和更新，以保持先进和超前的意识，做计划，定指标，搞预算，搞科研。她还注重全园教职工的思想工作，教育职工各尽其职、各负其责。在工作中，她不仅熟知全园教职工情况，而且熟知全园的各项工作情况。她既做全园工作的带头人，又做全园带头工作的人。基于此，她总是时常告诫自己，要做到敬业勤政，谦虚谨慎，勤奋学习，不断地提高自己的思想素质和业务能力。她认为学习是一个园长永无止境的事。多年来，王月琴同志以党的教育方针为主线，加强理论学习，深入学习宣传贯彻十八大精神，倡导教育创新，以实际行动落实十八大精神。把理论学习与指导本园发展的实际工作结合起来，达到学以致用。把全体教职工的思想认识统一到幼儿园工作的各项目标任务上来，聚精会神搞教育，一心一意谋发展，经过艰苦努力奋斗，提高了宝康幼儿园教育教学质量和办园声誉，同时稳定了教职工队伍，增加了经济效益。在工作中她以身作则，率先垂范，急群众所急，忧群众所忧，做到顾全大局，求真务实。在多年的工作中，虽然她积累了许多工作经验，但能始终保持着谦虚谨慎、不骄不傲的工作作风，保持着宽宏大量的气度风范。她每天早出晚归，加班加点，从不计个人得失，在平时工作中能严于律己，以身作则，为人正直，踏实工作，廉洁自律，作风民主，与时俱进，开拓创新。在处理任何一件事情时，都能用一把尺子去衡量，秉公办事，不讲私情，奖罚分明，对事不对人，做教职工的表率。她能用发展的眼光看待每个人，以教育帮助、批评鼓励为原则，做到平易近人，以诚相待，在执行制度上即要严格，又要以教育为主，以爱和严相结合，这种人性化的管理方式，使教职工心服口服。在大事面前，做到顾全大局，委曲求全，经常开展批评与自我批评，自我反省。

抓好稳定、创新机制、开拓市场

抓好队伍稳定是基础。建园初期，面对重重困难，她经常夜不能眠，考虑的是宝康幼儿园的生源问题、教育教学、特色等诸多问题。她决心克服困难，开辟一条幼儿园生存与发展之路。为了解决生源不足问题。她双休日不休息，冒着酷暑严寒带领大家向周边地区发放招生广告，提示各班老师每天给没有来园的幼儿家长打电话询问原因，老师亲自上门接送孩子，使孩子的家长亲身感受到老师像"妈妈"，幼儿园是一个温暖的大家庭。

王月琴同志引领教职工理解改革创新、支持改革创新、参与改革创新，提高对改革创新的认同感和承受能力，她及时准确掌握教职工的思想动态，超前做好思想政治工作，抓住带有倾向性的思想矛头，及时化解影响稳定的不利因素。促进队伍稳定。同时结合幼儿园中心工作和发展目标开展宣传教育活动，使广大教职工对目标任务做到心中有数，肩上有责任，为完成幼儿

歌颂祖国主题活动   慰问老人乐园

园目标任务而共同努力。牢固树立"园荣我荣"的思想，更进一步推动了幼儿园管理的规范化。

创新管理机制是关键。王月琴同志带领大家积极贯彻教育主管部门关于幼教改革精神，努力开拓，积极进取，精诚团结、转变观念、提高认识，勇于改革。使全园教职工认识到，改革势在必行。为此，她落实园长负责制、职工竞聘上岗制、岗位责任制、考核工资制等改革措施，将工资、奖金分配与工作业绩挂钩，实行竞争上岗，能者上、庸者下。确实体现优教高酬，使每个教师都能在不同的岗位上发挥自己最大的潜能。为激励幼儿园教师积极工作，他们制定了一系列考核奖惩政策，加大了绩效工资数额，每月从工资中拿出一定数额作为绩效工资，拉开分配档次，教师之间公平竞争，体现"多劳多得、少劳少得"的原则。变静态管理为动态管理，教师的积极性空前高涨。这样，优秀者有成就感，平庸者有压力感，不称职者有危机感，增强了教师的责任感和竞争意识，教师有了一个宽松、温馨的工作环境，形成了爱岗敬业、协调合作、积极向上的工作氛围，提高了工作效率和保教质量。使宝康幼儿园的改革一步一个脚印稳妥地进行。

重科研工作、促保教质量是根本。建园初期，由于园内软硬件设施跟不上，加上生源少，教职工工资相对较低，使教职工人心涣散，教育教学水平停滞不前，为此，王月琴团长坚持以严谨、科学的态度治学，认真学习《幼儿园教育指导纲要》实施细则，将学习与课题研究、教研活动结合起来，进行教学研讨活动，用（纲要）精神指导解决实践中存在的问题，寻找教育理论，探讨教育策略，搭建教科研平台，鼓励教师积极参与教科研活动，营造浓厚的科研氛围。调动全员参与教研管理的积极性，大胆实践探索，共同参与班级各目标的制定，全园之间形成一种相互合作、交流、反思、进取的风气，使保教工作生动有序地开展。

王月琴同志经常组织教师观摩活动，多次进行实践研究，在研究中比较不同的教学策略、教学方法、组织形式、价值取向等对幼儿发展的影响，在"学、做、研、思""再学、再做、再研、再思"的过程中，寻找到教育活动中所隐含的教育价值。开展自荐、仿真、观摩、公开课评比活动，她组织大家一起听，听后进行评析，从而让老师明白有价值的教育活动应该怎样来组织。

她在处理好行政事务的同时，深入保教一线，在人员紧张的情况下亲自顶岗，给幼儿上课，经常参加教研活动，坚持听课，每学期听课40节以上，指导教师教育教学工作，根据各班的实际情况提出指导性的建议和意见。

与教职工一起慰问辖区老党员

根据教师的现状，她将老教师、骨干教师合理分配在各班进行帮带，制订出帮带计划，有的放矢，致使教育教学水平有了显著的提高，并形成有效的梯队。

开展特色活动，创设多种教育环境

在王月琴同志的引领下，宝康幼儿园开设了特色教育活动：美术、阅读识字、快乐实践数学。并开展兴趣活动：早期阅读、电子琴、手风琴、葫芦丝、非洲鼓、声乐、舞蹈、绘画等丰富多彩的兴趣班。使幼儿在快乐的童年生活中幸福成长，为幼儿的发展奠定良好基础。

为了给孩子创设良好的环境，王月琴同志在经费短缺的情况下，想方设法筹措资金，将幼儿园内外进行粉刷装修，组织全体教职工制作了若干幅版画、镜框手工制品。为了让家长、幼儿踏进幼儿园的第一步时，享受到无限醉人的色彩。她为幼儿园地面和院落全部铺设了彩色地毯，得到了家长们的赞赏，幼儿园变成了孩子们的天堂。

重视家长工作，让家庭、社区、幼儿园互建共识

为了做好优质服务，使家长安心工作，主动同家长配合和沟通，取得家长的理解和信任，王月琴同志亲自给家长学校上课，向家长宣传《幼儿园教育指导纲要》和《幼儿园规程》，使家长正确了解幼儿园保育和教育内容。

在王月琴同志的带领下，宝康幼儿园采取了行之有效的家园共育工作：创建互动的家长学校；积极开展专题访问式的园长接待日活动；开展生动活泼的亲子系列活动；开辟快捷、全面的沟通渠道；幼儿开放日；一周学习情况汇报；家园练习册；家园共育特色专栏；家长走进课堂；评选优秀家长活动，建立家长委员会、伙委会，老师给家长上展示课等。她还制定了全方位服务承诺。双休日、节假日、24小时看护服务，主动上门接送幼儿，一方面为家长排忧解难，另一方面提高了创效能力。

　　她带领大家做宣传工作，塑造良好形象，树立服务幼儿、服务家长的意识。她坚信幼儿园工作顺利开展的有力保证是必须得到家长的支持。为此宝康幼儿园十分重视家长工作的开展，利用春节、中秋等有利时机，大力开展访贫问苦活动，同时，每年的穆斯林斋月期间，她还亲自带着慰问品到周边清真寺慰问穆斯林同胞，拉近了与周边居民群众的感悟情，从中也得到了许多信息，这对改进幼儿园工作方法，提高工作质量起到了积极的推动作用。

　　抓好安全综治及卫生保健是保障。在王月琴园长的嘴里经常念叨这样一句话："安全第一"，她把安全和综合治理当作一件非常重要的工作来抓。每周例会她都要加强安全综治教育，强化安全管理工作，对安全工作做到日检、周检、月检，常抓不懈，防患于未然。她强调发现隐患及时采取措施和上报，强调安全工作留有痕迹，加强门卫工作职责，积极贯彻上级文件精神，加强禽流感预防和整治周边环境，确保入园幼儿的安全，使家长安心工作。

　　她始终把安全工作放在首位来抓，制定了详细的安全紧急预案和预防禽流感预案。她经常强化后勤管理，提倡艰苦奋斗、勤俭办事的精神，坚持后勤管理制度化、规范化、科学化。严格食堂管理，她亲自把好购物关、验收关，做到严、实、细、安全、卫生。严格进行卫生保健管理，要求各班教师严格执行卫生消毒保健制度，加强检查、指导，防止传染病的传播。要求定期为家长和教师开展卫生保健、科学育儿知识讲座。还有计划有主题的开展健康教育活动，如保护视力、保护牙齿等。幼儿每天做眼保健操。做好卫生保健管理，把好晨检关，做好全日观察及记录。关心幼儿的身体健康，贯彻以"预防为主"的卫生工作方针，指导幼儿的膳食，保证幼儿健康成长。

王月琴同志非常关心教职工的生活，在繁忙的工作中，在经费短缺的情况，还给教职工买来统一的园服，使教职工有了统一的着装。得到了教职工的好评。由于幼儿园特殊的工作性质，因此工作烦琐，头绪很多。她做到了有多少教职工心中就要装下多少人，处处团结、关心、体贴她们，做职工的知心朋友，了解职工的思想动态、时刻掌握园里的热点和难点问题，经常与职工谈心、交流、沟通，既可增加她与职工之间的感情，又为教职工营造了一个宽松和谐的工作环境，使职工爱岗敬业、安心工作，职工有困难她能及时给予帮助和解决，对生病人员及时前去探望和慰问，做教职工的贴心人。

在王月琴同志的带领下，经过十几年的奋力拼搏，宝康幼儿园全体教职工克服重重困难，一步一步从困境中走了出来，由内到外都有了翻天覆地的变化。办园条件和办园水平得到提高和改进。截至目前，宝康幼儿园共有教职25名，有教学班7个，有幼儿200多名。赢利了社会各界和家长的一致好评。2013年，宝康幼儿园被临河区教科局评为"发展进步特别单位"。2015年又被临河区教科局评为"发展进步幼儿园"；同年王月琴园长个人被评为临河区"三八红旗手"。2016年学校又被评为临河区民办幼儿园"先进个人"荣誉称号，同时奖励现金1000元。

王月琴园长并不满意。她说："荣誉代表过去，用我们的双手共圆中国梦，每个人都应该为追求更高目标而奋进。"她又在心里绘制着宝康幼儿园灿烂的未来……

（丁兆贵/文）

刑侦战线的"铁汉子"　人民心中的"好公仆"
——记内蒙古巴彦淖尔市磴口县公安局刑警大队大队长贺永亮同志先进事迹

　　贺永亮，男，汉族，现年40岁，中共党员，本科学历1993年参加工作，先后任磴口县公安局侦查员、刑事技术影像工程师，三级警督，现任刑警大队大队长。

　　作为刑警大队的大队长，贺永亮同志始终牢记侦查破案、揭露证实犯罪的神圣使命，他心里时刻装着手中的案件，日思夜想，念念不忘，特别是对重特大刑事犯罪、系列犯罪、暴力犯罪案件，他总是高度警惕，日日夜夜严阵以待。仅2009—2010年，贺永亮同志组织参与侦破各类刑事案件320余起，抓获各类刑事犯罪嫌疑人125人，抓获逃犯37名，缴获大量现金、手机、电脑、摩托车等赃款赃物，为群众挽回经济损失40余万元，受到许多受害群众的称赞。

敏锐思维，巧破三十余起盗窃案

　　2009年11月至2010年2月间，磴口县巴镇地区连续发生入室盗窃案件30余起。一时间，在巴镇地区人民群众中引起了不小的恐慌。这不仅影响公安机关的形象，更严重影响到了磴口县社会治安的稳定。作为负责巴镇地区刑事案件侦破的副大队长，贺永亮同志召集侦查技术人员仔细研究、分析了近期来发生的系列入室盗窃案，从盗窃手法手段、现场进出口、现场遗留物等多方面进行研判。通过翻阅大量的现场资料，经过反复比对，找到了这些案件的一致性，将30余起入室盗窃案成功串并。凭借多年的办案经验，他分析判断：能够在短期之内连续作案30余起的，一定是曾经受过公安机关打击处理过的有前科的人员。功夫不负有心人，通过深入细致的摸排调查，贺永亮同志发现了曾被他打击处理过的两个劳教释放人员王建平有重大作案嫌疑。

2010年2月26日，在贺永亮同志带领侦查员在巴镇某烤吧将犯罪嫌疑人王建平抓获，同时抓获了有前科人员田耀。他没有顾得上休息，又组织民警展开凌厉的审讯攻势。最终，犯罪嫌疑人王建平、田耀交代了在磴口县巴镇地区入室盗窃作案32起的犯罪事实。此案缴获大量被盗电脑、手机、照相机等物品，为群众挽回经济损失15万余元。

无名尸首案

2010年2月16日，正值传统佳节春节的第三天，磴口县巴镇南开桥下发现一具无名尸体。正在值班的刑警大队副大队长贺永亮立即带领侦查技术人员赶往现场进行勘验调查，并将案情迅速向市、县两级领导做了汇报。无名尸体上有多处锐器伤，特别是头面部创口多且深，给辨认工作带来一定难度。为了尽快查清尸源，早日破案，贺永亮同志一面安排技术员对现场遗留的痕迹物证进行仔细勘验，一面亲自带领侦查员以发现尸体处为中心向四周辐射进行拉网式摸排调查。此时，寒风刺骨的巴彦高勒又飘起了小雪，恶劣的天气给侦办民警带来了非常大的困难。但是在贺永亮同志的带领下专案组

案情分析会

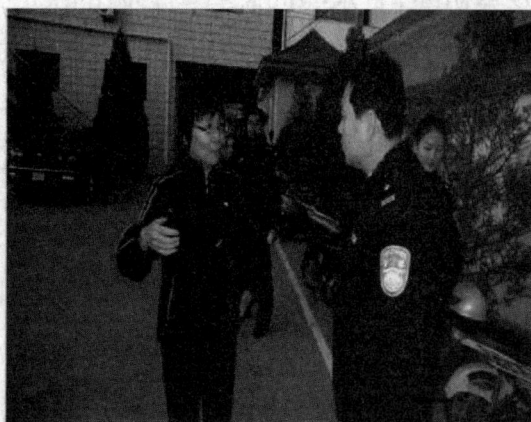

倾听案情进展情况

民警抱着命案必破的信心和决心，顶风冒雪继续开展工作。

当日 14 时，根据现场勘验技术员发现的包裹尸体的尼龙塑料袋上面写有"王忠海收"字样，贺永亮同志迅速通过信息检索，查找到众发厨卫公司老板王忠海，通过其对尸体进行辨认，确认死者是甘肃籍打工人员张兰平，与妻子在巴镇地区租房居住。贺永亮同志立即带领侦查员在巴镇地区查找张兰平租房地点。16 时许，在巴镇建筑管区找到了张兰平与妻子的租房处，立即对住所进行了勘验，发现张兰平租住的房屋内墙上、地面有大量的喷溅血迹。大量的证据证明死者确系张兰平。通过进一步调查，了解到张兰平与其妻子王凤因生活琐事不和近期发生过多次纠纷，王凤在 2 月 100 将家中物品尽数卖出，去向不明。此时，王凤杀害其夫张兰平的嫌疑陡然上升。贺永亮同志马上带领侦查员对嫌疑人王凤实施抓捕，于当 018 时许，在磴口县沙金苏木纳仁宝力格嘎查王凤母亲家中将其抓获，经对犯罪嫌疑人王凤进行讯问，其供述了作案全过程。至此发生在春节初三的血案终于在贺永亮和他的队员们不懈努力下成功告破，给无名尸首找到了冤主。

天道酬勤，连破大案见真功

2011 年全市开展社会治安集中打击整治"夏季攻势"行动中，作为磴口县公安局刑警大队副大队长的他既当指挥员，又当战斗员，在每次命案的发案初期，贺永亮同志有案必破的决心总能深深地鼓舞着每名参战民警信心，在案件侦查的过程中他身先士卒的作风总能激励着每个民警的斗志，在案件陷入僵局的时候他坚韧不拔信心十足的精神风貌总能激发起民警的士气。他就是这样，犹如一块巨大的吸铁石一样吸引着民警，民警见他孜孜不倦地朝胜利的方向前进，大家也信心十足，士气激扬。

2011 年 7 月 8 日 11 时 45 分，磴口县补隆办事处十字路口发生一起故意伤害案。案发后，贺永亮副大队长立即带领刑警大队侦技人员在第一时间赶赴现场展开现场勘验和调查走访工作，在他的指挥和带领下，侦查人员在案发后不到两个小时就成功将犯罪嫌疑人抓获。随后他又亲自对犯罪嫌疑人进行审讯，起初，犯罪嫌疑人拒不交代事情缘由，但通过他的政策攻心和耐心讲法，使犯罪嫌疑人消除了顾虑，如实交代了犯罪事实。

2011年5月以来，磴口县巴镇地区连续发生多起抢劫案，给老百姓的生活造成了严重影响。根据这一情况，他每天带领侦查员穿梭于车流人群之中，寻找破案线索。每天晚上还步行在街面上进行便衣巡逻，有时一走就是几十公里，走得脚起了十几个泡。同行的同志劝他回去休息，他总是笑着说："没有关系，我还能走。"多少个日子他总是这样硬挺着，坚持着。他铁人一般，艰辛付出。他的举动感动了身边的每一个人。功夫不负有心人，6月中旬的一天夜里，他像往常一样正在街面上巡逻。隐约看见有两名男子正尾随在一名年轻女子身后。多年的工作经验促使他加快脚步跟了上去，一举将准备实施抢劫行为的犯罪嫌疑人成功擒获。这一擒，从嫌疑人身上一下子破获抢劫案件40余起，消除了群众的恐惧心理。

严于律己，做好模范带头作用

在"夏季攻势"行动中，他参与侦破各类案件140多起，这是一个不平常的数字！它印证着一名共产党员对党和人民的事业高度负责的赤子之情。他练就了一名侦查员特有的火眼金睛。在勘查中，他从不放过任何一点蛛丝马迹。案发现场的一只茶杯，是纸杯还是玻璃杯？是放在茶几上还是在厨房里，或地板上，都会引起他对案情的推理，从中找出有价值的破案线索——

"案情就是命令！"

这是同事佩服他的理由。"案情就是命令!"作为侦察员,这是一句人人都说过多次的口头语。但是,在每一个案发报警的第一时间里,执行这个刻不容缓的命令,并不是一件容易的事。案发是不定时的,常常是在下班赶往回家的路上;在凌晨人们沉睡的时候;在深夜刚刚进入梦乡的时候;在刚刚端起家人递上热气腾腾的饭菜的时候案情接踵而至……这些常规的生活,谁都觉得再平常不过,但作为刑警,却没有被包含在这些常规之内。每次发案不管多晚,不管家里有多重要的事情,他总是第一个赶到单位,总是早早坐在办公室里等队伍集合,边默默揣摩案件——这也是同事佩服他的原因。作为一名行动大队的领导,很少见他在人面前教训干警,他总是以自己的实际行动在勉励战友,引导同事。

正是贺永亮同志这种无私奉献的精神,使刑警支队全体民警上下一心,共同努力,锻造了一支凝聚力强、有战斗力的刑侦队伍,为保障人民群众安居乐业做出了应有的贡献。

2010 年 11 月至 2011 年 2 月,磴口县巴镇地区连续发生多起团伙持械拦路抢劫的案件,严重影响了人民群众正常的生产生活秩序和生命财产安全。接警后,贺永亮带领侦查员根据受害人陈述的犯罪嫌疑人特征及被抢劫物品特征,通过走访排查、为嫌疑人进行模拟画像等多种方法,查找案件线索和可疑人员。侦查期间,贺永亮发现无业游民杨乐和白佳等人经常出入高档消费场所,遂对其周围交往人员展开调查。案情逐渐明朗,3 月中旬,他们陆续将涉案的十一名犯罪嫌疑人抓获,彻底打掉了这一暴力犯罪团伙。

贺永亮同志具有高度的事业心和责任感。他身先士卒,严于律己,经常早上班、晚下班,牺牲了节假日,不分昼夜拼命干。在公与私的天平上,他处处以公安事业为重,一心扑在工作上。他的父母都已是年过花甲的老人,体弱多病。近在咫尺的他,理应多在父母身边尽孝,但公安工作的性质和他肩负的任务,使他不能对父母多尽颐养天年之责。因工作忙碌,一年到头,他难得回上几趟家。即使是回去一趟,也是匆匆而去,匆匆而归,更不用说在老人面前尽孝道了。当谈起这些,他总觉得愧对老人。

贺永亮同志觉得在父母眼里他不是好儿子，在妻子面前也不是好丈夫。他对自己苛刻了一点，但对待人民群众始终带有深厚的感情。想群众之所想，急群众之所急，帮群众之所需。只要人民群众需要办的事情，他总是乐此不疲，竭尽全力加以解决。

2010年10月25日凌晨2时30分，正在磴口县巴镇地区进行夜间巡逻的刑警大队副大队长贺永亮接到群众电话报警称家中的16只绵羊被盗。贺永亮同志迅速带领4名侦查员火速赶赴现场。根据现场勘验，他认为绵羊没有被盗，而是从羊圈中走失的。当即决定带领侦查员和失主家人兵分三路围绕失主家周边进行搜寻。深秋寒风瑟瑟，只穿了单衣的同志们被冻得直打冷战，鼻涕直流。但一想到群众将要受到的重大损失，他们没有一个叫苦的。经过近6小时的寻找，终于在距失主家五公里远的沈乌闸附近找到走失的16只羊，为群众挽回经济损失2万余元。

追查跨省大盗

2012年8月30日19时50分，五原县隆兴昌镇居民李明报案：其停放在顺沅驾校的白色海王星踏板摩托车被盗，车号是蒙LQ1418，价值4000元。2012年9月1日8时30分，杭锦后旗陕坝镇乌拉美羊业有限公司的原淑荣报案：8月31日晚，公司二楼财会室门被撬，室内保险柜被盗，价值3000元，柜内现金1786元。2012年9月3日6时38分，磴口县巴镇居民杨晓报案：磴口县泰利包装制品有限公司董事长办公室被盗现金4000元，瑞士欧米茄男士手表1块、香烟4条，三星W999手机1部……总计价值26万元。2012年9月4日8时10分，临河区经济开发分局刑警大队接到联邦制药（内蒙古）有限公司报案：财务室丢失佳能照相机一部，出纳室3个保险柜被撬……丢失现金22.3万元。

面对频频发生的一连串重大案件，贺永亮临危受命，在上级业务部门的大力支持下，带领刑警大队全体侦查员及技术员组成的攻坚小组展开攻坚战。通过近两个月的鏖战，最终发现了3名犯罪嫌疑人的蛛丝马迹，并以此为突破口，远赴山东、四川等地，在遭遇泥石流天气，少数民族围攻的情况下，将三名犯罪嫌疑人一一抓捕归案……

毒犯无处可遁

2013 年 7 月，贺永亮在工作中获得线索，磴口县巴镇居民朱秀花有以赃物兑换毒品的嫌疑。于是，他带领侦查人员进行秘密跟踪侦查。通过侦查发现，朱秀花与临河区居民赵玲联系密切。根据多年的侦查经验，他意识到这绝不是简单的赃物兑换毒品，在案件的源头会一定有一个大的毒枭在不断向巴彦淖尔市境内提供毒品。货源地在何处，贩卖运输毒品的又是何人……带着种种疑问，他顺藤摸瓜，经过三个月的缜密侦查成功锁定了一个涉及山东枣庄市、安徽阜阳市、包头市及巴彦淖尔市磴口县、五原县、乌拉特中旗、临河区、杭锦后旗的特大贩毒团伙。12 月 9 日一举抓获了该贩毒团伙的 10 名骨干成员。该贩毒团伙的上线尚未抓获，这让时任副大队长的贺永亮忐忑不安。12 月 15 日，他主动请缨带领两名侦查员火速赶赴安徽、山东等地开展工作。在一次侦查犯罪嫌疑人落脚点的过程中，不慎把脚扭伤，又肿又疼，但他还是强忍着剧烈的疼痛和侦查员一道穿梭在各地，搜集犯罪嫌疑人的证据。贺永亮带领两名侦查员通过近两个月的摸底排查，最终成功将犯罪嫌疑人刘凤香抓获，回到家时已经腊月二十九了。

涉黑团伙的覆灭

2014 年 1 月 22 日，刘青持刀非法闯入邹小梅家，扬言要杀害邹小梅，并打砸家中物品。接到报警后，贺永亮带领民警迅速赶赴现场进行处置，犯罪嫌疑人刘青已逃离现场。经依法搜查犯罪嫌疑人刘青住宅，家中搜出 3 把砍刀、1 把弓弩（带 3 支箭）、1 支气枪及 192 克毒品。随后对其实施抓捕，刘青持单刃刀冲出门外捅抓捕民警，致使两名民警手部受伤。刘青欲再度对抓捕民警行凶时，民警当即开枪将其腿部击伤，并送往医院救治。就此，一个涉黑团伙浮出水面：以刘青、李东虎、刘建国、李文常为首的 10 余名犯罪嫌疑人从 2009 年以来，共有涉案线索 68 条，涉案金额高达 1081 余万元，案件涉嫌妨害公务、抢劫、敲诈勒索、寻衅滋事、强迫交易等多项罪名。其中需要立案侦查 58 起，涉案金额 869 万元。该团伙使用暴力手段发泄情绪，逞强要横，致使受害人不敢报警、举报、控告，严重影响了当地人民群众正常生活秩序，造成恶劣的社会影响。多少个日日夜夜，贺永亮带领民警们深挖余罪，穷追猛打，这个隐匿于磴口境内的黑社会性质组织终于被一举歼灭。

现代化的刑侦专家

公安工作的诸多警种中，刑警始终处在打击违法犯罪，维护社会安定的第一线。尤其是在当前各种犯罪智能化，暴力化倾向日渐突出的形势下，刑侦工作更在风口浪尖上。贺永亮同志常说："作为一名优秀的指挥员，不仅要有较好的逻辑思维能力和对事物敏锐的观察力，还需要有丰富的想象力，更重要的是要有潜心于事业的责任感和事业心。要甘于清贫，以苦为乐，要静得下心，要沉得住气。"他总是坚定不移坚持着自己的原则。自参加公安工作以来，他认真学习业务知识，努力提高自身素质，凭着对公安工作的执着与热爱，逐渐成为一名优秀的刑侦指挥员。为了强化今年的刑侦工作，他潜心研究各地的工作动态，掌握了全面的第一手资料，为科学部署各项工作奠定了扎实的基础。

打造平安磴口，构建和谐磴口的工作中，磴口县锤炼了一支特别能吃苦，特别能奉献，特别能战斗的公安队伍，贺永亮同志就是这支队伍中的杰出代表。从警 20 多年来，他坚持秉公执法、一心为民的信念，从一名普通民警干起，一步一个脚印干到刑警大队大队长。仅 2010—2014 年，贺永亮同志组织参与侦破各类刑事案件 1300 余起，抓获各类刑事犯罪嫌疑人 326 人，抓获逃犯 251 名，缴获大量现金、手机、电脑、摩托车等赃款赃物，为群众挽回经济损失 600 余万元。在平凡的岗位上做出了不平凡的业绩，他多次被自治区、市、县人民政府和公安机关评为先进工作者、优秀党员、优秀政法干警、优秀侦查员，荣立个人二等功 1 次、三等功 5 次。2012 年代表磴口县公安局参加了第二届巴彦淖尔市公安机关"我最喜爱的人民警察"评选活动，并受到巴彦淖尔市公安局嘉奖。

　　贺永亮同志始终坚持认认真真做好工作中的每一件小事，把看似平淡无奇的工作做得有声有色，在点滴中追求完美，在平凡中创造精彩，用热情、执着、坚韧、智慧诠释刑警的理想与追求，努力在刑事侦查这一平凡的岗位上实现着自己不平凡的人生价值。

慰问群众和老党员

一心一意谋发展的好支书周建军

——内蒙古巴彦淖尔市临河区乌兰图克镇新民村发展侧记

巴彦淖尔市临河区乌兰图克镇新民村八年前土坯房、小土路、破院墙，村民成规模搞养殖的人家很少，一家也就三只五只羊，只够自己吃，一年下来，养殖一点收入也指望不上，地里的庄家倒是有点收成，但产量不高，不能机械化作业。所以，年年劳作，年年增收无望，也只能维持温饱。村里的男女青年，从春到秋，也只是从炕头到田头，再从田头到炕头，孤单也没个活动的去处。村民过日子，天天日出而作，日落而息，神经都几乎麻木了。八年后新民村一体化住宅拔地而起，畅销各地的品牌番茄和蜜瓜，反季节蔬菜和育肥肉羊让村民鼓起了钱袋子。说起这些变化，离不开一个人的努力，那就是新民村党支部书记周建军。

周建军忠诚践行党建引领发展的理念，从打造绿色农产品入手，提高村民收入，创新党员星级化管理，激发党员活动，成为村民心中的好支书。

入秋以后，天气转凉，夏季应季水果大多数已经退出了市场，可在巴彦淖尔市临河区乌兰图克镇新民村却是另一番景象。红彤彤的草莓正在收获旺季，来这里打工的农民正集中采摘、挑选、包装然后走上国外的餐桌。和高端草莓一样让人羡慕的还有新民村人越来越好的幸福生活。这些成就，都是因为新明村引进了一个龙头大企业搞的高端草莓种植园，正是这个"企业＋农户"的大项目，才使新民村一下子由穷变富。

实心实意为村民跑项目

这个让农民挣钱让村里出名的草莓项目，能够落户新明村，和新明村党支部书记周建军是分不开的。就在短短的八年前新明村还远没有这样的吸引力。全村 450 户村民，70% 是老砖房、破土房，村里村外到处都是柴草山、

为乡亲致富千方百计跑项目

垃圾堆，外村人嫌弃，本村人凑合，得过且过的样子，人人一点精气神也没有。当时周建军还是村委会主任，他觉得村里要变样，得先改变面貌。于是把家里的 20 多亩地撇给了妻子，开始早出晚归地跑项目。一个月后，他终于将高端草莓种植的大企业项目领导引进了村里，并达成开发的项目协议。镇党委和镇政府抓住此项目不放，就将整村移民搬迁项目，也落户于新民村这样，天缘巧合，一大批美丽新颖的高标准住房拔地而起，水电路进行了重新规划，村里迅速变了模样。

开展星级化管理，唤起党员宗旨意识

让周建军不解的是，村容村貌变好了，致富条件具备了，但村民的精神状态并没有改变，有些人还帮起了倒忙，学起了"等靠要"的做法，就连村里的党员都有利就抢，有事便躲。党员张立新说："我把村里的各个方面看得都不太重要，和群众比起来，我这个党员的思想和群众没有什么区别，和群众比较起来，我个人从思想到观念，都不知道和群众有什么区别。"张立新的话深深刺痛了周建军的心，共产党员缺乏宗旨意识和服务意识，这是比贫穷更致命的疾患。在接下来的工作中，他有意识地开展了党员带农户的活动，在村里引进的现代农业和规模养殖项目中，通过发动有积极性的共产党

员，先行先试让产业驱动，经济撬动，再让党员和村民进行联系。在此过程中，不厌其烦地强调党员带动农户的重要性。至今，张立新仍然记得周建军同他说的话："作为一个共产党员，我们必须把自身素质提高，才能让社员拥护我们。"周建军利用外出学习等机会，吸收借鉴周边先进村的全面从严治党的党建方式，初步有了自己的心得体会，率先在村里开展了党员星级群众管理。将党员评定标准分为"履实星""奉献星""先锋星""创优星""践诺星"五类。支部定期学习十九大精神，深入贯彻习近平治国理政新理念、新思想、新战略，定期召开民主生活会、组织生活会，开展批评与自我批评、党员互评、村民参评，最后党员公开承诺、履行兑诺。考核结果贴在墙上，星级评定挂在门上，优劣有了对比，党员就有了动力。党员星级化管理活动开展以来，党员各方面素质都有了很大的提高，评几颗星不是关键是通过这样的方式调动党员的积极性。就拿张立新来说，产业上，他承诺帮助有意愿的村民种植香瓜，服务上他承诺义务清扫马路，在自己的能力范围内，示范带动，快乐自己。有的党员带动群众修墙铺路，为大家联系打工的企业。逐渐地，村里的 63 名党员都有了为民服务的积极性。

民主协商是工作准则

冷静促进草莓种植项目与企业共建党建工作

党员有了新变化，致富就不愁新路子。2012 年巴彦淖尔市保税物流园区开始运营，地点也坐落在新民村的土地上，借用这个优势，很多企业都希望到新明村投资办厂，他们想利用保税物流区便捷的物流加速发展。

前所未有的引资机遇放在面前，周建军异常冷静，引进的企业如果唯利是图，不搞基础党建工作，村民还是无法发展。经过长达半年的考察后，他和村"两委"会班子初步确立了和思拜恩草莓种植中心的合作意向，其中一个硬杠杠就是思拜恩公司要在企业设立与新民村全程互动的党支部。思拜恩公司负责人尹淑平说："2014年我们便成立了党支部，党支部成员既包括我们企业党员，也包括我们的农民党员，党员发挥带头作用，能够领着大家一起干！"思拜恩公司的主营业务是设施农业，主要种植高品质草莓。通过和思拜恩公司建立党支部，思拜恩公司承诺先使用新民村的打工农民，定期给农民讲课，传授草莓种植专业知识。现在到思拜恩公司打工，已经成为新民村村民的重要收入来源。村民也共同推动思拜恩公司快速发展，这种互惠双赢的模式，也让思拜恩公司看到了联合党支部的积极效应。

为了村民全力扶持企业

富川养殖场是2011年落户的，当时企业刚刚成立，周建军上下协调，领着企业短时间内办理了各种手续，各方面的支持使富川养殖场早日成立。优质服务的目的是为了企业的迅速壮大，更好地引领村民致富。富川养殖场主要以养殖山羊和基础母羊为主，需要成规模的饲草料基地，在新民村党支部的牵桥搭线下，富川养殖场和村民签订饲料玉米种植合同6000多亩，采取党支部+公司+农户的方式，每年统一发放、回收肉羊10000多只。2015年，新民村种养殖结合，再加上打工所得，人均收入达到了1.8万元。在富川养殖协作户中，一些贫困户是周建军据理力争才加入进去的，这些贫困户或者因病，或者因自然灾害缺乏自我发展的能力。通过发放基础母羊，返租倒包饲草料基地，这些和企业签订的致富办法贫困户试验了多时，发现村里和企业给他们签订的方法管用，这才建起了他们借企业脱贫的积极性。重新获得了生活来源。

村干部群众一起参加劳动

在产业扶贫和党员星级目标管理之外，周建军还在全村倡导一家一结队帮扶承诺，通过党员和贫困户结队，更好地落实精准扶贫的任务，团结党员服务群众。

如今，新民村正在村民致富和党建发展两不误、两促进的良性轨道上。作为一名基层党支部书记，周建军扎根乡土，不忘初心，带着百姓的期待，将继续带头走在建设美丽乡村的大道上……

（内蒙古巴彦淖尔市临河区组织部 / 素材提供）

"三把火"河滩地建成了水上后花园

——内蒙古巴彦淖尔市临河区双河镇进步村党支部书记陈茂伟筑梦记

曾经只是个黄河边上的小村庄，如今变成了临河区水上后花园。只因为有了一个致富带头人，他让土地变成金蛋蛋，让农家有了农家乐。他让党建工作在群众中间扎下了根，这个人就是内蒙古巴彦淖尔市临河区双河镇进步村党支部书记陈茂伟。

他所在的村庄曾经一年的粮食上缴量超过一个磴口县，他所在的村庄现在建设了近千亩的设施产业园和规模化养殖场地，建成了远近闻名的酒庄观光园。农民不种粮，收入却翻了番，他所在的村被确定为自治区组织生活会的标杆，农区党建工作信念坚定，引领有利，这个人就是巴彦淖尔市临河区双河镇进步村党支部书记陈茂伟。他一上任，就在进步村烧了三把火。

头把火，土地流转村民富

进步村党员服务队成立于2015年，村旁的这条河被当地人称为二黄河，

党旗成为村里一道亮丽风景线

是纵横河套平原奔腾不息的人工河，用陈茂伟的话来说，这是彰显党的领导最有力的证明。中华人民共和国成立初期，河套平原并非今天的塞北江南、国家粮仓。由于水利设施匮乏，土地盐碱化极其严重，农业生产几乎崩溃，坐落在黄河北岸的进步村更是深受其害。1958年冬天，开挖二黄河的战役正式打响。由于当时极其缺乏设备，全靠人工开挖。进步村的党员群众吃住在大坝上，跟全盟两万多名工人用镐凿用锹刨，用愚公移山的精神，硬是在冬季开挖了这条人工河。这条河给进步村带来的变化极其巨大，排除盐碱、旱涝保收，一个进步村上缴的粮食就超过了一个磴口县。而开挖二黄河的精神，也成了进步村党支部排除万难、引领向前的精神财富，它激励着村里一代又一代的共产党员。

2008年陈茂伟当选了进步村党支部书记，从前辈手中接过了带领村子发展的担子。

新官上任三把火，陈茂伟的第一把火就是招商引资。他多次号召走出去的能人回家创业，多次软磨硬泡，终于有一位老板答应投资，可提出的条件极为苛刻。要求只用六个月的时间就把位置最好的进步二社2000多亩的耕地给他流转过来，建设现代设施农业园区。如果办不到，合作就免谈。当时土地流转刚刚兴起，这事儿谁觉得都悬，弄不好，就会犯错误，做检讨。他特别小心，但他还是开始领着村"两委"班子成员挨家挨户做工作。种了一辈子地的老农民感觉土地在自己手里才踏实，对于陈茂伟土地流转的提议都纷纷摇头。陈茂伟决定改变战术，利用村民沾亲带故的亲缘关系，采取最能拉近感情的土办法，喝烧酒拉家常，备点下酒菜，趁着感情热起来，跟大家灌输土地流转的好处，一杯杯知心的热酒，逐渐温暖了村民的心，用最接地气的方法，逐渐打开了工作局面。在距离规定日期五天时间时，在陈茂伟的带领下，进步二社的村民庄重地签下了自己的名字，领到了土地流转的补偿款。开发企业按照协议约定，注入资金，开始建设近百栋温室大棚。短短一年，一座设施农业园区就拔地而起。离开土地的村民被企业返聘，从农民一跃成为挣工资的产业工人。

2015 年，巴彦淖尔市一家龙头企业恒丰集团在进步村落户签约种植富硒小麦和西兰花订单种植项目。合同签约后，当年市场小麦价格下跌，企业也要求随市场行情降价收购。陈茂伟不干了，几次三番登门协商，要求按订单办事。最终企业妥协了，小麦不但不降价，收购价一斤还涨一角钱，老百姓一亩地增收了 100 元。一个小小的村官为了村民的利益，敢与龙头企业叫板，这样的行动让村民非常感动，认为他办事公道，一心为民。企业没有选择离开，反而喜欢和这位倔强的村支部书记打交道，喜欢在这片土地上扎根发展，成立鸿德合作社，投资建设了十栋住宅楼，栽下了上千亩果园树。后来恒丰集团将富硒小麦扩大到 3000 亩。

截至 2016 年进步村土地流转面积达 6000 亩，进步村人均年收入从过去的 8000 元增加到 21200 元。这样就做到了把农民搬到楼房住，真正实现了打工去园区，生活在社区，村民富了，环境美了，进步村的吸引力也得到了快速彰显。

酒庄、古镇为特色的乡村农耕文化

二把火，乡村美丽集体富

在市委市政府大力支持下，进步村成为临河美丽乡村建设的重点村，以酒庄、古镇为特色，突出悠久的农耕文化特色。所有的建筑改为仿旧的民居，以面貌一新的姿态开办乡村游吸引游客，乡村游的客源络绎不绝。因此，村民的收入也源源不断，家家有了存款，日子过得又滋润，又和谐，人人脸上露出了掩饰不住的笑容。

村民们有了新依靠，可村集体还是一穷二白面貌，这是陈茂伟眼下的心病。他也赶了一把时髦，用网络进行招商引资。在北京从事旅游业的孙萍正打算返乡创业，收到陈茂伟的短信，她主动回乡找到陈茂伟商谈合作意向，双方一拍即合。最后双方达成协议，进步村以集体名义流转土地120亩，孙萍出资200万元。梦想合伙人孙萍建议说："村庄很漂亮但缺少娱乐项目，很少吸引到年轻顾客观光，我们需要吃玩儿等项目，要把吃玩喝定为重点业务。"于是，通过600元承租300平方米的土地让游客种植和采摘蔬菜水果。这一下，土地收入立见成效，相当于在土地承租方面把这块土地的价格翻了60倍，再增加一些娱乐设施以及儿童体验课程，未来120亩土地每年会带来收入200万元。这个财力十分贫弱的村集体，由于他们的好书记陈茂伟大胆招商引资，让土地变宝生金，短短几年工夫，这个双河镇进步村，不但富起来而且强起来。如今，成了许多人注目的好去处。

　　这就是陈茂伟烧的第二把火，点燃了村民集体发大财的梦。

三把火，党员要变成服务群众的孺子牛

　　小康路上不让一个人掉队，必须让大家共同致富。在陈茂伟看来，最重要的就是发挥好每一位共产党员的作用。所以，他根据镇党委的要求，把全村的党员组织起来，认真学习党章，领会八项规定，要求党员们亮身份，在群众中做致富表率，让每一个党员都来关心村民生活，尤其是贫困村民，一人一帮，帮助他们尽快富起来，利用上级拨付的扶贫款，三到村三到户资金，

产业结构调整注入了发展活力

给贫困村民出主意想办法，让他们借政府机遇，选好致富项目，实事求是，因人而宜，选择自己力所能及的项目，挣钱过日子，不但做到现在脱贫，而且能做到长期脱开贫困的苦日子，让这些贫困户，也和进步村所有村民，同时迈向小康日子。陈茂伟自己更是一心想着村民，一心想着村集体，一心想着贫困的父老乡亲。他千方百计招商引资，引进土地流转项目，引进龙头企业的富硒小麦和西兰花的种植项目，还引进了在北京从事旅游业的孙萍回乡建休闲娱乐项目，带动了不少村民，带动了进步村村集体的经济。现在他要把党员带起来，让党员在群众中起模范作用，让他们一个个成为群众面前一道道风景线。

他组织进步村村民定期举行明主生活会，批评与自我批评，党员代表和村民代表评议党支部，这样的固定流程，雷打不动地坚持好多年。利用星级评定选出党员之家在村里张贴树榜样。进步村党支部坚持贯彻党员天天一小时活动，每天抽出一小时服务困难户，每天为群众做一件实事，已经成为新常态。小到老党员每天义务清扫马路，大到党员无偿奉献自己的土地，建设文化活动中心广场。党员干部时时有激情，处处在状态，已经成为进步村的一大风景线。

富硒小麦 3000 亩订单种植

农民搬上了楼房

心里有群众，办法总比困难多，这是陈茂伟一路走来坚持的信念。关键时刻舍弃自身利益，千方百计做到一碗水端平。对陈茂伟而言，共产党员的价值，就是要做一盏点燃自己、照亮别人的明灯，带领乡亲们共圆伟大的致富梦……

　　这是陈茂伟烧的三把火。这把火更旺——如果进步村的全体党员思想觉悟都高了，跟着他们的党支部朝前奔，好日子会更红火。

　　陈茂伟以后还会烧什么样的火，还会怎样带动村民致富，还要拭目以待。我们相信他的火把还会烧得越来越旺，让进步村的经济越来越发达，让进步村群众的日子越来越好过。

　　　　　　　　　　　　　　（内蒙古巴彦淖尔市临河区组织部 / 素材提供）

促进团结教育　培养民族英才

——内蒙古巴彦淖尔市临河区回校民族团结进步示范单位创建工作回眸

临河回校始建于 1966 年，是巴市唯一一所以"回族学校"命名的少数民族学校。学校占地面积 13307 平方米，现有小学 24 个班，幼儿园 8 个班；教职员工 102 人，回族教职工 24 人，蒙古族教师 4 人；学生 1066 人，回族学生 470 人，占全校总人数的 46%，蒙古族学生 44 人，藏族 1 人，达斡尔族 1 人。近年来，学校荣获"国家级足球特色学校""自治区廉政文化进校园示范校""巴彦淖尔市民族团结进步示范单位"。

学校管理团队脚踏实地强化民族团结进步工作，高瞻远瞩深化教育改革创新，确立了"上善若水、回归自然"的学校文化和"和谐畅达"的校园文化。规范办学，以文化人，适时改革，大力营造民族之间的包容、团结、友爱、和谐氛围。学校坚持"成长学生、成就老师、发展学校"的办学理念，坚持"促进团结教育，培养民族英才"的办学目标，引领全体教师转变教学观念，立德树人，真抓实干，形成了一套完善、科学、规范、系统的管理制度，培养了一支敬业、爱生、严谨、善导的师资队伍，造就了一个自主、勤奋、乐学、善思的学生群体。党的十八大以来，学校深入贯彻习近平总书记系列讲话精神和治国理政新理念新思想新战略，认真贯彻执行党的民族政策和中央、自治区党委民族工作会议精神，全校党员和教师工作作风得到进一步转变，思想意识得到进一步提升，工作积极性空前高涨。

2012 年 8 月，临河回校新一届领导班子上任以来，把"促进团结教育，培养民族英才"确定为办学目标，旨在通过学校教育，在少数民族学校中认真学习和践行"三个离不开"思想，认真实践"三个尊重"思想，即尊重各民族的宗教信仰、尊重各民族的风俗习惯、尊重各民族的语言文字。学校通过网络、新媒体、书本、课堂、校园集会、墙报等方式多途径宣传新型而务实的民族观思想，让每个孩子思想和行为上都能够融入中华民族的大家庭。做到四个认同：对"祖国的认同"，对"中华民族的认同"，对"中华文化的认同"，对"中国特色社会主义道路的认同"。

五年来，在各级领导和社会各界，特别是市区两级教育主管部门和市区统战及宗教、民族部门的关心和支持下，临河回校的办学水平稳步提高，赢得了广泛、良好的社会声誉！同时，作为巴彦淖尔市重点打造的少数民族教育基地，临河回校承载着少数民族教育的主旋律。也是临河区传播民族团结教育、民族文化教育的主阵地。多年来，在少数民族思想认识、团结与稳定方面做了很多研究和探索，培养了一代又一代品学兼优的少数民族青少年。

临河回校在民族团结进步创建工作方面做到"四个坚持"：坚持贯彻国家民族政策，坚持用马克思主义国家观、民族观、宗教观、历史观、文化观对师生进行教育；坚持开展马克思主义民族理论和党的民族政策的学习教育活动，坚持把民族团结进步工作与德育工作相结合，引导师生正确认识民族与国家的关系，民族与民族的关系，不断增强师生维护民族团结和社会稳定的自觉性。

学校大力提倡和鼓励回、汉及其他民族多种文化在相互尊重、相互学习、相互融洽中共同发展、共同进步。主要做法有：

一、组织保障有力度

1. 加强组织领导。成立了民族团结进步创建活动领导小组、把民族团结计划写入学校年度计划中，定期组织师生进行马克思主义"五观"教育和"四个认同"教育，"三个不忘"教育（不忘党的恩情、不忘祖国的温暖，不忘各族人民团结奋斗的历程教育），牢固树立"三个离不开"思想。

2. 注重少数民族教职工的培养。在主要工作岗位聘用多名少数民族干部：聘用回族教师马克强为常务副校长，回族教师马冬燕为办公室主任，回族教师吴红彦为幼儿园副园长，聘用回族教师马霞为餐厅主厨，王三虎为超市管理员。

来宾参观幼儿园

参观民族文化展览

3.学校实行"五位一体"管理模式。幼儿园、小学部、住宿部、民族团结教育部、体卫艺部，各部门协同配合，其中专门设立民族团结教育部门，安排一名少数民族副校长分管统筹民族团结教育工作。学校积极与民族部门与民族人士少数民族校友建立联系，在各年级成立民族家长委员会，化解民族纠纷和矛盾。

二、文化引领促团结

1.编撰"临河回校民族团结教育校本教材"，积极宣传少数民族文化。教材以介绍回族文化为主，同时介绍其他各民族的基本知识。重点宣传每个民族在不同历史时期的英雄和知名人物，尤其对在抗日战争、解放战争中做出巨大贡献的各民族英雄人物和典型人物进行大力宣传。同时关注抗灾、扶贫济困等方面做出卓越贡献的各民族优秀人士。通过校本教材来传递和延续民族文化；让少数民族学生在了解和掌握本民族优秀文化成果的同时，形成对本民族文化与历史的认同感，从而接受优秀的中华传统文化精华。

2.加强民族团结教育的宣传力度。充分利用校园微信群、电子名片、宣传栏、展板、黑板报、横幅、标语、宣传牌、征文等载体，学校设立十个专题文化区：56个民族系列、中国元素系列、卓越的中国人系列、奥林匹克运动系列、《弟子规》长廊、幼儿经典故事系列、社会主义核心价值观、廉政文化系列、回族文化系列，包括制作回族名人展板、名人墙，区民宗局定期给学校发放党的民族政策类、民族法律法规知识类、民族语言类书籍，学校图书室派专人管理给各班借阅，特别是"蒙古语会话速成"这本学习小册特别受欢迎，很多感兴趣的老师和同学争相借阅，自觉学习蒙古语。通过多种方式营造民族文化氛围。

3.建校史馆。陈列回校五十年发展历程的文件资料，目的是让越来越多的领导和同人们了解和关注回族这个民族。校史陈列馆开辟专门展区展示回族文化，让博大而丰富的回族文化绽放光芒，从而在学习和工作中使各个民族的同学们"相互认同"。

4.开设民族特色课程。根据幼儿和中小学生年龄和心理特点，在幼儿园广泛开展回族餐饮、茶饮、服装等特色课程（孩子们小，容易接受各种文化）同时，在中小学开展民族基本常识教育，通过手抄报、板报、征文、演讲等形式，使孩子们从小对少数民族的风俗习惯有所了解和认知，对民族团结的重要性有所感悟。同时，中小学每学期都要开展民族团结进步示范班评选活动。

5.尊重少数民族风俗习惯。回族两大节日开斋节和古尔邦节，学校党支部都要组织全体穆斯林教师召开座谈会、举行联谊会、发纪念品庆祝。

三、相互尊重深度融合

1.坚持民族团结政策，尊重民族师生的生活习惯。加强少数民族学生的就餐条件建设，校内超市、食堂全部聘用少数民族人员管理和营运。严格管理食品来源，保证每类食品全为清真食品。餐厅、超市被评为市级放心超市，市级文明餐厅。同时，在各类社会实践活动中，首先保障和尊重少数民族学生的就餐饮食习惯。

2.大力实施公益慈善活动。积极联系社会各界与爱心人士关心关注民族教育，成立民族教育基金会，定期奖励贫困学生，引进"益众公益"穆斯林爱心志愿者团队的支持，定期捐助贫困家庭。回族企业家李新华和汉族企业家王钧最早开始给回校注入民族教育基金，回族企业家马虎一直给学校倾情赞助。这些举措拉近了民族情感，培养了师生的公德心。

3. 注重少数民族优秀学生的培养。近年来，临河回校学生测评中少数民族学生优秀率逐年提高，回族学生从小树立廉洁思想，很多孩子自觉"拒绝十二岁圆生"，起到良好的示范带头作用，也对各族孩子产生一定影响。因此，学校被自治区纪检委评为自治区廉政文化进校园示范校。

中华文化博大精深。国学作为中华文化的突出代表，是中华民族的文化之根、民族之魂。临河回校结合开展"上善若水，用文化引领实现以德润人；回归自然，以生态课堂落实生命教育"主题实践活动，决定在全校开展以《弟子规》和《论语》为主要内容的国学教育活动。希望通过开展教育活动，进一步弘扬中华优秀传统文化，增强全校广大师生道德素质和文化竞争力。

党的十八大报告明确指出："要把立德树人作为教育的根本任务，培养德智体美全面发展的社会主义建设者和接班人。"习近平总书记曾经指出："要通过研读优秀传统文化书籍，吸收前人在修身处事、治国理政等方面的智慧和经验，养浩然之气，塑高尚人格，不断提高人文素质和精神境界。"继承和弘扬中华优秀传统文化、推动国学的学习和传播，是贯彻落实党的十八大和习近平总书记讲话精神的重要举措，是各级党委、政府一项义不容辞的政治责任。《弟子规》和《论语》是国学教育的重要组成部分，汇集了中国至圣先贤的大智慧，是做人做事做学问的宝典。

学校率先开展"国学教育进课堂"活动，并把《弟子规》和《论语》作为爱国主义教育、道德教育、素质教育的主要内容，对于引导学生从小学习中华民族优秀文化，继承优良传统，树立"从小立人，长大立国"的优秀品质和健全人格，培育尊老敬贤、奋发进取、理性平和、开放包容的社会心态，意义重大，是临河回校民族团结教育实践模式的又一次跨越。

下一步，临河回校会付出更多的努力，在学校教育中全面渗透民族团结进步知识和讲座，并以校本课程的形式保持常态化，让不同民族的孩子在课堂上，在活动中深入了解中华民族大家庭各个成员的历史与文化。在多元文化氛围的影响下，沐浴着十九大的阳光，在校委会和全体教师的努力下，让

学生表演民族舞蹈

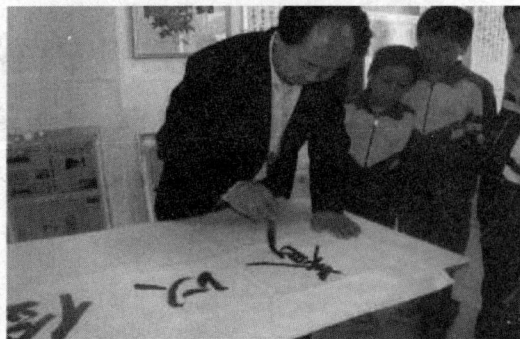

书法进校园

回校的学子们从小培养国际视野、爱国精神和民族情怀，长大后为民族团结进步事业尽绵薄之力。

（丁兆贵　马克强 / 文）

文明窗口的亮丽人生
——内蒙古巴彦淖尔市"最美警察"获得者、乌拉特前旗公安局出入境管理科科长陈海燕掠影

陈海燕，女，1978 年出生，1999 年毕业于内蒙古自治区人民警察学校，1999 年 9 月参加公安工作，2003 年 4 月至今任乌拉特前旗公安局出入境管理科专职民警、科长职务。

多年来陈海燕同志一直严格要求自己，工作上勤勤恳恳，兢兢业业，练就了一手过硬的业务本领，养成了"理性、平和、文明、规范"的良好素质，2007 年被公安厅评为"全区公安出入境部门""省级文明窗口"建设成绩突出个人；2010 年被公安厅评为全区公安机关出入境管理系统首届"文明杯"知识竞赛第三名。自 2003 年以来连续被评为"优秀公务员""优秀网上作战能手""先进个人"荣誉称号。多次受到旗局、市局、公安厅的表彰奖励。

作为出入境管理科的负责人，陈海燕自己带头，要求全体民警认真践行"出入有境、服务无境"的工作理念，以创建"规范化、亮丽化、便民化、

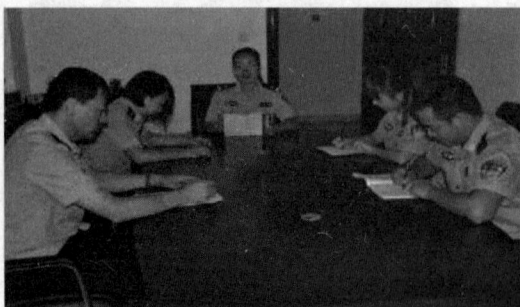

团结协作是带好队伍的基石

人性化"服务窗口为契机，以"规范服务，科学管理，服务经济，群众满意，

追求精彩"为目标，始终瞄准经济建设与出入境管理工作的最佳切入点；始终瞄准为民服务与出入境管理工作最佳结合点。改善服务环境，制定工作规范，创新服务举措，优化工作机制，树立了出入境办证大厅窗口良好形象，赢得了党委政府认可和人民群众满意。

在陈海燕科长的带领下，乌拉特前旗公安局出入境管理科取得以下骄人的成绩：

2007年9月19日，出入境管理科以优异的成绩顺利通过自治区公安厅验收，取得"省级文明窗口"荣誉称号，并得到公安厅出入境管理局领导的高度评价；2009年4月，出入境管理科被自治区公安厅评为"全区公安出入境按需申领工作先进集体"；2013年3月，出入境管理科被巴彦淖尔市公安局荣立集体三等功一次；2013年12月，出入境管理科被乌拉特前旗公安局评为先进集体；2014年1月被自治区公安厅评为"全区公安出入境雷

最美警察的点点滴滴

锋式示范窗口"；2015年3月被巴彦淖尔市公安局、巴市精神文明办、共青团巴彦淖尔市委员会评为全市公安机关"文明窗口单位"；2016年4月被共青团巴彦淖尔市委员评为"市级青年文明号"。

一、让服务环境更敞亮

乌拉特前旗公安局在经费十分紧张的情况下，陈海燕多次与旗局领导、上级业务部门沟通联系，按照《公安机关出入境管理部门文明窗口建设标准》，

坚持高起点谋划、高标准装修、高要求服务的原则，新建的综合办证大厅宽敞明亮，达到了办公透明化的效果，为办证群众营造了一个温馨、和谐、舒心的服务环境。为实施真诚式、规范化服务，借鉴移动、银行服务模式，购置了电子排号机、LED滚动显示屏、群众评价器、填表柜台、饮水机、医药箱、便民箱等便民服务设施，滚动播出办证程序、时限、收费标准、流程和温馨提示，让申请人一目了然。在接待大厅设立咨询民警，专门负责咨询、引导申请人填写表格、照相复印等受理前的各项准备工作，改变了过去由于人多、申请人长期等候无人受理的现象，同时缩短了申请人等候时间，提高了办证效率。

二、让服务礼仪更规范

陈海燕要求全体出入境民警牢固树立"人人是窗口，个个是形象"的意识，先后到旗移动、联通营业厅、工商银行和市局出入境接待大厅跟班学习，邀请移动公司到接待大厅讲解礼仪、现场示范、现场指导。建立了民警接待礼仪和接待流程，从待人接物、文明用语、警容仪表、接听电话、受理咨询等点滴细节入手，规范细化着装标准、动作手势、语言表情。结合礼仪规范，扎实开展了"三四六二一"活动，即接待群众做到"三声一笑"（来有问声，问有答声，走有送声，微笑服务）；对待工作做到"四个一样"（心情好与不好一个样、领导在与不在一个样、为领导服务与为群众服务一个样、为熟人服务与为普通群众服务一个样）；服务群众做到"六个一"（为申请人准备一把椅子、一张桌子、一杯开水、一支笔、一张纸、一副眼镜、让群众少跑一趟路、少费一分钟），以此逐步实现以优质高效便捷的服务赢得群众满意的目的。

三、推行"三会"服务

在新时代，各行各业的窗口服务接待部门都会遇到各种各样的申请人，有时处理不当就会出现群众不满、争吵、打架、投诉等事件。陈海燕就是这样从小事和细节入手，推行"三会"服务，首先会待客，对待申请人要举止得体，彬彬有礼；其次会换位思考，联想到他们会遇到的困难和问题，对需

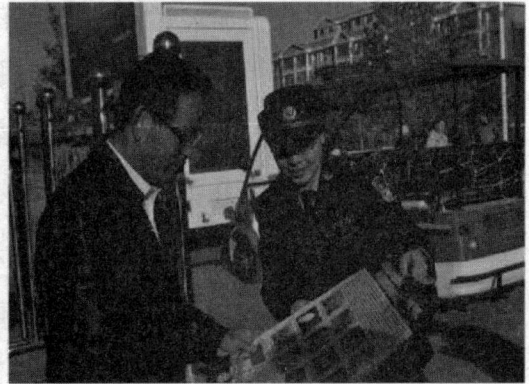

燕子一样的快乐与执着

要帮助的申请人主动询问，热心关怀，对手续不全、不了解办事程序的群众，耐心解释，不厌其烦；最后是会说话，在接待申请人的过程中始终保持谦虚、谨慎的工作态度，严格做到表情专注、言语清晰、明确、灵活，恰如其分。让群众真正来得放心，走得满意！

2017年6月21日下午，乌拉特前旗公安局出入境办证大厅来了一位满脸怨气的群众。出入境管理科民警经询问得知这位群众名叫王忠，曾在2016年6月5日在办证大厅办理港澳通行证。当时办理过程中按照急事急办程序，经过旗县、盟市、公安厅三级审批后，公安厅于6月8日将该证通过邮政特快专递寄出。在邮寄过程中，前旗邮政公司不慎将申请人的港澳通行证丢失。王忠与特快公司发生过争执，万般无奈的情况下，只得来前旗公安局办证大厅寻求帮助。陈海燕仔细询问相关细节，安慰不要着急，并将邮政特快公司相关负责人一起叫到办证大厅，确认该证的确被特快公司投递员丢失。她立即上报市局出入境管理处作证件作废处理，然后按照急事急办程序为王忠重新补办了港澳通行证。证件受理完毕后，申请人王忠与前旗邮政特快公司人员均对出入境管理科陈海燕表示非常感谢，及时帮助他们解决难题，也避免了一场特快公司与群众的矛盾纠纷。

2017年3月17日，出入境大厅接待了一名因回国将有效护照遗失的群众。当时，这名叫其其格的群众神情焦虑、烦躁，对大厅的接待民警大声呼喊，要求立即为她补办护照。民警耐心为其解释补办证件需要的一系列手续，但这名群众只带了户口本，因长期在日本居住从未办理过二代身份证。她表现出极不耐烦的情绪，说"回国办什么事都这么麻烦，人家日本就不是这样"，甚至用手大声地拍打柜台。周围的办事群众都围观过来，以为发生了什么事情。陈海燕立即态度和蔼地接待了她，耐心询问她相关情况。了解到其其格长年在日本留学，这次本来是回国探亲，没想到路途中将护照和有效的签证遗失。她着急回日本，又担心日本签证过期，所以表现出以上不满的情绪。陈海燕心平气和地告知她补办护照的相关程序和办理依据，并对她遗失证件表示同情，并承诺只要你的手续齐全，我们会尽最大努力、用最短时间去帮你办理证件。其其格听完民警的话后，态度马上大转弯，脸上也露出了笑容说："我明白了，我马上准备齐全资料，也谢谢你们大家了！"就这样，一场很有可能爆发的群众不满投诉事件用最短的时间处理完毕，现场的情形也给围观的群众留下了出入境民警态度好、热心、言语可亲的印象。

四、让操作流程更精细

多年来，陈海燕始终坚持服务时间延伸制、服务空间拓展制、假日预约服务制，2017年已为52名申请人在节假日和休息时间提供预约服务，有68名申请人享受了绿色通道待遇。

假日预约服务。2017年6月30日，陈海燕接到一个外地电话称：张某一家三口在西安工作就学，平时因小孩上学，无法请假，想通过星期六自驾车从西安来办理港澳通行证。陈海燕本着为民服务理念，带领出入境团队牺牲周日休息时间预约加班办证。市民张先生领着10岁的女儿要参加单位赴港澳旅游团。张先生说："赶上单位组织旅游，让孩子出去玩玩开开眼界，但我和她妈妈平时上班很忙，没有时间出来办理证件，多亏出入境的民警周日加班办理，解决了这一难题，真是非常感谢。"

服务时间延伸制。2017年5月20日下午临近下班，常住包头市居民李梅同其丈夫张东急急忙忙来到乌拉特前旗公安局出入境办证大厅，要办理因私护照。李梅夫妇系乌拉特前旗先锋镇常住户口，现人户分离，人在包头居住，二人中午从包头自驾车来乌拉特前旗办理护照，本打算下午办理完毕后驾车返回包头。结果，天公不作美，路上车辆出现故障，直到快下班了才将车辆修理好，所以急匆匆地来到办证大厅。

陈海燕了解情况后，毫不迟疑，立即对其开辟绿色通道，主动牺牲下班时间，加班加点按程序受理其申请，仔细询问、认真核对、采集录入，为李梅夫妇一办理相关手续。通过民警近1个小时的努力，在最短的时间内将其所有的业务一次性办理。李梅夫妇对出入境民警这种急群众之所急、以人为本的执法理念和人性化的服务举措给予了高度评价，并表达了深深的谢意，最终二人满意地返回包头。

乌拉特前旗公安局出入境管理科在陈海燕带领下，不断创新服务举措，打造起窗口服务新名片，擦亮了出入境管理品牌，也展现了出入境民警高强的政治业务素质和良好的精神风貌，展示了公安机关出入境管理部门"雷锋式"窗口规范服务、创先争优和深化苦练基本功活动以来取得的实际成果。

巴彦淖尔市公安局从2016年6月起，联合《巴彦淖尔日报》、巴彦淖尔广播电视台等新闻媒体，历时一年开展了"践行民意民生警务，寻找巴彦淖尔最美警察"的评选活动。记者先后深入全市各公安机关，深入到老百姓中间，采访报道了20位"最美警察"候选人的先进事迹。经过社会各界群众的投票推选，结合工作业绩，2017年评选出10位民警为"巴彦淖尔最美警察"，并颁发证书，陈海燕同志名列首位。

陈海燕这种执着敬业的精神得到了大家的普遍赞誉，也为出入境管理系统民警树立了榜样。

阳光总在风雨后　天道酬勤必有时

——内蒙古自治区自强模范巴彦淖尔市临河区北环街道党工委凤平（非公）党支部书记李凤玲速写

李凤玲，女，1968 年出生在内蒙古巴彦淖尔市临河区狼山镇一个普通农民家庭。三岁那年，因一次感冒反复高烧，大夫说她患上了小儿麻痹症。家里本来就穷得一无所有，父亲背着她四处寻医问药，可是事与愿违，小儿麻痹症后遗症是世界医学难题，是很难治愈的。再加上家庭贫穷，没钱进行恢复性治疗，造成自己终身残疾。

读高中那年，她病情加重，走起路来很是困难，只好放弃学业，又一次走上了那条望不到尽头的求医之路。一晃三年过去了，结果还是以失败告终。她想回到学校念书，却遭到父亲的强力反对。后来父亲托亲戚在临河给她找了一份印刷厂的工作。印刷厂干活主要是细心、灵巧、眼活，相比体力活儿来说是个不错的工作。她凭着聪明和勤奋很快便得到同事的认可与领导的器重，成为一名管理者。这份工作一干就是 5 年，就这样她在技术和市场经验积累方面有了充足的储备。后来由于厂子不景气，面临倒闭，工资也发不开，生活没有着落怎么办呢？又一次选择摆在了她面前。

创办印刷厂的背后

1996 年李凤玲离开了原来的印刷厂（也是福利厂），卖掉向亲戚父母借款买的房子，再加银行3000多元的贷款，购买了一台相当破旧的印刷设备，一年 3000 元房租租了一个 70 多平方米很破旧的厂房，自己干起了印刷。

当时临河市搞个体彩色印刷的她是首家，她也是这个行业敢吃螃蟹的第一人。印刷业是个高技术含量的行业，投资又大，自己年轻还有残疾，又没有社会经验，没有业务渠道，曾一度遭到家人和朋友的阻碍和责怪，外界的冷嘲热讽也不断，她咬紧牙关坚持了下来。

在印刷业数年的经验积累，她已成为这个行业的行家里手。她顶住了来自各方面的压力，毅然向自己选择的道路前行。每天早起晚归、到处揽活儿干。苍天不负有心人。1999年淘到了第一桶金，获利4万多元，不但还清了贷款还小有盈余。2005年开始，由于区内部分地区及周边地区的业务不断扩大，机器也在不断升级换代，用以扩大产能，提高效益。2009年，她又投资200多万元引进最新四色彩色印刷机，自动化装订线，折页机，腹膜机，包装机等配套自动设备。为了减轻劳动强度，配置了各种印刷配套设备，提高了印刷质量与印刷速度，从而提前了交货时间，当时填补了巴彦淖尔市高档次印刷的空白，对一个残疾人来说这也是值得骄傲的一件大事情。

党支部决策　　　　　　　　　　员工们团结协作

现在的巴彦淖尔市凤平印务有限公司已拥有固定资产600多万元，厂房占地面积500多平方米，每年的业务总额500多万元，新厂建设已在规划之中，已经成为巴彦淖尔市一家实力雄厚的知名私营企业。现有员工20多人，其中技术人员15人，大部分员工从事印刷行业超过8年，其中残疾人12人（包括厂长夫妻二人）。印刷厂属巴彦淖尔市临河区残联。近20年来先后就业培训残疾人数百人，也是巴彦淖尔市印刷行业残疾人培训就业场地。

时至今日，公司已有近二十个年头，从3000元借贷起步，到如今拥有数百万元资产，每年为国家上缴利税数万元。如今，公司20多个员工是下岗待业青年及大学生。残疾人在这里有了合适的工作，稳定的收入。她毫无保留地把技术传授给职工，无偿对职工进行技术培训。

现在凤平印务有限公司是市区两级政府定点印刷采购单位、事业单位提供印刷服务已取得一定成绩，业务范围广，遍及内蒙古各地区及周边省市，业务做到了新疆、乌鲁木齐、赤峰、东胜、伊金霍洛旗、四子王旗等。公司服务诚信周到，交货及时，享有同人一致认可的良好口碑，在巴彦淖尔市企业界也评价颇高。2016年自治区相关部门给公司颁发了"内蒙古自治区新闻出版印刷许可证"。

上级领导的关心

职工的辛勤付出

自强模范的胸怀

2008年，作为一个残疾人，她第一个通过当地红十字会为汶川大地震灾区捐款人民币现金1000元。2010年年底开始对两名贫困大学生进行资助。2012年巴彦淖尔市普遍遭受几十年不遇的洪涝灾害，她第一时间奔赴灾区为家乡父老送去慰问金和慰问品。她常年供养一个残疾家庭一家人的生活，并担负该家庭两名中小学生的学杂费。2014年为街道办事处义务印刷200余册《党的群众路线汇编》，同年9月，为两位80多岁的老共产党员实现了出书梦，为他们义务印制《弘扬传承河套文化》《艺术诗歌集》共计700余册，先后赞助资金近万元。自建厂起她就定下规矩，凡残疾人来厂复印打印全部免费。2015年公司党支部文艺队为康泰敬老院送去文艺汇演和慰问品。2016年主动为辖区居民铺巷道两条，赞助资金4000多元。李凤玲发自内心地说："我希望以自己的爱心，传递给社会一点爱、传递给残疾人一点温暖。我更希望能以自己献出的涓涓细流，带动社会上更多人参与其中，汇聚成关爱残疾人的爱心大海！"

她认为社会的发展进步有赖于人的素质的提高，教育是提高人的素质的基础工程。虽然她自己失去了接受更高教育的机会，可是每当看到由于贫困而含泪离开校园的孩子，总想尽自己最大的能力帮帮他们。2010年年底，她对两名贫困大学生进行了资助，同时长年供养一位残疾人一家人的生活和这个家庭两名中小学生的杂费。她暗下决心，为了安置更多的残疾人和青年大学生就业，千方百计扩大生产规模，多为社会做出贡献，为政府减忧。

她对荣誉的理解

阳光总在风雨后，天道酬勤必有时。泪水与汗水，付出与担当换来的是财富和荣耀，是个人价值的体现和社会的认可。

2010年李凤玲被巴彦淖尔市政府评为"优秀个体工商户"；2011年被市政府评为"十一五期间残疾人自强模范"，同年6月被评为"内蒙古自治区自强模范"；2014年她荣获"全市创业就业先进个人"荣誉称号，同年被市政府评为"十二五期间残疾人自强模范""优秀私营企业""五好家庭""五星级党员户"；2016年，她又被评为"巴彦淖尔市优秀共产党员"荣誉称号。

这些荣誉对她来说倍感鼓舞。不仅是对自己劳动经营成果的认可和肯定，更是对奉献社会的鼓励和嘉奖，是她一生都值得珍惜的荣誉。她说："我深知，成绩和荣誉只属于过去，前进的道路没有终点，面对不断变化的新形势，我们奋进的每一个脚步都在路上。"

2011年，她被评为"内蒙古自治区自强模范"。由于公司在经营活动中恪守诚信，通过区、市两级评比考核推荐，李凤玲又被评为内蒙古自治区"诚信人物"；2013年，她还被巴彦淖尔市临河区北环街道办事处授予"我身边的感动人物"荣誉称号。这些都是她一生难得的荣誉。

　　勤奋、诚信、友爱是创造财富的动力，事业发展的基石，高尚情操的彰显。拥其三，必能担当社会之重任。现在，她担任第二届临河区"残代会"残联理事、临河区中小企业局企业理事、临河区西大商会副会长。她始终认为：竭诚为繁荣巴彦淖尔市出版业和文化事业，为当地社会服务是她义不容辞的责任。下一步，凤平印务有限公司将沐浴十九大的东风，转变发展观念，创新发展模式，资源整合，迅速提高市场占有率，提升经济效益，齐心协力把公司打造成一个现代化的印刷企业，将来带动更多的残疾人发家致富……

县城电商的引路人
——记内蒙古巴彦淖尔市五原县河套电商产业园区党支部书记杨正茂

一名80后带着党组织的厚望，在巴彦淖尔市五原县扎根电子商务产业，从一无所有、步履维艰到年产值近亿元。他深入研究先进地区的成功经验，带领年轻的党员们大胆创新，勇敢实践，在巴彦淖尔市五原县筑牢了电商助推农牧业发展的根基，也为农民开辟了新的致富路。他就是五原县河套电商产业园区党支部书记杨正茂。

金秋十月，河套平原进入忙碌的丰收季节。由于国家调控，近年玉米的种植面积大幅下降，价格也持续低迷。然而，乌拉特前旗新安镇长胜村的村民同样种的是玉米，收入还比往年增加了不少。乌拉特前旗新安镇长胜村的村民说："今年我们种的玉米现在已经卖到一亩1800元。我今年种了10亩，也就是2万元收入。"他们村的玉米不仅卖出别人两倍的惊人价钱，而且提前一年就拿到了订单。

长胜村玉米旱涝保收不愁卖的秘密，就在五原县河套电子商务产业园区内。别看这个新兴的电子商务平台成立只有几年时间，却是自治区范围内首个县级电子商务基地，每年交易额达到了几亿元。这个电商产业园的领头人就是80后杨正茂。

杨正茂说："随着互联网和电子商务的发展，大量的新鲜消费形式逐步由线下转成了线上。通过这个公共服务平台的搭建，帮助我们涉农企业包括我们的农户，把巴彦淖尔市的特色农产品通过互联网的销售途径销售出去。"

2013年，五原县委倡导在河套电子商务产业园区内成立园区党支部，希望依托党组织的力量，在这个互联网加县域经济的新兴产业中，引领发展，健康成长。有激情、有闯劲的杨正茂在激烈的竞争中脱颖而出，顺利当选为园区党支部书记。

杨正茂深知，电商产业在北上广等发达地区早已完成了产业集聚，而五原县的电商平台要完成的只是"从零到一"的转变。党支部成立之初，相比起一流的厂房设备、电暖、物业等硬件措施，偌大的园区内只有几家企业，工作人员还不到十名，懂得电商的人更是寥寥无几。

杨正茂向时任县委书记建议，首先要突破瓶颈，那就是引进人才。杨正茂说："最大的瓶颈就是人才的缺失。市委、市政府倡导的万人培训计划正在实施，我们可以通过培训人才、输出人才、引进人才三种方式破解这一难题。"

说干就干，河套电子商务产业园区内逐步聚集了一群懂商务的年轻人，创新创业的氛围也逐渐形成。园区集聚的创业青年每天都在面对艰巨的挑战，他们做事随性，思想多元，又处于创业的迷茫期和困惑期。党支部书记杨正茂将驻园的党员组织起来，将党建理念融入园区日常管理中，党支部逐渐成为大家干事创业的主心骨。

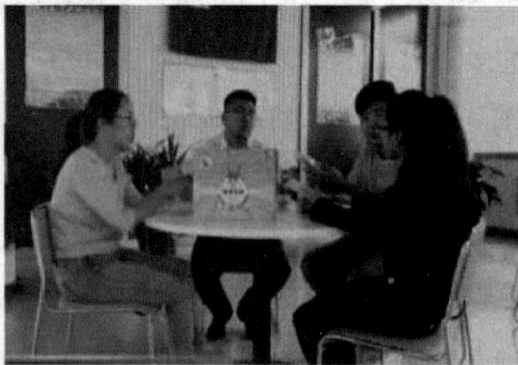

创客园的年轻人

五原县是一个农业大县，绿色农畜产品量大、质优，但是很难卖上好价钱。杨正茂通过深入调研，发现运营"互联网+"的方法可以大幅度提高玉米的附加值。

他说："过去农民卖一斤玉米是一块一或一块二毛钱。通过咱们的电子商务品牌的孵化和品牌的包装，一斤玉米就可以卖到七块多钱，这样给农民致富就带来了一个很好的途径。"杨正茂组织成立了玉米项目小组，亲自带队到周边玉米生产地组织收购。杨正茂给产品取了一个新颖的名字——"玉米加农号"。

但是农民只相信面对面的交易，根本不相信网上还能卖玉米。

杨正茂说："大家开始对电商是担心和有忧虑的。他们担心辛辛苦苦种了一年，回头我的订单泡汤了，最后我还是没有实际的收成。"村民不接受，杨正茂就找到了村党支部，通过摆案例逐步取得了村委的信任。乌拉特前旗长胜村党支部是最为积极主动的一个，不仅走家串户动员村民，还通过"两委"班子成员担保的方式保证农户能赚到钱，以此打消村民的顾虑。村民签了订单后，杨正茂没有做甩手掌柜，而是定期聘请技术员指导，按照协议价，保质保量照单全收。

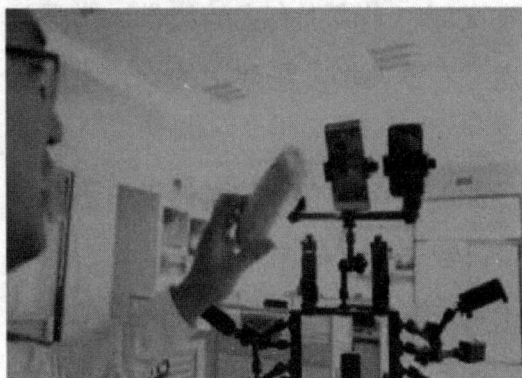

梦想从这里起飞

长胜村村民第一次尝到了网络的甜头："人家和我们签了订单后，给我们提供籽种，保回收，我们的资金回笼有了保障，我们对这种种植方式也特别放心了。"

其实，高高兴兴拿到高额回报的村民并不知道，此时杨正茂正在为找生产加工渠道愁得整夜睡不着觉。五原县已有多家加工、包装玉米的企业，但是谁也不相信这个毛头小伙子描绘的前景，都认为只是一个骗局。

原本准备红红火火地大干一场，现在却是步履维艰，大家难免有点失落。

接连的碰壁，让整个项目组党员的情绪都变得很低落。一位项目组党员说："碰到这些问题之时，我们的团队都是满怀信心地准备把这件事办好。但是碰到这些问题以前，我们也对自己产生了质疑。能不能把这些农户种出来的玉米卖出去，卖到全国各地去，我们也没有了底气。"

杨正茂开始开会研究，带着组内成员三番五次跑企业，介绍河套电子商务产业园。终于，一家企业被这个年轻团队不懈努力打动了，决定生产一些。一位玉米生产商说："我们后来也到杨书记的产业园区看他们网上其他东西的销量。证明确实销量不错，我们便放心和他们合作了。"

有了农户的订单支撑，有了企业的生产支持，"玉米加农号"项目在杨正茂党员示范小组的努力下终于穿上了包装的外衣，走上了全国各地的物流通道。

这个项目之后，杨正茂也总结出了一套行之有效的发展战略，即联合园区党支部、联合企业党支部、联合社区党支部，形成强有力的纽带，增强党员的连带作用，再搭建好互联网平台，走"三联两增一搭建"的党建发展战略，为产业园注入了强劲动力。

电子商务平台竞争激烈，要求电商产业的引路人必须与时俱进，不断带领团队运用最前进的营销方法与市场竞争。炙手可热的直播平台是流行的社交软件，在杨正茂的手中已经开发成了销售方和客户直接见面的网上平台。经过他的摸索，这种营销方式已进入团队摸索阶段。杨正茂说："现在我们园区的大量网商都可以掌握这种通过直播销售手段，提高销售产品的能力和技能。"

如今的河套电子商务产业园区，发展速度和规模与日俱增。不仅有了自己的产品设计部、商务部、网络部，还将大大小小的公司凝聚起来，全力打造外销渠道。

杨正茂发现，广大的农村牧区也有越来越多的网络销售需求。这是快速打通服务群众最后一公里的便捷手段，也是电子商务产业园区的另一个经济收入增长点。利用物流公司的便利，杨正茂倡导成立了"乡村货"便民服务，送货下乡。与此同时，杨正茂还积极响应国家大众创新、万众创业的号召，发挥好河套电子商务产业园区的平台优势，加大对小微企业和种养殖大户的扶持力度。同时，他还启动了对大学生创业者的系统培训，采取导师引领、技术支撑的方法，对创业者从产业规划到发展的路径进行引导。

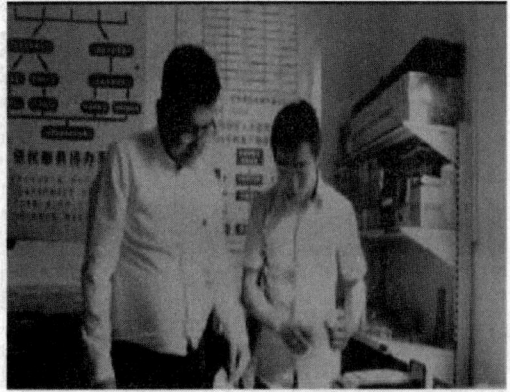

努力开拓外销渠道

"要大胆实践，做给农民看，带着农民干。"80后杨正茂像他的名字一样，用青春激昂的生命，树立起电商领域先锋模范的好榜样。

杨正茂和他的商业产业园正在让塞外粮仓踏上电商快车，为河套特色农产品销售打开一片新的天地。

（内蒙古巴彦淖尔市五原县组织部 / 素材提供）

不忘初心　不辱使命

——访内蒙古巴彦淖尔市人大代表、临河区审计局局长李鹏

"人大代表，意味着特殊的使命和责任，要时刻与国家政策和所在城市的发展战略相一致，与百姓根本利益水乳交融。"李鹏是这样说的，也是这样做的。在他的心中，有一股力量澎湃不息，勇往直前。

——题记

中等身材，红脸膛，满面红光，两鬓花白，走路大步流星，说话慢言细语，这就是李鹏。他自嘲自己：

一头花白发，两道深皱纹；
虚度半百岁，五味心中留。
下乡十八载①，数海渡十秋②；
统审一字差③，重担两肩挑。
遥望前方路，曲折又高低；
迈步去留痕，踏实写人生。

熟悉他的人都知道，李鹏当人大代表有"三多"——多留意，多思考，多分析。可有谁知道，为了"三多"，他付出了 10 年的心血。自 2007 年担任巴彦淖尔市第二届、第三届人大代表以来，他所度过的每一天，所跨出的每一步都与人民群众的切身利益紧密相连。10 年间，他的足迹遍及城市乡村，经他认真细致的考察调研，提出议案 28 个，涉及各行各业，赢得百姓的肯定和赞誉。

多留意，为了人民的利益

李鹏比谁都清楚，作为一名市级人大代表，首先要有较高的思想觉悟，清楚自己肩负的重担。每一名代表就是六千多个人民群众的代言人，必须具有高度的责任心和使命感。

在闭会期间，巴彦淖尔市区人大定期组织人大代表举办一些代表观摩、评议和调研活动。这些活动让他亲身感受全市各旗县区经济社会的发展变化，加上平时他善于多留意当地经济社会中一些比较突出的现象：如农村种植小麦面积在逐年减少；农区养羊规模没有大突破；临河城区小锅炉多污染严重；临河城区养老产业发展滞后；食品生产存在安全问题等。多留意的习惯，进一步提高了他的思想认识水平。特别是参加一些专题调研和专项执法检查活动，如参加贯彻《审计法》情况执法检查、大气污染防治专题调研、水污染防治专题调研等，每次他都有很大的收获。他还多次参加临河区人大组织的经济工作运行代表观摩等活动和先锋办代表之家举办的人大代表运动会等活动，深入一线，亲力亲为，不但自己的工作和生活变得更加充实，而且他推出来的许多建议得到了同志们的认可。

十年来，他认真参加每一次市人大代表大会会议，从未缺席，悉心听取每一项工作报告。在小组讨论中他精心准备，积极发言，连续十年担任大会的选举、表决总监票人，成功出色地完成了任务。担任计划预算审查委员会成员后，他认真负责审查财政预算草案和经济社会发展计划草案。讨论中他总是以推动当地经济社会健康发展、以为当地百姓谋利益、以反映群众合理诉求为出发点，提出合理化意见和建议，发挥自己的一份力量。他积极参政议政、献计献策的认真态度，让同志们都十分敬佩。

多思考，发挥人大代表的作用

在李鹏看来，做好一名人大代表，必须拥有饱满的热情和持之以恒的精神。要善于发现问题，善于思考问题，深入探究原委，听取各方面的意见和建议，做细致的调查分析。特别是对一些事关百姓利益但又一时难以解决的问题，更需要树立坚持不懈的精神，知难而上，才能取得实效。但每年的例会毕竟只有短短几天，而绝大多数时间在会外。他将发挥人大作用的出发点放在发现问题的基础上，探寻这些现象背后的原因是什么，症结在哪里，影响程度如何这些核心环节。如针对近几年农民不愿种小麦一事，他通过走访

调研会

班委会

农村干部和农民，了解到主要是小麦的价格较低、种植收益不理想、只想种口粮而不以挣钱为目的等实际情况，就是这些问题导致小麦大面积种植的积极性很低，严重影响了河套地区作为全国产粮大区对国家的贡献，也影响今后种植业结构调整。这个课题很值得思考，他提出了许多可操作性强的建议。

人大代表要想充分发扬代表的职责，就得深入基层，认真调研，积极主动为当地经济社会发展献计献策。这也让他养成了平时注意收集撰写代表建议的习惯。他的许多建议被列入市人大、政府重点督办建议，引起领导和部门的高度重视，收到了良好的效果。

在提交代表建议后，他又马不停蹄地就所建议的问题进行实地调研，获取了大量第一手资料。他认真研判分析，形成调研报告，提交区委政府及上级部门参考。其中：2013年针对"关于加快临河城区公交发展的建议"的调研报告摘编的"临河城区公交运行存在的问题及建议"，被巴彦淖尔市政府"决策参考"原文转载，引起市政府主要领导的高度重视，并做出批示，责成分管领导和有关部门研究解决。

在呼市中烨公司考察　　　　　在赤峰市巴林左旗审计局调研

2014 年，针对"关于重视小麦生产的建议"的调研报告摘编而成的"临河农民为什么不愿种小麦——河套地区小麦生产现状的调研分析"得到了市委政府领导的高度重视，有关部门连续跟进，采取必要措施实实在在扩大了小麦种植面积，他的建议收到了一定的效果。2015 年，针对"关于大力扶持养羊产业健康发展的建议"的调研报告摘编而成的"临河农民肉羊养殖的困惑和出路探寻"，引起临河区政府区长的高度重视，多次召开区长办公会研究解决，他的建议为推动当地经济的发展起到了积极作用。他本人在 2016 年当选为市人大创立的人大工作研究会个人理事。

多分析，深入开展专题调研

多年的人大代表经历让李鹏意识到：代表建议只是问题的提出，如何寻找解决办法，特别是引起政府及有关部门的重视，更是摆在人大代表面前需要思考的问题。

每年闭会期间，他都要针对自己当年提出的重要建议，做一些力所能及的调研工作。根据问题思考得出的原因来认真梳理剖析解决的办法，提出具有参考价值的合理化建议，为决策和实施部门提供更加充分和翔实的依据和途径。

如"针对临河城区吨以下小锅炉多，冬季空气污染严重"的情况，他通过走访被这一问题困扰的不同人群，如政府机关管理部门、锅炉使用企业、住户群众，分析存在的问题和原因，建议政府分年度实施取缔，并提出了具体的实施步骤，起到了很好的参谋作用。根据群众反映的"东西横穿临河城区的北边渠上的几座桥，存在桥窄路宽不便于通行"问题，他通过实地走访，分析发现这个问题难以解决，主要是主管部门不明确所致。水利部门讲，过去是先修的桥后修的路；交通部门讲，修路时桥不属于他们的工程范围。由此，要解决此问题只有建议市政府主导才能协调解决。目前，建设路上的北边渠桥已经重修加宽，极大地方便了人车通行。再比如针对临河城区公共交通运行的现状，他利用节假日乘坐公交车实地采访百姓，体会群众的感受，走访交通局等有关部门，寻找到产生公交问题的根源结症和解决途径，形成了有分量、有价值的调研报告，得到了市区主要领导的批示，引起了相关部门的高度重视。在之后的实施工作中，他多次受邀参加市交通局的方案讨论，分析评估，还促成市国有公交公司的成立。新的公交运行的实施，为推进临河城区公交改革起到了积极作用。在李鹏这一份份建议的背后，是他有一双关注城市发展的眼睛，是他有一颗关注民生冷暖的心。

在帮扶点调研　　　　　　　　　　　　　慰问贫困户

"当一名人大代表，是没有报酬的崇高职业。只有植根于百姓之中，树立奉献精神，为百姓谋利益，才能不负重托，不辱使命。十年来，我力所能及地作了一个人大代表应该做的事情。今后，我还将立足自身工作岗位和人大代表岗位，不忘初心，扎实履职，乐于奉献，更好地发挥人大代表在各方面的引领带头作用，为建设富饶、和谐、美丽的巴彦淖尔贡献出自己的一份力量！"李鹏如是说。

【注解】

①大学毕业下乡工作，从 1989 年至 2006 年长达十八年之久。

②从 2006 年至 2016 年担任临河区统计局局长，一干就是十年。

③ 2016 年 9 月，从统计局调入审计局担任局长。

情系百姓，扎根边疆供水事业的供水人
——记内蒙古巴彦淖尔市乌拉特后旗供水站潮格镇水厂厂长张永平

爱岗敬业是成长之基

1990年，张永平从部队转业回来成为供水站一名安装维修人员时，部队里全心全意为人民服务的优良作风也被他带到了工作岗位上。为了尽快掌握一手熟练的安装维修技术，尽快熟悉路况、掌握管道走向、管道安装、维修技术，更好地为群众服务，他经常走进每一户居民家中了解供水情况及管网安装的情况，经常跟老师傅在施工工地认真学习安装、维修技术。供水安装维修工作看似简单，实则不易，一年四季，常年在外流动作业，哪里有跑、冒、滴、漏，工作人员就得迅速赶到哪里。夏天酷热暴晒，冬天寒风刺骨，风吹、日晒、雨淋，水里来、泥里去，常年穿不上一身好衣服对供水维修人员来说是再平常不过的事了。有很多跟他一起参加工作的人都已经转行干别的去了，而他却把别人觉得单调、枯燥的工作干得津津有味，有板有眼。

二十多个寒冬酷暑，他从一个刚出军营的毛头小伙儿变成了两鬓斑白的中年人。在供水服务工作中，他从来不叫苦、不叫累，始终如一，从点点滴滴的小事做起，一心一意为群众办着实事、解着难事；他走遍了潮格镇的大街小巷，每条街道的特征、建筑物、路况、管网情况，他都记得清清楚楚，他是供水管网的活地图、居民吃水困难的排忧者。二十多年来，他总是说自己是伴随着供水事业的发展而成长的。如果问起他工作的经验来，他总说当什么和尚念什么经，既然自己这辈子是一个搞供水的，那就要全力以赴、尽心尽力做好这份工作，认真对待每一个用户，尽职尽责，才不辜负这些年领导和同事的信任和给予的荣誉。

勤奋工作是立身之本

勤奋工作，甘于平凡，用平常的心对待身边的一切，踏实地做好自己的本职工作，在平凡的岗位上奉献，他是这样想的，也是这样做的。二十多年来，他日常工作中做得最多的就是解决居民吃用水问题，居民吃不上自来水了、水龙头坏了、管网漏水了……这些来自用户大大小小琐碎的事，他做得有声有色。

潮格镇的冬季气候变化莫测，常常这样的季节也是地下管道和居民家里水管冻裂最为频繁的时候，加之现在潮格镇的很多居民都已经搬迁至居住条件好的山前，山后"老旗府"留置大量无人居住的空房屋，到了冬季，家里无人居住户的自来水进户管由于无人看管，便会常常冻裂、跑水，严重影响周围邻居的吃水，也给自来水造成了浪费。遇到这样的情况，他往往得先入户替空房户把横流的水清除后才能进行维修，泥一身，水一身是常有的事。每每回到家里都是冰和泥和着一身。

供水管网改造　　　　　　　三轮车穿梭在大街小巷

潮格镇地区留守户中老人占了多数，遇到有的老人家里水管坏了，他不但帮他们把流出的水清理干净还免费维修。他总说："他们岁数大了，腿脚不利索了，干不动了，我怎么也比他们年轻，举手之劳的事情，能帮就帮了……"有一年冬天，在一次为无人居住的空房户因冻裂爆管影响邻居吃水而免费维修后，看着他一身水一身泥冻成了冰人的样子，多年在街道上的老街道主任赛莲花感动地拿出100元钱说："小张，你辛苦了，我给你100元钱请你吃顿饭……""我干的就是这活，没事……"他婉言谢绝了。

因为"旗府"南迁，单位里大部分的工作人员也都随之迁到了山前，后山供水留守的只有几个老职工，他是这几个人里面最年轻的一个，也已经快五十岁了，所以繁重、艰苦的安装工作一般都是他抢在前面做。在潮格镇呆过的人都知道，潮格镇的冬季格外寒冷，赶上气候异常寒冷的年份，事故更是频频发生，他每天出去维修常常是早出晚归，忙的时候连吃饭也常常中午晚上两顿饭并作一顿吃了。冬季因为接触的破损管道维修太多，每次晚上回到家，早晨穿走的干净水靴到了晚上都能把脚湿透，加之身上的湿泥，整个人像个冰棍。妻子看着心疼，拿驼毛做了一双棉靴子衬在水靴里，这样可以不让他的双脚被冻伤……

"授人玫瑰，手有余香。"常年工作在第一线，想用户所想，急用户所急，人们看在眼里，感动在心里，走在大街上人们都亲热地和他打着招呼，称呼着他的小名"楞楞"，也和他开着一些或大或小善意的玩笑。而他也总是随声附和着，不忙的时候还和他们拉着家常、问长问短。在多年平凡而默默无闻的供水和维修服务岗位上，一个有着二十多年党龄的老共产党员为民服务的纯朴情怀得到了朴素的诠释，党的全心全意为人民服务的宗旨被他用实际行动如春风化雨般深入人心。

用户满意是心愿之最

作为一个服务千家万户的供水工作人员，让用户满意是他最大的心愿。长期的一线工作，他与众多的用户打过交道，与群众息息相通。在供水服务中，他将"想用户所想，急用户所急"的服务理念，作为他工作的座右铭，不管分内分外，不管上班时间，还是休息日，只要用户有困难，只要一个电话，他总是随叫随到及时解决，小至水龙头漏水，大至供水困难，他总是从说出第一句话开始，不厌其烦，热情服务，认真记下群众反映的情况和要求，以优质高效的服务为用户排忧解难。供水无小事，服务无止境，他总对同事们说："我们每天所做的供水服务工作，看似小事，微不足道，但是对用户来说不是小事。一个小小的自来水联结着千家万户，一头是我们的供水，一头是群众，让他们用上'优质水''放心水'，就是我们供水人的职责，也是我最大的心愿。"他是这样说的，也是这样做的。

"问渠哪得清如许，为有源头活水来。"在全国八千多万名共产党员中，

组织部门在采访

工作现场

有许许多多像他这样甘愿平凡、扎根基层、默默奉献的普通党员。他们没有惊天动地的事迹，没有豪言壮语的誓言，唯有的是用自己平凡工作岗位上无私奉献的桩桩小事体现着对群众深厚的感情和对工作的热忱。这些平凡普通的人生历程，在中华各族儿女为实现中国梦而奋斗的大潮中点点滴滴汇聚成了一曲曲为人民服务、践行社会主义核心价值观的华美乐章！

（孙芙蓉／文）

向着素质教育绿色优质教育展翅高飞

——内蒙古巴彦淖尔市乌拉特前旗第三中学教育教学梗概

乌拉特前旗第三中学为全日制初级中学，坐落在乌拉山镇教育路东端，紧邻110国道与教育路交会处，地理位置优越，布局合理。

学校现占地43000平方米，校舍建筑面积16173平方米，现有教学班30个，在校生1171人、住校生423人，留守儿童15人，进城务工人员随迁子女83人，残疾儿童随班就读4人。教职工141人，专任教师98人，其中高级职称35人，中级职称49人，中高级职称教师所占比例为84%。研究生学历1人，大学本科79人，大学专科18人，学历合格率100%，骨干教师18人，比例为18.4%，教师队伍能够有效地开展各类教育教学活动。

自2014年以来，旗委、旗政府高度重视义务教育均衡发展并加大了投入力度，先后翻新了3栋楼宇，新建了文化广场、塑胶跑道、思源餐厅，投入资金3000余万元，又购置了教学仪器、体育器材、图书等，投入资金500余万元完善专用教室的设备配置，共计投入3500余万元，使学校的发展步入了快车道。目前，校内建有教学楼、综合实验楼、住宿楼、餐饮楼各1座，能满足师生的学习与生活需求。理、化、生、地、音乐、舞蹈、体育、美术、信息技术教室、电子阅览室、心理活动室、劳技、科技、多功能活动室、图书阅览室、党团活动室、档案室等各类库室、专用教室齐全，设施设备完善。特别是每个教室都配备了多媒体教学一体机，每位教师都配备了电脑，极大地改善了信息化教学的需要。高标准建设的体育运动场、中心广场为师生的学习与生活提供了极大便利。

认真落实学校党建工作责任制

多年来，学校党总支立足学校实际，明确党建工作分工，形成了支部书记负总责、领导班子其他成员分工抓党建的工作格局。张锦校长作为第一责任人，带头研究谋划学校重要工作、重大活动，带头制订实施学校工作规划、计划和措施，带头建立联系点，带头调研指导，带头协调解决重点难点问题，形成了抓学校党建工作合力。目前，学校领导班子团结协作，求真务实，形成了强大的凝聚力和战斗力，党总支成为学校坚强的领导核心。

党支部落实了党员学习教育制度、一岗双责制度、入党积极分子培养制度、党员管理制度、民主评议党员制度和一会两公开等党建制度，认真执行党内民主建设"三重一大"制度及实施办法。学校制订了党风廉政工作计划，层层签订党风廉政责任书，进行了责任分解。今年，在续聘两名党务公开监督员的基础上，又增聘了一名党外同志作为党务公开监督员。学校加强阵地建设，设立专版专栏进行党务校务公开，学校重大决策、党员发展、评先评优等事项向党员、教师公开，自觉接受监督。

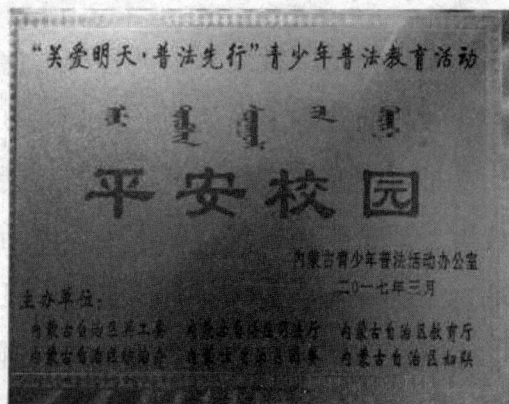

注重加强领导班子建设。学校领导班子成员带头加强理论学习，切实增强履职能力。每月至少集中学习 2 次。子成员定期沟通交流，为学校发展献计献策。班子成员经常深入基层聆听师生心声，及时了解师生诉求，全方位收集意见，及时帮助解决涉及师生切身利益的困难和问题，进一步密切党群干群关系。同时，积极推进党员先锋岗、党员学雷锋志愿服务等活动，充分发挥了基层党组织战斗堡垒作用。

注重抓好新党员发展，为学校支部提供新鲜血液。党支部加大对入党积极分子的培养和考察力度，特别重视对青年骨干教师的考察和发展。支部根据党员不同岗位制定了相关标准和活动措施，要求党员做出公开承诺，带头学习，带头参加各项优质课评比，巩固和拓展学习教育成果。在迁校过程中，党员同志们利用假期、休息天经常进行义务劳动。

学校建立党员帮扶制度，增强党员在师生员工中的感召力。支部要求党员教师制订帮扶计划，通过"结对子""带徒弟""一带一"的方式帮助青年教师、学生和困难党员解决实际问题。学校不断充实党建工作人员，安排了专门活动场所，配备了电子白板，完成了网络改造，党员能够很方便地进行电教和远程教育学习。学校组织党员观看32集文献纪录片《筑梦路上》，组织"学党章党规、学系列讲话"知识竞赛和"手抄党章"书法竞赛，组织"党旗下的誓言"和"我学习、我行动、我收获"学习征文评选等。

抓好素质教育和绿色优质教育

学校坚持以教改兴校抓管理，促进学校制度文化建设，营造用心工作、专业教育的良好工作氛围。

推进学校民主化管理进程。完善学校教职工代表大会制度，提高教代会议事、评价能力。实行班子民主生活会制度、中层领导竞聘制度，形成"廉洁自律，务实高效"的干部工作作风，真正实现依法治校、民主治校。

完善和落实岗位责任制、考核制和奖惩制。建立公平竞争、择优聘用、能上能下的聘用管理机制。进一步明确岗位职责，根据学校的发展规划逐层制定并下达学年目标任务书。完善考核和奖惩办法，完善学科教师、班主任、备课组长、教研组长、年级组长、中层干部等考核奖惩办法。

加强学校团队文化建设。树立坦诚、信任、尊重、协作的团队精神，提升教师对学校发展的认同感，促进学校内涵发展。

提升教师整体素养。完善教师评价制度，加大师德考核力度。规范和切实提升教师师德素养，每学年表彰和树立师德标兵。对教师的师德素养、育人能力、教学能力、科研成果、学习培训以及对学生学习积极性培养情况等进行全面考核，用评价来促进教师专业水平整体提高，引导教师自我发展、自我完善。完善相关激励机制，对教师的培训学习、学历提升、教学竞赛获奖等进行奖励，促进教师稳步发展，将学校师资队伍潜在能力转化为显性优势。

提高教师从教能力。依托教师个体的才智和备课组的集体智慧，不断提升教师教学设计能力、课堂驾驭能力、总结反思能力。开展以"高效课堂"为主题的案例、事件、资源等方面的培训，建立新的教学评价标准，营造师生民主和谐的课堂教学氛围。

促进教师团队发展。创设教师发展平台，开展教育教学技能评比活动，形成互学互帮的氛围。做好以老带新工作，充分发挥骨干教师和名师辐射作

用，促进教师整体发展。学校通过调动、聘用等方式进一步充实专职教师队伍，保证学校发展的需求。

改善教师工作环境。加大教职工活动场所和设施建设力度，建成教职工活动中心，开展丰富多彩的教职工文体娱乐活动，努力提高教职工校园生活健康度和幸福感，不断增强学校凝聚力和教职工对学校的归属感。

引导学生自我发展。德育处、团委积极组建学生会、学生社团，建成了一套行之有效管理和考评机制。学校重视培养学生干部、学生示范群体、创

建特色团队，构建学生"自我教育、自我管理、自我服务"的网络。学校团委按照学生的特长和兴趣开展丰富多彩的社团活动，发挥了学生社团在活跃校园文化中的积极作用。

构建数字化课堂平台。学校加强"导学案、课件、试题"的三库建设，实现了资源共享，提高了课堂教学效益。重点优化校园网络系统，建立了网上教学辅导、网上自学、网上师生交流、网上作业、网上测试以及学生综合素质评价等多种服务内容在内的综合教学服务支持系统，全面展示了多媒体网络教学新亮点，为"课改"顺利实施提供了保障。

打造特色德育品牌。积极推进"星级文明班级建设""楼道静序""大课间"三大亮点工作，逐步打造本地区有影响力的品牌特色。深入开展法制教育，逐步创建旗级"青少年法制教育中心"。

构建家、校德育网络。以心理健康教育、德育课程建设为主渠道，逐步构建学校、家庭、社区横向沟通的德育网络，通过开展各种形式的家庭教育指导，拓展家校联系的新渠道，形成了互通互动家校教育的合力。

深入开展素质教育。学校不断完善课堂教学改革，拓展第二课堂内容和空间，丰富学生社团活动。体卫艺处和团委积极组建书法、绘画、棋类、剪纸、手工、合唱团、电子琴、横笛、吉他、篮球、足球、乒乓球、舞蹈等兴趣活动的学生社团，形成了良好的运行机制，培养了一批有发展潜力的艺体教师和学生，形成了一套比较成熟的校本教材和课程设置，初步形成了具有浓厚艺术气息的校园文化。

学校坚持绿色教育理念，在三中精神的引领下，教育学生"崇真、求是、守信、踏实"，努力培养身心健康、文明有素、积极向上的合格中学生，努力创建素质教育绿色优质学校。

学校坚持以质量和特色谋发展的办学思路，积极推进"前旗三中德育三级实效体系"的育人特色，积极构建"读好书、写好字、做好人"的文化特色，着力打造"校园文化建设""大课间活动""楼道静序"三个办学亮点，强化基础道德教育和日常行为规范养成教育，两者和谐共进，均衡发展。学校从课堂入手，积极构建"小组合作学习"模式的高效课堂。2015年又引进了山东昌乐二中的"271"教学模式，进一步丰富了学校课堂教学改革内涵，让学生自主学习、高效学习，向课堂要效益，有效推进了学校的教育教学改革进程，"课改"成为三中教育教学管理方面的又一面鲜明旗帜。

近年来，在张锦校长的带领下，学校先后获得乌拉特前旗"目标管理考核超标单位""先进党支部"，巴彦淖尔市"德育教育示范学校""后勤管理先进学校""放心食堂""安全管理工作先进集体""平安校园示范学校"。自治区六部委认定的"法制校园""平安校园"，教育部颁发的"全国中小学校优秀网站"等荣誉称号。

"雄关漫道真如铁，而今迈步从头越。"放眼未来，乌拉特前旗第三中学将展开双翼，向着全市素质教育绿色优质学校的目标振翅高飞。

创新源于激情　德田专注德行

——记内蒙古德田工贸有限责任公司董事长张绥德

张绥德，又名张德。现任内蒙古德田工贸有限责任公司董事长。20年前与父亲、兄弟开了一个小电焊维修铺。通过诚信经营，从只有几个员工的小铺发展到现在拥有员工近百人，注册资金300万元，拥有固定资产达1000万元的集机械制造、加工、贸易为一体的综合性国际化工贸公司。下属部门有机械制造部、公路工程部、改性沥青生产车间、乳化沥青生产车间。同时设立有沥青贸易分公司和蒙古国分公司NTK有限责任公司。公司主要参与蒙古国公路工程施工建设、国际道路运输、煤炭运输、沥青运输、沥青进出口等业务。

目前，公司经营业务范围主要是公路工程施工、沥青仓储物流、稳定土厂拌设备、LB系列沥青混凝土拌和设备、YLB移动式沥青搅拌设备等的制造。到2017年已累计上缴税收近千万元，为振兴地方经济做出了积极贡献。

这一切，都与董事长张绥德密不可分。

从电焊小学徒工到德田贸易公司董事长

1980年，只有15岁的张绥德因故辍学。他开始当徒工，学电焊，学修理。因为聪明好学，心灵手巧，很快在电焊、电机修理与服务中脱颖而出，成为独一无二的小师傅。他的父亲看到他有学技术和应用技术的天赋，就在1986年协助他与弟弟开了一家电焊和维修铺。凭着他的钻研干练与技术精湛，在电焊与各种机电维修方面小小的张绥德逐渐在当地名声大振。许多企业甚至厂家，都来上门求他解决各种机械的技术难题。张绥德没有被难住，他总是一边修理、一边精心研究难题的破解方法。从电动机到翻斗车车斗的制造，再到搅拌机的修理到翻新制造，他都一一顺利完成了任务。他的修理和制造机械的技术，简直让企业技术人员和机械制造的师傅们吃惊又羡慕。许多大型的维修和机械制造的活儿源源不断地涌来，这让张绥德既钻研了各种技术，又挣到了大量的票子。

他与父亲和弟弟精心管理企业，谋求着更大的发展。1993年，张绥德毅然成立德田工贸有限责任公司，主要营业机械制造、安装、售后服务，还经营水泥预制品及公路工程施工。他的这些经营范围，既适应了地方经济发

3000型沥青拌合站

1500型沥青拌合站

展，又让他学到的技术有了施展的地方，事业初步有成。

2005年，张绥德成功购置磴口县原化肥厂，这为德田工贸有限责任公司的下一步壮大铺设了更广更高的轨道。这位小小的电焊修理学徒工顺其自然转身为董事长。

成立公路工程队，激情研发和制造各种搅拌机

1995年以后，随着中国筑路工程的迅猛发展，筑路机械行业也逐渐成为热门。张绥德紧抓筑路业带来的商机，把目光投在筑路机械制造上。他引领职工激情自主研发，并根据筑路上的需求制造了各种水泥拌和机。这些自主研发和制造的拌和机有25型、30型至60型，并建立了这些机型的沥青混合料拌和站。他还研发和制造了200型至400型的拌和机，建造了这些机型的稳定土拌和站。

这些系列机型是德田公司研发和制造的主打产品。董事长张绥德成为内蒙古自治区首家而且唯一一家有自主研发大型搅拌设备能力的产权人。他组建的公路工程队，在施工中基本采用了自行研制的机械设备，走上了研以自用、用中改进的良性循环发展道路。许多筑路行业的同事、了解他的人都无不说他是技术天才。

几年工夫，德田公司就发展壮大了，这都与董事长张绥德的技术引领是分不开的。

德田企业从人治管理向法制管理转变

过去，德田公司一直沿袭着家族管理的方式。企业发展壮大后，工程多了，事务忙了，员工多了，财产也多了。内部原有的管理制度一度不健全，在企业运行中许多方面的管理出现了混乱。

董事长张绥德发现了这个问题，首先提出改变管理观念，打破家族式管理，采用股份制，实现所有权与经营权分离。在用人方面，他不惜重金广纳贤才，聘用职业经理人管理企业，推行人员包干制，层层聘任，层层责任明确，人人分工负责，有奖有惩。

德田公司实行了董事长张绥德的这种思维方式进行管理后，果然，偌大一个企业各项事业都变得井井有条，再没有办事无头绪、询问什么事都互相不知道、谁是谁的责任也闹不清的缺失。德田公司从作坊式的小生产向现代化的大生产的转折，从家族企业向企业家族的转变，从人治管理向法制管理

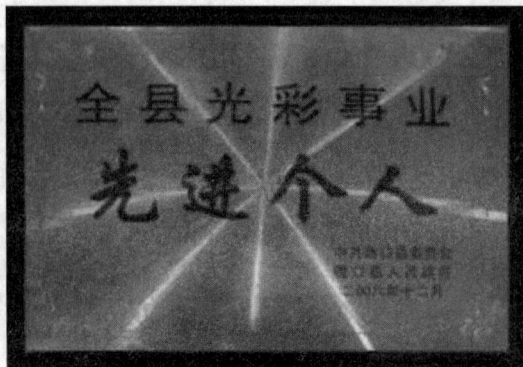

的转折，给公司带来了无限活力。

企业转制后，董事长张绥德为了激发广大员工的工作热情，每年都要掀起一个比干劲、赛贡献的高潮。公司规定，为了促进企业的健康发展，公司每年都要集中开展劳动竞赛活动，在企业内部形成拼搏进取、争做贡献的深厚氛围。为了进一步提高员工队伍的素质，检验各部门的工作质量和业绩，张绥德还在职工大会上规定：把劳动竞赛扩展为多种形式，赛工作态度、赛工作质量、赛管理、赛安全生产、赛现场管理、赛产品质量、赛节能降耗、赛生产指标、赛效益指标等，目的就是达到部门与部门之间比着干、个人与个人之间比着干的效果。在竞赛活动期间，公司通过设立竞赛专栏、评比台等，评出每月的优胜者，在职工大会上进行公布。这样就达到了以竞赛促生产、促安全、促管理、促效益、促发展的经营目的，为企业打造高端品牌奠定了基础，也推进了企业的文化建设。

改革以后德田公司一派繁忙，彰显了蒸蒸日上的新气象。顾主家家满意，人人称赞，大家都十分信任德田公司。

"我们毫不吝啬辛苦是因为您对我们的信任。"这是张绥德的人生信条。

目前，公司的销售网络已覆盖许多地区：以巴彦淖尔为中心，基本覆盖整个西北地区，包括内蒙古呼和浩特市、包头市、鄂尔多斯市、阿拉善盟，宁夏回族自治区银川市、吴忠市，甘肃省兰州市等区域。"方便、快捷、周到"是公司永远追求的服务宗旨。为满足用户的需求，公司充分利用网络资源，建立起完美的售后服务体系，全天候热线咨询各项服务。对用户免费进行专业培训，同时开展区域化三包跟踪服务和三包外产品保修服务，产品配件随时供应，基本做到了顾客满意，顾客信任。

打拼公路工程建设

德田公司董事长张绥德除了销售各种型号的拌和机及配件，他还组建公路工程队，打拼国内外公路建设。

在国内，德田公司先后建筑了鄂尔多斯市杭锦旗吉乡呼和木独乡村公路工程、独贵特拉南工业园区道路施工、杭锦旗伊泰工业园区道路施工、杭锦旗堤防道路工程施工、巴彦淖尔市磴口县北绕城道路施工、甘临一级道路28公里施工、沿黄一级高速连接线、阿拉善盟英雄会赛车城城区建设项目……

德田公司在公路施工过程中，特别重视沥青的质量问题。他们的沥青化验室配备了国内沥青质量指标的分析仪器，如延伸仪、软化点、蜡含量等，确保了沥青产品的质量。公司施工的公路，公路管理部门都很满意。尤其是

施工现场

旧厂职工合影

一些工业园区的道路施工，需要用彩色沥青。彩色沥青可以美化环境，给人良好的心理感受，可以形成景观，有利于吸引更多的游客。路面出彩，符合城市建设"彩化、绿化、亮化"的要求。德田公司也十分重视彩色沥青的质量要求，技术指标方面的延度、软化点、闪点、动力黏度、薄膜烘箱加热度等都要进行严密检测，严格按技术要求执行。他们施工的道路工程，凡用到彩色沥青的路面，质量都是响当当的。

在国外，德田公司主攻给蒙古国施工。例如蒙古国赛音山达－哈尔马庙42公里道路施工工程、蒙古国乌兰巴托加拿大小区沥青混凝土路面施工、蒙古国扎门乌德自贸区硬化等工程。

公司在张绥德董事长的带领下，狠抓技术改造，SBS改性沥青技术1-B型号完全适合在蒙古国大部分地区使用。现代公路和道路发生许多变化，交通流量和行驶频度细长，货运车的轴重不断增加，普遍实行分车道单向行驶，这就要求进一步提高路面抗压性，即提高高温下抗车辙的能力，提高柔性和弹性，即提高低温下抗开裂的能力，提高耐磨性能力和延长使用寿命。SBS

改性沥青是一种弹性塑胶类改性沥青，正确使用可以显著提高沥青性能，增加路面抗老化能力，延长公路的寿命。德田公司在蒙古国施工就大胆施用此类沥青。此外，在国外道路建设上使用的乳化沥青、彩色沥青的技术要求也达到了国家标准。公司所用的道路新材料，如抗剥离剂、抗车辙剂、冷补料、灌缝胶，也深受国外顾客的欢迎。

公司还开展沥青贸易。通过口岸中转、国外公路铁路运输、建设煤厂和拌和站等方式，进行蒙古国沥青联运业务。公司销售沥青产品品牌主要有昆仑牌系列、中海油系列、中石化、东海系列等品牌。

十几年工夫，由一个小电焊和机械修理铺，一跃而发展成今天的集机械制造、加工、贸易为一体的综合性国际化工贸公司。这些非凡业绩的铸成都与他们的董事长张绥德分不开，也与激情创新、优质奋进的团队精神分不开。

对于今天的成就，张绥德从不骄傲。他说，离他心中的目标还很远。

他不重名誉重效益。他要继续激情创新，继续钻研奋进，为企业继续铸就辉煌。他还要实实在在为职工谋福利。他肩负重任，引领职工与时俱进。

他时刻不忘回报社会，这些年来在捐资助学、扶持贫困、民政公益、慈善事业等方面都积极参与。他总是把他的好德默默传递给职工。他专注德行，努力与德田公司奉行的企业品德紧紧地联系在一起，要让今天的德田在激情创业的快递发展道路上越走越远。

他总是说：公司要在他的带领下，不断发展壮大，一定能取得更好的社会和经济效益。这个工匠式的人物，不断地抓住商机，创造性地让公司向前迈进……

创新产业打造"新引擎" 支部引领共圆"致富梦"

——记内蒙古巴彦淖尔市杭锦后旗啸天绿色食品
专业合作社党支部书记刘啸天

啸天绿色食品专业合作社位于杭锦后旗头道桥镇，北纬40°—42°之间，南临黄河，是一片最适合农作物生长的地方。适中的日照、温差和无污染的生态，以及啸天人的勤劳，培养出了草莓、金橘、火龙果和葡萄等十几个品种。

啸天农业流转土地3000亩，旗下有巴彦淖尔市锦泰源现代农牧业科技有限公司、内蒙古塞上一牧牧业有限公司和啸天绿色食品专业合作社。现已建成日光温室268栋、智能温室1.5万平方米、田间学校一处、休闲绿色广场100亩，还在规划建设大型沼气池。

啸天农业园以特色果蔬种植为主体，以"现代农业的引领者、优质果蔬生产者、安全食品提供者"为使命，以"增品种、提品质、创品牌"为经营目标，在产业共享、合作共赢、发展共荣的价值观指导下，为消费者提供安全、绿色、健康、营养、美味的农产品，在河套大地上为打造绿色、有机农业大循环产业之路探索出了许多值得借鉴的经验和做法。

啸天绿色食品专业合作社于2015年经头道桥镇党委批准设立党支部，成员中有党员2名，农民工党员2名。在党支部书记的刘啸天的带领下，以设施农业为中心，以特色农业为抓手，运用"支部+合作社+农民+基地+市场"的运营模式，使农业生产效益、经济效益和农民收入实现了"三个提升"，刘啸天也被当地群众形象地称呼为"农田里的企业家"。

定准产业拓思路　打造发展"新引擎"

　　2011年，刘啸天放弃了城里富足的生活，带着妻子回到了头道桥镇民建村，开始了他带领村民致富的征程。经过长时间的考察以及对土质、水质测验，加上他的家乡山东寿光拥有成熟的设施农业基地技术，刘啸天把目光定在了温室水果项目上。并于2012年9月成立了啸天专业合作社，当时有入社社员50户。

　　合作社创建之初，刘啸天经历了很多困难和挫折。但是他没有放弃，经过不断探索，反复实践，摸索出了"专业合作社＋农户＋基地＋市场"的合作社运行模式，同时采取规模化运作、聘请专业技术人员、设立农业采摘园等举措，在2012年，啸天设施农业园区初现规模，建成大棚65座，占地280亩。一期项目试种草莓7棚，在当年春节期间一度断货，每到双休日来大棚采摘的游客更是不下百人，供不应求，棚均纯收入6万元。

　　2013年，随着国家加大对设施农业的扶持力度，啸天合作社抓住机遇二期工程投资3000万元，新建占地2100亩的日光温室130栋，建设成草莓、樱桃、葡萄、油桃等水果采摘主园区。2014年，建成了占地100亩的集珍禽养殖、休闲垂钓、餐饮住宿为一体的现代农业园区。这些项目的建成，极大地带动了当地农资产业和服务业的发展，同时由合作社投资新建的温室，解决了当地富余劳动力再就业问题。远离污染的纯生态种植基地，得天独厚的自然生长环境，造就了啸天园的好产品。建设旅游观光、休闲采摘、餐饮住宿一体化现代农业园区，引来游客驻足垂钓，既体验了田园风光，又感受了采摘乐趣。啸天园被评为巴彦淖尔市农牧业产业化龙头企业，农牧业科技示范园区。蜜瓜、葡萄、西红柿、油桃经中国绿色食品发展中心审核，被认定为绿色食品 A 级产品。

刘啸天同志被巴彦淖尔市委农牧部评为"优秀青年致富带头人""杭富美"品牌唱响在河套大地上。

以身作则树典范　人人齐诵"致富经"

2015 年，经头道桥镇党委批准，在啸天绿色食品专业合作社正式设立党支部，并任命刘啸天为党支部书记。支部成立后，刘啸天充分发挥党员先进性及先锋模范带头作用，把党员的先锋活力、创新意识等逐步融入日常工作中，合作社进入了发展的"快车道"与此同时，党组织的引领、协调和服务作用日益凸显，合作社逐渐形成了"支部＋合作社＋农民＋基地＋市场"的运行模式。

2015 年园区在 200 栋日光温室的基础上，建设 100 栋拱形大棚，育苗 200 万株，（发展葡萄种植业）新建连体智能温室 1.5 万平方米，并完善园区硬化绿化，酒店餐饮区和休闲垂钓中心初步建成。每年来园区旅游观光、休闲采摘游客络绎不绝，特色绿色食品供不应求，吸纳了当地 100 多名农民就业，平均工资为每人每月 4500 元，积极带动了当地农民致富，有效提高了农民收入水平。

近年来，合作社先后荣获巴彦淖尔市人民政府认定的龙头企业，市级科技园区。由国家农业部核准，啸天公司的葡萄、油桃、甜瓜、西红柿等农产品获得国家绿色认证。

董事长刘啸天作为一名优秀共产党员。秉承信仰，坚持奉献，就是这份情怀，也正是这份情怀，沉淀了啸天农业的价值。

刘啸天感触颇深地说："党支部＋专业合作社＋农户的发展模式，实现了基层党组织与农民专业合作社的有机结合和延伸、放大了党组织和党员在产业链条上'兴村富民'的模范和堡垒效应，提高了农民及农产品进入市场的组织化、规模化程度，这正是我一直以来的事业发展方向。"

建章立制夯基础　凝心聚力"谱新篇"

在支部建设上，刘啸天始终要求自己和其他党员要不断加强学习，制定合作社党建规章制度，明确党支部和理事会的职责，建立支委会月工作制度、理事会重大问题决策向支部报告制度、党支部理事会重大问题联合讨论研究制度、调研制度、培训制度、党员先锋制度，为合作社的正常运转提供了保障。

在党员队伍建设方面，刘啸天积极把合作社里的致富带头人和技术骨干推荐入党，引导他们参与党的活动，接受党的启蒙思想教育，大胆交任务、压担子，使他们在实践中经受锻炼，增长才干，逐步提高他们的思想政治素质和业务能力。通过发展党员，吸引了更多的社员向党组织靠拢，增强党组织的凝聚力、向心力和战斗力。

在教育培训方面，公司将授课指导与现场实践结合起来，不定期邀请农

火红的草莓

休闲的垂钓

技专家进行授课，开展现场技术指导，提供新技术，新品种，培训社员和农户，在实践中解决各类技术难题。同时，建立合作社人才培训基地，根据农业产业结构调整和农业发展的需要及社员的意愿，组织社员到示范基地学习，进行现场技术辅导和观摩。同时组织合作社技术骨干组成农技推广、信息服务宣讲团，有计划开展经验交流、讲授技术、传播市场信息、发放宣传材料，

帮助社员和农户解决生产中碰到的技术问题。

在带动群众致富方面，一是通过树立典型引导致富，"合作社＋支部＋农户"典型辐射带动能力不断提升，党组织培植农村优势产业的战斗堡垒作用发挥得淋漓尽致。二是通过开展"五级示范引领"活动，建立"专业协会（合作社）＋支部＋党员＋农户"联手致富链一条，组织合作社3名党员人才与5名困难党员和群众结对，每名党员致富能手和技术骨干结对帮扶联系2—3户困难群众和党员，帮扶对象的思想观念得到转变，增强了帮扶对象脱贫致富的信心。三是通过发挥党员在农民中的号召力、凝聚力，推选党员社员进入合作社决策层，党员社员在信息、技术、协调等方面优势得到有效发挥。

啸天人胸怀梦想，发展愿景已经明确：近年要建设年出栏万只肉羊繁育场，实施大型沼气项目，建设中等农牧民田间培训学校；还要引进光伏发电，改造鱼塘，形成集休闲、观光、采摘、餐饮、住宿为一体的现代化园区，逐步形成循环农业、绿色农业、可持续发展的新格局。

啸天人手中的农具，就是责任；落下的汗水，就是奉献。宁愿流血、流泪、流汗，不留"农残"；留品、留德、留诚，不留遗憾。啸天人把创新、拼搏、奉献、责任、使命作为企业的精神，用成熟的品质，饱满的情怀，一步、一步实现着自己的理想……

村组自治新模式　农民无忧快致富

——内蒙古巴彦淖尔市临河区八一乡村民自治走出新路子

巴彦淖尔市临河区八一乡针对基层矛盾化解难、促进农民增收难等问题，把工作触角延伸到村民小组这一神经末梢，探索推行了五人小组自制工作法。如今村民自行组织产业发展，化解尖锐矛盾，落实民生实事，使解决各项问题的过程成为集中民智、顺应民心、凝聚民力的过程，巩固了党的基层建设，实现了千斤重担大家挑、人人身上有责任的良好政治局面。

八一乡联丰村七组村民杨永刚去年秋收后，政府按照耕种面积给他发放了补贴。这本是一件好事，但拿到补贴款的杨永刚却怎么也高兴不起来。因为他觉得如果按照这个补贴款计算自家地的耕种面积，无形中就变小了。于是，他便打起了隔壁农田的主意。为了连成片，他把紧邻自家耕地的一条小路也给开垦了。春耕陆陆续续开始后，这条路却没了。原来这些土地是去年流转的，杨永刚和队里有一些矛盾，便把路占了，造成大家出入都不方便。憋了一肚子火的村民刘元明找到七组的代表宋新华，希望村里出面帮他解决问题。为了这件事，宋新华没少调解过。宋新华说："至少调解过三次了，但是每年春天开始种地的时候矛盾又出现了。"为了给出一个权威的说法，村里的干部拿来了钢尺。村民小组组长和宋新华还拿来了当年土地登记的本子。通过测量，最终确认杨永刚家的土地共 6.9 亩，与之前登记的一点不差，邻居之间的矛盾也被顺利化解了。

一位队长说：过去村里有这样的事，都得他一个人处理。现在村里有了宋新华这样的村民代表跟他一起参与、管理小组事务，解决事情的效率也提高了不少。这些都得力于村里推行的五人小组村民自治工作法。

五人小组村民自治工作法是在村党支部的核心领导下、以村民小组为自治单位、推选五人村民代表为自治组织，通过三轮议事、两级审定、全程公开的工作程序落实惠农政策，推进公益事业，维护和谐稳定，这样就把工作触角延伸到村组的神经末梢。

联丰村党支部书记刘胜说："五人小组成立以来，村里实现了千斤重担众人挑。村民有了知情权、参与权、决策权，使村里开展的事务更民主、更公开。同时又减轻了我们村干部的工作压力。"

民主协商分外亲

宋新华这样的村组代表就是通过五人小组村民自治工作法由村民们推选上来的。每位村民代表负责联络十户左右的村民，负责及时了解和反映村民意愿、要求，提出合理化的意见建议，积极参与民主决策，同时引导农户自觉执行各项决议。

联丰村过去是有名的贫困村。村民过着4个月种田、2个月过年、6个月玩钱的生活。穷是这个村最大的特点，其中七组是个打机井连电机都买不起的穷组。为了带领大家脱贫致富，村里号召农民发展设施农业，可这在刚开始实施就遇上了难题。那时候社员思想境界还没有现在高，有些人没种过想不通。其实50亩大田也比不过一个温室大棚的收益。

种大棚就得统筹规划，调地分地盖大棚村民们不理解，不配合，村民代表就一家一户做工作。七组村民的土地，大部分在干渠五线和六线附近，谁家都想选块好地，易耕种、产量高、位置好，而且出入方便。社员们知道村里哪里的地好，哪里的地不好。分到好地经济效益就提高了这个道理谁都懂得，因此农民们经常发生些小矛盾。

钟延顺家的地大多数都在五线，作为组长又是大家推举的村民代表，他就主动去没人要的六线认领土地。其他村民代表也都积极响应。在他们的带动下，村民们也开始互相礼让，终于把大棚盖了起来。第一年基本上赔钱，因为技术不过关，温度也掌握不了，什么都不懂，别组的村民也看他们笑话。什么事都贵在坚持，在村民代表和一些产业大户的带动下，如今联丰村的大棚已经盖到680栋，年收入十几万元的农户比比皆是。2012年，村民的年收入达到22150元，其中80%都来自设施农业。

产业发展起来了，但光是会种是远远不够的，还要懂得经营。形成良好的产业链条，才能让农产品顺利销出去。认识到这一点，二组农民代表乔永刚毅然放弃在外打拼多年的生意，回到家乡联合一些种植大户的村民在村里建起了农民专业合作社。

乔永刚说："当时政府正在大力发展农民专业合作社。我回来和我们当地的七个人，成立了一个农民专业合作社。"合作社共流转土地1000亩，自建130多栋蔬菜大棚，统一投入、统一标准、统一籽种、统一技术、统一销售。这样的经营模式下，农民的收入比以前翻了好几番。

乔永刚说："我是村民们选出来的代表。在我自己发展的同时，也要带领村民们共同致富，共同发展。"乔永刚还和村里合作成立了临河区联农食用菌专业合作社，共同发展

村集体经济。

该村村委会主任柴振清说：“从2016年10月成立以来，我们的第一批香菇12月29日就上市了，到现在可以说是供不应求。我们计划两年种到20栋左右，最终将带动大部分的农户在食用菌方面创收益。”

村民自己选出来的代表，也让自己有了可以信赖的贴心人。村民代表做好了表率，村民们也都积极上进，这让一年四季都在大棚里忙活的农民甩掉了穷帽子，走上了富裕路。一位村民说：“我们村民主气氛浓，浓就浓在村民代表。我们社的重大事项都是通过村民代表协商之后小组，再和社员沟通才通过的。”

五人小组村民自治工作法的运行，充分发挥了党支部事前把关、事中指导、事后监督的组织引领示范作用，把基层党组织建设更好地融入到了村民的生产生活中来，基层党组织的有力领导有了更加广泛的群众基础。

如今八一乡的10个行政村、73个村民小组实现了五人小组村民自治工作法的全覆盖，并向临河区的9个乡镇、2个农场进一步推广。

八一乡乡长范永亮说：“下一步，我们打算积极探索党领导下的基层民主治理新载体，实现村民自治由村级向村小组自治拓展和延伸，在落实党的惠民政策、推进农村公益事业、维护社会和谐稳定方面发挥更多凝心聚力的作用。”

村民知情村里的事，参政议政才能更加民主；村民参与村里的事，参政议政才能更加公开；村民监督村里的事，参政议政才能更加简单。这是巴彦淖尔市临河区八一乡五人小组村民自治工作法运行后当地干部心底最真切的体会。这样做，不仅充分调动了党员和群众参与民主议事的积极性，也有效规范了村干部的责任，更融洽了干群关系。

临河区八一乡五人小组村民自治工作法为推进巴彦淖尔市基层民主自治树立了榜样。

（内蒙古巴彦淖尔市临河区组织部 / 素材提供）

坚持科研先导　促进教育创新
——记全国第八届希望杯作文大赛最佳集体组织奖获得者、
内蒙古巴彦淖尔市乌拉特前旗第六中学

乌拉特前旗第六中学始建于1983年，学校坐落于乌拉特前旗乌拉山镇，东临乌拉山，南瞰黄河，位置优越，人文特色明显。

在苗挨套校长的坚强领导下，学校按照党总支年初制定的目标，遵循"为孩子的一生幸福奠基"的办学宗旨和"用爱心成就每个孩子，用责任打造人民满意学校"的办学目标和"发展教师，创优学校，成就学生"的办学理念，全面贯彻教育方针，规范办学行为，努力在加强学校标准化建设上实施素质教育。开足开齐课程；在深化教育教学改革上，走特色之路。学校在校园文化建设、档案建设、信息化建设等各方面做了大量工作。

狠抓义务教育标准化建设

自义务教育均衡发展建设以来，乌拉特前旗旗委、旗政府和教育局高度重视义务教育均衡发展工作，给予学校大力支持。

2014年以来，旗委、旗政府共投入703.5万元资金，为学校购置物理、化学、生物仪器多套，音乐、体育、美术器材各多套，配齐了各种专用教具，全校所有库室的配项率、配件率均达到100%，满足了全校师生学习的需要。2016年旗委组织部投资5万余元资金加强组织阵地建设，添置了党建活动室设施设备，建成了党建文化长廊和图书室。

广大教师深入参与"1.5.5大课堂"教学改革，积极开展养成教育、家教大讲堂、学术交流报告会、名师大讲堂、"好少年论坛"、大课间操等活动。学校设有孔子学堂、学雷锋事迹展室等，充分彰显正能量，培育了浓厚的校园文化底蕴。

学校占地面积 42660 平方米，生均 22 平方米；校舍建筑面积 17038 平方米，生均 9 平方米：其中教学及辅助用房 9025.8 平方米，生均 5 平方米；办公用房 1586.4 平方米；生活用房 6055.6 平方米，其他用房 370.2 平方米；拥有多媒体校园网，每个教室都配备了多媒体设备。教育教学设施日益完善，办学条件不断提高，为师生提供了良好的学习、活动场所。

狠抓学校特色建设

学校持续开展"1.5.5 大课堂"教学模式的革新，开创具有六中特色的教改之路。除"1.5.5 大课堂"夕卜，还在学生养成教育、大课间操、家教

大讲堂、名师大讲堂、学术报告会、好少年论坛、学雷锋活动、孔子学堂等方面形成有一定影响力的特色校园文化。师生乒乓球、排球体育项目在乌拉特前旗乃至巴彦淖尔市都有一定的影响力。

学校不断加强师德师风建设，提高教师道德素质。同时抓好业务建设，提高教师业务素质。开展多层次的师资培训，引导教师树立终身学习的理念，重视教育教学经验交流，加强名师、骨干教师培养，继续推进教师培训，组织优秀班主任进行班级管理经验介绍，组织任课教师进行教学经验交流，促进了全体教师的教育教学水平。

全区教育系统先进集体

第八届"希望杯"全国中小学生作文大赛
最佳集体组织奖

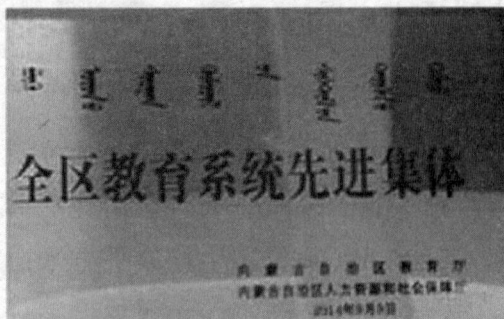

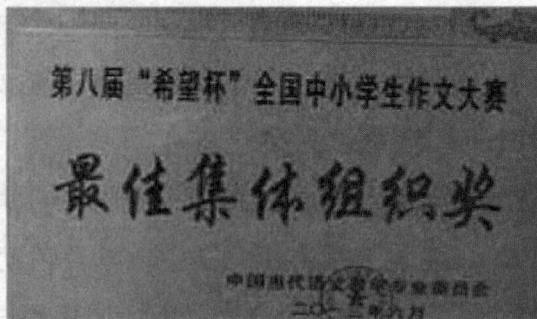

　　为开创六中教育教学的新局面，学校以提高教育教学质量为核心，以抓实教学常规为基础，以课堂改革的全面展开为抓手，以打造"高效课堂"为主渠道，坚持校本教研，规范办学行为。为此，学校落实教学常规，做到提前布置，通过常规检查及时通报、反馈。抓好备讲听说评课活动，加大教学质量分析、学情分析力度，做好备、批、讲、辅、核等常规管理工作的检查和落实。盘活名师、骨干、课改标兵等教师资源，合理地安排好"示范课、研究课、汇报课、竞赛课"，加大教师的听、评课力度，教师在互听、互学中提升了自我。学校多年来坚持进行联校教研和对口交流工作，借鉴兄弟学校的课改经验的同时，也把学校的课改优秀成果进行推广。

　　学校推进年级组扁平化管理，强化班主任队伍建设，培养了一支优良的学生干部队伍。全面提高学生综合素质，落实社会主义核心价值观教育。学校积极开展主题教育月活动和学雷锋活动，加强"书香校园"文化建设。以弘扬民族精神和节俭教育为契机，以爱国主义教育为核心，以中华民族传统美德和革命传统教育为重点，切实加强未成年人思想道德建设。开展法制教育、国防教育和感恩教育。深化"我的中国梦"主题教育活动，开展"我的前旗，我的梦"学生圆梦活动。学校加强与家庭、社区的联系，增强综合教育能力，切实做好家教大讲堂工作。积极倡导勤俭节约、艰苦朴素的良好风尚，从自身做起，从小事做起，培养学生健康文明的生活习惯。

　　多年来，学校积极争取上级部门项目，粉刷铭志楼、启智楼内部面积3万平方米，改造了阶梯会议室，改造旧餐厅为孔子学堂、图书阅览室、学雷锋展室、科技活动室和劳动技术培训室，改造了理化生实验室、音体美、卫生保健室、心理咨询室、宣泄室及其他专用教室。学校还创建了铭志楼、启智楼楼道文化、维修了校园监控等设备。

目前，学校占地面积4万平方米，校舍建筑面积1.7万平方米，绿化面积2800平方米。整体功能区分为教学区、生活区和运动区三部分。校园布局精巧，环境优美。学校现有38个教学班，学生总数2000人，教职工195人，专任教师136人，拥有高级职称94人，区市骨干教师8名，学科带头人16名，教学能手95名。

学校有完善的现代化学校管理制度，十分重视学生的养成教育。实行"112345"德育教育模式、坚持以"为孩子的可持续发展奠基"为办学宗旨，坚定"发展教师，创优学校，成就学生"办学理念，秉承"养正务本"主题文化思想，强化校风、教风、学风建设，注重创新和特色，实施扁平化管理，通过各种举措，培养学生的良好习惯，扎实推进学校义务教育均衡发展工作。2016年乌拉特前旗旗委组织部投资5万余元资金加强组织阵地建设，添置了党建活动室设施设备，建成了党建文化长廊和图书室。

经过全体师生努力拼搏，学校教育教学质量逐年稳步提高。学校荣获了"魏书生教育研究中心""'十二五'科研规划课题先进实验单位""全国第八届希望杯作文大赛最佳集体组织奖""自治区第三届青少年普法教育读

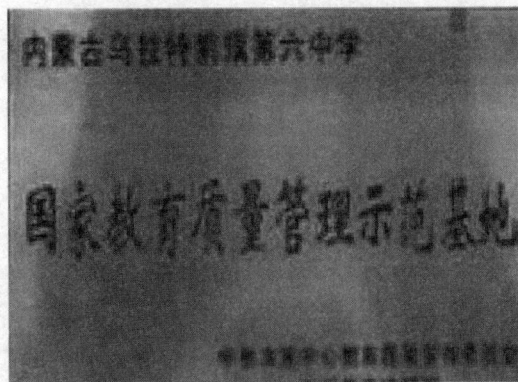

书活动先进单位""自治区现代教育技术优秀学校""自治区五好基层关工委先进集体""全区教育系统先进单位""自治区家庭教育示范基地""自治区教学研究基地学校"等一系列荣誉。2015年7月被旗直机关党委评为"先

进党支部"，2016 年 7 月被旗委评为全旗"党建示范群体"。

进入新时代，乌拉特前旗第六中学将继续开拓进取，按照"教师有素养、学生有特长、学校有特色"的办学目标，努力构建规范化、标准化、现代化和精细化的合格学校。

心系群众的带头人

——记内蒙古巴彦淖尔市五原县塔尔湖镇常丰村党支部书记刘乐亭二三事

内蒙古巴彦淖尔市五原县塔尔湖镇常丰村共有九个社，总人口2335人，耕地面积20000亩，算是全镇的大村。

常丰村虽然是一个大村，但土地条件比较差，东一个疙梁西一个洼，大部分土地不好浇水，农民增不了产也增不了收。村里的人穷怕了，遇上个蝇头小利也要争个说法，遇上大一点的事情说起歪理来，谁也不认识谁。因此，各类矛盾相对来说比其他村多。多少年了，村民们盼望着村里能有一位带领大家脱贫致富的带头人。

2008年，五原县在部分行政村公推直选村支书，常丰村被确定为试点的村子。村民也要求无论是支部书记还是村主任，不要上级事先画框框。

那年，刘乐亭36岁，又是共产党员。他的言行举止、为人处世大家早看在眼里，记在心上。这些年来，村民们觉得刘乐亭年轻有为，头脑灵活，在村里又处处关心乡亲，他自己从来也没有私心杂念。大家觉得不用谁来提名，就一致推举刘乐亭当党支部书记。投票后，他以最高票当选常丰村村主任，党员们还推选他当了支部书记，他得到了广大群众和党员的充分信任。

上任后他感到肩上的担子更重了，群众的信任，无疑对年轻有为、精力旺盛的刘乐亭是一个强大的动力。

说起刘书记，常丰村的村民们都能数上几件为民的实事。在他的带领下，该村各项工作都走在全镇的前列。常丰村多年来取得的工作成绩，都离不开村支书刘乐亭。村民们都说："乡亲们的眼光不错，他是一个年轻有为、头脑灵活的好支书。"

2015 年年初，结合自治区"十个全覆盖"工程的实施，一个大胆的想法在他脑海里酝酿着：就是将三社、八社进行旧村改造，同时将三社、八社、

四社、五社连接的长达 10 公里的道路修成水泥路。这可不是件小事，工作难度大，涉及拆除危旧房、清理"五堆"、修路占线等方方面面的工作。所缺资金从哪里来？一大堆问题摆在了刘书记面前。

办法总比困难多，说干就干。他坚定信心，主动积极请示镇党委、政府。经过批准，他组织村"两委"成员向村民发出了修路集资款倡议书，动员全体村民集资捐款。倡议书发出后，村民们纷纷响应，特别是外出经商创业成功的人士积极回村帮扶，慷慨解囊，共捐款 25 万元，资金问题一下子得到了解决和落实。

从施工开始，刘乐亭几乎没有休息过一天，始终坚守在施工现场，协调指挥施工。工程共拆除危旧房 50 多座，清理柴草垃圾 20 余万立方米，大半年下来，主街道和环村路全部打通。

2016 年村委会又对一、七、二、九、四、五、六社全面实施改造。在党支部的引领下，全村开挖植树垄道、拆除房屋、清理"五堆"的任务顺利完成，这是一个党员的责任。

刘乐亭不忘初心，积极争取项目，千方百计加强常丰村农业基础建设。2012 年，镇里把 15000 亩中低产田改造、实施农田规划配套项目放在常丰村。该项目共涉及 8 个社，不同程度存在土地调整等问题。村民们种惯多年的土地，一下子很难接受，思想认识上不去，一直没有破土动工。面对存在的困

难，刘乐亭和"两委"班子成员在镇包村干部的协助下，多次在各社召开社员会作动员，最终硬是说服了社员，使他们消除了顾虑，矛盾得以化解。现在，村民们得到了实惠，思想上很快就有了转变，都说农田规划好，夸刘书记办了件大实事。

近年来，全镇植树造林工作段面广、任务重。每次分配下的任务，他都

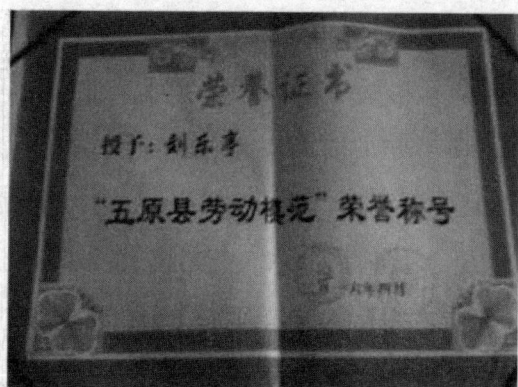

能及时组织党员、村民亲自带队奋战在工地，按要求及时保质保量完成任务。水费收缴是个老大难问题，各社不同程度存在个别社员拖欠水费现象。为了让村民浇上适时水，不耽误农时，他提前做出安排，不辞辛苦做耐心细致的思想工作，逐社巡回排查，化解各种矛盾。到浇水时段，他和水利部门协调配合，工作在各重要渠口，保证了村民浇水。这项工作也受到了村民一致好评。

不同人有不同的梦。作为村支部书记就是百姓的带头人，用他自己的话说："就是团结带领全村共产党员，多为群众着想，多为群众办事。"打铁必须本身硬。在党的系列实践教育活动中，按照实施方案，刘书记组织全村党员认真学习有关文件精神，写读书笔记、心得体会，和党员谈心，强化党员和班子成员树立"一心为民、求真务实、清正廉洁"三种意识。党支部把学习活动和实际工作紧密结合，运用到实际工作中，党务工作在各项工作中起了直接的指导作用。

党建抓好了，才能带动全村的各项工作。刘书记说："党支部有没有战斗力和凝聚力，干部在群众中有没有威信，关键在于支部一班人是否做出榜样，是否让群众信任。"

工作中，他和"两委"班子成员团结协作，分工明确，大事小事班子集体商量，做事努力拧成一根绳子。有的村干部知道上级拨下来绿化费，想算一点辛苦费。他笑笑说："大家一起出工栽树，一起收工。村民干劲冲天，一颗汗珠摔八瓣，我们不能凉了大家的心啊！"

常丰村六社 2000 亩土地与相邻的丰华村接壤。要实施农田配套改造，该社盐碱化程度大社员思想很难统一，全村矛盾比较突出。特别是配套一期工程完工后，土地调整遇到了很大的阻力，几次社员会没有形成决议。刘书记和镇包村干部反复研究，根据绝大部分村民意见，耐心细致做工作后终于把这个社的土地问题解决了。他的做法，受到大多数村民的称赞，说他办事利索，不拖泥带水，像个憨直的汉子。

在刘乐亭的带领下，常丰村党支部多次被五原县、塔尔湖镇评为"优秀党支部"。他本人也获得"五原县劳动模范"荣誉称号。

齐志刚的支书路

——内蒙古巴彦淖尔市临河区白脑包镇永胜村
党支部一班人带领乡亲致富记

临河区白脑包镇永胜村是远近闻名的青尖椒之乡，村民人均收入在白脑包镇名列前茅。这两年借助新农村建设，永胜村的小油路逐渐通组连户村民们无不拍手称赞。在他的带领下，村民们的生活一天一个样，村庄风貌也越变越漂亮。

从 2013 年齐志刚担任永胜村支部书记以来，修路成为他每年开春都要计划的事。这条小油路是村里的主干道，连接着村里六个村民小组，是村民们外出进城的必经路，也是村民们生产生活的重要道路。这条平整的小油路在三年前，可是村里的一个老大难。晴天两脚土，雨天两腿泥。本来村子大，小组多，加上路还难走，很多车都不愿意到这里来。春天拉不回生产物资，秋天拉不出瓜果蔬菜。这条路的好坏，直接影响着村民们的经济收入。

2013 年刚上任的齐志刚就下决心一定要把这条路修好。齐志刚说："想尽一切办法，战胜一切困难，都要把这条路修好，为老百姓们做切实的事。我们自己也能感受到，农作物拉不出去，卖不了钱。我们必须以身作则，动起来，找工头，联系各方面开始施工。"

施工队开始施工了，可是修路的钱还没有着落。村里没有集体经济，让村民拿钱也着实困难，于是齐志刚开始两头跑筹借资金。路要铺油的时候出问题了，资金不到位，停工了。在齐志刚的号召下，他和村主任一人出资 1 万元，村会计和妇女主任一人出资 5000 元，第二天一早 3 万元的修路款解决了。村干部的所作所为村民们看在眼里、记在心上，村里的老党员、五保户主动到工程上帮忙，五公里长的小油路很快便修好了。通车的那一天，村民们别提有多高兴了。不仅为路修通了而开心，更为有这样的村干部而感动。一位村民说："修这条路，我们村民一分钱都没有拿。当时如果书记和村主任不垫这个钱，这条路也修不通。路通了给村民带来了方便，农副产品也好卖了。这是高风尚，个人集钱造福了我们老百姓。"

2015年，村里又修通了5公里的小油路，连接了剩余的四个村民小组，最后一段1.5公里的小油路也在2016年完成。现在，永胜村十个村民小组全部贯通。齐志刚说："要想富，先修路，这是古之常理。这个大框架出来以后，今年我们要把村里的水泥路全部修完，基本实现户户通，让村民出门不再沾泥巴。"

永胜村是白脑包镇第二大村，村里有常住户615户2700人，耕地13000亩，主要产业为脱水菜、青尖椒等。人均收入在白脑包镇位居前列。

说起这两项让村民致富的产业，齐志刚可以说是功不可没。过去永胜村一直种植小麦和玉米，收入不高。1995年开春，还是一个普通村民的齐志刚听说杭锦后旗的农民种一亩尖椒可以收入2000多元钱。齐志刚就盘算着自己在村里试一试。第一年他在地里种下了1.5亩的尖椒种子。齐志刚说："当时村里的人们都笑话我。到了秋天，一斤一块多钱，最后算下来1.5亩地的纯收入是6000元，那时候农户一年收入6000元就很不简单了。"第二年，有十个村民和齐志刚种起了尖椒，30亩尖椒亩均收入3000元。村里的尖椒种植形

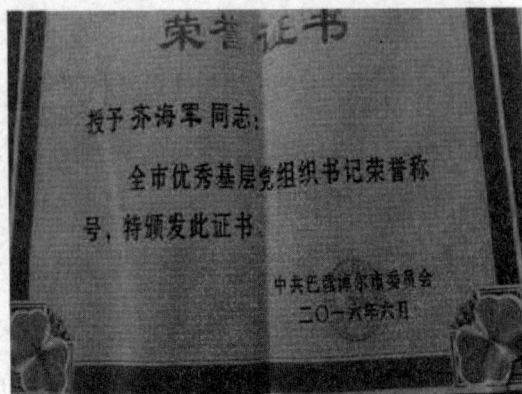

成了产业，外地的货主也来这里调货。后来齐志刚又尝试种了脱水菜青椒，起初只是给银川客商供货外调，后来永胜村直接在村里建起了脱水菜厂。

齐志刚带领村民致富表现突出，1998年他加入了中国共产党，并且当选为永胜村村主任。

当了村主任，齐志刚更是一门心思地为村民寻找更宽广的致富路。1999年他外出学习移苗技术，还引进了几家外地的脱水菜厂。现在村里全凭青椒和尖椒种植，每年面积逐步加大，最小的户数也种植十几亩。最鼎盛的时候，这个厂子一天生产30多吨青红椒原料，干货能出将近3吨多，生意好的时候将近8吨。青椒种植让村民们尝到了甜头，青椒一亩地卖4毛钱，村民平均每亩收入达到3000元，这里也成了远近闻名的尖椒之乡。

2014年开始，受经济下行压力的影响，成品脱水菜价格走低，脱水菜厂的生产能力也在下降。青尖椒种植已经是村民们现在最重要的收入了，怎么样才能保住收入，如何拓宽销路，已经是村支书的齐志刚又开始想办法，不管怎么样都不能让村民的青尖椒烂在地里，千方百计要把农民种下的东西全部卖出去。齐志刚积极联系从村子里走出去的能人、经纪人、收购商，并在村子里建起了合作社，建起了收购点，还购买了装车用的传输机。

路修通了，收购点也有了，每到收获季节外商来采购的场面很是火热，村民致富又多了一条新路子。货物主要外调得多，选青椒的人开着大车小车，有凌晨两三点就来的，青椒装在箱子里就调走了。

现在，永胜村村民们开始种植大蒜、番茄、蜜瓜、果树，盖起了大棚，搞起了特色养殖，村民们的日子越来越好了，住上了敞亮房，开起了小轿车，可齐志刚还骑着摩托车，四处奔忙。

村里的麦子全都种好了，而他家的地才刚刚播种。在妻子眼里，齐志刚并不是一个称职的丈夫。齐志刚妻子王桂芳说："作为一个支书，他的付出全在村里了，我们家里他基本是顾不上，就像是90年代的雷锋，一年起来想的都是村里的事。每天早晨起床就走了，天黑才回来，有什么事都没时间和他说。"

从一名普通群众到党员村干部，20多年来齐志刚心系百姓，常怀党恩，用实际行动赢得了村民的好口碑。一位老党员说："他干劲是比较大的。齐书记上来我们村里的变化特别大，我们有目共睹。齐书记没架子，很亲民。我们很拥护他，也很看好他，是个好苗苗，又年轻，可以说是文武双全的才干。"

齐志刚带领大家过上了好日子，可齐志刚却说：他的身后是村里的党员们在抱膀子支持他；他们像一个火把，一茬接一茬，一山接一山，照亮了这片土地。

齐志刚对我们说："作为一名党员，20年来在党的培养下成为现在的支部书记，应该率先垂范、以身作则，做一名合格的党员。我想在不久的将来，把永胜村建设成田成方、屋成行、清清的河水绕村旁的地方，让村民的腰包越来越鼓，让他们的日子越来越美，是我们工作最大的动力和心愿。"

脱水菜厂

连片温室大棚

齐志刚洪亮的声音，透露出他十足的信心。未来的梦想在这位村支书的心中逐渐清晰……

争当村级班子的主心骨，争当群众发家致富的领头雁。在村民眼中，这样的村支书，就是他们的掌舵人。

（内蒙古巴彦淖尔市临河区组织部／素材提供）

特色立镇、畜牧强镇、资源兴镇、旅游富镇

——全国创建文明村镇工作先进村镇内蒙古巴彦淖尔市
临河区新华镇发展记

新华镇是河套地区开发较早的文明富庶之地。清朝末年就有"祥泰魁"的商号。民国三十二年，阎锡山派军进套屯垦，在此筑城堡，遂改"祥泰魁"为"百川堡"。1951年解放。1958年成立新华人民公社。1985年经自治区政府批准为建制镇。2005年撤乡并镇后全镇总面积522平方公里，行政区域面积居临河各镇之首，其中耕地45万亩。全镇辖29个行政村，201个村民小组，农户10279户，人口4.5万人。其中集镇占地面积4平方公里，常住户1260户，常住人口8000多人，是临河区建设的三大中心集镇之一，也是国家六部委确定的重点镇和国家文明委命名的全国创建文明村镇工作先进村镇。

近年来，新华镇借助国家富民产业政策，全面整合区域资源优势，坚持走"特色立镇、畜牧强镇、资源兴镇、旅游富镇"的发展之路，使农村经济社会各项事业取得了长足发展。新华已建成闻名全国的第三大韭菜生产基地，面积达10000多亩，亩均收入上万元，非农人均储蓄存款20000元以上。以玉米为主的制种产业享誉河套平原，以羊为主的牲畜饲养量达到50万头（只），是自治区认定的名优农畜产品生产基地，也是国家六部委确定的1887个重点村镇之一。境内有内蒙古西部地区最大的汉佛教基地甘露寺、藏传佛教慈云寺、吉祥寺和占地上万亩的天然南海子。以"三庙一海"为主的佛教文化逐年兴起，观光旅游业方兴未艾。镇内交通便利，国道242线、

省道 311 线、临份公路、银新公路穿境而过。集镇距包兰铁路 40 公里，距临河机场 26 公里。建有 110 千伏变电站，电力资源充足。通信便捷，移动、联通网站全覆盖，全镇通讯无盲区。科教文卫等社会事业名列地区前茅，集镇基础设施日臻完善，综合服务能力日益增强。这里已成为临河北部地区人流、物流、信息流的重要汇集区。

农村经济呈现出良好发展态势

农业特色产业发展稳定。以韭菜种植为主的特色经济种植面积达 10000 余亩，亩均收益 2 万元，特色种植收入超 2 亿元。完善了农企链接机制，年内完成订单农业 25 万亩，畅通了农产品销售渠道；畜牧业经济发展强劲。全镇以羊为主的畜牧存栏突破 50 万头（只）农民来自畜牧业的收入占全年纯收入比重稳步提高，到 2016 年年底，全镇来自养殖业的人均纯收入突破 3000 元；林业生态环境明显改善。2016—2017 年，全面组织实施了临份路、银新路、临巴路、治召线、份白线主干公路两侧绿化工程，完成了三个集镇、58 个村庄绿化任务。旅游贸易业前景广阔。一年两度的庙会带动旅游人群达 40 万人次以上，旅游贸易创收在千万元以上。

全面推进美丽乡村建设。两年来累计投资 5.6 亿元，完成了三个集镇和 169 个自然村的改造建设任务。村庄整治共拆除危旧土房 5094 座；新建院墙 36 万米，立面亮化 405.6 万平方米，铺设红砖 5035 万块，工字砖 488 万，块硬化路肩及甬道 170.8 万平方米；开挖植树沟 13.7 万米，栽植树木 27.65 万株。危房改造完成 780 户；街巷硬化完成 270 公里，涉及 22 个行政村 108 个自然村；29 个村的便民连锁超市全部正式挂牌营业；农网改造、校舍安全工程、安全饮水、标准化卫生室、村村响、社会保障等工作全面完成目标建设任务；新建集镇供热站，实现集镇统一供热，供热面积达到 4 万余平方米；组建新华镇综合行政执法局，有力地维护了生产生活秩序；建立完善了大环境卫生长效管护机制，确保群众长期受益。

全面推进社会各项事业发展。坚持"民生为本"，大力发展各项社会事业，努力为群众谋福祉、办实事，社会保障体系不断完善。新型农村养老保险参保人数达 17241 人，占应参保人群的 93%；新型农村合作医疗缴费参保人数超过 4 万人，基本实现应保尽保。严格执行困难群体保障标准，累计发放补助救济金 230 余万元。把"一事一议"项目切实办成加强村级公益事业建设的好事实事。通过"一事一议"财政补贴项目，建成和翻新村级文化活动场所 25 个，新建广场 49 个。大力发展乡村文化事业，成功举办新华镇第一届、第二届广场舞大赛，乡村文体活动蔚然成风。

甘露寺

慈云寺

精准扶贫工作开展以来，全镇上下，从户申请、村评定、镇审核、区复核，每一步骤都严格把关。全镇建档立卡贫困户 318 户 664 人，占全区扶贫总任务的 28%。2016 年脱贫 168 户 351 人，2017 年脱贫 150 户 313 人。完成易地搬迁贫困户 231 户 474 人，补助资金 948 万元，按计划全部建成；产业扶持贫困户 267 户 378 人，享受扶贫补助资金 90.75 万元；社会保障兜底贫困户 185 户 217 人，享受扶贫补助资金 70.2 万元；教育扶持贫困户 42 户 45 人，享受扶贫补助资金 13 万元。

重点项目建设如火如荼

南湖湿地恢复改造项目总投资 1.58 亿元，目前已完成投资 7000 余万元。规划总面积 1621 亩，其中水域面积 473 亩，绿地 329 亩，沙地 578 亩，铺装面积 181 亩，建筑面积 41669 平方米。项目总体规划为十个字，即"一湖引四湾，三堤四组团"。"一湖引四湾"分别为南海湖、善缘湾、长乐湾、玉莲湾、浮云湾。"三堤四组团"分别为扶柳堤、菩提堤、溪花堤、南海湖光、慈云画境、乐态沙洲、养心小镇。其中，养心小镇规划占地面积22万平方米，建筑面积约1.5万平方米。规划建设国学文化馆、慈云寺、金银滩、禅意民宿、餐饮休闲、游客接待中心等服务设施。项目周边佛教文化氛围浓厚，同时具有天然的湖泊、沙地、苇塘等自然资源。项目建成后将形成集湿地保护、旅游观光、沙滩娱乐等多功能为一体的休闲度假胜地。

农业综合开发7.5万亩及5000亩土地整治项目两个项目总投资1.15亿元，已全部完成建设任务。

道路建设工程：G242线新华镇境内投资1.3亿元，2018年建成通车；S311线新华镇境内投资6300万元，2018年全线建成通车。

巴彦淖尔市供电局建国220千伏变电站项目：该项目位于新华镇建国村5组，项目总投资1.8亿元，2017年8月全面开工建设，2018年完成建设任务。

四川通威集团20兆瓦光伏渔光一体化项目：该项目位于新华镇哈达村7组，项目总投资1.85亿元。

集镇改造建设工程：投资2000多万元，重点实施临份路新华镇集镇段1.9千米道路建设、污水管网、自来水管网、供热管网改造。

份子地水厂建设项目：该项目总投资1457万元，已争取自治区投资400万元。

临杭支沟、新春支沟、永大支沟三个扬水站建设及西乐渠和正稍渠两

南海湿地美景如画

个过总排干渡槽项目，已确定为内蒙古河灌总局 2017 年重点项目建设投资 700 万元，2018 年完成建设任务。

新华镇 10 万亩大破大立高标准农田建设项目投资 1.5 亿元，涉及新华镇新乐等 8 个村，其中国土整治项目 6.6 万亩，农业综合开发 2.8 万亩及水务局千亿斤粮食项目，2018 年完成工程建设任务。

临河区新华镇 6000 亩土地补耕库项目总投资 3000 余万元。项目完成后，可彻底解决临河区新增用地不足的问题。

远景规划蓝图让人憧憬

围绕构建和谐新华、富裕新华这一核心主题，新华镇党委政府真心实意把一些事关广大群众切身利益的好事办好，实事办好，在实践探索中走出了一条立足实际、符合实情的农村发展新路子。

紧扣两条主线：一是加快以总排干两侧为主的林畜产业带建设。积极争取国家造林养殖项目，充分发挥总排干两侧村组土地资源丰富的优势，通过拍卖、转让土地承包的形式，鼓励个人和企业造林、养畜，农牧结合，形成林茂、畜肥、收入多的林牧结合产业格局，尽快使总排干两侧绿起来，两侧农民富起来，体现生态、经济、社会三大综合效益。二是紧扣资源特色、区位特色和产品特色，不断扩大设施农业生产规模，发展韭菜、无公害蜜瓜、制种玉米、饲用玉米、杂交花葵、油葵、番茄等八大产业，打造绿色产业长廊和特色经济产业带，初步形成全镇现代化农业发展的格局。

突出三个重点：一是突出抓好品牌注册，实现农业增效。立足新华的地域实际和特点，大力发展韭菜、蜜瓜、制种、杂交花葵、脱水菜、番茄等绿色无公害食品，并争取绿色羊肉的品牌注册，利用绿色创品牌，利用品牌占市场，逐步引领全镇广大农民走出传统、大路的种植模式。二是突出抓好合作经济组织建设，实现农民增收。按照"民管、民办、民受益"的原则，不断完善制种、韭菜、蜜瓜、养殖等农民专业合作经济组织运行机制，努力实现千家万户小生产与千变万化大市场的有效对接，真正提高农民进入市场的组织化程度。三突出抓好信访维稳工作，实现农村稳定。最大限度的化解农村信访矛盾，切实做到小事不出村，大事不出镇，形成加快发展的良好环境。

推进四项工作：一是以产业结构调整为主线，推进绿色、特色经济规模发展。立足新华韭菜、蜜瓜、制种已有二十多年历史的知名优势，按照"依托市场建基地，突出特色求效益，培育绿色创名牌"的发展思路，狠抓绿色、特色、订单农业。到2020年种植以韭菜、蜜瓜为主的绿色、特色经济作物5万亩，设施农业突破1.5万亩，做大绿色经济，做强特色产业。二是以"三大工程"为切入点，坚定不移地把发展畜牧业作为强镇富民的支柱产业来抓，全面提高农户科学饲喂水平，积极引进畜牧加工屠宰流通企业。走"企业＋基地＋农户"的养殖模式，实现畜牧业由量变向质变的"二次创业"。2020年，全镇以羊为主的牲畜饲养量要突破70万只，人均收入占到农民人均纯收入的35%以上，成为农民稳定增收的支撑产业。三是大兴二三产业，推进劳动力转移步伐。到2020年，全镇实现二三产业2.5亿元，常年在外务工人员达到1万人以上，人均非农收入3000元，使非农产业成为新时代农民增收的新亮点。四是切实推进小城镇建设步伐。围绕建设国家重点小城镇的发展目标，充分发挥境内"两庙一海"的独特资源优势，借助佛教文化逐年兴起的契机，把新华建成集特色农业、观光旅游和佛教文化为一体的自治区知名集镇。

引进电子商务进农村项目，通过与乐村淘合作，开创村村有平台、城乡双物流的局面，发展村级电子商务，实现产品服务双增，切实增强村级组织自身"造血"功能。积极探索"支部＋"的发展模式，发挥地域特色，有条件的支部实现一村一品一方案。如新丰村"支部＋合作经济组织＋基地＋农户"与生态旅游同步发展，充分发挥产业联合党总支的优势；新乐村探索"支部联建"农机耕作模式，发展规模化现代农业，进一步壮大集体经济。

借十九大东风，新华镇正以强劲的发展势态，日益成为镶嵌在河套平原上的一颗璀璨明珠。

循环经济引路　带动创业就业

——记内蒙古巴彦淖尔市乌拉特前旗创业就业示范基地、
佘太益生园酒业吴海董事长

美丽富饶的河套平原，进入阴山山脉的腹部，就是同样美丽富饶的佘太川。佘太益生园酒厂，就坐落在这里的大佘太镇。

大佘太镇是一个历史古郡，塞外新镇。全镇辖地面积940平方公里，是国内产粮大镇，扼守河套平原的东入口。宋朝时佘太君挂帅率杨门女将守疆抗辽时，曾屯兵驻军此地，因此得"佘太"二字为地名。清朝时，归乌拉特部，属八旗王爷扎萨克领地。民国时归绥远省，萨拉齐厅设治局（县）因此，佘太是河套地区历史古郡。

大佘太镇两侧环山。北靠查石泰山，南眺乌拉山，西临我国八大淡水湖之一的乌梁素海。东接草原钢城包头，形成富饶的佘太川。佘太川山泉众多，水质甘甜，富含多种矿物质和微量元素。传说中的"珍珠"古泉就在这里。大佘太土地富饶肥沃，面积广袤，有十几万亩优质良田，盛产高粱、豌豆、小麦、糜黍等五谷杂粮，闻名全国。现在是国家重要的商品粮基地和新农村示范镇。

佘太益生园酒业有限公司占地面积4600平方米，固定资产3000多万元，拥有现代化的白酒生产线，先进的实验室和高级化验人员，具有年生产优质纯粮酒500多吨的生产能力和300吨散酒库容量处理能力。年创利税近200万元。现已形成以酿酒为主，兼营种植业、养殖业、加工业为一体的良性"循环经济"模式的著名企业。

提起巴彦淖尔市已经榜上有名的佘太酒业，不得不提董事长吴海。伴随着佘太益生园酒业有限责任公司的盛名，董事长吴海的名字也奏响八百里河套平原。

但是，有谁知道他的成功背后，蹚过的是一条充满艰辛与坎坷的创业之路。

公司董事长吴海，是土生土长的大佘太人。他总给人一副沉着热情的印象，浑身散发着豪放的气息，这也造就了他成为企业家特有的沉稳、刚毅的性格。他终日奔波，历经世态，足智多谋，雷厉风行。丰富的生活经历陶冶了他勇于挑战、不畏奋斗、顽强拼搏的优秀品格。

吴海在事业前进的路上披肝沥胆，谱写了无悔的华章。

创业的前奏——办砖厂

吴海的创业之路始于1998年。这一年，吴海承包了一个没人经营的砖厂，跌跌撞撞地当起了"老板"。俗话说，万事开头难。初入商海的吴海也一样遇上了想不到的艰难。他经历了制砖不合格的失败，他经历了资金短缺的考验，他经历了销路不畅的困惑。几年后，吴海的砖厂才走上了正轨，开始一月一月盈利，一年一年大盈利。

1993年，吴海看出了建筑业发展的商机。为了扩大自己的产业，获得更多的利润，他毅然决定再投资一个砖厂。于是，吴海找了几个合伙人在大佘太镇红明村进行规划，建起了红明砖厂。这也是他积累资金、继续发展壮

佘太好酒来源于佘太好粮

大自己事业的"原始产业"这个红明砖厂为他拓展思路、发展更大事业、创办佘太酒业，奠定了坚实的基础。

佘太酒业创建伊始——小酒作坊

大智大勇的商家，总是不停地在捕捉商机。随着市场的变化，吴海把投资的目光聚焦到了新农村发展上。土生土长在大佘太的吴海，熟知土地对于农民的重要性，吴海开始考虑如何提高土地的产出价值。

当时，南苑村有一片荒滩。吴海把这片荒滩承包下来，当年就开发耕种了高粱。他一边耕种一边思考："大佘太土地肥沃，粮食产量本来就高。但是，每产一斤高粱，才卖一块四毛钱。如果把高粱做成酒，三斤六两高粱制作一斤白酒，三斤高粱的价值还不到五块钱，可是一斤白酒就不止五块钱，那就把价值提升了十几倍！"

此后，他反复到临河的酒厂考查，并学习了解制酒程序，销售情况。循着这一思路，2011年，吴海组建成立了佘太益生园酒业有限责任公司，以生产经营清香型系列白酒为主。当时，说是酒厂，实在只能算是个小型的制酒作坊。

善于开动脑筋的吴海，为了发展自己谋划好的事业，他要借鸡下蛋，四处招聘高级酿酒师，请进专业人才。他首先聘到了有三十多年酿酒经验的王永吉师傅。王永吉同时具有品酒师、酒体设计师、高级酿酒师等国家级资格证书。吴海如虎添翼，他自己当董事长，让吴永吉师傅当总经理，制定了佘太酒业的经营理念、发展方向、销售方式、管理制度……

创建优质绿色原粮基地

企业首先建立了佘太酒业原粮生产基地，秉承绿色酿造之法，从酿酒源头做到"绿色、健康、环保"生产原料一直就受到企业的高度重视，不论是高粱，还是其他五谷杂粮，从种到收，全程监控，不用化肥，不打农药，要求务必做到绿色、健康、环保，让佘太纯粮白酒瓶瓶销售质检过关，人人喝得放心。

种养加一体——循环发展酒业

在此之前，吴海就注册成立了益生园专业合作社，订单收购周边农民种植的高粱，并开展肉羊规模化养殖。

酒厂的快速发展让工业反哺农业有了抓手。吴海不满足于此，他不断延伸产业链条，将酿酒业和养殖业"拽"在一起协同发展。同时，他将酿酒业、农牧业生产过程中产业的废料、粪便等最大限度地利用起来，实现了循环发展。

吴海说："做酒的下脚料（酒糟）可以用来养羊，羊粪又能用来肥田种粮。这样，就形成了种植业、养殖业、加工业循环经济产业链。粮食制成酒，酒糟喂了羊，肉羊加工成羊肉，羊粪又能种地变成粮食，这就是一个良性循环。"

从高粱订单种植到白酒酿造，再到肉羊精细化养殖，佘太益生园酒业有限责任公司秉承"种养加一体、循环经济引路"的模式，依托丰厚的资源优势和成熟的生产技术，逐步发展成为河套地区家喻户晓的知名企业。佘太酒业和他的合作社累计解决就业职工 150 余人。这些人大部分来自附近村组，这就为农民增收做出了很大贡献。

恢复民族古法酿酒传统——地缸发酵工艺

如果你驱车从大佘太镇沿着固查线向东行驶 5 公里，你就会来到一个诱人的工厂。

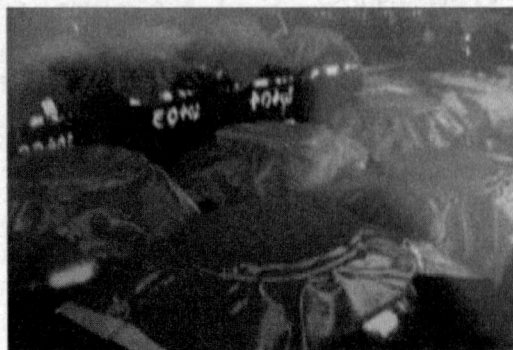

一拐进厂区，浓郁的酒香扑鼻而来，你就会不由得询问厂区负责人："哪里出的这么浓的酒香？"师傅们会自豪地告诉你："酿造车间刚刚出白酒了。"

酿造车间里工人们按照流程，分工协作，处理出酒前的各项准备。师傅一声令下："流酒啦，接酒车准备！"工人们把储酒罐车停放在出酒的阀门前。随着阀门开启，清香的白酒汩汩地流了出来。纯粮白酒的清香浸肺入腑，让你浑身有种说不出来的爽快。不远处，几个身穿工作服的工人正在搅拌着蒸发出来的杂粮。

佘太酒业采用独特的地缸发酵工艺。发酵车间一期有发酵地缸一千多口，采用28天低温地缸固态分离发酵工艺。这种酿酒办法有着干净、清洁、无污染的许多优点。吴海董事长确立"不求做大、但求做强"的精品酒业发展思路，坚持手工酿造与传承民族古法酿酒技术相结合，清蒸清渣酿造，清蒸流酒，清蒸排杂，在"清"字上下功夫，一清到底。所以，产品以清香纯正、醇甜柔和、自然谐调、佘味爽净著称，产品通过了国家质量体系认证。

努力打造企业形象

到目前为止，佘太酒业共开发出高中低档酒十多个品牌：佘太纯粮酒、佘太二锅头、佘太五星地纯、佘太地纯商务酒、佘太大事宴商务酒、佘太贡酒……

佘太酒业以市场为导向，在不断优化产品品质前提下，持续提升品牌影响力，在地方电视电台、报刊、互联网、户外路牌等各式媒体进行宣传，并逐步向周边城市、地区辐射。他们参加了内蒙古自治区、福州、贵州等地的农博会，均取得好评，并被授予奖项。

董事长吴海被授予"内蒙古自治区劳动模范""巴彦淖尔市劳动模范""市十大农牧民致富状元"等荣誉称号。

面对辉煌的成绩和耀眼的荣誉，吴海满怀激情地说："我感谢政府给我莫大的支持和当地群众的厚爱。我是一个农民，这是党的政策好，还有一帮能吃苦耐劳、能征能战的团队，才使我成就了佘太酒业。"

吴海对未来的发展早有了更长远的设想。他说："下一步，我们将鼓励更多的人加入农业合作社，开展订单种植。同时，不断扩大酒厂的生产规模，吸纳更多村组的闲散劳动力，帮助他们增收致富。"

　　吴海还说："我们正在规划建设以佘太酒文化为背景的酒文化博物馆，里面除了有大佘太酒文化的介绍、实物展示外，还将有很多与游客互动的体验性项目，可以现场定制婚庆白酒等。"总经理王永吉也说："前段时间，《大佘太镇旅游业发展总体规划》出炉了，其中明确提到要大力开发佘太君历史文化和佘太酒等人文历史资源，我们也将不遗余力挖掘佘太君和佘太酒的文化价值，为旅游业长期稳定发展做贡献。"

　　面对新时代，吴海和他的班子异常清醒，十分镇定。他心里十分清楚，企业是树，职工是根，根壮树自旺。面对不断涌现的机遇，佘太酒业在吴海的带领下，一定会为这个美好时代绘制更绚丽、更壮观的蓝图……

守望相助　打造美丽宜居的边境新镇

——记内蒙古巴彦淖尔市乌拉特后旗巴音宝力格镇党委政府一班人

巴音宝力格蒙古语意为"富裕之泉"，原名为巴音布拉格，汉名为东升庙。因镇西大坝口有一甘泉，泉水四季长流，润泽乡土，因而得此名。

巴音宝力格镇是乌拉特后旗旗府所在地。乌拉特后旗位于内蒙古自治区西北部，属巴彦淖尔市管辖，是内蒙古自治区 19 个少数民族边境旗县之一。北与蒙古国接壤，南距巴彦淖尔所在地临河区 50 公里，总面积 2.5 万平方公里，边境线长 195.25 公里。镇区位于乌拉特后旗东南部。全镇辖 3 个社区、11 个行政村、55 个自然村，总面积 1273 平方公里，全镇总人口 4 万人，是以蒙古族为主体的少数民族地区。

巴音宝力格镇历史久远，文化、自然、人文资源丰富。人类先祖活动的踪迹可溯源到新石器时代。辖区有阴山岩画星罗棋布，阴山岩画代表作五虎图和面积最大的阴山岩画均出自这里。镇区交通便利，赛临公路笔直地纵贯南北，固察公路横贯东西，全镇村组四通八达的道路交织成网；阴山山脉横贯东西，铜、硫、铅、锌、砂石料各类资源富集，南守 10.6 万亩狭长肥沃的秀美粮川，北开 126 万亩可利用草场，牲畜总头数 12 万头（只），形成了典型的南粮北牧中矿山的自然格局。

巴音宝力格镇经济、社会各项事业蓬勃发展。2005 年旗人民政府迁驻巴音宝力格镇。十几年工夫，镇区由原来的 2.3 平方公里扩展到现在的 11 平方公里。镇域经济不断壮大，现有 8 家以上规模型工矿企业、3 家大型设施农牧业公司，39家种养殖合作社，城镇居民可支配收入达到24711元，农牧民纯收入达到11790元。镇区基础设施日趋完善，广场公园遍布，人居环境优美，被自治区评为美丽宜居小镇。

笔直宽阔的迎宾大道，清新清爽的空气，如诗如画的景观河，在乌拉山的衬托下，美得令人惊叹！

多少年来，为让这个边境小镇更加宜居，巴音宝力格镇党委一班人，在旗委、旗政府的领导下，真抓实干，走可持续发展之路。他们分别聘请上海、内蒙古、包头等地的专家和城市设计研究院的相关人员，来到新规划地进行科学评估、科学规划，前后对巴音宝力格镇的建设组织开展了三次高质量、高标准的整体规划修编工作。

2013年，镇政府在有关部门的支持下，又争取旗政府投资1.2亿元，完成了那达慕体育场、会展中心、社区服务中心、迎宾大道景观雕塑群、巴音镇城区美化等重点工程。同时加快了市政道路建设的改造，投资3000多万元完成了宝音图街向东延伸、巴音宝力格路修建续建、新固察线与工业园区道路搭接等市政道路工程；投资3000多万元，完成了迎宾大道绿化、会展中心绿化、民族教育园区绿化等多项重点项目绿化工程；投资3140万元，对青山工业园区新建道路全部进行了绿化改造。

努力有了回报。如今的乌拉特后旗所在地巴音宝力格镇，在党委政府一班人的带领下，践行绿色发展理念把边境小镇建设得让人流连忘返：美丽的草原散发着诱人的芳香，逶迤的山岭峰峦叠嶂，清新的道路两旁犹如百里画廊，一条条整洁的城市街道，一处处美丽的公园，一棵棵绿树花草环绕的居民小区，一面面图说社会主义核心价值观的文化墙，一块块醒目的遵道守礼的提示牌，把乌拉特特后旗巴音宝力格镇装点的既美丽又和谐——"山在城中，城在山中，山中是城，城中是山，绿水青山是家园。"来这里旅游的外地客人这样形容。

走进新时代的草原人正在以新作为实现着心中的梦想。近期从自治区传来喜讯，乌拉特后旗被自治区命名为第四届"自治区文明城市"这项来之不易的殊荣，不仅仅是一块奖牌，更是当地人民多年来矢志不移的追求与担当。

天水一色陶人醉

润物无声浇灌文明之花

近年来，巴音宝力格镇积极参与旗委、政府先后开展的道德模范等评选活动。目前已获评"内蒙古好人榜"7人，"自治区道德模范"2人，"市级道德模范"9人，"旗级道德模范"7人，"自治区文明家庭"1户，"市级文明家庭"3户，"市级最美志愿者"4人，"最美志愿服务组织"1个。

"周末妈妈"关爱留守儿童巾帼志愿服务活动在后旗成为传播道德新风的品牌，2016年成功入选中国志愿者服务"四个一百"最美志愿者服务项目名单。志愿者在"扶弱助残""保护环境""送温暖、献爱心""三下乡四进社区"和"邻里守望、文明交通"等服务中，用实际行动维护了文明城市的形象。先后成功举办了"讲文明树新风公益广告作品展""国际骆驼文化旅游节""八城同创健康行""敖包文化节""红歌大合唱"等活动。通过开展形式多样的创建活动，文明之花已在乌拉特草原上处处盛开。其中多数活动都在巴音宝力格镇举行。具有民族风情的观赏石博览会、汽车越野拉力赛、民族文化节，以及新建成的戈壁红驼泥塑馆、美术馆、马头琴馆、民族舞蹈馆、博物馆、科技馆等文化设施和文体活动场所，已成为巴音宝力格镇一道亮丽的风景线。从住到行，巴音宝力格镇一步步迈进文明旗县。如今，走进美丽宜居的边塞小镇，过马路闯红灯的人少了，城市"牛皮癣"不见了，大街小巷也更洁净了。绿树鲜花布满大街小巷，一道道美丽的景色让人赏心

街景图

悦目……

在点点滴滴的细节变化中，这座边陲小镇巴音宝力格镇的形象在悄然无声地改变着。巴音宝力格镇党委书记李强说："后旗人正以时不我待的紧迫感和使命感，将健康意识、卫生意识和文明意识转化为自觉行动，齐心协力共建美好家园。"

巴音宝力格镇党委一班人已经走进新时代，他们将有更大的作为，他的声望，也在农牧民的心目中节节升高……

爱岗敬业德为先　尽责圆梦写华章

——记内蒙古自治区道德模范、首届文明家庭巴彦淖尔市杭锦后旗奋斗小学陈广云校长先进事迹

陈广云，男，汉族，1969年10月出生，沈阳大学本科毕业，高级教师。2013年他策马扬鞭带着办好教育的梦想来到了傅作义先生创办的杭锦后旗奋斗小学任校长。他的先进事迹分别在旗、市、自治区电视台和报纸播出。他经常用一句话鞭策自己和鼓励老师："把平凡的小事做好就是不平凡。"他做报告常这样说："多年来，我以坚实的步伐，实践着一名共产党员的诺言，履行着一名共产党员职责。我不太喜欢唱歌，然而有一首歌兴致所至时我也会高歌。这首歌就是《把根留住》我认为'根'就是共产党员的正气，是决不能丢的。学高为师，身正为范。要求老师们做到的，自己首先做到。以我的实际行动，影响着教师的行为。"

——题记

走进奋斗小学的校园，经常能看到一个忙碌的身影，或反复叮咛学生走路要小心，或在校园的每个角落里认真地巡查，或细心地捡拾起地上的纸片……他就是自治区道德模范、劳动模范、优秀党员、市级名校长——奋斗小学校长陈广云同志。沐浴着秋日的阳光，走近陈校长，从工作的点点滴滴，可以看到他豁达不失内敛的个性、果敢不失沉稳的言行，领略到一名教育工作者爱岗敬业、知责思为、尽心履职、甘洒心血献身教育的赤诚情怀。在近三十年的教育教学工作中，他始终以高尚的人格感染人，以整洁的仪表影响人，以和蔼的态度对待人，以丰富的学识引导人，以博大的胸怀爱护人，在工作中率先垂范，引领师生走科学发展的路。他严谨治学，潜心研究，科学

管理，以全新的教育理念、务本求实的作风、开拓创新的精神，奋力打造出许许多多学校管理、教育、教学、科研方面的亮点。他用平凡铸就了伟大，以奉献成就了事业。他把教育当成一种信仰，凝聚起无坚不摧的教育正能量。他用自己的实际行动诠释了一个灿烂辉煌的"教育梦"。

以身立教，以人格的力量凝成育人合力

1989年，陈广云同志师范毕业被分配到杭锦后旗团结乡中学任教，作为一名普通的教师，他崇尚和追求"学为人师，行为世范"的职业道德精神，立足三尺讲台，潜心研究，精心教学，锐意进取，连续4年被评为盟旗两级先进班主任，连续两届毕业班成绩在全旗评比中保持在前三名。1995年9月陈广云同志被选任为团结中心校校长。2003年9月任杭锦后旗太阳庙学区副校长。2005年10月凭着卓著的工作绩效和优良的个人素养，经过"一推双考"，陈广云同志以优异的成绩被选任为西城小学校长。

当时的西城小学，是全旗城镇小学中最薄弱的学校。办学条件差，学生

来源差，教学成绩差，教师人际关系复杂。陈校长克服重重困难，付出多倍的时间与精力投入工作中，为改变学校现状、推动学校教育事业的发展，洒下了辛勤的汗水。他情系师生，待人宽厚，赢得了广大师生和家长的尊敬与喜爱。

2006年旗委、旗政府实施了西城小学整体新建工程。作为校长，他重任在肩，没有节假日、休息日，忙碌的身影总是穿梭于工地上、校园中。秋季开学，新教学大楼终于落成典礼，正式投入使用。学校现代化教学设备一应俱全，全校师生欢呼雀跃。这激动和欣慰的背后凝结着党委、政府的高度重视，更倾注了陈广云校长的心血和汗水。

在西城小学教育改革的大潮中，为了不偏离航向，他穿梭于老师们的办

公室和教室中，和老师们促膝长谈，倾听教师们的呼声和建议，提出了"德育为首，教学为主，全面育人，质量为本"的办学宗旨。学校提出了"一年打基础，两年上台阶，三年出成绩"的三年规划，树立了"向管理要效益，以质量求生存，用创新树特色，以特色促发展"的办学理念，通过改革内部管理机制，充分地激发了内部活力，极大地调动教师工作的积极性。学校规范化办学、精细化管理、标准化建设和特色化发展已具规模并形成系列，教育教学质量和办学效益显著提高，走在了全旗先进行列。在他的倡导下，西城小学已形成了以文明礼仪普及系列实践活动为主的特色德育活动、打造高效课堂的特色教学活动、校园文化特色建设等八大系列。他还开创了西城小学"绿叶读书节""文体艺术节""科技节"三大校园特色节日，成立了西城小学爱心基金，建立了西城小学心理工作室，主要目的是关注留守儿童、关心残疾贫困学生、帮助问题儿童。

目前，西城小学是全国教育科研实验基地，全国红领巾手拉手助残先进集体，自治区普法示范校，市级文明单位，市级"花园式"学校，市级绿色学校，市级语言文字示范校，十佳绿色学校，国家级交通安全示范校，市级科技示范校，国家级书法教育实验校。一系列殊荣的获得，标志着西城小学已经由一所城郊薄弱学校蜕变为一所高标准的现代化名校。

掌握理论，让育人工作充满理性

多年来，陈广云注重理论的研讨和实践的反思，带头读书学习。他1996年巴盟教育学院文史系毕业，2010年又从沈阳大学汉语言文学专业毕业，同年还在北京师范大学教育经济学管理研究生班学习。他撰写的论文多次获国家级优秀论文奖，有近十篇论文和调研报告发表在国家正式刊物上。

他参与研究的自治区级课题"小学语文学科案例教学研究"、"信息技术与中小学学科教学整合的研究"子课题、"信息技术与小学数学课堂教学有效整合的研究"、市级课题"五步阅读法实践研究"均已顺利结题。他亲自主持的国家级课题"尝试教学理论与实践"已于2012年通过有关专家验收正式结题，"心理教育在各科教学中的应用"已于2016年推广应用。陈校长先后被教育部课程教材研究所和小学语文课程教材研究开发中心评为优秀教师、全国尝试课题实验优秀教师。

陈校长不仅注重知识水平的提高，他还认真学习党和国家的一系列路线、方针、政策，密切关注国家现代化建设对教育的新要求，把强烈的爱国主义情感倾注于为国家现代化建设培养高素质人才的伟大事业中。桃李无言，下自成蹊。陈广云用实际行动塑造了一个有文化、有素质、有底蕴、有内涵、有魄力、有威信的教育专家型的校长形象。

策马扬鞭，履职尽责踏上新征程

2013年9月他带着更多的教育梦来到了傅作义先生创办的杭锦后旗奋斗小学任校长。

多年来，他始终把"民主""公开"作为治校之本，广开言路，利用日志畅通了建言献策的渠道，目的是让人人成为学校管理的参与者、学校发展的推动者、学校质量提升的建设者。他既关心教师的成长，又关心教师的生活，更关心教师的健康。他抓住了教育系统每次外派教师学习的机会，舍得投入，要求外出学习的教师回来后给全体教师汇报。他毅然关闭了校内超市改建成了餐厅，在办好幼儿园食堂的基础上增加了教师早点，结束了教师吃不上热

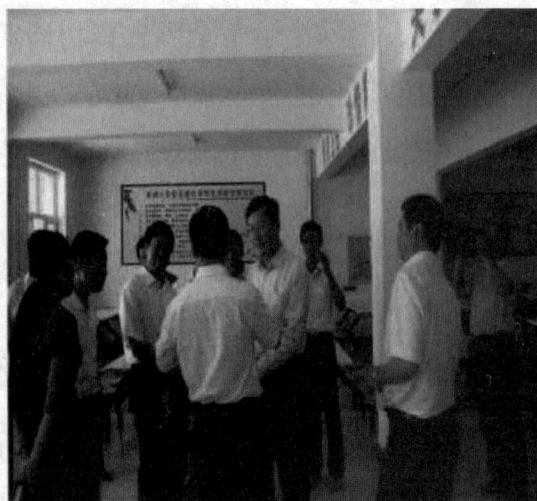

早点的历史。他巧妙利用办公室空间，增加了设备，解决了教师背包难放和教师子弟在教师集中办公时学习无人管理的问题。他多方努力争取工青妇等单位的支持，免费为几十位女教工做了健康体检。

他想教师所想，急教师所急，不辞劳苦，不计名利，带动了整个学校蓬勃向上的正气。学校中每一位生病的教师、家中有丧事的教职工陈广云都会去慰问，并送去适当的慰问金；全校每个教师过生日，都会收到以学校的名义送上的生日蛋糕——这些看似微小的事情温暖着每一位奋斗小学教职工的心，教师的主人翁意识得到了进一步提升。大家与广云一起以饱满的热情、高昂的激情全身心投入到工作中。

陈校长是用心做教育的人。用心做事的人永远都在寻求新的发展点。

他比较了解学校多年来形成的文化底蕴，也在把握学校多年来形成的办学内涵，在班子会上敏锐提出了"传承特色，坚持创新"的办学总思路与"由品牌大校向精品名校转型"的总目标。这些想法由于思路清晰、定位准确、措施得力，短短的时间里他带领全体教职工以"单位年终目标管理第一"和"个人年终目标管理第一"的成绩，向当地群众交上了一份满意的答卷，也让奋斗小学这所历史名校木铎金声。

坚定信念，践行党旗下的铮铮誓言

1995 年 6 月，经过党组织的精心培养和严格考察，陈广云同志光荣地加入中国共产党。2010 年他被遴选为中共杭锦后旗委员会第十三届党代表、中共巴彦淖尔市委员会第三届党代表。2016 年又成为中共杭锦后旗委员会第十四届党代表。

作为一名共产党员，不忘入党初心，牢记入党使命。他深刻知道他的一举一动都影响到身边同志的工作激情。

因此，在日常生活和工作中，他时时刻刻以一个共产党员的标准来衡量和约束自己的一言一行，以高度的责任感和强烈的事业心，出色地完成了局党委、校党支部交给的各项任务。他用无私奉献、尽职尽责的情操，履行着一个党员的承诺。他曾多次带头为特困学生、身患重病的教师捐款。他用以身作则、顾全大局的人格魅力感染带动着周围的人。他不但带出了一所好学校，还带出了一支爱岗敬业、勤勉创新、富有激情和战斗力的教师队伍。他认认真真做事、干干净净为官。他以自身品德修养和领导艺术感染着每一个人，彰显着新时代教育工作者的无私奉献精神，践行着一名党员党旗下的铮铮誓言。

千锤百炼虽辛苦，吹尽狂沙始到金。陈广云走过的是一条执着追求、辛勤耕耘之路。他先后被评为自治区、市、旗优秀共产党员、优秀教师、自治区校务公开民主管理先进个人、自治区道德模范、巴彦淖尔市先进教育工作者、巴彦淖尔市第二届名校长。他还被当地政府评为十大杰出青年、优秀校长、先进党务工作者、精神文明建设先进工作者。2016 年，他被国家关工委和教育部关工委评为优秀辅导员。2017 年，他的家庭被评为自治区首届文明家庭。他曾多次受邀在河套大学、职教中心等学校讲座，用他的亲身经历和人格魅力向大家传递文明家庭的故事，让更多的人经历了一次次心灵的洗礼，得到了一次次精神的升华。

追求梦想的人脚步永无止境。三十年来的风雨沧桑，陈广云执着依旧、热情依然，始终站立在教育这一块精神高地上，守望着自己的"教育梦"，谱写着一曲人生平凡而伟大的乐章。

三十年坚守在排水事业的水利人

——内蒙古河套灌区管理总局巴彦淖尔市排水事业管理局
红圪卜排水站业务副站长马军的人生路

红圪卜地处内蒙古巴彦淖尔市乌拉特前旗乌梁素海，这里只长芦苇，不长庄稼。夏天候鸟在这里嬉戏，可一到冬天只留下一眼望不到边的芦苇在寒风中摇曳。

就是在这里，红圪卜排水站泵站负责人马军默默无闻坚守岗位，一干就是三十年。他用甘于吃苦、勇于奉献的水利精神，践行着一名共产党员无私奉献的精神。

近 50 岁的马军给人的第一印象是不善言谈，甚至有一些腼腆。大家交谈的时候他只是默默地工作。工作时他动作敏捷麻利，透着沉稳和干练。

机泵排水运行是红圪卜排水站的主要工作。今天，像往常一样，马军要对正在运行的机泵进行排查。就在这时，积压配电室里突然断电，马军查看了综合保护器，上边显示的是变压器瓦斯电路出现故障。这个问题如果处理不好，要直接导致整个排水站瘫痪。马军当即组织工作人员检修，检修后马军发现只是一般的小问题，他这才放下心来。马军说："经过我们排查处理，现在系统已经恢复供电，这样我就放心了。在这个岗位上工作，作为一名共产党员，我知道自己的责任重大，所以得时时刻刻想着保证红圪卜排水站的排水安全运行。"马军说，"类似这样大大小小的检修其实天天都会遇到。"所以，他不敢有一丝懈怠。因为稍有差池，就会酿成不可估量的后果。

红圪卜排水站虽然地处偏僻，但它却是总排干向乌梁素海排水的重要枢纽，也是河套灌区的关键性水利工程之一，担负着灌区排解地下水、灌溉雨水、山洪水和调节乌梁素海用水量的重要任务。由于红圪卜排水站规模大、设备多、技术含量高，导致该排水站工作任务重，控制运行十分复杂。红圪卜排水站负责运行的人员需要常年坚守在一线，全年只有大年初一可以暂停，每隔 15 天两组工作人员交接班一次，每天 24 小时三班倒，运行期间还要不间断地进行检查。1977 年以来，红圪卜排水站从一站建起运行，直到 1991 年二站建成又开始运行，全是依靠单位的干部职工在认真维护运行工作。马军从一名新手逐步成了行家里手。

马军被同事称作是"活档案""排水通"，这主要得益于他对设备了如指掌。娴熟的业务技能让红圪卜排水站的运行人员对他十分信赖。哪里出现了设备故障和技术难题，大家首先就会想到他。马军不管当时在干什么，都会第一时间来到现场。加班熬夜对马军来说是家常便饭，排水运行关键期遇到机泵检修、防汛值班等情况，放弃假期，按时坚守在一线，在马军身上早已习以为常。

2012 年 6 月 25 日，河套地区连降三天大雨，遭遇了几十年一遇的特大洪涝灾害。总排干沟全线水位均已超过警戒水位，抗洪排涝形势异常严峻。当时，红圪卜排水站的一个电缆头坏掉了，直接影响水泵运行。这种情况下，一旦出现安全排水事故，下游河套灌区都有可能全部被淹没。作为机泵排水的技术把关负责人，马军迅速组织技术人员进行抢修。经历了现场的同志说：

"当时电缆头和咱们普通电缆头不一样，电线非常粗。一根电缆需要二三个人才能抬起来，工作量非常大。当时，下了夜班的职工也一起赶过来帮忙。为了让下了夜班的职工能轻松一些，在修电缆的过程中马军主动承担了大部分工作。"经过连续十几小时的抢修，水泵恢复了正常运行。大家也终于可以休息了，可马军却放心不下，依然在巡视着，生怕泵站再发生突发状况。马军连着三天三夜都没有休息，这让同事们为之动容。

在同事的印象中，马军从没喊过一声累。高强度的工作，再结实的身体也有疲惫的时候。有一次，马军在断流装置检修中不慎从三米多高的工作台上掉了下来。他的助手说："马军连续工作已形成重度疲惫，加上连日当地高温，他的身体已经达到透支状态。当时，他从一道的工作台上不小心掉在了二道的工作台上。"马军当即被送入医院抢救，可是放不下工作的他，伤口缝合了两天后还没有拆线就又回到了工作岗位上。任凭大家怎么劝说，他还是坚持要把手上的工作完成。他的助手说："大家都劝他，这么重的伤口怕感染，让他回去休息。但他还是不放心工作，因为多次的抢修都是他带头完成的。他知道哪里有问题、该怎么修理。"三天抢修完以后，他才回到家中休息了两天，等到把线拆了，他又赶回单位继续工作。

30年多来，马军已经记不清有多少个春节是在红圪卜排水站过的，也记不清有多少个日日夜夜在通宵达旦抢修机泵，更记不清有多少次面对父母妻儿的埋怨。

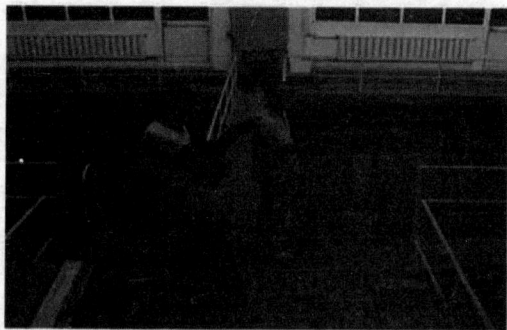

马军的手机就没离过手，时不时有站里的同事打电话，向他咨询技术上的问题。每次听到他接电话，妻子马瑞兰就不由得发愁："最烦他打电话了，不管吃饭还是干别的事，他就一直在打电话，有时候我们都吃完了，他还在打。一年中马军在家的时间加起来不到2个月。记得儿子中考那年，等着、盼着父亲回来给他加油鼓劲，可马军却抽不出时间。"每每想到这里，马瑞兰就感到心酸。对于丈夫马瑞兰从内心是敬佩的，在她眼中丈夫是个好学的人，更是对工作有责任心的人；在她看来，这份坚持，比金子都可贵。马军说："通过努力，儿子也顺利考上了大学，家务媳妇操持得井井有条，这样让我工作起来顺心了。"

对于他来说，同事的信赖就是对他工作最大的肯定，但这种肯定更让他倍感压力，因为他知道自己身上的使命。

2009年红圪卜排水站被列为国家大型泵站更新改造工程项目，重点是机械设备进行自动化改造。为了更好地掌握泵站机械设备有关情况，不辜负大家对他的信赖，一有时间马军就学习这方面的专业理论知识。通过不断学习，马军的业务理论水平也在不断提升。他还把自己的知识通过实际操作全心全意传授给别人。几年下来，他成了河套灌区泵站运行培训的中青年专家。

机电组班长说："平时我们进行检修，遇到问题就给他打电话。他过来以后一边给我们检修，一边给我们讲解这方面的故障原因。下次遇到类似的问题，我们便可以自己解决了。在马军的带动下，现在大家的学习氛围都很好。"

马军说："通过互相学习的方式教会大家，一部分人会了再教给其他运行人员。这样一来，站里就形成了一种良好的学习氛围。只有员工整体素质都提高了，才能确保红圪卜排水站安全排水运行。"

马军先后被单位或者总局系统评为"优秀共产党员""先进工作者"。也就是因为有像马军这样的技术骨干，红圪卜排水站这么多年来才从未发生过一起人为责任事故。红圪卜排水站为此还荣获了"全国水利系统安全先进单位"称号。

对于马军而言，这份坚守来自对水利事业的热爱，更来自当初他入党时的誓言。马军说："作为一名水利人，我热爱自己的工作。我认为水利人就应该发扬苦干实干精神。尤其作为一名共产党员，更应该发挥党员先进模范作用，无怨无悔地把青春献给水利事业。"

从毛头小伙到技术专家，马军把美好的青春年华，奉献给了这片土地，奉献给了河套水利事业，用实际行动诠释了一名共产党员、一名水利干部的责任和担当。

（内蒙古河套灌区管理总局巴彦淖尔市排水事业管理局／素材提供）

以农为本　诚实守信　以德兴业

——记全国农村青年创业致富带头人标兵
内蒙古西蒙种业有限公司董事长杨荐钧

杨荐钧是内蒙古西蒙种业有限公司董事长。作为一名企业家，杨荐钧具有丰富的企业管理经验和良好的职业道德。西蒙种业公司在他的带领下不断发展壮大，现已发展成为一家集科研、生产、加工、销售于一体的企业。公司注册资金3000万元，拥有固定资产7000多万元，现有员工152人，并在宁夏、甘肃、呼市、海南设立了办事处。

多年来，杨荐钧始终奉行"繁育精品种子、销售良心种子、让农民购买放心种子"的企业宗旨，采用先进的育种技术，先后选育出了"西蒙"品牌一系列玉米和向日葵种子。公司投资7200余万元，在原南小召乡新建占地面积4.1万平方米的功能完善，设备先进的现代化加工厂区，拥有先进的种子精选、分级、比重、包衣生产流水线5条，籽粒烘干生产线2条，配套先进防伪扫描分装生产线3条，晒场1.2万平方米，300T种子钢板仓储群13个，仓储能力达15000吨。

经过几年的发展，公司达到年生产各类种子460万公斤，实现年销售额达1亿元，实现社会产值5.2亿元。公司在内蒙古巴彦淖尔市及陕西、宁夏回族自治区、甘肃、山西等地区每年推广应用西蒙系列品种西蒙5号、西蒙6号、西蒙青贮707等品种的面积达230多万亩。公司在河套和甘肃建立了20000亩稳定的繁育基地，在海南建立了南繁基地。西蒙种业为农业增效、农民增收提供了优良种子资源，为发展地区经济做出了积极的贡献。

杨荐钧非常重视科研工作。每年投入380余万元，开展玉米新品种和向日葵新品种的选育研发。在种子的研发上，由自己选育和研发的具有自主知识产权玉米品种有西蒙6号、西蒙5号、西蒙988、西蒙青贮707、宁单10号和向日葵品种AD6199。这些品种都通过了内蒙古自治区品种审定委员会的审定，在玉米杂交种科研育种工作上取得了较大的突破。他被共青团中央委员会和农业部评为"全国农村青年创业致富带头人标兵"。他个人先后获得"内蒙古自治区农业丰收奖三等奖""巴彦淖尔市科技进步奖三等奖""杭锦后旗科技进步奖二等奖"2014年公司被内蒙古自治区发改委认定为"玉米生物育种工程研究中心"，被内蒙古科技厅认定为"玉米新品种研发中心"。

杨荐钧不仅钻研种子科研工作，而且善于学习和创新，具有较高的管理

水平。2016年他在清华大学研修班学习。近年来，公司研发的新品种不断增多，公司取得了可喜的成绩，企业也有了长足的发展，企业的社会效应和经济效益日趋突显。公司受到政府各部门的高度评价，2011年被评为"内蒙古自治区农牧业产业化重点龙头企业"，2007年"西蒙"品牌被评为内蒙古"著名商标"，同年被自治区工商管理局评为"五星级诚信单位""守合同、重信用"企业。公司先后被巴彦淖尔市评为"农牧业产业化重点龙头企业""科技民营企业""诚信单位"被杭锦后旗授予"文明单位""自治区级扶贫优秀企业""农资销售放心企业""全旗文明村镇创建活动突出贡献民营企业家"等荣誉称号。

杨荐钧在经营管理好企业的同时，时刻不忘自己的社会责任。多年来，在企业不断发展壮大的同时，他积极参与社会各类公益事业活动，为贫困学

生、贫困户、困难职工、抗震救灾、村镇建设、社会公益性事业等捐款捐物达14万余元。他在企业内部每年都开展"送温暖、献爱心"活动，为困难职工、职工子女考上大学、老人过寿等都送去一份祝福与慰问。

2011年，杭锦后旗头道桥农民因种植玉米受到自然灾害的袭击，造成产品绝收。杨荐钧果断拿出32万元资金进行补贴，受到当地农民高度赞扬和好评。2014年6月，杨荐钧与市政协领导在五原和胜镇调研时，了解到该镇在基本农田改造和村镇建设中资金缺乏、导致很多事宜不能按时顺利推进，影响了整村推进建设进度的实际情况，杨荐钧当即做出决定，为该镇出资12万元，缓解该镇在村镇建设中资金短缺的迫切难题。

工作中，虽然有千头万绪的事情需要处理，但是他时刻都在关心每一位员工的生活。公司员工张铁山妻子生病，正在银川安排园区种植计划的杨荐钧得知消息后，连夜赶回杭锦后旗医院前去看望，帮助安排相关的就医手续，并送去一份慰问金。正是他这种对社会强烈的责任感和平易近人的待人理念，

他在公司受到员工的一致好评。杨荐钧先后被相关部门评为"全旗优秀青年企业家""全国农村青年创业致富带头人标兵""全市优秀社会主义建设者""内蒙古种子协会优秀理事""全市经济领军人物""市工商联总商会优秀执委"。

一粒种子播撒一片希望。作为巴彦淖尔市种业界的企业带头人，杨荐钧深知自己的责任重大。他深知种子品种对农业发展的重要性。多年来，杨荐钧在企业发展中坚持树立以农为本、诚实守信，求实创新、服务农业，以德兴业、造福农民的企业宗旨，所研发销售的玉米杂交种西蒙6号、西蒙5号、

西蒙 988、西蒙青贮 707、宁单 10 号和向日葵品种 AD6199 得到了广大农民种植户的青睐和认可。所研发玉米和向日葵品种对农民增收、农业增效、农民的良种推广应用起到了积极的带动效应。特别是自主研发的西蒙 6 号玉米品种被内蒙科技厅评为科技进步二等奖。他用企业取得的实际成效践行了自己的宗旨，履行了自己职责，受到了社会各界的好评和认可。他先后当选为杭锦后旗政协第十一届、十二届委员会委员，2012 年又破格当选为巴彦淖尔市政协第三届委员会委员。2010 年他被巴彦淖尔市工商联总商会评为优秀执委，2011 年被选为杭锦后旗工商联总商会副主席。

作为一名市旗两级政协委员，他能够认真履行职责，经常进行深入调研考察，先后为当地经济社会发展和广大老百姓关心关注的热点问题积极的建言献策，提出了关于村镇建设、农田基本建设、道路建设、农业发展等民生议案 20 余件。他被评为优秀政协委员。他还被评为"杭锦后旗捐资助学优秀个人"，获得了第三届巴彦淖尔市道德模范评选活动组委会评为"诚实守信道德模范"。

他的企业先后获得了国家级"守合同重信用企业"，"西蒙"品牌获得内蒙古自治区著名商标。公司为中国种业"AA"信用企业，也是"内蒙古自治区高新技术企业""内蒙古农牧业重点龙头企业"。

2012 年他开始任宁夏钧凯种业有限公司法人兼董事长，2013 年当选为宁夏回族自治区种子协会副会长。2016 年当选为内蒙古自治区农牧业产业化重点龙头企业协会常务理事。2016 年当选为中国青贮玉米协会分会副会长。公司下设宁夏钧凯种业有限公司、西蒙种业甘肃营销公司、西蒙蒙晋冀营销公司、西蒙种业农业科学研究院、林优种子专业合作社。

在科研方面，西蒙种业不断加大研发投入力度，构建商业化育种科研模式，科研育种站和品种试验点遍布全国主要农业区，为公司业务的持续发展提供了技术和品种支撑。公司与内蒙古农业大学、巴彦淖尔市农牧业科学研究院、宁夏农林科学院、河南农业大学、河套大学建立了产、学、研的合作机制。公司承担着国家青贮玉米试验展示、自治区新品种区域试验和巴彦淖尔市农业科技成果转化和生物育种应用等多个科研项目。2014 年成立了西蒙种业农业科学研究院，聘请了国内 5 位博士育种专家组建了研发团队，对公司研发方向和育种目标建言献策，推动了公司研发实力快速提升。

在生产繁育方面，公司长期积累形成了"公司＋基层政府＋农民协作组织＋农户"的运营模式，具有和河套农民合作的丰富经验。公司在巴彦淖尔市、甘肃张掖、酒泉市、新疆优势制种基地带拥有近 2.2 万亩稳定的种子生产基地，在全国范围内建有 3 个种子加工中心，实现了种子生产"布局区域化，生产标准化，加工专业化"。公司引入精益求精的管理战略，通过不断发现和消除企业内部的各种浪费现象，降低成本提高效率，尽一切办法满足客户有效需求，将企业的经营管理全部集中到创造价值、提升价值的轨道上来，极大地提升了公司整体实力及品牌效应。

他是个大忙人。放眼未来，公司将紧密围绕玉米、小麦、向日葵三大主营业务，通过"创新、整合、协作、管理"四种途径，努力打造以科研引领的种业产业链，合理布局产业结构，充分抓住农业供给侧改革有利时机，做大做强"西蒙"品牌，将企业发展成为"中国第一、世界一流"的企业，推动地方种子产业升级，为保障国家粮食安全和农业安全发挥主力军的作用。

内蒙古西蒙种业有限公司在他的带领下，必将迎来更加辉煌的未来。

为了让大地披绿

——内蒙古诺民农林开发有限公司孙金亮的治沙事迹

2010 年在朋友的介绍下，在乌海从事煤炭事业的孙金亮来到磴口县进行了考察。他用企业家的眼光审视了乌兰布和沙漠潜在的价值，考察决定在位巴音温都尔嘎查磴口县穿沙公路（黄阿线）23 公里处进行沙漠治理，并以承包方式取得了 2000 余亩的沙漠治理经营权。

2011 年，他在磴口县工商行政管理局注册成立了内蒙古诺民农林开发有限公司。公司发展定位为：以防沙治沙、改善生态环境、提高人居环境质量为目标，以培育和发展沙产业为手段，以产业融合和循环经济为发展模式，努力把公司打造成为集生态建设、葡萄酒及枣酒酿造、葡萄深加工（葡萄籽油、葡萄籽原花青素）、有机饲料加工、沙产业有机养殖、科技信息服务、网络销售、文化娱乐、休闲度假、旅游养老服务为一体的现代化生态绿洲型集团化管理企业。

在他的带领下，公司成立初期就与中国农业大学、中国林业科学研究院沙漠林业实验中心、内蒙古农业大学、内蒙古生产力促进中心、西北农林科技大学、宁夏葡萄酒学院、河套学院等科研院所建立了合作关系。2016 年组织实施了"乌兰布和沙区枣树新品种引种产业化基地建设项目""内蒙古巴彦淖尔市磴口县 500 亩酿酒葡萄种植生态沙产业扩建项目"。目前，乌兰布和沙区枣树新品种引种产业化基地建设项目实施引进的壶瓶枣造林成活率达 95% 以上，保存率达到 90% 以上，高生长量普遍达到 40 厘米以上。500亩酿酒葡萄种植生态沙产业扩建项目完成了农用混凝土作业路修建 0.8 公里，土地平整 500 亩，营造防护林带 4000 延长米，机电井及配套滴灌设施全部完成。这些基础设施的建设，有效提高了水的利用率。

按照基地建设总体规划，公司通过七年来的不懈努力，在大漠深处将一望无际的黄沙改变成了郁郁葱葱的绿色庄园。现在，公司已营造防护林带

科技部门考察基地

23 公里、190 余亩；酿酒葡萄造林近 1000 亩，栽植枣酒 500 亩，梭梭 320 亩；配套机电井 10 眼，埋设滴灌主、支管道 100 多公里，布设滴灌毛管 37.85 万米；建成以垂柳、新疆杨为主的苗圃地 20 亩；建成了 10000 平方米禽舍，养鸡、雁鹅、鸭等近万只，今年预计年出栏 8000 只；种植紫山药等农作物 50 亩；建成面积 50 亩的一处人工湖；修筑混凝土路 3200 米；架设供电线路 3.2 公里，配套变电设施 4 处。

内蒙古漠北金爵葡萄酒庄始建于 2012 年。酒庄位于乌兰布和沙漠腹地的纳林湖和奈伦湖之间，土质以沙质土为主，富含有机质和矿物质。公司充分利用乌兰布和沙区小气候的资源优势，遵循"多采光、少用水、新技术、高效益"的沙产业理论，秉承"好葡萄酒是种出来的"理念，以打造酒庄酒为落脚点，建立了全程可自控的葡萄园，实行"定质、定标、定量、定责和分级、分区、分片"的管理制度，为酿造优质葡萄酒提供了优质的原料保障。酒庄现有知名酿酒葡萄品种 20 余种，设计年产 500 吨葡萄酒、500 吨枣酒的能力。葡萄酒从种植、生产、酿造、灌装等全过程都在酒庄内完成，酒庄主要设备从意大利进口。公司致力于把"漠北金爵"打造成一个小而精、小

而特、小而专的有机生态葡萄庄园。酒庄于2017年9月15日建成，并进入试生产阶段，试生产阶段压榨酿酒葡萄300吨。葡萄酒和枣酒的生产填补地区酒类市场的空白。

目前，公司已完成投资5000余万元，资金来源全部为企业自有资金。2017年开始，公司酿酒葡萄和枣树全部进入挂果期，预期年销售收入可达2500万元。接待中心、休闲广场和旅游观光塔、旅游度假式养老院、互联网＋物流的产品贸易平台、仓储物流基地、信息服务体系，葡萄籽深加工和颗粒饲料加工生产线等已陆续建成，并投入使用。

作为一名企业家，在注重防沙治沙、发展沙产业、改善生态环境的同时，他还积极关注扶贫事业和社会公益事业。从进驻沙漠开始，他就与当地59户贫困农牧户签订了劳动合同。这样做，既保障了劳动力的需求，又为贫困农牧户脱贫致富提供了资金来源。公司在农忙时节还为周边提供将近700个季节用工机会，可为700户农牧民每户增收约2000元。

他积极参与社会公益事业活动。在2016年自治区美丽乡村建设工作中

西北农林大学李华教授现场指导　　　　　　　营造防护林

公司在建工程建设既要保工期又要保质量急需购进机械设备的关键时刻，孙金亮同志毅然从乌海调来铲车、推土机、挖掘机等机械20余台，立即投入到当地美丽乡村工程建设一线，为确保当地的工程建设如期完工贡献了一份力量。

2017年春季，随着当地冰雪的融化，为确保在沙漠湖泊中养殖的鱼类

健康成长，他又不失时机地从乌海调来 120 吨白灰无偿提供给当地养殖户。

辛勤的劳动换来了丰收的果实。2012 年 6 月 17 日和 7 月 19 日，中央电视台一套和四套栏目以"治沙淘金，向沙漠要效益"为题，概括介绍了诺民农林开发有限公司绿化治沙的先进事迹。2013 年 5 月 27 日和 6 月 25 日《巴彦淖尔电视台》和《内蒙古电视台》分别在新闻联播中报道了诺民农林开发有限公司在葡萄酿酒、造林与经营管理等方面的先进事迹，突出反映了公司在当地农牧民发家致富方面的示范与带动效应。2017 年 5 月 23 日，孙金亮接受了《人民日报》、中央电视台、《内蒙古日报》、内蒙古电视台等新闻媒体的联合采访。2013 年，企业被授予"巴彦淖尔市防沙治沙沙产业示范

生长中的紫山药

壶瓶枣结果枝

基地"称号；2014 年，公司被认定为"自治区林业产业化重点龙头企业"；2015 年，被认定为"巴彦淖尔市扶贫龙头企业"，2017 年，被认定为"自治区级扶贫龙头企业""内蒙古林产业沙产业协会会员""磴口县总商会副会长"。

我们相信：随着公司基地建设的日臻完善，基地林草覆盖率的快速提高，公司经营的治沙基地将会大力减少水土流失，脆弱的生态环境将会得到明显改善。公司在建设过程中，还严格按照有机食品种植的要求和规程进行运作，公司的经营活动基本做到了资源循环利用。这项新兴的沙产业治理事业必将对加快乌兰布和沙漠生态建设步伐，推进县域经济发展产生十分重要的意义。

蓿荄滩上的拓路人

——内蒙古巴彦淖尔市乌拉特前旗公庙镇
新华村村主任王四传奇人生略述

王四家住乌拉特前旗公庙镇蓿荄滩板申图村。蓿荄是蒙古语，意为红柳；板申图也是蒙古语，意为场房子。

王四的父亲是一名老党员，从 1965 年那时起，就在板申图村当生产队长。这个队地少，又全是旱地。那时，渠里下来的水本来就少，又没有人管理，上游的村子谁想放水都能放，到了板申图村就没水了。全村人全靠河头地生活，如果河头地因旱或被水淹，村里人就都没法活下去了。不少人家，从春天地里忙上到过年，没收入过一毛钱。葵花打下了，因为缺水，成色不好，没人收购。即使贷点款，连利息也还不上。所以，板申图村的农民人人是穷光蛋。全村男女老少靠天吃饭，吃不饱、没钱花。

年轻的王四，天天看着父亲拼死忙活地干活，父子带头用扁担担黄河防洪大堤，后来又开挖过二黄河，担过"锅脱机堤"……他知道，父辈这样不辞劳苦地干，都是为了村里的父老乡亲过上好日子。

有一年，公庙子要修建一道提水大堤。父亲认为那是搞水利的大好事，就整天和村民们奋战在工地上。为了争夺一面红旗，他竟然几天几夜抢着干。那时候，他们叫青年突击队，用锹头扁担就这么一直干下来。但是，老天似乎不理睬这些穷人，多少年以后板申图村水利条件还是不行，村民的日子总不见起色。

1990 年，乡政府开始鼓励开垦河滩地。父亲好容易盼到党的好政策，要改变自家和乡亲们的穷日子。无奈板申图村的村民每人只能分8分地。王四兄妹8人，加上父母亲，总共分了8亩地。一年忙到头，并不比过去强多少，还是种上地浇不上水。产下葵花玉米，不是成色上不去，就是扁的，自然没人收购。父老乡亲们还是连说笑的心情也没有，这就成了王四父子的一顶大愁帽。

王四的岳父有文化，也是一名老党员，一直在板申图村当会计。有一天王四干活回来，一脸的愁云。妻子知道他是愁穷。吃饭时就笑着对王四说："不如下河滩上试试。"王四不以为然地说："还不是一样旱死、淹死吗？"妻子果断地说："修围堤，开大渠呀！"

王四惊喜得眼睛都睁圆了。他知道，这是父辈的大主意。睡虎不提不醒，

3000 亩水稻田基地平整现场

饭还没咽饱，王四的主意就打定了。

摘穷帽——王四大闹河滩地

王四在河滩上转了两天。河滩南北近20公里，东西没走到头。这里有他们一直以来耕种的土地，也有其他队耕种的，其余大部分是撂荒地。这里也属于蒨荄滩，只是在黄河的河湾上。

解放初修建黄河防洪大堤时，取了直线，坝外流下了蒨荄滩大片大片的土地，变成了河滩地。自古坝里的各村各户就种着，只因无人开发，十之八九成了荒滩。

年轻力壮的王四，为了自己家有吃有穿有钱花，也为了蓿葽滩的几万父老乡亲能过上有吃有穿有钱花的好日子，他下定决心要在这河滩上挖大渠，修围堤。

　　王四回家后，把自己的想法首先告诉了父亲。已经年纪大了的父亲听了赞不绝口。他要全力支持儿子。

王四做闸口

王磊（右一）与承包人看葵花

　　头一年，那是1990年，王四计划开垦300亩河头地。他去信用社申请贷款。当时还没有农业优惠政策，信用社的工作人员清楚种河头地屡屡被水淹，风险太大，不予贷款。王四无奈，他借着外债也要开渠，修围堤。王四四处打听哪里有闲置的拖拉机，正好有一个村里有一台东方红推土机，属于村集体的。村集体不需要了，要出售。王四就把它赊回来，先给了人家一部分钱，秋天再给剩下的一部分。他们不用的废旧配件不需要了，王四把这些东西都捡回来请师傅修。师傅工作完回来累了，睡觉了，王四便自己修。

　　王四开始用推土机平地，修围堤，耕地。从此，王家三代人都投入了河滩地的开发。王四的父亲没文化，但是号召力强。他赶着驴车下河滩，用铁锹铲土平地和儿子种土豆……父亲在经济和精神上都支持他。后来，村里人来得也越来越多，和王四的父亲一起参加劳动。王四的母亲就给他们做饭，可怜王家没有粮食供他们。王四的女人就去挖苦菜。于是大家在河头上开始顿顿吃苦菜面条、苦菜包子、炒苦菜、苦菜饺子，都是大锅饭。第二年，王四又开了500亩，照样挖渠，修围堤。为了出入方便，他还推了一条路。跟

王氏一家人

岳父一家人

着他一起干的林场张君给这条路起了名，叫"王四牛路"。

王四开始植树造林，骑上摩托车往回拖树苗。王四把这八百亩地全变成了水浇地。旱了，能抽水浇，涝了，能排水。如果黄河水大了要淹河头地，有围堤保护着禾苗。这里成了旱涝保收的风水宝地。王四把这些地大部分承包给板申图村的乡亲们。两年下来，不但王四家十口人吃饱了饭，有了钱花，板申图村凡是承包王四土地的人家也一样吃饱饭，有了可花的钱。王四开垦的河头地，让大家都过上了温饱生活。

以后几年，王四每年把心思放在河滩地。他一边用平地机平地，一边修围堤。周围村子里的不少农民见这里的葵花、高粱、玉米年年大丰收，都跑来承包王四的土地。

王四借机成立农业合作社。除了种植，他还开始发展畜牧业。1998年，他用土坯盖了养殖场，买了38头奶牛，又买了800多只羊。

王四的产业壮大了。他带着蓿荄滩上近千户农业人员走上奔小康的路。就连鄂尔多斯市也有150多户农业人员来投奔他，承包他开发的土地。在他开发的土地上都想脱去贫困，吃饱饭，有钱花。一时间，蓿荄滩上的河头地里，你来我往，说说笑笑，成了穷人生活的乐园。

收地费——王四行善事

随着土地承包的深入发展，农村、农业、农民问题越来越被社会重视。

土地的承包费用也年年见涨。有的地方一亩地涨到 400 多元。王四没涨，他的河滩地地费一直在 170—200 元。已经长大成人的儿子王磊和父亲提出也应该涨价。王四教育他说："我们办的这是积善积德的事情。不挣钱肯定不行，因为我们还有开支，还要发展，但是最好的地我们也不能突破 260 元。涨价肯定是要涨的，但是农民的钱不能一下子这么涨。我们要走长期路线，不能杀鸡取卵。我们要让农民也能挣钱，得让农民对我们心存感激。"

这就是王四的经营之道，也是他的一种精神境界——积善积德。

认识王四的人，没有一个人说他不好。说起王四的为人处世，人人都点赞。有个承包河滩地的外村青年农民说："我来这里三年了，老掌柜对我和亲生儿子一样，嘘寒问暖。头一年，我想种他的地，但是没钱。老掌柜让我缴一半钱，收成下来后再缴另外一半。如果收成后赔钱了，那明年再交也可以。老掌柜的胸怀像身边的黄河水一样宽广，一点也不小看穷人。"

水稻测产

铁棚车的午餐

河滩上包地的农民多了，种的葵花、玉米、高粱的产量也多了。颗粒饱满，成色也好，却遇到了新问题，市场行情不好卖不出去。这时，有的人就不想多种了，因为制约了他们的积极性。王四和他的儿子王磊发现这种情形后，顶住压力，千方百计开始为农民找市场。最后和河北静海签订了购销合同，帮助农民把产品卖了出去。

王四被村民选成村主任前后，像他的老父亲支持他闯河滩一样用心，多次给板申图村修补砂石路。他常常教育王磊，王磊也知道父亲的指点是让他在群众中树立威信。王四任村主任期间，急乡亲所急，带着大家先修砂石路，后来又修水泥路。村里原先是红泥路，坑坑洼洼，稍有点雨水车就出不去。有的老年人说："王家祖辈一脉相承，都是为村民做好事，不做坏事。"

防洪——为村民舍生忘死

怎样保护上千户农民的种植利益，保护几万亩庄稼不被水淹死？这是担在王四肩上的千斤重担。防洪是在 6 月和 9 月，每年有两个汛期。那时候，机器不健全，王四自己买了两辆车。他平时雇着三十多个工人干活儿，因为黄河水大了，防洪主要靠人工。

有一年，黄河水涨得特别厉害，需要日夜守护围堤。王四把自己的三十多名工人全派到堤上，还亲自组织各村防洪。高峰时总共有三百多人，八辆车，严阵以待。三十多名工人被分散在十几公里的围堤上指导村民防洪，他们成了主心骨。这些人跟了王四有五六年，知道怎么护堤，开口了怎么做口，怎么合拢。他们经常哪个地方有险情就去哪个地方。上了蓿荄滩以后，王四几个月不回家，不仅在自己的土地上忙碌，而且各个地方都能看到他的背影。

王四认字不多，每次回来都在墙上画子公司线路，一个叉号代表险情不大，两个叉号代表险情严重，他的人谁上来都看得清清楚楚，明明白白。一个墙不够画就换另一面。有时候半夜回来还要画。没有电，就用打火机点亮画。那时没有电话，他就骑着摩托车转着检查。去了就看自己做的标记。水边上插红柳条就代表水涨了多少，几个小时后水又涨了几寸。

有一天夜里，他去了邻居管的一处围堤上。看到自己插的红柳标志后，觉得有险情。他赶快骑车去喊村里的人。找到包地的人时人家正睡得香，迷迷糊糊地说没事。王四还是生拉硬拽地把他带到围堤上。到坝上一看，承包人吃了一惊，赶快骑摩托车回村去再找人……

王四凭着对农民的热爱，凭着要让农民过上好日子的执着精神，凭着自己舍生忘死的品格，干着这些鲜为人知的事情。2012 年黄河发大水，水淹到包头，但是他围好的堤坝硬是把这里十几万亩的庄稼保住了。后来，相关部门去评估王四围住的地片，测算出当年可以实现 1.5 亿元的农业产值。

2006 年王四开支 60 万元，买了一台大车。第二年又买了一台都用来平整土地，继续发展他的大农业。后来又买了挖机用来挖掘主渠道，开通所有支渠、毛渠。为了节省成本，他又从铁路上廉价买回 4 万多根废弃的水泥枕木，几年里把 20 公里长的主渠道和 15 公里长的支渠道全部衬砌。在河滩上，他把大部分渠道都做了闸门，放了涵管。他用人家废弃的闸门，目的是节省资源。为了防洪，也常常坐着小船从对面伊盟达旗独贵滩买上树苗，再搬回来栽，有一次他们差点翻了船。

近几年，王四在蓿荄滩河头上已建成一个园林式的"大农庄"，给蓿荄滩的父老乡亲创建了脱贫致富的基业。

未来的想法

王四的产业发展得如火如荼。河东河西的农民都来承包王四的地，蓿荄滩的农民日见富裕。蓿荄滩上农民的旧平房中时不时冒起一溜儿一溜儿的红砖房。

为了发展，2007 年王四给自己建立了规范的财务账。以前农民的欠款条子有一尺多厚，一些入不了账的白条合计起来少说也欠王四几百万元。

王四的女人突然头痛不止，查出是脑瘤，花了十几万才把病治好。王四抱定主意倾尽全力治疗妻子的病，发誓无论病情如何发展。他说："我背着

也要把你的病治好，我今生只有你一个女人。"庄户人的爱情，庄稼汉子的直白从来都是直扑扑的、火辣辣的。回来后，有人问起看病的花销情况，王磊笑着说："一场病让家里又回到了新中国成立前。"

有人问王四村民的这些欠账怎么要回来，王四自己便笑着说："不想了，没法要。"

真的，王四的胸怀大就大在他不记小账。他帮农民把地推出来，又让他们种，但是有的人没主动给钱，年年欠着。三个村就欠几百万元。

王家这样的和善人家，一心只博得农民的好评，他们要的是农民的心。

也就在这一年，王四的儿子王磊被人告法院，原因是王磊的朋友丢了钱，找不到了就诬告王磊，说他的儿子不能当村主任。

值得一提的是，王四当村主任的故事。乡里来了干部，召集会议，叫村民先选候选人。村里有一位70多岁老党员快要散会时站起来说："我建议让王四参加海选。"负责监督的乡干部说："现在开会的就有2000多人，这也和海选一样了。"这位老党员不客气地说："我们骑自行车的时候，王四就骑摩托车；我们骑摩托车的时候，人家开的是小轿车；我们买小轿车的时候，人家开的是'霸道'轿车。我们不跟着这样的人走还能有什么发展前途！"

事业心旺盛的王四，除了在蓿荄滩河头大量开发农田外，他今年又盯住了一百多里地外的西小召河头。现在，他们利用冬闲拉高压线，上提水设备，挖渠修围堤，干得一片火热。

王四说："和我1995年开始做饭的厨师李占年，开链轨车的师傅杨五十四，颇有思想的石二小，一起辛勤劳作的张二东、闫有林、赵三俊、马虎、王二娃、王埃桃……还有许多帮助我的父老乡亲一并感谢了。"

精明过人的王四也在琢磨农民增产增收的问题。在他开发的蓿荄河头上，农民每年玉米、高粱、葵花都打得满瓮满仓，但是价格一直上不去。王四要在蓿荄河头选址建一个大型泵站，要搞稻种育苗基地。他和儿子王磊计算过：水稻亩产在一千多斤，每斤的零售价在4元左右；如果搞好了也许是调整农业内部产业结构的一件大事。

王四说干就干，他和朋友们拿出部分土地搞起了试验。河滩地上面是土，下面是沙子。这种地，如果种玉米高粱一年得浇七八次水，但种水稻一年得浇二十多次水。育苗时还不能用黄河水，因为河水里有泥，会把管子堵塞。这就需要打口井，再挖个大水池，把水的温度升起来。井里的水温度太低，得把水温调到20摄氏度以上。在河滩地上打井，既解决了种其他作物缺水的问题，又解决了水稻育苗缺水的问题，一举多得。王四从东北引进稻种，去年开始试种了几百亩水稻，效益十分可观。王四开挖的渠浇水实际上每亩每年75元，村社浇灌每亩全年200元，这样算算农民浇水每亩可以节约130元。

我开始以为王四是普通的种地人，又不识几个字，不会有多大的想法。但是当我多次去他的基地和他促膝长谈后，一次次对他暗生敬佩。我多么愿意早日吃上王四蓿荄滩上的稻米。当你捧起一碗米饭时一定是香喷喷的，因为这里有着我儿时就知道蓿荄滩人家热情好客特有的味道……

党员的标兵　时代的楷模

——内蒙古自治区优秀共产党员、党代表巴彦淖尔市乌拉特前旗小佘太镇陈家院农牧专业合作社董事长陈栋富乡纪实

小佘太镇地处阴山腹地，是典型的山旱区，十年九旱，自然环境恶劣，立地条件差。然而，在这样一个艰苦的地区，有一位大学生用自己的行动践行着产业兴农、致富引领的使命。这个人就是内蒙古巴彦淖尔市乌拉特前旗小佘太镇大十份村西九份沟社陈家院农牧专业合作社董事长陈栋。陈栋，男，汉族，1982年9月出生，2002年7月入党。2016年内蒙古自治区党委表彰了50名优秀共产党员，他是其中一位。

秀才创业历艰难，致富路上巧登攀

作为一名80后大学生，大学毕业后的陈栋和其他大学生一样，怀揣着对大城市的向往，毅然决定在大城市内蒙古呼和浩特市开始自己创业。他希望通过自己的辛勤努力，在这个陌生而又充满诱惑的城市站稳脚跟。凭借着敏锐的观察力和灵敏的"商业嗅觉"，陈栋在呼和浩特市与人合作开起了烟酒批发门市部。通过几年的摸爬滚打，靠着农民出身的勤奋努力，大后山人的厚道热情，诚实守信的经营理念，烟酒门市开得红红火火、风生水起，顾客源源不断。辛勤劳作，帮助他积累了一定的资金，陈栋的事业前景广阔起来。

一人富了不算富，全村致富才是富

陈栋的家乡西九份沟是个小山村，居住着30多户130多名村民。人均

水地不足一亩，还不能保灌，村民以种旱地为主，十年九不收。这里的村民生活十分艰难，年轻人大多外出打工谋生。

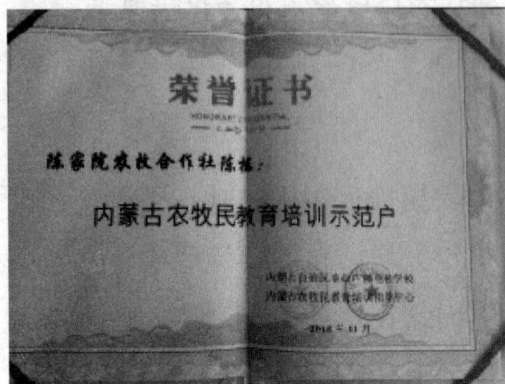

家乡贫穷落后的面貌让已经致富的陈栋心潮难捺。经过长时间的考察和思考，陈栋决定回乡再创业，走一条创办合作社、以农兴牧、共同致富的路子。2012年，陈栋联合了小佘太镇大十份村的8名党员和4名村民，投资320万元回乡创办了乌拉特前旗陈家院农牧专业合作社。合作社占地面积100亩，建成标准化棚圈15栋、11000平方米（其中牛棚475平方米），封闭式户棚1200平方米，蓄草棚1100平方米，建成饲料库、草库、防疫室、人工授精室、办公室、宿舍、食堂、门卫室等共1100平方米。公司还购置了大型割草机，装载机、挖掘机、捆草机及其他农机具也一应俱全。公司在饲料草种植、收割及田间管理等方面基本实现了机械化和数字网络化管理。自己的各种机械除合作社使用外，他经常在低于成本（主要是机械用油）的情况下，让周边的村民使用，遇到特殊贫困的家庭就免费使用。

合作社以股份制形式按股份进行分红。凭着先进的管理观念和敏锐的创新思维以及不畏辛苦的顽强意志，陈栋不断探索种养加调整新模式，努力转变畜牧业经营方式。在镇党委、镇政府的大力支持和引导下，合作社坚持"种养结合，养殖增收"的路子，一方面积极从农民手中流转土地780亩，采取上电、更新机井、配套滴灌的方式让1000余亩旱地变成了水地，全部种植了苜蓿。合作社现存栏羊1500余只，合作社年纯收入160万元。其中出栏肉羊1600只、纯收入80万元，草苜蓿收入也有80万元【即1000亩×120

斤（干草）×1元 – 1000亩 ×400元（成本）=80万元】。近年来，合作社带动周边村民100余户发展养殖业，人均年增收3000元。

2016年，陈家院合作社在8—9月对现有的21只纯种杜泊羊进行人工胚胎繁殖，对600只基础母羊进行了人工授精。试验成功后开始全面推广。合作社以优惠价格为当地村民提供优质种羊，这样就可以大大降低村民养殖成本，改良品种，提高养殖效益，增加收入。陈家院养殖专业合作社坚持"农户＋合作社＋公司"的养殖发展模式，农户以基础母羊为主、合作社以育肥为主、产品由公司进行深加工，统一真空包装销往各地。这样就形成了一条良性互动的产业链，实现了合作多赢，既带动农民增收，又加快了当地美丽乡村建设的步伐。

致富显能力，公益见真情

陈栋特别热心公益，用自己的实际行动铸就了当代共产党员的精神灵魂，在当地充分展现了当代共产党员的人生风采。2005年至今，陈栋免费为全社154口人、2000多只牲畜提供人畜饮水。他承诺，将为本村村民免费提供人畜饮水一直坚持到底。2008年四川汶川大地震后，陈栋积极捐款5000元。2009年村委会盖文化站，陈栋资助2000元。2011年他又为社里免费开挖引洪渠，为社里节省5万多元。2014年，本社社员王中华与妻子因患有脑梗丧失了劳动力，而且儿子与儿媳在回家探望老人的路上不幸遭遇车祸，儿子肋骨骨折、脾切除、儿媳不省人事。这个本就困难的家庭遇到这种事更是雪上加霜。陈栋毫不犹豫捐助4万元，来缓解这个家庭的沉重负担，并为其耕种了10余亩土地。2014年，陈栋对本村的十几位孤寡老人开展慰问活动，资助5000元。2015年年末，陈栋对小佘太互助院乡亲进行了慰问，出资8000元为老人们送去了生活物资，温暖了老人们的心……

信念坚定忠于党，全心全意为人民

陈栋理想信念十分坚定。他虽然年轻，却忠于党和人民的事业，自觉在思想上行动上同以习近平同志为核心的党中央保持高度一致。2016年，他作为党代表出席了内蒙古自治区第十次党代会。

　　陈栋始终坚持学习，向领导学习、向同志学习、向工作实践学习、向书本学习。他在学习各种农牧科技知识和实用技能的同时，系统学习了党的十八大以来的路线方针政策，学习党章党规、宪法法律。他自觉遵守党章，

严格遵守党的各项纪律、特别是政治纪律和组织纪律，认真履行党员义务，正确行使党员权利，带头执行党的路线方针政策。他敢于担当，善于创业，勇于创新，有着全心全意为乡亲服务的高尚情怀。他带领合作社成员自觉践行社会主义核心价值观，尊老爱幼，访贫问苦，堪称共产党员的楷模。作为一名党员，陈栋以实际行动积极参加党的各项教育实践活动。在他的带领下，

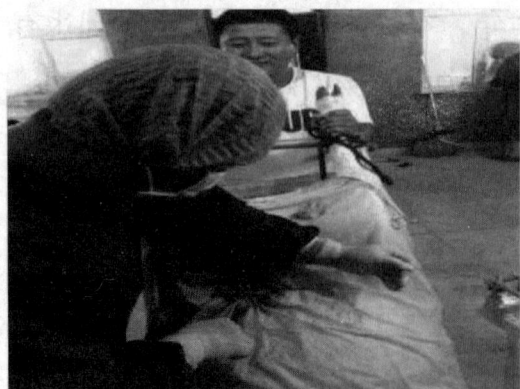

村里一帮年轻人都点燃了服务群众、引领群众致富的创业激情，在这片荒僻的山沟里谱写着瑰丽的青春诗篇。

　　陈栋是一个特别诚实的人，时时刻刻以一个优秀党员的标准要求自己。

在生产经营过程中，合作社从不欺行霸市，农副产品买卖从不掺假。合作社严格管理，坚持标准化经营理念，保证把绝对绿色的产品提供给社会。2012年以来，他们的合作社生产的肉产品全部被包头等周边地区的客户抢先订购，并受到了新老客户的一致好评。

通过几年来的努力，陈栋创办的合作社初具规模。合作社带动了周边的农牧民发家致富，也改变了家乡贫穷的面貌。陈栋改变家乡贫困落后的愿望也在一步步成为现实……

抓好基层党建工作　促进经济社会发展

——记内蒙古巴彦淖尔市乌拉特前旗小佘太镇
大十份村党总支书记赵天民

赵天民，汉族，1967年12月出生，中共党员，大专学历。1984年担任乡畜牧兽医工作站防疫员，1993年担任村民小组组长。2009年担任大十份村村委主任，2012年担任大十份村党支部书记兼村委主任。2015年换届后担任大十份村党支部书记，村支部提格为总支委后任村党总支书记。

三十多年来，赵天民同志坚持党性原则，公而忘私，带领班子成员和全体党员心往一处想，劲往一处使，身体力行，想方设法克服困难，解百姓之忧、排群众之难，为该村经济和社会事业发展做出了积极贡献。他爱岗敬业，工作脚踏实地，注重团结协作，所在党支部曾多次被上级评为先进基层党组织，本人也多次被评为市、旗"优秀共产党员"。

抓好班子　带强队伍

赵天民同志经常讲："村党支部有没有战斗力，村干部在群众心里有没有威信，关键在于支部一班人能否搞好团结；在处理事情上，能否做到公开、公平、公正。"

为了搞好支部团结，他始终坚持以大局为重，坚决做到不利于团结的话不说，不利于团结的事不做。尤其是走上村党总支书记岗位后，他更是把团结作为凝聚力量的前提，坚信团结出战斗力，团结才能服务好人民群众。日常生活工作中尽力维护班子团结，遇到事情都会征求每个支委成员以及群众代表的意见和看法，不搞一言堂或个人说了算。对于村内重大事项的决策和群众关心的重大事情，他要求村主任常海旺和副主任高娟坚持做到办事公正，处事公平，要事公开。

在他的倡导下，村里实行了村务、财务、党务三公开制度。村里的重点工作必须成为阳光工程。这样做既消除了隔阂和疑虑，又赢得了群众的理解和支持。多年来，村里从来没有发生过一起因村里办事不公引发的上访事件。

同时，他高度重视党员发展工作，不断为党组织增添新鲜血液。为确保发展新党员的质量，他积极调查发展对象的基本情况和以往表现情况，注重把符合条件的年轻致富能手发展成为党员。

抓经济促发展　走共同富裕道路

发展才是硬道理。为了全村的经济发展，身为党总支书记的赵天民同志心里装的都是群众。他全面分析本村的发展优势，拓宽思路寻找发家致富的办法，为全村经济社会快速发展做出了不可磨灭的贡献。

大十份村位于小佘太镇政府所在地，是小佘太历史文化风景旅游区主要区域。村周围有4处名胜古迹：东10公里处有小佘太秦长城，长城修筑在

阴山山脉马鬃山山峰北中腰处。长城全用人工打制的石片、石块砌成。山顶上有烽火台，这条石长城，像一条巨龙，若隐若现，出没在群山峻岭中，叫人惊叹不已。此段长城为秦代长城，被列为国家重点文物保护单位。光禄塞古城遗址也在村里，光禄城是汉武帝派遣光禄勋徐自为在五原塞上建筑而成。

光禄勋是汉代官名，皇帝身边的高级侍从，负责守卫官殿门户，此城是取徐自为的官衔得名。现存有大片土筑城墙残垣。传说王昭君出塞时曾途经此地，居住八年生一子。村北部秦长城北侧600—800米处有发现的4处共计70余幅青铜器时代的阴山岩画。岩画中刻有牧羊人、狩猎人、北山羊、猎犬、马、驴等图像。古老的岩画刻绘在石英脉岩石上，当地牧民称为"红墙"它与黑色的石长城并行由东向西延伸，宛如两条黑、红色的巨龙在阴山上缓缓舞动，增添了大十份村的吸引力和神秘感。大十份村原名叫增隆昌，水库位于乌苏图勒河中游峡谷处，1963年建成，控制流域面积975平方公里，主要起蓄水、灌溉、防洪等作用。周围景色宜人，风光秀丽，是休闲度假郊游的好去处。

村委会一班人借助开发小佘太历史文化风情旅游景区和建设美丽乡村的大好时机，在党总支书记赵天民的带领下，群策群力，全心全意投入到基础建设中。节水工程方面，先后完成南十份社、十二份社的低压管道改选700米，完成小井沟社双管直流低压管道3600米，完成大十份一社、二社2000亩整合配套低压管道2100米，新建水泥渠4300米、维修水泥渠1000米，完成西九份沟社移动喷灌1035亩，并全部种植紫花苜蓿，完成十四份滴灌510亩。道路建设方面，完成新丰至良种场水泥路3.7公里，十四份水泥路2.4公里，一社、二社水泥路1.5公里，互助院1.2公里，张独湾至广生隆2.3公里，大十份一社、二社、十四份高标准砂石路4.6公里。人畜饮水工程方面，投资35万元在六份壕组建成标准化自来水，解决了多年来全组人吃水难问题、让村民喝上了放心水。党总支还争取项目在南十份社投资4万余元修补了人畜饮水机井，更新管道 500 米，解决了人畜饮水安全卫生问题。村委会协调畜牧部门先后调入巴美、杜波、杜蒙种公羊 108 只，在陈家院建成杜波纯繁户 1 处，饲养纯杜波羊 22 只。

在旗镇两级和帮扶单位的大力支持下，近年来村委会全力做好"美丽乡村建设"工程。先后在大十份村建设一类村 4 个，2015 年在小井沟拆土旧危房 42 户，土院墙 3600 米，建成院墙 1800 米，打造文化墙 1000 米，建设文化广场 1 处，卫生活动室 1 个，给村民配置了健身器材，建设环形水泥路 2.7 公里、两侧全部绿化。

村委会狠抓精准扶贫实施方案，到期不定期走访慰问特困户、五保户、残疾人共计 156 户。还以补贴的形式调回饲草粉碎机 45 台供村民们发展养殖业。今年，村里千方百计筹措 3.5 万元资金，解决了 80 户大病救助资金。

全力维护社会和谐稳定

赵天民同志牢固树立"发展是第一要务，稳定是第一责任"的思想，坚持在发展中促稳定，在稳定中求发展，大十份村社会大局始终保持着和谐稳定。他紧紧抓住影响本村社会和谐稳定的源头性、根本性、基础性问题，扎实开展矛盾纠纷排查化解、社会管理创新、公正廉洁执法三项重点工作，健全了"横向到边、纵向到底、没有死角"的矛盾纠纷排查化解机制。狠抓矛盾纠纷排查调处工作，带领班子成员经常深入农户，及时发现和化解苗头性、倾向性的问题，坚决杜绝推、拖、躲等现象，坚决做到不把小事拖成大事，

增隆昌村庄一瞥

把小问题酿成大问题，防止转化为刑事案件甚至群体性事件，基本做到了小事不出社，大事不出村，矛盾不上交。稳定和谐的社会环境，保障了全村各项事业有序快速发展。

踏踏实实做人，认认真真做事

长期以来，赵天民同志牢记党的宗旨，以实际行动认真贯彻落实党的路线方针政策。赵天民同志勇于担当，尽职尽责，始终保持踏踏实实做人、认认真真做事的共产党员本色。他对待同志坦率真诚，明辨是非，从不背后说长道短。工作中光明磊落，坚持原则，坚守底线，从不徇私舞弊。多年来，他关心群众疾苦、千方百计为群众排忧解难的事情很多，赢得了群众的支持和拥护。

赵天民同志的努力工作，让大十份村各项事业得到了长足发展，重点工作始终走在全镇的前列。他在工作岗位上一步一个脚印，书写着一位共产党员全心全意为人民服务的美好人生。

让阳光照耀在快乐游牧人的地方

——记内蒙古巴彦淖尔市乌拉特后旗呼和温都尔镇
那仁乌布尔嘎查党支部书记阿拉腾莫林一班人

匈奴城的邀请——

让你匆匆追赶幸福的脚步停下

给你的心灵放个假

一杯马奶酒

一盘手扒肉

一曲马头琴

一宿蒙古包

离开喧哗的城市，忘记烦恼

到旅行者心灵的驿站匈奴城

做一个快乐的游牧人

——题记

乌拉特后旗呼和温都尔镇蒙古语意译为"青色的高山"该镇地处阴山南麓，河套平原北缘，位于乌拉特后旗东升庙西30公里，全镇总面积2060平方公里，总人口1.4万人。其中：城镇人口3452户8000人；农牧区人口2152户5384人。山前有耕地4.5万亩，山后草牧场面积192万亩。呼和温都尔镇下辖红旗村、大树湾村、广林村、西补隆嘎查、那仁乌布尔嘎查、乌兰哈哨嘎查、查干温都尔嘎查、阿日其图嘎查、呼尔温都嘎查9个行政嘎查村。镇党委下设16个党支部，有党员60余人，党员志愿服务队11支；党员中心户36户，参与党员63人；辐射带动国贫户114户、265人；旗贫户24户47人。

"那仁乌布尔"汉语译为"阳光照耀的地方"嘎查位于呼和温都尔镇城区西20公里处，交通便利。嘎查总面积32.9万亩。其中可利用草场面积大30万亩，耕地1500亩。总户数83户，总人口248人。有党员20人。嘎查现有国贫户 4 户 9 人；旗贫户 10 户 18 人。

近年来，嘎查党支部一班人在党支部书记阿拉腾莫林同志的带领下，通过深入开展草原"五个一"工程党建活动，率先垂范，带领全体党员一心一意谋发展，党支部的凝聚力和战斗力得到明显加强，在嘎查各项事业发展中充分发挥了基层党组织建设战斗堡垒和领导核心作用，嘎查发生了天翻地覆的变化。

那仁乌布尔嘎查境内有距今 2300 多年历史的古代军事遗址高阙塞和著名旅游景点匈奴城。该旅游区位于内蒙古包头固阳到阿拉善盟策克口岸公路 343 公里处，毗邻国家重点文物高阙塞遗址，距临河区中心 78 公里。景区

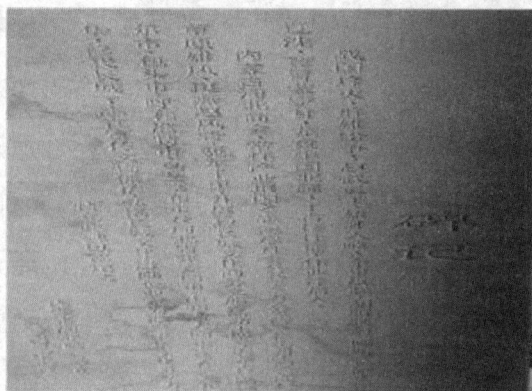

规划投资 1.21 亿元，2015 年 5 月景区开始接待游客，年接待游客约 10 万人次。是内蒙古西部重点旅游发展项目。景区占地 6000 亩，是按国家 4A 景区设计规划的，它以北疆特色，游牧文化，休闲度假，生态建设为主旨营造的旅游项目。

嘎查党支部依托境内高阙塞和匈奴城优势资源，由嘎查党支部牵头组建了"党员流动综合服务社"和"种养殖合作社"，采取"党支部 + 合作社""党支部 + 企业 + 基地 + 贫困户"等模式，把特色产业培育、旅游文化和农牧民生活紧密结合，引导农牧民发展乡村特殊旅游产业，带动当地农牧民发家致富。

走进匈奴城景区，让游客置身在一个最具诱惑而又陌生的环境。在这里，看到的是一片绿洲中的一座城，一座彰显游牧文化神秘的城。在匈奴城迎宾大道的中轴线上向北望去，不到 600 米就是有着 2000 多年历史的高阙塞遗址。

来到这里，仿佛就站在了游牧文化和农耕文化的交融之地。站在高阙塞的遗址上俯瞰匈奴城，又好像可以聆听到它们穿越时空时在述说着游牧与农耕的

对话——"大漠匈奴风／阴山蒙古神／望顶高阙塞／狼烟已无痕／"站在匈奴城的城楼上，你会感受到中国北方历史上多个游牧民族在阴山脚下、大漠南北迁移与生息，也似乎可以顿悟匈奴民族融入中华民族的文明轨迹。从匈奴王朝的消亡，到柔然、林胡、娄烦、鲜卑、突厥、蒙古等游牧民族的兴衰，给历史增添了更多的悬念，也让走进匈奴城的游客有了更多的思考和寻觅。

匈奴城是中国商标局唯一核准"匈奴城"的景区，也是内蒙古唯一的以古城建筑形式体现并承载游牧文化的旅游景区。

近年来，那仁乌布尔嘎查依托区位优势，逐步调整产业结构。在乌拉特后旗旗委、政府的大力支持下，呼和温都尔镇将工作重心从采矿、冶炼、原材料生产转向了光伏能源、风电能源、初级制造。那仁乌布尔嘎查党支部一班人依托高阙塞、匈奴城等历史旅游文化和只有乌拉特大草原特有的天然牧场资源，积极鼓励和扶持农牧民发展旅游、肉羊养殖、肉类食品加工销售等产业，让牧民走进新时代，发展大产业。

为充分发挥党员的先锋模范作用，嘎查党支部在嘎查设立"党员中心户"示范户，要求每个党员中心户领办一个致富项目，引领带动一批农牧民共同

致富。他们还按照"党员中
心户+合作社"的思路，发
动农牧民带动贫困户增收致
富。嘎查的党员中心户带头
发展牧家乐。目前，匈奴城
旅游区内已发展多家"高阙
塞牧家乐""蒙古人家"等
四星级旅游接待单位，带动了当地 100 多名农牧民增收致富。

那仁乌布尔嘎查党支部认真开展"党员 1+1"结对帮扶工作。嘎查每个
贫困户都有旗直单位、苏木镇和嘎查村三级"1+1"精准扶贫任务，各级党
员干部积极投身脱贫攻坚，针对每个贫困户的实际情况，在信息、资金、技
术等方面给予全方位帮扶。同时，嘎查党支部还采取设岗定责、承诺践诺、
志愿服务等方式，组织有帮带能力的嘎查党员每人至少结对帮扶 1 户建档立
卡贫困户，要求力所能及实施帮扶，目的是让所有党员都行动起来。

在嘎查党支部的示范带动下，嘎查牧民积极参与嘎查各项工作，嘎查经
济社会事业得到快速发展，农牧民收入明显增多。那仁乌布尔嘎查已经成为
和谐、美丽、宜居的美丽乡村，走进新时代的草原儿女，将用更快步伐实现
伟大复兴的中国梦。

目前，嘎查成立龙腾种植专业合作社、义利种植养殖合作社、那仁乌布
尔嘎查旅游合作社 3 个合作社，注册鸿欣生态养殖场 1 个，发展"牧家乐"5
户，引进新能源光伏企业 1 家。

"那仁乌布尔"这个"阳光照耀的地方"，沐浴着十九大东风，焕发出
欣欣向荣的发展势头。匈奴城景区正在运营的功能区有游客接待中心，蒙古
包餐饮区，蒙古包住宿区，游客自助烧烤区，游牧文化体验区，歌舞娱乐区，
自驾车营地宿营区。它以更蓬勃的势头，彰显新时代的新气象。

而今迈步从头越。当你离开时又好像可以聆听到走进新时代的草原儿女
正在述说着未来又一篇游牧与农耕的对话……

同住一个村，贡献一份爱

——记内蒙古巴彦淖尔市五原县丰裕办事处
五份桥村委会王军一班人的富村梦

五份桥村位于五原县与临河区交界处，地处塔尔湖镇西部，南临胜丰村，北接银定图镇，西与临河新华镇接壤。

前几年，五份桥村集体经济薄弱，几乎没有村集体公共财产。多年来党员活动及村务活动也不能正常进行。面对如此窘境，五份桥村"两委"响应镇党委、政府提出的"走出去，请回来"的工作思路，提出筹建村委活动室。

五份桥的发展首先离不开乌海市源通集团董事长张世民。张世民出生在五份桥村三组，母亲曾是村委妇联主任。张世民毕业后在乌海煤矿工作，后下海成立了源通集团。

针对群众活动无场地、党员活动无阵地的窘境，村委会于2013年清明节召开乡友联谊会，邀请外出成功人士座谈。张世民先生提出援建村委活动室，并看中了原五份桥村小学旧场地。可是原村委会早已将小学15万元卖给一家公司。怎么办？村委会一班人着急了，驻村干部率人多次上门找这家公司商议回购。公司找借口漫天要价。最后张世民先生拿70万才回购回来。

现在，村委会有个光荣榜栏目，张世民先生的一句话被裱在这里："同住一个村，贡献一份爱。"

在张世民的大力支持捐助下，村委会终于实现了多年来建设综合活动服务中心大楼的梦想。综合活动服务中心大楼于2014年开始筹建，2015年花费70万元购买原五份桥小学校地。2015年开始拆除，花费3万余元。现在综合服务中心已使用，共投入资金680万元。绿化、美化3000平方米。综合服务楼共两层，共有房间27间，其中多功能厅220平方米，小会议室100平方米，内部有村卫生室、老年活动中心、草原书屋、文化科技展览室等。

2013年村"两委"共建"党员林"38亩，总投资8万余元，现已基本成林。2015年巴彦淖尔市市政府引进润海源公司搞大型养殖项目。内蒙古润海源实业有限公司项目系内蒙古巴彦淖尔经济技术开发区为响应内蒙古自治区建设全区绿色农畜产品生产加工输出基地，招商引资入住的大型肉鸡产业化企业。企业是由农业产业化国家重点龙头企业——山西省平遥县龙海实业有限公司董事长王晓林先生投资兴建的。大型肉鸡产业化项目符合国家"十三五"发展规划中提倡的农业一二三产业融合发展的政策，又紧紧围绕巴彦淖尔区域以农业为主的特点，填补了地区家庭养殖空缺，是一个实施农业产业融合发展的全产业链项目。项目涉及2个产业，即养殖产业、生产加工产业。主要建设内容有存栏110万套种鸡场项目，年屠宰加工8000万只肉鸡加工及冷链物流项目，年产80万吨饲料加工项目，40万吨粮食仓储项目等。"润海源"于2016年7月6日成立，注册资金1亿元。

润海源公司一个经理与村里的砖厂老板相识，看中了这片荒滩，便捎话给村委会。

五份桥村蹲点干部原塔尔湖镇人大常委会主任李宝军、林工站干部尚文和当时在村里当村民组长的王军、赵军认为是个大好机会。王军一班人认为：要想致富快，全凭企业带；只有引进这个企业，才能彻底解决五份桥村未来发展问题。他们迅速与市政府、开发区管委会积极联系、沟通。他们的想法得到各级政府大力支持。

但是，征用这片荒滩如何征得三组八十多户村民同意，又是摆在村委会面前的大问题。他们积极咨询国土部门，了解土地流转相关政策。因为是多年的弃耕地，可以按照原来村里的计税面积划分给三组，按户入股进行土地流转。政策有了，镇干部和王军带领班子成员逐户讲道理，算致富账，逐步统一了大家的想法，八十多户人家全部签字同意。

赵军现在是五份桥三组组长兼村监委会主任。他介绍说："村委会当时的出发点是，村里有1100亩弃荒地，以前曾经承包出200亩土地流转搞了个砖窑，一年村集体才收入1万元承包费用。过去，这些地有的村民也开荒种过一部分，因为都是盐碱滩，没有产生效益，七八年前都成了弃耕地。"

2016年10月，润海源公司开始投入资金，先建64栋养鸡场。目前，已初具规模。村委会积极配合，公司在合作协议书中也向五份桥村倾斜了：一是拿出公司的部分利润作为扶贫资金返还给村集体，重点是帮扶三组村民；二是公司生产的鸡粪无偿提供给本地村民，作为有机肥改良盐碱地土壤；三是五份桥村迅速成立村劳务公司，先期派出部分村民进公司进行养鸡，一

个男工工资3500元，一个女工工资3200元，公司全部投产，计划可解决3000多个就业岗位，公司将优先录用当地村民；四是五份桥村近万亩大田可作为公司饲料种植基地，成片发展订单玉米。

王军说："五份桥村有陕五线和天银线穿村而过，南有飞机场，交通便

利。十九大以后，国家正在大力实施乡村振兴战略。项目落在这里，将有几千名职工在这里上班、生活。村委会可以在建设特色小城镇上大做文章，规划建设五份桥村住宅小区、特色一条街。那时，五份桥村将成为一个新型特色小镇，这样也给村民发家致富创造机会。"

巴彦淖尔市自然条件独特，水土光热资源丰富，非常适合农牧业发展。润海源实业有限公司投资大型肉鸡产业项目，规范建设 2500 户的农牧户基地，既补齐了当地产业化项目的短板，也为农民增收开辟了新的途径。下一步，公司将主要建设种鸡场、孵化场、养殖场、饲料厂、肉鸡加工及冷链物流中心，禽类粪便综合利用、粮食仓储库、信息和检测检疫中心，产品研发和综合服务中心。

五份桥村能有今天的发展机遇，离不开公司老总们的支持和帮助，更离不开驻村干部和村委会一班人的不懈努力。五份桥村未来将是一个新时代更加美丽的乡村。

"草原族派"名"羊"天下

——记内蒙古草原族派食品有限责任公司董事长赵新华

草原上有一个"民族派出使者"，带着绿色、营养、健康的食品为天下人送去健康，赵新华便是"使者"的化身。

——题记

正宗草原羊　地道河套味

在国内很多城市的餐桌上，一种草原族派简式蒙餐带着浓郁的河套特色和草原风味，倍受全国各地客商的青睐。仅去年一年，上万件草原族派、60多种羊产品走出本地，销往北京、上海、深圳等全国30多个大中城市，成为食客们的美中餐、桌上客。

产量不断增加，产品供不应求。这究竟是一种怎样的食品？何以受到全国各地食客如此的关注和青睐，并且名扬天下？

走进内蒙古草原族派食品有限公司直销店，一股散发着草原乳香的清新气息扑面而来。琳琅满目的食品令人眼花缭乱，应接不暇：有口味纯正的老蒙古炖羊肉，干锅羊肉人；有精心制作的熬煮香羊杂，卤味羊棒骨；有传统工艺加工的蒙古血肠，肚丝；还有蒙古包子、麻辣羊蹄……

"敕勒川/阴山下/天似穹庐/笼盖四野/天苍苍/野茫茫/风吹草低见牛羊"——这里是北纬41度，是草原黄金带，坐落在美丽富饶的内蒙古乌拉特草原。被誉为"塞上江南""鸿雁故里"的巴彦淖尔，不仅有着悠久的历史文化，更是名副其实的中国羊产业基地，草原族派食品公司就坐落于此。草肥水美，人杰地灵，得天独厚的天然牧场孕育着品质优良的草原羊，肌肉紧实，肥瘦均匀，不腥不膻，这是草原羊特有的品质。800万公顷广袤无垠的草场，有上百种稀有植被，如黄芩、沙葱、草麻黄、芍药、防风、甘草等，都是上天恩赐草原生灵的美味。

良好的环境才能孕育优秀的品质，这是不争的事实，更是老天的垂爱。

草原族派本着"怀揣感恩之心，弘扬蒙元文化"的志向，依托地域特色，整合地方特产，发挥企业创新优势，立志把内蒙古辽阔无际的天然资源和悠久厚重的蒙元文化通过餐饮平台以一个全新的面貌推向全国，走向世界！

放心有依据　安全有指数

这里最早是临河区城关乡屠宰场，以零散式经营，作坊式加工为主，摊主也不过十来家，主要以杀猪杀羊为生。

临河的羊肉加工是从最初"打卷"开始的。起初，一斤羊肝卖0.6元，一副羊下水卖5元钱，羊心、羊肺每斤1.2元。价格还不如一瓶矿泉水。随着"西式"羊肉的出现，市场上出现了"本地羊肉产品价格一路走低，而外来羊产品节节攀升"的怪现象。

河套平原特有的水质和独特的饲草料，比如黄河两岸的秸秆和阴山脚下的水草，完全可以养育出具有河套特色的肉羊。利用葵花、玉米、番茄秸秆

配置成的饲料，富含丰富的营养成分，可以对外地引进的羔羊进行专门育肥。以生产营养、健康的绿色食品为导向，加工的牛、羊系列产品，原料均来自有着优良畜牧资源的大草原及河套平原。随着企业规模的不断扩大，草原族派在 2003 年、2008 年和 2009 年先后进行了三次大规模的改造和扩建，现已形成占地面积 65 亩，建筑面积 1.3 万平方米，2 条羊肉深加工自动作业流水线，生产 35 个系列羊肉产品。公司还有一条生猪屠宰加工流水线，储存能力为 500 吨和 800 吨 "冷鲜库" 各 1 座，1 座 3500 平方米综合服务大楼，1 所活畜交易市场。公司肉牛屠宰车间有 700 多平方米，有养殖基地两处。每年公司平均屠宰生猪 2 万头，肉羊 80 多万只。

在原料供应上，公司采取到各旗县进行收购、对散户上门收购和到新疆阿勒泰地区、青海省等地专门采购的办法选择优质原料。公司确立了以基础收购为重点、以规模养殖大户为骨干、以加工企业为龙头的产业链条，推动公司 80 万头优质育肥羊工程顺利实施，确保了农户在育肥养殖中连续受益。

北有美丽的乌拉特草原，南有八百里富饶的河套平原，这里是是肉羊繁殖育肥的理想基地。草原族派公司在乌兰图克镇、白脑包镇建立起了原料养殖基地，并与各乡镇养殖户签订原料收购协议，目的就是千方百计鼓励农户养殖肉羊的积极性。

在陕西、山西、河北等地，只要有活畜交易的市场，就有巴彦淖尔人出现。活跃在城关屠宰场的经纪人，利用河套地区得天独厚的资源优势，把这些地方的羊羔育肥后销往全国各地。每天，交易市场人山人海，形成西部地区活畜交易市场一道独特的风景。

草原族派公司目前总投资达 5800 万元，占地面积 4 万平方米，现有员工 268 人，集聚贩运、收购、加工等交易人员近万人，是一家集活畜交易、屠宰加工、肉类分割为一体的大型屠宰加工企业。所生产的 "草原族派" 80 多个系列羊产品销往北京、上海、南京、西安、广东等 30 多个大中城市，在餐饮业享有很高的知名度。草原族派商标图案形似羔羊跪乳，意为 "感恩大地母亲之恩赐"。草原人承蒙上苍恩赐，享受着这份幸福。作为草原人，生息在这里的每一个人都敬畏这片神圣的土地，更感恩于此！

内蒙古草原族派公司专注羊产品冷冻熟食的研发以及商品化推广。经过1年之久的研发改良，目前公司推出以方便羊杂、老蒙古炖羊肉、蒙古包子、杂粮速冻面为主的成熟产品。通过市场检验，产品得到广大消费者的认可，收到很好的反馈效果，这也大大提升了企业的知名度。产品销路对口了，可不能马虎，餐饮市场瞬息万变。针对家庭的重复性消费，零添加成为公司研发产品恪守的准则。公司产品在零下18摄氏度的冷冻条件，可以更好地实现无添加，保持原汁本味。

传统羊杂自古以来就深受广大老百姓的青睐。草原族派在确保传统风味的前提下，对产品结构做了大胆的尝试。这也算得上是一个颠覆性的创新，不但在传统原料品种基础上做了增减，而且配比比例也在传统原料品种基础上做了很大的调整。事实证明，这样的创新是很成功的！

草原族派食品公司在经营近30年羊产品分割加工的基础上，大胆创新，研发了具有河套特色风味的羊杂产品及系列熟制品。在传统羊杂的基础上，颠覆性添加了鞭、宝、筋、肉等十几个羊部位，品质保障采用零下38摄氏度速冻，零下18摄氏度冷藏，实现了零添加、无防腐，还产生了18个月的保质优势，确保了原汁原味不流失。

草原族派自筹自建高标准实验、化验室，高薪聘请专业团队，将羊杂和水按照1∶3的比例入锅慢火熬煮10分钟后，添加适量土豆块继续熬煮20分钟，同时加少许盐、葱、姜、蒜提鲜。待羊杂与酱料完全融合，浓香四溢，口感软硬适中后即出锅。此刻，将羊杂的熬煮香特色淋漓尽致地发挥了出来。由于本产品的特点就是熬煮香，越熬越香，所以预留部分体验空间交给您来发挥。这样做意义在于更大限度满足您的口味需求，体现产品的更大魅力！

自创业以来，草原族派公司多次受到地方政府和相关部门嘉奖。2008年获得"巴彦淖尔市优秀私营企业"称号；2009年获得"环境保护工作先进单位""见义勇为工作先进企业"。公司被市政府授予"畜禽定点屠宰场"。巴彦淖尔市清真食品监督管理小组办公室授予公司"清真许可证"。2010年，被巴彦淖尔市知名商标认定委员会评为"知名商标"，被临河区政府评为"先进单位"，被评为"巴彦淖尔市农牧业产业化重点龙头企业"。2009年、2011年被临河区中小企业管理局、个私协会授予"优秀私营企业"等荣誉称号。

与其竞争不如创新

这些年来，董事长赵新华虽然在为别人作嫁衣，但他坚信河套羊肉大有作为。他在思考：为什么外地人能将鸡做成"黄焖鸡""肯德基"？能将面作为"兰州拉面"？鸭做成"北京烤鸭"在市场上独占鳌头？乌拉特羊肉尽管在全国享有盛名，为什么不能成规模上到百姓的餐桌？他说："外地人喜欢吃河套的羊肉，却不会烹饪。要么不放调料，要么用大量的调料调味，使做好的羊肉丢失了原汁原味。"

正是这些想法，赵新华萌发了开发蒙式简餐的想法。蒙式简餐推出后，利用全国各地的经销商和代理商很快就打开了市场，吸引了一大批餐饮行业。这也让河套的羊肉提高了档次，身价倍增，创新了品牌，公司又一次名扬天下。

在蒙式简餐的开发上，他着实下了番苦功。他先后到北京、河北、四川等地考察取经，品尝各地的名吃，琢磨蒙式简餐的配方。北京有家很知名的"特味浓"品牌店与他合作研发河套羊产品配方，但口味总不理想。赵新华蓦然意识到，本地的食品只有配上本地的作法才能达到理想的味道。于是，他开始寻找民间烹饪羊产品的名人，试着用传统的蒙古作法进行加工，并且专门邀请餐饮行业的专家品尝点评，不断在试验中学习改进。当他将研发好的羊产品寄往"特味浓"品尝时，当即被抢吃一空。

蒙式简餐的出现，在市场上引起轩然大波。这种不需要厨师、只需开袋加热便可食用的美食，既为餐饮业减少了成本，又倍受顾客欢迎，一时间各地的订单纷至沓来。蒙式简餐的出现，也改写了外地人眼中巴彦淖尔人只会"喝羊汤"到细嚼慢咽"吃羊杂"的历史。

现年48岁的赵新华，中等身材，圆脸庞，给人的印象沉稳、睿智、朴实、真诚，思维敏捷，话语幽默。在采访时，不断有电话打进来商谈业务，上海一家商户一次就订购了100件蒙式简餐。

出生在临河区八一乡新道村普通农民家庭的他，小时就因为家庭贫困的影响，练就了勤学苦练的性子，学会了责任与担当。十来岁时，他就蹬着三轮车闯进城关屠宰场，替人拉货送货。从此，他的命运与羊产品行业结下了不解之缘。在结识了一帮摊主之后，他也租了摊位，当起了经纪人。没有多久，他承包了屠宰场并将整个场地买下。

他开始作为一份事业全身投入，仔细经营，努力做强做大。

作为农民的儿子，他的骨子里就有一股不服输、不认命的性子。正是这

种个性，让他从一名蹬三轮的打工仔白手起家，从个体摊主发展到拥有上亿资产的企业家。

他扶贫济困，经常义务为家乡修路，每年都要给生活贫困的老人买保险。他每年为见义勇为基金会出资，这些年为慈善事业等捐款达20余万元。

当前，河套地区羊产业的发展方兴未艾，但真正推动这一产业的发展创新离不开赵新华。他见证了河套羊产业的兴起之路，他又让这个产业在下一步市场竞争中有了一种更好的交流平台。

　　巴彦淖尔市的羊产业前程是光明的，而前进的路上却充满崎岖与坎坷。在谈到今后的发展时，赵新华满怀信心地描绘着美好的前景："'夫妻店'的傻瓜模式将以加盟的方式建立一系列实体店，利用已有人脉和资源，面向国内市场早日打开蒙式简餐进入千家万户的通道。目前，公司已在天津、上海、郑州等地设立了加盟店。与此同时，公司还要走网络直销的新路子，通过网上订购、快递配送的形式，实现网上联营，实体加盟。通过一系列行之有效的举措，让河套的特色产品走出内蒙古，走向全国，走向世界。"

"城市美容师"的苦与乐

——谨以此文献给在内蒙古巴彦淖尔市临河区
市政环卫战线上的辛勤工作的人们

无论是晓星掩映的黎明，还是暮色轻垂的傍晚。在临河城区活跃着这样一支队伍。他们有的手持扫帚，推着小车行径在街头路道清扫卫生；有的爬高作业在修理路灯；有的钻入地坑清理污水，有的清理公厕环境卫生。

当你早晨起来散步的时候，看到一条条清洁的街道，难道你能想不到环卫工人吗？当你如厕时，看到干净整洁的厕所难道能想不到清洁工人吗？当你家堵塞的下水被疏通时，你能不想到市政工人吗？当破损的路灯照亮街道时，你能不想起维修工人吗？试想，如果没有这些普通劳动者每天披星戴月、辛苦忙碌的工作，城市将陷入瘫痪。别看他们满身尘土，满手油污，满脸泥泞，但他们却有着金子般的美丽心灵。能给别人带来方便、舒适、欢乐、幸福的人，是可敬可爱值得尊重的人。是他们给临河区 30 多万市民创造了如画的生活环境，所有市民都应该珍惜这来之不易的劳动成果，珍惜市政环卫工人的艰辛付出。

临河是巴市政府所在地，也是全市政治、经济、文化的发展中心。巴彦淖尔市市政环境发展有限公司成立于 2015 年 11 月 6 日，是由临河区人民政府批准，临河区国有资产管理局出资，将原临河区市政维护处和原临河区环境卫生管理局全部资产作为注册资本，组建成立的国有独资公司。

公司肩负着市政公用设施管理、维护；市政环卫设施建设、修缮；环境卫生管理、维护；城乡市容管理服务；建筑拆除；城市自行车、停车场、广告位、综合贸易市场建设、经营、管理、维护；公园、游览景区经营、管理；建筑工程施工；物业管理服务；园林绿化工程；测绘测量；工程监理服务；农业农村基础设施建设；广告设计、制作、发布、代理；水泥制品、砼结构构件生产、销售等。公司的组建进一步承担统筹巴彦淖尔市政专业领域发展的历史重任，通过跨行业、跨企业间的资源整合形成合力，将巴彦淖尔市政环境发展有限公司打造成集技术、管理、人才、装备为核心的专业公司。

公司现有职工总数 1414 人一线工人 129。名。是一支特别能吃苦、特别能战斗，装备完善、技术成熟、经验丰富的专业队伍。拥有各类环卫、市政施工机械、车辆、设备 316 辆，总资产近 10 亿元。

真是不说不知道，一说吓一跳。1200 多工人，300 来辆车，他们是怎样完成如此繁重的任务的？又是如何工作的？他们顶着多大的压力辛勤劳作，让我们赖以生存的城市亮丽多彩？带着这些问题，笔者多次走进市政环卫工人，实地感受他们为美化市容市貌、改善设施设备所付出的辛勤劳动和他们内心的酸甜苦辣。

最早迎接黎明的人

不管雨雪风霜，不管烈日冰冻，在人们正在熟睡的时候，他们就手执扫帚，开始默默地劳作在这个城市的每一条大街上。年复一年，月复一月，暑往寒来，春去冬至，无论孤月繁星，凄风冷雨，还是枯荣草木，喧嚣车马，都能为他们作证！为了这个城市的干净整洁，他们付出了辛勤的劳动和汗水，换来了城市的安静与整洁。

负责环卫工作的路广晟介绍：清扫工人一般在凌晨 4 点上岗了，6 点完成每条街道的普扫任务；7 点开始流动清扫，保持街道卫生干净整洁；整个工作日程都有管理员跟班，督促检查。越是节假日、双休日，他们的工作量就越大越辛苦，像车站、菜市场属特殊地段，工作的清扫工人每天要忙碌到晚上 10 点多才能下班，他们用自己的辛勤劳作来换取街面的全天候整洁。

一位管理员说："清扫工人很辛苦，衣服不敢穿得太厚，冬天一身冰，夏天一身汗，身上经常湿漉漉的，不少人患上了关节炎，冬天站在路上冻脚，夏天却热得浑身冒汗。好在市政环卫合并后，公司引进了新型管理模式，全面整顿片区路段，工人的薪资待遇从以往每月 1500 元增加到现在 1900 元，还为每位环卫工人配发了群内免费使用手机。为预防工人中暑，发放泄火药、白糖等用品，发放了棉衣、手套等，这些举措极大地调动了环卫工人的工作积极性，也让管理人员省了不少心。"

据了解，街头电子监控设备的投入使用让不少市民认识到了环卫工作的重要性。环卫工作变得高尚而神圣，环卫工人也得到了社会各界人士的理解与支持。环卫工人"饮水处""休息厅"随处可见，为环卫工人"送温暖、献爱心"，请环卫工人吃大餐的现象蔚然成风。

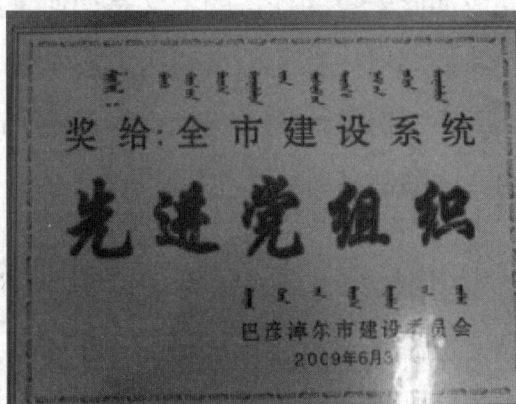

但是仍有个别市民群众，随意乱丢垃圾，冬天形成冰坡，给清扫工作增加了难度，很多工人在清理中被冰坡滑倒摔伤。有的司机车窗抛物，工人从车水马龙的行车道上捡拾垃圾还要时刻躲避来回穿梭的车辆。2017年因捡拾路面垃圾，已发生20多起环卫工人被撞伤事故。

让街道更明亮

路灯管理所有16名工作人员，肩负着临河城区成千上万盏灯和电缆等设施设备的维护与保养。他们的工作时间很特别，一般情况下都是上午上班，下午休息，晚上再上班。这是鉴于晚上路灯亮的时候便于维修，及时发现问题，随时处理。不能及时处理的，第二天上午接着处理。他们没有节假日、休息日，越是节假日的时候他们越忙，工作量也越大。比如在元旦、春节等重大节假，因为要营造节日的氛围，实施亮化工程，布线、拉灯忙得他们团团转。

据熊迎宾所长介绍："路灯、景观灯是城市最亮丽的风景。冬季随着气温逐渐变冷，路灯和景观灯零配件多，结构复杂，线路烦琐，一旦遭到破坏，维修起来相当艰难。工作人员在零下20多摄氏度的野外对设施设备抢修作业根本戴不成手套，脚冻麻了跺跺，手冻僵了搓搓。一个人坚持不下来两个人轮流作业，故障排除了，人也冻得差不多了。有时还能到附近的门点暖暖身子，有时只能在车里避寒。"

保障路灯照亮不易，电缆设备抢修更难。深埋在地下的电缆一旦发生故障只能通过仪器检测才能确定方位。天寒地冻的冬季，要挖开1米多深沟对电缆进行抢修。由于作业空间小，维修人员在作业中碰破头、划伤手是常有的事。个人受点伤倒没什么，最让他们难以接受的是受到机关单位的百般刁难，横加干涉，这让他们无可奈何，哭笑不得。有时在维修中需要借助居民的屋顶作业，个别市民以踩坏屋顶为由对维修人员辱骂，甚至殴打人，他们只能忍受。正是这样的一班人，每年获得"优秀班组"荣誉称号，熊迎宾所长2014年被评为临河区级"劳动模范"，2015年荣获市级"劳动模范"。

与污水打交道的人

排水站肩负着城区主次干道的污水、雨水和居民巷道管网的维护保养工作。550公里的管网、30台清洗吸污车辆、18座运行的雨水泵站、18名工作人员构成了城区排污畅通一道亮丽的风景线。

徐向荣是排水站的领头人，也是临河区政协委员。说起排水工作，他进入一种深思状态。

近年来，随着城市建设力度的不断加大，埋在居民巷道的下水管道受到不同程度的破坏。由于不能及时发现，居民对此意见很大，认为是维护工作没有做到位。这些地方巷道窄小，维修车辆根本无法进入，只能靠人工开挖作业。目前泵站和积水的清淤作业还很落后，只能靠人工下井，手工作业。一般情况下，清理一座泵站需要10天左右。积水的清淤主要以9000多座雨水收水口为主，全年清理两遍，每清理一次需要4个多月。第一次清理在每年的3月至7月，第二次集中在8月中旬至11月底。这项看似庞大的工程其实只有2名工作人员来完成。12名工作人员主要对1000多条、近150公里长的居民巷道进行清淤作业，剩下4人做主次干道的主管网，工作量可想而知。

徐向荣站长语重心长地说："我们苦点累点没什么，希望居民住户和沿街食堂在倾倒垃圾时能够将污水和垃圾分类，避免发生管道堵塞，加大工作人员清淤作业的难度。"

宁愿一人累，换来万人洁

维修中心以城区市政设施的维护和保养为主，共有5名维修人员，很难有正常下班的时候，随时准备应对突发维修事件。

说起公厕维修，张生昌队长打开了话匣子："现在的市民生活环境和条件都得到了改善却很少去珍惜，公厕里的水龙头被人用脚踹烂、水箱被整体折断、门窗被拧断拧坏等都成了平常事。由于人员少，区域大，很多时候维修人员的工作都在'连轴转'，往往是这里的故障还没处理好，那里又发生了设备受损事件。维修人员顾不上下班，按时吃不上饭是常有的事。"

维修中心有一项重要的工作就是对20个泵站的排查与维护。由于设备老化，年久失修，堵塞生锈现象非常严重。从千家万户下水道排放出来的污水最终流入泵站。为确保正常运行，维修人中每周对泵站巡查两次，发现问题及时处理。

泵站抢修说起来容易做起来难。打开井盖后管道里全是沼气，非常危险。以前，临河就发生过维修人员下井作业被沼气夺去生命的事故。丁建军主任说："尽管采取了通风换气的做法，但井下的沼气臭气熏天，人喘不上气，睁不开眼。如果不佩戴空气呼吸机，根本无法作业。五黄六月的天气，头上戴着沉重的面具在1米多深的井下一待就是一个多小时，那是怎样的一种场景。"

这就是可亲可敬的市政环卫工人。他们对社会无所求，给人们带来的却是美好和惬意。正如丁建军主任所言："他们不奢望什么，只希望市民们能够多理解他们的付出，多珍惜他们的劳动成果就满足了。"

让城市更美丽

负责清运工作的陈超很忙，约了几次才见到他。在交谈中了解到清运工作主要负责城区与城郊结合区3900多个散装垃圾桶、60多个垃圾箱、20多个压缩箱和39个垃圾转运站的垃圾清运工作。每天清运日产垃圾达400吨，共有30辆清运车辆。陈超说："40名清运工人每天凌晨4点就跟着清运车开始逐个拉运垃圾点上的垃圾，中午根本回不了家。装垃圾时一身汗，运垃圾时结一身冰，感冒现象时有发生。他们白天带病坚持工作，晚上躺在床上输液。清运工人没有节假日，也没有休息日，连大年三十也得忙到晚上十点才能回家。"

笔者第一次走进市政环卫工人中，心里就为他们在艰苦工作环境中所表现出来的爱岗敬业精神震撼。市政环卫工人是可爱可敬的，他们无愧于"城市美容师"的光荣称号。尽管有人对他们辛劳付出换来的劳动成果不理解、不珍惜，甚至瞧不起他们，但他们仍一如既往，无怨无悔，默默无闻地在平凡的工作上奉献着美好的青春年华。

在采访中了解到，市政环境公司自组建以来，新一届领导班子带领广大

职工始终把生产、管理和服务作为核心战略目标来抓，不断在创新发展、主动作为、凝心聚力上下实功、用实招、抓实效。近年来，狠抓"厕所革命"，完成旱厕改水厕277座，完成投资7256万元，临河区居民如厕环境得到了

很大的改观。公司购置市政环卫车辆机具 300 多台，投放垃圾桶 2.8 万个，新建垃圾转运站 42 个，集镇垃圾转运站 22 个，共计完成投资 1.84 亿元。主次干道机扫率、洒水率分别达到 90% 和 60%。垃圾处理厂 5 年来共计处理垃圾 68.4 万吨，处理粪便 18 万吨，处理医疗废弃物 5400 吨。临河区环卫基础设施建设也明显提高，改造巷道 1184 条，总投资 2.98 亿元。平房区改造累计完成 2640 户，完成投资 5600 万元。老旧小区接管 116 个，维修改

安居房凉亭改造

弃管小区安装健身器材

造 121 个，立面改造 32 万平方米，硬化面积 7.8 万平方米，完成投资 6800 万元。新建消防水鹤 40 个，完成投资 393 万元。新建公共自行车站点 144 个，投放自行车 3010 辆，完成投资 3200 万元。改建便民市场 2 个。投资 7869

公厕改造

公共自行车亮相临河街头

万元实施了临河区干召庙镇民主四队乡村改造项目，利用乡村现有地貌，新建日月湖、人工湖、孔子书苑、5 人制足球场、排楼、餐厅、马厩等特色建筑和服务设施，逐步引导民主四队发展休闲农业和乡村旅游。投资 9724 万

元实施了临河区酒庄老镇及酒庄河套驿站乡村旅游项目，投资 5468 万元实施了狼山镇富强村五社村庄综合改造工程，投资 1.99 亿元组织实施了乌兰图克镇工程。这些乡村旅游建设项目扮亮了美丽乡村，为市民生态度假、健康养生、文化休闲提供了好场所。

数字是枯燥的，而枯燥数字的背后却勾勒出市政环境公司领导集体带领全体职工精诚团结，齐心协力，创造出的一个又一个奇迹的真实写照。因为市政环卫工人们做着一大项不平凡的工程，每一个市民都应该向他们致敬！

让我们和市政环卫工人们一起，在习近平新时代中国特色社会主义思想指引下，同奔小康，实现伟大复兴的中国梦！